Reichskleinodien

Stefanie Mohr, geboren 1972, liebt ihre Heimatstadt Nürnberg, in der sie ihr bisheriges Leben verbracht hat und (fast) jeden Winkel kennt. Sie wohnt und arbeitet als freiberufliche Sprachlehrerin und Fotografin im Nürnberger Norden. Im Emons Verlag erschienen »Das letzte Lächeln«, »Die dunkle Seite des Sommers«, »Frauentormauer« und »Glasscherbenviertel«. Nähere Infos auf www.stefanie-mohr.com

Die Übersetzung der Passagen im fränkischen Dialekt findet sich im Anhang (im Text mit * gekennzeichnet).

STEFANIE MOHR

Reichskleinodien

FRANKEN KRIMI

emons:

Bibliografische Information der Deutschen Bibliothek
Die Deutsche Bibliothek verzeichnet diese Publikation in der Deutschen Nationalbibliografie; detaillierte bibliografische Daten sind im Internet über http://dnb.d-nb.de abrufbar.

FSC
www.fsc.org
MIX
Papier aus verantwortungsvollen Quellen
FSC® C083411

Umschlagmotiv: Istockphoto.com/justhavealook
Umschlaggestaltung: Tobias Doetsch
Gestaltung Innenteil: César Satz & Grafik GmbH, Köln
Druck und Bindung: CPI – Clausen & Bosse, Leck
Printed in Germany 2013
ISBN 978-3-95451-172-3
Franken Krimi
Originalausgabe

Für alle Exilfranken,
die in dem Krimi ein Stück Heimat wiederfinden

Kiss me again, but don't let me see your eyes!
I forgive what you have done to me.
Emily Brontë, »Wuthering Heights«

Prolog

Denken Sie bitte an den Vorfall, der Sie seit seinem Eintritt so stark belastet, und tragen Sie ein Stichwort ein, das ihn bestmöglich beschreibt:

Unschlüssig hielt Hackenholt den Kugelschreiber in der Hand und dachte nach. Sollte er wirklich »Entführung« in den Fragebogen schreiben? Missmutig schüttelte er den Kopf. »Dienstunfall« war neutraler, wenngleich es ein ebenso nichtssagender Ausdruck war.

Geben Sie im Folgenden jeweils an, wie Sie in der vergangenen Woche zu diesem Ereignis gestanden haben:

1. Es kam mir so vor, als ob es gar nicht geschehen wäre oder irgendwie unwirklich war.
~~überhaupt nicht~~ – ~~selten~~ – manchmal – ~~oft~~

2. Ich hatte Schwierigkeiten, nachts durchzuschlafen.
~~überhaupt nicht~~ – ~~selten~~ – ~~manchmal~~ – oft

3. Ich versuchte, Erinnerungen daran aus dem Weg zu gehen.
~~überhaupt nicht~~ – ~~selten~~ – ~~manchmal~~ – oft

4. Die Erinnerungen daran lösten bei mir körperliche Reaktionen aus (beispielsweise: Schwitzen, Atemnot, Unwohlsein, Herzrasen oder andere Symptome).
~~überhaupt nicht~~ – ~~selten~~ – ~~manchmal~~ – oft

5. Bilder, die mit dem Ereignis zu tun hatten, kamen mir plötzlich in den Sinn.
~~überhaupt nicht~~ – ~~selten~~ – ~~manchmal~~ – oft

Nachdem er alle fünfundzwanzig Fragen beantwortet und den Bogen in ein Kuvert gesteckt hatte, stand Hackenholt auf und gab es bei der Rezeptionistin am Empfang ab.

Er wusste, was das Ergebnis dieses Tests besagen würde: PTBS. Posttraumatische Belastungsstörungen. Deswegen war er ja nach Bad Bocklet gekommen, in eine Klinik für psychosomatische Beschwerden. Um sich endlich behandeln zu lassen, denn zu guter Letzt hatte er selbst erkannt, dass er so wie bisher nicht weitermachen konnte. Er hatte sein inneres Gleichgewicht verloren, war fahrig und gereizt. Es fiel ihm schwer, sich zu konzentrieren, er konnte nicht einschlafen, und wenn er es doch schaffte, wachte er durch einen Alptraum auf.

Aber vor allem: Arbeiten war unmöglich. Sobald er auch nur daran dachte, wurde ihm ganz anders. Mehr als einmal hatte er versucht, seine Kollegen in der Dienststelle zu besuchen; allein und auch gemeinsam mit Sophie. Aber nie kam er weiter als bis zur Pforte, bevor ihm eine Eiseskälte von den Füßen her in die Glieder kroch, unaufhaltsam seinen Körper hinaufwanderte, ihm den Atem raubte und sein Herz zum Rasen brachte.

Das Beklemmungsgefühl in seiner Brust ließ ihn anfänglich glauben, er hätte einen Herzinfarkt erlitten. Minutenlang stand er Todesängste aus, doch das EKG im Krankenhaus war ohne Befund.

»Ich werde die Unterlagen sofort an Frau Dr. Schweiger weiterleiten«, riss ihn die Rezeptionistin aus seinen Grübeleien, »damit sie einen Blick darauf werfen kann, bevor Sie heute Nachmittag um vierzehn Uhr Ihren ersten Termin bei ihr haben werden. Bis dahin können Sie es sich in Ihrem Zimmer gemütlich machen und unsere Hausbroschüre durchblättern.« Sie reichte ihm ein Faltblatt und einen Zimmerschlüssel.

»Bevor wir ins Detail gehen, hätte ich eine Bitte«, eröffnete Frank Hackenholt anderthalb Stunden später das Gespräch mit Dr. Elisabeth Schweiger. »In den Klinikunterlagen habe ich von der Möglichkeit gelesen, den Lebenspartner in die Therapie miteinzubeziehen und ihn mitzubringen. Auf meine Nachfrage hieß es dann allerdings, das würde vor Ort entschieden. Ich möchte meine Frau gerne hier in meiner Nähe haben.«

»Diesen Wunsch äußern viele Patienten bei ihrer Ankunft«, antwortete die Ärztin mit einem beruhigenden Lächeln. »Wir haben jedoch die Erfahrung gemacht, dass es besser ist, wenn unsere Gäste zunächst von ihrem üblichen Umfeld losgelöst interagieren können.«

»Das heißt konkret?«

»Sie haben sich entschieden, zu uns zu kommen, weil ein Erlebnis in Ihrem Leben Sie aus der Bahn geworfen hat. Um dieses Ereignis zu verarbeiten, ist es nötig, die Situation zu analysieren. Das kann Sie sehr aufwühlen, was zur Folge hat, dass Sie allein sein möchten, um in Ruhe nachzudenken. In solchen Momenten empfindet man die Anwesenheit eines Partners oftmals als beengend, sodass es unbewusst zu weiteren Spannungen kommt. Außerdem haben Sie selbst angegeben, sich seit dem traumatischen Ereignis verändert zu haben. Sie sind gereizter geworden«, formulierte die Psychiaterin ihre Antwort vorsichtig. »Unter Umständen ist es auch für Ihre Partnerin eine Entlastung, wenn Sie mal nicht vierundzwanzig Stunden am Tag zusammen sind.«

»Meine Frau ist im siebten Monat schwanger. Wir haben vor genau fünf Wochen geheiratet – ich glaube nicht, dass ich ihr jetzt schon auf die Nerven gehe.« Hackenholt merkte selbst, wie aggressiv er plötzlich klang. Früher wäre ihm das nicht passiert. Er schluckte. »Ich möchte Sophie und das Baby in meiner Nähe haben. Sie geben mir Halt.«

»Wie wäre es, wenn sich Ihre Frau zunächst einmal hier im Ort in einer kleinen Pension einmietet? Ich kenne eine ehemalige Physiotherapeutin, die in einem bezaubernden Häuschen am Waldrand wohnt und hin und wieder ein Zimmer vermietet. Auf diese Weise könnten Sie Ihre Partnerin täglich sehen und hätten gleichzeitig die Möglichkeit, sich nach den Therapien zurückzuziehen.« Sie legte den Kopf schief. »Lassen Sie es uns versuchen. Zumindest für die ersten zwei Wochen, dann sehen wir weiter.«

Hackenholt stieß einen Seufzer aus, nickte jedoch.

»Gut, ich werde das abklären und Ihnen schnellstmöglich Bescheid geben, wann Ihre Frau anreisen kann. Doch jetzt möchte ich Ihren Fragebogen mit Ihnen durchgehen. Sie haben einen Dienstunfall als traumatisches Ereignis angegeben. Was genau ist Ihnen widerfahren?«

»Ich bin Polizeibeamter und arbeite bei der Mordkommission. Anfang Dezember wurde ich durch einen fingierten Telefonanruf an eine einsame Stelle gelockt, wo mich drei Männer überfallen und verschleppt haben.«

Während er den Vorfall ausführlich schilderte, hielt er den Blick schuldbewusst auf seine im Schoß gefalteten Hände gesenkt. Es war ihm nach wie vor unangenehm, über das Erlebte zu sprechen, auch wenn er alles bereits mehrfach mit seinem Kollegen Manfred Stellfeldt und Oberstaatsanwalt Dr. Holm durchgegangen war. Die beiden Männer waren allerdings älter als er und hatten ihm mit ihrer väterlichen Art stets das Gefühl gegeben, sich in einer ausweglosen Situation befunden zu haben, gegen die er allein nichts hatte ausrichten können.

Im Stillen fragte er sich dennoch wieder und wieder, ob er nicht anders hätte reagieren müssen. Daneben irritierte es ihn ganz ungemein, dass er sich nicht bewusst an alle Details erinnern konnte – sein Unterbewusstsein aber ständig Momentaufnahmen heraufbeschwor. Diese Bilder wurde er nicht mehr los.

Freitag

Sechseinhalb Wochen später

Hackenholt lag auf der Wiese unter einem Baum. Es sah aus, als würde er schlafen, doch Sophie wusste, dass dem nicht so war – er war einfach nur entspannt. So entspannt, wie sie ihn noch nie zuvor erlebt hatte.

Er hatte sie offenbar bemerkt, denn er setzte sich auf und klopfte einladend neben sich auf die Decke.

Mit einem Seufzen ließ sich Sophie möglichst sanft auf den Boden gleiten – was mit ihrem Bauchumfang gar nicht so einfach war. Hackenholt beugte sich zu ihr und gab ihr einen Kuss.

»Wie geht es Ronja?« Liebevoll streichelte er über den Kugelbauch und ließ seine Hand dann an der Stelle liegen, an der er die Füße des Babys schon öfter gespürt hatte, wenn es gerade eine Runde Kickboxen trainierte.

»Sie hat mich die halbe Nacht wach gehalten, dafür schläft sie tagsüber.«

»Vielleicht können wir sie überlisten, wenn du dich jetzt ein bisschen hinlegst?«

»Ich glaube, damit überlistest du eher mich als den Zwerg.«

»Bist du so müde?«

Sophie nickte.

»Gut, dann machen wir eben alle drei ein kleines Nachmittagsschläfchen.« Hackenholt lehnte sich zurück und zog Sophie an sich. »Ich habe heute mit Frau Dr. Schweiger gesprochen: Sofern sie nichts Gravierendes mehr zutage fördert, denkt sie, wir könnten Ende kommender Woche unsere Zelte hier abbrechen.«

»Wirklich?« Sophie war fast ein Jubelschrei entfahren. Deutlich verhaltener fragte sie: »Wie soll es denn zu Hause weitergehen?«

»So ganz genau weiß ich es noch nicht. Dr. Schweiger hat mir einen Kollegen in Fürth empfohlen, der mich ambulant behandeln könnte. Ich glaube, dass ich das machen werde. Zumindest eine Zeit lang. Tja und außerdem will mich mein Dienstherr allmählich auch mal wieder sehen.«

»Denkst du, du schaffst das?«, fragte Sophie behutsam. »Ich

meine, kannst du dir vorstellen, jeden Tag ins Präsidium zu gehen?«

»Ich habe einen Brief von meinem Dezernatsleiter bekommen«, erzählte Hackenholt, ohne ihre Frage zu beantworten.

»Was will er?«

»Der Chef vom K26 geht demnächst in Ruhestand. Ich könnte mich um seine Stelle bewerben. Die Führungsriege würde mich nachhaltig unterstützen.«

»Du sollst Kommissariatsleiter werden? Ich dachte, dazu müsste man im höheren Dienst sein und nicht nur im gehobenen?«

Hackenholt schüttelte den Kopf. »Das ist nicht ganz richtig. Unsere Dezernatsleiter sind alle im höheren, aber viele Kommissariate werden von einem Kriminalhauptkommissar oder einem Ersten Kriminalhauptkommissar geleitet. Meine letzte Beurteilung war sehr gut. Und nach dem, was passiert ist, scheint man eine solche Beförderung für gerechtfertigt zu halten. Zumindest klingt der Brief sehr wohlwollend.«

»Gibt es dafür dann mehr Geld?«

»Nein. Zumindest auf absehbare Zeit nicht.«

»Womit genau beschäftigt sich das K26?«

»Dort bearbeitet man Dinge wie Betrug, Falschgeld, betrügerisches Abschließen von Handyverträgen oder Fälschung beziehungsweise Einreichung von gefälschten Schecks. Es geht um Warenbetrug, Leistungsbetrug und so weiter.«

»Aha.« Sophie nagte eine Weile an ihrer Unterlippe, bevor sie so neutral wie möglich sagte: »Also eine ganz andere Richtung im Vergleich zu dem, was du bisher gemacht hast.«

»Hm-mh. Im Grunde genommen habe ich von dem Bereich überhaupt keine Ahnung und müsste mich erst einmal gründlich in die Thematik einarbeiten. In meinem ganzen Leben ist mir noch kein gefälschter Scheck untergekommen, geschweige denn habe ich eine Ahnung von Glücksspiel.«

»Würde dir die Arbeit Spaß machen?«

Hackenholt zuckte mit den Schultern. »Es wäre wohl vor allem ein ruhigerer Job als bisher. Außerdem ist das Kommissariat nicht im Präsidium am Ludwigsplatz untergebracht, sondern in einem Bürokomplex am Plärrer. Der Chef dachte, das käme mir eventuell gelegen, weil er doch erlebt hat, dass ich zuletzt ein Problem damit hatte, die Dienststelle zu betreten.«

»Meinst du wirklich, ein Kommissariatsleiter schiebt eine ruhige Kugel?«

»Das nicht gerade, aber ich wüsste nicht, warum ich am Wochenende arbeiten müssen sollte. Ich denke einfach, ich wäre insgesamt mehr zu Hause als bisher. Dann würde ich Ronja nicht immer nur abends in ihrem Bettchen schlafen sehen, sondern könnte auch mal unter der Woche mit euch auf den Spielplatz gehen.«

»Na, bis sie auf einem Spielplatz herumräubert, wird es noch ein bisschen dauern. Was macht man als Leiter denn so? Sich durch Berge von Papier wühlen und von einer Konferenz zur nächsten hetzen?«

»Mit Ersterem dürftest du ziemlich richtigliegen. In kleineren Kommissariaten übernehmen die Chefs auch mal eine Ermittlung – in Fürth oder in Erlangen zum Beispiel –, aber in Nürnberg ist das leider anders. Normalerweise sind die Dienststellenleiter zuständig für administrative Aufgaben: Sie haben den Überblick über die Sachbearbeitungen und teilen die eingehenden Anzeigen von den Inspektionen ihren Mitarbeitern zu. Unter bestimmten Umständen fassen sie einzelne Fälle zu einer einzigen Ermittlung zusammen. Beispielsweise, wenn derselbe Fälscher zig Schecks in Umlauf bringt. Daneben müssen sie darauf achten, dass die Vorgaben umgesetzt werden. Außerdem hält der Chef den Kopf hin, wenn etwas schiefläuft.«

»Und die Kriminellen? Wie sind die so drauf?«

Hackenholt blinzelte in die Sonne. »Die Klientel vom K26 ist breit gefächert: Vom Geschäftsmann im Nadelstreifenanzug, der mal schnell seine Mitmenschen abzockt, über den Geldfälscher in Latzhose aus der Hinterhofwerkstatt bis hin zum arbeitslosen Hartz-IV-Empfänger ist alles dabei.«

»Was ist mit deinem Team? Wie werden Manfred, Ralph und Saskia reagieren, wenn du weggehst? Und erst Christine?«

Hackenholts Blick glitt in die Baumkrone. Sophie sah, wie seine Augen rhythmisch über das Blätterdach hin und her wanderten, während der Wind die Äste bewegte.

»Bis wann musst du denn Bescheid sagen, ob du dich für die Stelle bewirbst?«, brach sie nach einer Weile das Schweigen.

»Das hat er nicht geschrieben, aber ich denke, wir sollten es nicht auf die lange Bank schieben.«

Samstag

Als Hackenholt und Sophie am frühen Nachmittag in den Kurgarten kamen, sahen sie bereits von Weitem die beiden Männer, die es sich an einem Tisch auf der Terrasse des Cafés unter einem Sonnenschirm gemütlich gemacht hatten und auf sie warteten. Mit einem Lächeln erkannte Hackenholt, dass sein Kollege Ralph Wünnenberg diesmal nicht allein den weiten Weg auf sich genommen, sondern Manfred Stellfeldt mitgebracht hatte.

»Wie läuft es bei euch im Kommissariat? Habt ihr viel zu tun?«, fragte Hackenholt, nachdem sie ihre Bestellung aufgegeben hatten.

»Im Augenblick ist nicht viel los.« Stellfeldt sah hilfesuchend zu Sophie. Offenbar war er unsicher, wie viel er Hackenholts Psyche zumuten durfte.

»Ich würde nicht fragen, Manfred, wenn es mich nicht ehrlich interessieren und ich die Antwort vertragen würde«, erklärte der Hauptkommissar mit ruhiger Stimme. »Mir geht es gut. Ich bin dabei, mit dem, was passiert ist, abzuschließen, und kann jetzt viel besser damit umgehen. Also, woran arbeitet ihr?«

»Im Grunde genommen sind es drei Fälle: In einem geht es um einen jungen Volontär aus dem Nürnberger Staatsmuseum, der für ein Jahr zu einer Grabungsstätte nach Südamerika wollte und spurlos verschwunden ist«, begann Wünnenberg mit der anscheinend harmlosesten Sache.

»Außerdem wurden auf dem Gebiet der PI Ost drei junge Frauen leblos in einem Zelt aufgefunden. Allem Anschein nach ein gemeinschaftlicher Suizid. Sie befanden sich in einem schwer zugänglichen Waldstück und hatten einen kleinen Holzkohlegrill mit im Zelt stehen«, zählte Stellfeldt die Fakten auf.

»Haben sie Abschiedsbriefe hinterlassen?«

»Nein, aber alle drei hatten eine hohe Dosis Schlaftabletten im Blut, und das Zelt war von innen mit Paketband abgeklebt, damit jegliche Luftzirkulation unterbunden wurde. Außerdem hat sich eins der Mädchen vorab in einem einschlägigen Internetforum Tipps geholt.«

»Und dann ermitteln wir noch gegen einen Mann, der seine Frau vor den Augen ihrer Kinder mit Benzin übergossen und angezündet hat. Es ist also alles wie immer – der ganz normale Wahnsinn, wie wir ihn kennen«, brummte Wünnenberg.

»Oh mein Gott!«, entfuhr es Sophie. »Vielleicht ist der Vorschlag von deinem Dezernatsleiter doch nicht so dumm, Frank.«

Hackenholt griff nach ihrer Hand und drückte sie, während er sich an seine Kollegen wandte. »Der Chef hat mich gefragt, ob ich nicht ins K26 wechseln möchte.«

»Zu den Betrügern?«, fragte Wünnenberg entsetzt. »Ja, was willst du denn dort?«

»Der Kommissariatsleiter geht in Pension, und ich könnte seine Stelle übernehmen.«

»Das ist jetzt aber nicht dein Ernst, dass du über einen Wechsel nachden–« Sophies wohldosierter Tritt unter dem Tisch brachte Wünnenberg abrupt zum Schweigen.

»Vor vielen Jahren war ich mal als junger Beamter beim K2 in Ansbach«, erinnerte sich Stellfeldt, während er seine Glatze zu massieren begann. »Mein Gott, bei denen ging es drunter und drüber. Man hat alles kreuz und quer bearbeitet: Raub, Erpressung, schweren Diebstahl, Kfz-Delikte, Unterschlagung, Hehlerei. Na ja, so etwas wie das K26 selbst gibt's ja nicht bei normalen Dienststellen wie Fürth, Erlangen oder Ansbach, sondern nur bei uns in der ehemaligen Kriminaldirektion.« Plötzlich hob er den Kopf und sah Hackenholt bekümmert an. »Ich habe noch zwei Jahre, dann bin ich sechzig.«

Der Hauptkommissar wusste genau, was Stellfeldt damit sagen wollte: Da er zur alten Garde gehörte und mehr als zwanzig Jahre Schichtdienst geleistet hatte, konnte er mit sechzig den Dienst quittieren. Er war unter den Beamten der Dienstälteste, der mit der meisten Erfahrung im K11. Natürlich kehrten neue Besen oftmals gut, wenn nicht sogar besser – aber es gab Dinge, in denen langjährige Erfahrung und Kontakte jugendlichen Aktionismus ausstachen. Stellfeldt hatte Hackenholt in den Jahren, in denen er nun in Nürnberg arbeitete, immer wieder das nötige Wissen über die hiesigen Besonderheiten und Gepflogenheiten nahegebracht. Wenn sie nun beide innerhalb relativ kurzer Zeit die Dienststelle verließen, würde das Kommissariat zwei ihrer Leistungsträger verlieren.

Als wollte er dem Ganzen das i-Tüpfelchen aufsetzen, meldete sich nun Wünnenberg mit einer schlichten Feststellung zu Wort: »Wenn du weggehst, suche ich mir auch etwas anderes. Oder glaubst du allen Ernstes, ich bleibe allein mit Saskia zurück und höre mir dazu noch ständig Christines Wutausbrüche an?«

»Welche Wutausbrüche denn bitte?«, fragte in dem Moment eine empörte Stimme hinter ihnen.

Wünnenberg und Stellfeldt fuhren erschrocken herum, während Hackenholt ebenso erstaunt aufblickte. Nur Sophie schien die beiden Neuankömmlinge bemerkt zu haben, während sie sich durch das Café an sie anschlichen.

»Rutsch mal ein Stück!«, grummelte Christine Mur, während sie sich zwischen Hackenholt und Wünnenberg drängte, um Ersteren herzlich zu umarmen. »Du wirkst richtig erholt, Frank«, raunte sie ihrem Kollegen ins Ohr. »Ich hoffe, dir geht es so gut, wie du aussiehst und wie uns deine Frau berichtet hat.« Dann ging sie zu Sophie und machte damit Platz für ihren Begleiter.

»Maurice«, rief Hackenholt erfreut aus. »Was für eine Überraschung!«

Der Rechtsmediziner, der fast einen Kopf kleiner, dafür jedoch deutlich fülliger war als Hackenholt, schüttelte mit gewohntem Enthusiasmus dessen Hand. »Wie mir zu Ohren gekommen ist, reißen sich im Augenblick mehrere Dienststellen um dich. Ich verstehe zwar nicht so ganz, warum, aber es freut mich natürlich, weil es dir zeigt, wie beliebt du im ganzen Haus bist. Allerdings gehe ich davon aus, dass du uns treu bleibst. Das habe ich letzte Woche auch Dr. Holm gesagt. Wo kämen wir denn hin, wenn du in ein anderes Kommissariat wechseln würdest?«

Hackenholt zog sichtlich überrascht die Augenbrauen hoch. Er fragte sich, wie Maurice Puellen bereits letzte Woche mit dem Oberstaatsanwalt über eine mögliche Versetzung diskutieren konnte, wenn er selbst erst gestern davon erfahren hatte.

»Hast du schon mit deinem Chef über die Wiedereingliederung gesprochen? Das ist absolut wichtig, denn nach so langer Zeit musst du es langsam angehen«, plapperte Puellen enthusiastisch weiter. »Normalerweise fängt man mit zwei Stunden pro Tag an und steigert das Pensum nach zwei, drei Wochen allmählich.«

»Was? Da kann er ja gleich zu Hause bleiben. In zwei Stunden schafft man doch gar nichts. Da trinkt man allenfalls eine Tasse Kaffee und überfliegt die Berichte vom Vortag«, rief Wünnenberg entsetzt.

»Das gilt vielleicht für dich, Ralph. Aber nicht jeder beginnt seinen Tag mit einem einstündigen Kaffeeritual, währenddessen er nicht gestört werden darf«, konterte Mur. Sie zwängte einen Stuhl vom Nachbartisch in die Lücke zwischen Hackenholt und Wünnenberg und setzte sich. »Maurice hat ganz recht: Du musst dir die Zeit nehmen, die du brauchst, bis du wieder voll arbeiten kannst.« Damit griff sie nach Hackenholts Hand und tätschelte sie ein paarmal.

»Tja, ich habe euch doch von Anfang an gesagt, dass alles gut werden wird und ihr euch nicht so einen Kopf machen sollt.« Dr. Puellen grinste in die Runde, bevor er einen Blick in die Karte warf. »Was nimmst du denn, Schnurzelchen? Ein Eis oder lieber einen Kuchen? Also ich werde wohl der Schwarzwälder Kirschtorte nicht widerstehen können.«

Sekundenbruchteile lang herrschte am Tisch absolute Stille, dann begannen Sophie und Hackenholt gleichzeitig zu reden, während sich Mur die Speisekarte noch ein klein wenig höher vors Gesicht hielt, damit nur ja keiner ihren hochroten Kopf sah – und sie auch nicht in die angestrengt ernsten Gesichter ihrer Kollegen blicken musste. Die Art und Weise, wie Wünnenberg neben ihr auf seinem Stuhl herumzappelte, signalisierte ihr deutlich genug, dass er vor unterdrücktem Lachen über den Kosenamen fast platzte.

Nachdem der Besuch gegen achtzehn Uhr gegangen war, hakte sich Sophie bei Hackenholt unter.

»Wollen wir noch einen kleinen Spaziergang machen, oder soll ich dich direkt zu deiner Pension bringen?« Er sah sie fragend an.

»Lass uns ein bisschen die Beine vertreten. Das wird mir nach dem stundenlangen Sitzen sicher guttun.«

Mit seinen verschlungenen Wegen unter den schattigen Bäumen war der Kurgarten zu einem ihrer Lieblingsorte geworden. Von dort aus schlenderten sie die Allee des sich anschließenden Kurparks entlang, folgten ein Stück der Saale, überquerten zwei Straßen und kamen schließlich am Waldrand an. Als sie einen Forstweg entdeckten, folgten sie ihm. Schon nach wenigen Metern umgab sie der typische Geruch von Kiefernnadeln. Nun erst brach Hackenholt das einvernehmliche Schweigen.

»Das war kein zufälliges Treffen heute. Du hast gewusst, dass sie alle kommen wollten, nicht wahr?«

Sophie senkte schuldbewusst den Blick. »Ralph hat gestern Abend angerufen und gefragt, ob es okay wäre, wenn Manfred ihn begleiten würde. Ich habe gedacht, du freust dich, ihn wiederzusehen.« Ihre Stimme klang unsicher.

»Das sollte kein Vorwurf sein.« Er lächelte sie beruhigend an. »Und was ist mit Christine und Maurice? Warum sind sie nicht gleich mit den zwei mitgefahren?«

»Ich weiß es nicht. Christine hat ungefähr eine halbe Stunde nach Ralph angerufen und gefragt, ob es nicht schön wäre, wenn wir uns alle treffen würden.«

»Hast du ihnen von dem Brief von meinem Chef erzählt?«

»Natürlich nicht.« Sophie sah ihn entrüstet an. »Das ist deine Sache, da mische ich mich nicht ein. Allerdings hatte ich den Eindruck, als ob Christine etwas davon wüsste. Sie hat ein paar komische Fragen gestellt.«

»Tja, unser *Schnurzelchen* scheint mal wieder über alles Bescheid zu wissen, bevor es die eigentlich Betroffenen erfahren.« Nur mühsam konnte er ein Lachen unterdrücken. »Sie kann einem fast leidtun – den Spitznamen wird sie nie wieder los. Dafür werden Manfred und Ralph sorgen.«

Sie waren am Ende des Wäldchens angekommen und bogen links in einen Feldweg ab, der sie nach wenigen hundert Metern zunächst zurück in den Forst und anschließend in einem Bogen nach Bad Bocklet führen würde. Hackenholt war in den vergangenen Wochen mehr als einmal hier entlanggejoggt. Nach ungefähr hundert Metern kamen sie an einem kleinen Waldparkplatz vorüber, auf dem ein weißer Transporter stand. Das

Fahrerfenster war heruntergelassen, eine Nachrichtensprecherin plärrte die Staumeldungen in die Stille.

»Hast du dich inzwischen entschieden?«, nahm Sophie das Gespräch wieder auf. »Wirst du ins K26 wechseln?«

»Was wünschst du dir? Soll ich es tun?«

Sophie stieß einen tiefen Seufzer aus. »Ganz ehrlich: Ich weiß es nicht.«

»Siehst du, mir geht es genauso. Es gibt vieles, was dafür-, aber auch einiges, was dagegenspricht.«

»Zum Beispiel?«

»Einerseits wäre es natürlich eine neue Herausforderung. Andererseits bin ich mir nicht sicher, ob mir die Tätigkeit wirklich liegt. Ich wollte mich nie um eine Beförderung bemühen, wenn sie bedeutet, dass ich nicht mehr meine Arbeit machen kann. Nur am Schreibtisch sitzen …« Er blähte die Wangen auf. »Dann käme ich überhaupt nicht mehr raus und mit dem Bürger in Kontakt. Und *Schnurzelchen* und Co. würde ich wohl auch vermissen.«

»Na, du hast ja noch Zeit, es dir zu überlegen. Vielleicht solltest du erst einmal mit der Wiedereingliederung beginnen und sehen, ob du Lust auf deine alte Arbeit bekommst.«

Hackenholt schüttelte den Kopf. »Wenn ich wechsle, dann werde ich sofort eine Abordnung zum K26 beantragen und dort eine Weile hospitieren. Ins K11 gehe ich dann gar nicht mehr zurück.«

Sonntag

Es war kurz nach fünf Uhr, als Hackenholt am Sonntagmorgen aufwachte. Zum ersten Mal seit drei Wochen hatte er schlecht geschlafen. Lag es am nächtlichen Gewitter, oder war es doch eher eine Reaktion auf das gestrige Treffen mit seinen Kollegen? Wollte ihm sein Unterbewusstsein signalisieren, dass er noch nicht so weit war, wie er glaubte?

Wie er es für solche Fälle zu Beginn der Therapie gelernt hatte, stand er auf und zog seine Joggingsachen an. Eine Runde in der frischen Morgenluft würde ihn beruhigen und ihm beim Nachdenken helfen.

Wie immer im Wald konzentrierte er sich auf die Geräusche, die ihn umfingen. Das Rauschen der Baumwipfel, das Zirpen der Grillen, das Zwitschern der Vögel. Seine Augen wanderten über die Äste und Blätter der Bäume, die Gräser und Ranken im Unterholz, die Lichtreflexe, die die aufgehende Sonne mit Licht und Schatten zauberte. Gierig sog er den Geruch des regenfeuchten Waldbodens ein.

Obwohl Hackenholt seit jeher oft und gern joggen ging, erkannte er doch erst in den letzten Wochen den tieferen Nutzen für seine innere Ausgeglichenheit – fernab eines *Runner's High*, dem Rausch der Euphorie, dem Glückskick, den Sportler während ihrer Höchstleistungen erreichten. Für ihn wurde es ein simples Mittel der Gegenwarts- und Problembewältigung.

Wie sollte er das nur handhaben, wenn er wieder in Nürnberg war und mitten in der Stadt wohnte? Natürlich lag der Stadtpark nicht weit entfernt, und er verfügte sogar über eine ausgeschilderte Joggingstrecke, aber dort waren immer so viele Menschen unterwegs. Außerdem lief Hackenholt lieber auf weichem Waldboden als auf einem geteerten Weg. Sollte er Sophie überreden, einen Kompromiss zwischen einem Haus in der Pampa und der Stadtmitte zu finden?

Plötzlich blickte er auf. Ohne es bewusst wahrzunehmen,

hatte er wohl an einer der Abzweigungen einen anderen Weg eingeschlagen als sonst. Nun war er am Waldrand angelangt und musste sich erst einmal orientieren. Nach einem Augenblick entdeckte er in der Ferne einen Gebäudekomplex, den er von einem seiner Ausflüge mit Sophie kannte. Offenbar war er heute die ganze Zeit geradeaus gelaufen und nicht wie sonst nach rechts abgebogen. Einen Moment erwog er, kehrtzumachen und einfach zurückzugehen, um auf seine übliche Route zu kommen, doch dann beschloss er, die Strecke entlang der Äcker zu nehmen.

Er folgte dem Feldweg, der sich dicht an den Kiefern entlangschlängelte und voller Pfützen war. Ein paar Minuten später kam Hackenholt zu der Stelle, an der er gestern mit Sophie in den Forst abgebogen war. Er zögerte einen Augenblick, blieb dann jedoch auf dem Schotterweg. Warum sollte er nicht von hier ab die Strecke in umgekehrter Richtung rennen, die sie am Vortag spaziert waren? Sicher war es um diese Uhrzeit noch herrlich einsam im Kurpark.

Mit einem Mal bemerkte Hackenholt, dass von irgendwoher Musik an sein Ohr drang. Je weiter er lief, desto deutlicher hörte er sie. Er seufzte in sich hinein. Offenbar hatte er doch die falsche Entscheidung getroffen – so viel Lärm am frühen Morgen war ihm zuwider.

Er joggte um eine Biegung, und im nächsten Moment sah er die Lärmquelle: Der Transporter, an dem sie gestern schon vorbeigekommen waren, stand nach wie vor auf dem kleinen Parkplatz. Das Fahrerfenster war immer noch heruntergelassen, und das Dröhnen des Autoradios erschien in der morgendlichen Stille umso lauter. Hackenholt drosselte im Näherkommen sein Tempo, bis er schließlich einige Meter von dem Fahrzeug entfernt stehen blieb.

Wie aus dem Nichts überfiel ihn eine Eiseskälte. Bilder vom letzten Dezember schoben sich vor die morgendliche Szene: Ahnungslos war er die Uffenheimer Straße entlanggefahren, bis er neben der vermeintlichen Zivilstreife hielt. Noch während er die Zündung aus- und die Warnblinker einschaltete, kam eine gegen die nächtliche Kälte dick eingemummte Person auf ihn zu. Dann ging alles ganz schnell. Ein Mann riss die Beifahrertür auf. Kaum wandte er sich ihm erschrocken zu, schlug der andere ihm die Taschenlampe auf den Kopf. Als er wieder zu sich kam, lag er gefesselt und geknebelt im Laderaum eines Transporters …

Trotz der morgendlichen Kühle stand Hackenholt der Schweiß auf der Stirn. Sein Atem ging stoßweise, und er zitterte am ganzen Körper. Immerhin musste er sich nicht mehr übergeben wie zu Beginn der Therapie, als sie diese Erinnerung aufzuarbeiten begannen. Er holte tief Luft und ging langsam auf das Fahrzeug zu. Irgendetwas stimmte hier nicht. Niemand stellte ein Auto mit heruntergelassener Scheibe und laufendem Radio an einem derart entlegenen Ort ab, wenn er sich nicht in unmittelbarer Nähe befand. Schon gar nicht über Nacht und bei Regen.

Bedächtig ging Hackenholt um den Mercedes herum. Der Sprinter hatte ein Hamburger Kennzeichen und war ein älteres Modell mit diversen Dellen sowie ein paar Rostflecken oberhalb der Radkästen. Ein typisches Handwerkerfahrzeug, sah man davon ab, dass keinerlei Firmenlogo auf der Seite oder an den Hecktüren angebracht war. Schließlich blieb Hackenholt neben der Beifahrertür stehen. Durch das Fenster sah er den Schlüssel im Zündschloss stecken. Ansonsten schien die Fahrerkabine leer zu sein. Keine Tasche lag im Fußraum, keine Zeitung hinter der Windschutzscheibe und auch keine Jacke und kein Pullover auf dem Beifahrersitz.

Noch einmal ging Hackenholt um das Fahrzeug herum und musterte es, aber er fand keine Anhaltspunkte, welcher Firma der Wagen gehörte. Zu guter Letzt blieb er vor der Hecktür stehen. Nach kurzem Zögern legte er die Hand auf den Griff. Er war nicht sonderlich verwundert, als er merkte, dass die Tür nicht abgeschlossen war. Sobald er sie einen Spaltbreit geöffnet hatte, quoll ihm ein unangenehmer Geruch entgegen. Ein Teil in ihm wollte sie angeekelt sofort wieder zuschlagen, ein anderer zwang ihn, sie vollends zu öffnen.

Vor ihm offenbarte sich ein Durcheinander von Möbeln. Eine Matratze hing schief in den Raum, seitlich stand eine niedrige Kommode, Bretter lagen dazwischen und darunter, Kartons standen kreuz und quer im Inneren, manche waren geöffnet und die darin befindlichen Kleidungsstücke herausgerissen. Direkt vor ihm lag ein zerbrochener Bilderrahmen schräg auf einem Umzugskarton. Dahinter erblickte er einen Turnschuh, aus dem ein Strumpf und ein behaartes Bein ragten.

Mit einer Hand drückte Hackenholt die Matratze vorsichtig hoch, bis er den Toten sehen konnte. Dann ließ er sie wieder los, drehte sich wie ferngesteuert um und schaffte es gerade noch, zwei Schritte zur Seite zu gehen, bevor er sich erbrach.

Es dauerte keine Viertelstunde, bis die erste Streife aus Bad Kissingen vor Ort war. Nachdem sich die beiden jungen Beamten von der Richtigkeit der Angaben überzeugt hatten, bestanden sie darauf, dass Hackenholt wartete, bis die nachalarmierten Kollegen des Kriminaldauerdiensts aus Schweinfurt den Transporter und die Leiche in Augenschein genommen hatten.

Als die Kriminalisten nach einer Stunde noch nicht eingetroffen waren, war Hackenholt mit seiner Geduld am Ende. Er machte gerade Anstalten, aus dem Streifenwagen zu steigen, in den man ihn gesetzt hatte, als endlich zwei weitere Fahrzeuge den Feldweg entlangholperten.

Mit einem Seufzer ließ sich der Hauptkommissar auf den Sitz zurücksinken und beobachtete die ebenfalls sehr jungen Kollegen, die sich nun mit den Schutzpolizisten unterhielten, während ein Mann, der offenbar zur Spurensicherung gehörte, in seine Schutzkleidung schlüpfte und sich dem Transporter näherte.

Durch die geöffnete Autotür konnte Hackenholt die Unterhaltung der Polizisten mitverfolgen. Was sie über ihn, den vermeintlichen Zeugen, sagten, war wenig schmeichelhaft. Schlagartig wurde ihm bewusst, dass er diesmal auf der anderen Seite stand: Er war für die Beamten ein normaler Bürger, denn er hatte sie seinen Beruf nicht wissen lassen.

Endlich kamen die beiden Kriminaler zum Streifenwagen herüber. Hackenholt stieg aus.

»Sie sind derjenige, der den Toten gefunden hat?«, eröffnete die junge Ermittlerin das Gespräch, ohne sich ihm vorzustellen.

Hackenholt nickte.

»Wenn ich die Kollegen richtig verstanden habe, ist Ihnen das Fahrzeug bereits gestern aufgefallen?«

Hackenholt nickte erneut.
»Warum haben Sie dann nicht gleich die Polizei gerufen?«
»Ich hatte keinen Grund zu der Annahme, dass etwas nicht stimmen könnte. Ich dachte, der Fahrer wäre nur mal kurz in die Büsche verschwunden.«
»Und heute Morgen sind Sie zurückgekommen, um nach dem Rechten zu sehen?«, hakte nun der männliche Beamte nach. Er hatte es genauso wenig für nötig gehalten, seinen Namen zu nennen.
»Nein, ich bin zufällig vorbeigekommen, weil ich mich im Wald verlaufen habe.«
»Aha. Aber nachdem um die frühe Uhrzeit weit und breit niemand da war, der Sie hätte beobachten können, dachten Sie sich, Sie schauen mal nach, was der Transporter geladen hat. Es könnte ja etwas dabei sein, das Sie brauchen können.« Die Beamtin musterte ihn mit einem durchdringenden Blick.
Hackenholt wurde rot und senkte den Kopf. Er wusste nicht, warum er das plötzliche Bedürfnis gespürt hatte, die Hecktür zu öffnen. Wahrscheinlich, weil er in einer Vision seiner eigenen Entführung gefangen gewesen war und überprüfen wollte, dass niemand im Stauraum lag. Aber das würde er der Dame mit Sicherheit nicht auf die Nase binden.
»Ich wollte nachsehen, was sich im Transporter befand«, sagte er schließlich, »weil ich ein schlechtes Gefühl hatte und nicht, um mich an fremdem Eigentum zu vergreifen.«
»Mit Ihrem unkorrekten Vorgehen haben Sie wahrscheinlich wichtige Spuren vernichtet. Es war äußerst dumm von Ihnen, die Autotür mit bloßen Händen anzufassen.« Die Beamtin klang nach wie vor schroff. »Sie hätten uns besser auf der Stelle verständigt.«
Der Gedanke war Hackenholt auch schon durch den Kopf gegangen. Ändern konnte er es nicht mehr, und Einweghandschuhe hätte er sowieso nicht bei sich gehabt.
»Haben Sie im Inneren etwas angefasst?«
»Nur die Ecke der Matratze. Ich musste sie ein Stück anheben, um zu sehen, dass für den Mann jede Hilfe zu spät kam.«
»Das hat man ja wohl gerochen. Dazu hätten Sie nicht auch noch an den Sachen herumfingern müssen.«

»Es hätte Müll sein können, der so streng riecht«, verteidigte sich Hackenholt. »Wenn Sie Vergleichsspuren nehmen, können Sie meine problemlos eliminieren.«

»Hört, hört! Wenn wir *Vergleichsspuren* nehmen. Da hat einer offenbar ein bisschen zu viel ›CSI‹ im Fernsehen geschaut.«

Unbewusst ballte Hackenholt seine Hände. Er ärgerte sich maßlos, aber er schwieg.

Vielleicht war diese Erfahrung für ihn ganz gut – in Zukunft würde er sich besser in die Zeugen hineinversetzen können, mit denen er es zu tun hatte.

»Den Toten selbst haben Sie aber nicht auch noch berührt?«

»Nein, natürlich nicht«, presste er zwischen zusammengebissenen Zähnen heraus.

»Wir tun nur unsere Arbeit«, meinte plötzlich der andere Beamte. »Da brauchen Sie sich jetzt gar nicht so aufzuregen.« Offenbar war ihm Hackenholts Wut nicht entgangen. »Was machen Sie überhaupt in Bad Bocklet, wenn Sie eigentlich in Nürnberg wohnen?« Bedächtig drehte er Hackenholts Personalausweis, den ihm die Streifenbeamten übergeben haben mussten, zwischen den Fingern hin und her.

»Wie Sie zweifellos den Angaben entnehmen können, die ich Ihren Kollegen gegenüber gemacht habe, befinde ich mich hier auf Reha.«

»Und warum, wenn ich fragen darf?«

»Mir mussten nach einem Betriebsunfall drei Zehen amputiert werden.« Nichts im Leben hätte Hackenholt dazu gebracht, dem jungen Schnösel den wahren Grund seines Aufenthalts preiszugeben.

»Oh, das ist ja schrecklich. Was arbeiten Sie denn?«

Hätte der andere nicht einen derart geheuchelten Tonfall angeschlagen, hätte sich Hackenholt darauf beschränkt »Beamter« zu erwidern, so sagte er jedoch: »Ich bin Polizist, genau wie Sie, Herr Kollege. Und nachdem Ihnen nur Fragen einfallen, die bei der Todesermittlung nicht im Geringsten weiterhelfen, sehe ich unser Gespräch als beendet an. Meine Handynummer haben Sie. Ich gehe davon aus, dass sich der zuständige Sachbearbeiter im Lauf des Tages bei mir melden und einen Termin für eine ordnungsgemäße Vernehmung vereinbaren wird.« Damit drehte er sich um und ließ die beiden Kriminaler stehen.

»Und so einer will ein Kollege sein«, hörte er die Beamtin im Weggehen sagen. »Wahrscheinlich ist der irgendwo in der Verwaltung tätig und hat keine Ahnung vom wirklichen Leben. Allein schon, dass er hier alles vollgekotzt hat.«

»Erinnerst du dich noch an den Wagen, an dem wir gestern beim Spazierengehen vorbeigekommen sind?« Hackenholt setzte sich zu Sophie auf eine Bank in die Sonne. Sie hatte soeben ihr Frühstück in ihrer Pension beendet. »Der mit dem plärrenden Autoradio?«

»Dunkel. Warum fragst du?«

Einen Augenblick lang war er gewillt »Ach, nur so« zu antworten, doch dann riss er sich zusammen. In den vergangenen Wochen hatten sie im Rahmen der Therapie vereinbart, dass er in Zukunft nicht mehr versuchen würde, Sophie vor der Grausamkeit seiner Arbeit zu schützen, indem er immer alles herunterspielte und ihr nur ausgewählte Bruchstücke mitteilte. Sofern es sich nicht um Dienstgeheimnisse handelte, wollte er ihr fortan alles wahrheitsgetreu erzählen. Also holte er tief Luft und schilderte, was am Morgen passiert war.

»Du hast einen Toten gefunden?« Konsterniert betrachtete sie ihn, dann schüttelte sie den Kopf. »Das darf doch wohl nicht wahr sein! So etwas kann wirklich nur dir passieren. Kein anderer findet einfach so eine Leiche.« Plötzlich biss sie sich auf die Unterlippe. »Wie hast du dich dabei gefühlt? Ich meine …« Ihre Stimme verlor sich.

»Ich hatte Schweißausbrüche, zitternde Knie und musste mich übergeben. Außerdem habe ich mich wie ein blutiger Anfänger benommen und Dinge angefasst, von denen ich besser meine Finger gelassen hätte. Aber am meisten habe ich mich über die Kollegen geärgert, die für die Anfangssachbearbeitung des Falls zuständig sind.«

Sophie strahlte: Da war er endlich wieder, der alte Hackenholt, der in seiner Arbeit aufging.

Plötzlich piepte sein Handy.

»Ich soll um vierzehn Uhr zu einer Vernehmung nach Schweinfurt in die Kriminalpolizeiinspektion kommen. Das war gerade der Kollege, der in dem Fall ermittelt«, informierte Hackenholt sie, nachdem er das Gespräch beendet hatte. »Begleitest du mich, oder willst du lieber hierbleiben?«

»Natürlich fahre ich mit! Glaubst du, ich lass dich allein zurück in die Zivilisation?«

Hackenholt sah sie mit hochgezogener Augenbraue an.

Grinsend legte sie den Kopf schief. »Nun ja, wir wollen nicht übertreiben, Schweinfurt ist sicher nicht der Nabel der Welt, aber immerhin ein willkommener Tapetenwechsel, bevor wir in ein paar Tagen wirklich wieder ins Großstadtleben eintauchen. Ich werde mich während deines Termins einfach in ein Café setzen. Wollen wir gleich los? Dann können wir uns Schweinfurt noch ein bisschen anschauen, im Stadtkern soll es ein paar schöne historische Gebäude geben.«

Der Mann, der Hackenholt von der Pforte abholte, stellte sich als Walter Zögner vor. Hackenholt schätzte, dass er in etwa so alt war wie Manfred Stellfeldt. Doch im Gegensatz zu seinem Kollegen trug der Beamte keine Glatze, sondern eine wahre Löwenmähne, die durch einen Vollbart ergänzt wurde. Er hinkte leicht, so als wäre ein Bein kürzer als das andere.

»Wir haben miteinander telefoniert. Ich bin der Depp, der dieses Wochenende Bereitschaft hat und dem die Sache aufs Auge gedrückt wurde.« Er hielt kurz inne, lachte und zuckte dann mit den Schultern. »So ist das eben in unserem Beruf. Wenn es recht ist, gehen wir in mein Büro.« Ohne eine Antwort abzuwarten drehte er sich um und schritt voran.

Während Hackenholt ihm folgte, überlegte er, wie er das Verhalten des Ermittlers einschätzen sollte. Ihm war aufgefallen, dass er es vermied, ihn direkt anzusprechen. Das war während ihres Telefonats anders gewesen, da hatte er ihn gesiezt. Eigentlich konnte das nur eins bedeuten: Der Beamte wusste inzwischen, dass er in Hackenholt einen Kollegen vor sich hatte.

Nachdem sie vom Treppenhaus in einen Flur abgebogen waren, blieb Zögner vor der ersten Tür stehen und steckte den

Kopf in den Raum. »Hast du endlich Kaffee gekocht, Kerstin?« Die gemurmelte Antwort drang nicht bis an Hackenholts Ohr. Zögners empörtes »Muss ich hier eigentlich alles selbst machen?« gab jedoch Auskunft darüber, dass dies offenbar nicht geschehen war.

Der Kriminaler wandte sich zu Hackenholt um und sagte: »Mein Zimmer ist das vorletzte links. Ich komm gleich nach, ich setz uns nur schnell noch einen Kaffee auf.«

Hackenholt grinste in sich hinein. Zögner und Wünnenberg gäben ein wunderbares Team ab. Langsam schlenderte er den Gang entlang, bis er vor besagtem Büro ankam. Auf dem Namensschild rechts neben der Tür stand: KHK Zögner, Stellv. Leiter.

Im Zimmer sah es nicht eben aufgeräumt aus. Neben zwei benutzten Kaffeetassen lagen auf dem Schreibtisch kreuz und quer mehrere Akten, lose Ausdrucke, eine aufgeschlagene Landkarte und ein Strafrechtskommentar. Ein Stuhl war mit einem großen Aktenkoffer belegt, ein zweiter mit weiteren Ermittlungsakten. An der Wand hing eine handgemalte Schützenscheibe: Walter Zögner war 1992 Schützenkönig gewesen. Am Fenster stand ein Kaktus. Daneben zwei gerahmte Familienfotos.

»Am Freitagnachmittag war noch alles aufgeräumt«, entschuldigte sich der Beamte. Mit einem Ruck zerrte er den offenbar schweren Aktenkoffer vom Stuhl, den er Hackenholt anbot, bevor er selbst Platz nahm. »Nun gut. Wie wollen wir es handhaben: Sollen wir beim Sie bleiben, oder wollen wir zum kollegialen Du übergehen?«

»Nachdem dir der Dauerdienst zwischenzeitlich gesteckt hat, dass wir beim selben Verein arbeiten, können wir genauso gut Du sagen.«

Zögner sah ihn mit hochgezogenen Augenbrauen an. »Sabrina hat nichts erwähnt. Ein Kollege aus Nürnberg hat es mir verraten. Er war richtiggehend bestürzt, als ich ihm erzählt habe, wer den Toten gefunden hat.«

Nun war es Hackenholt, dem seine Überraschung ins Gesicht geschrieben stand. »Was hat Nürnberg damit zu tun?«

»Ah. Das kannst du natürlich nicht wissen: Bei dem Toten

handelt es sich um einen Vermisstenfall, den die dortige Mordkommission am Freitag bearbeitet hat.«

»Der verschwundene Volontär, der zu einer Grabungsstätte nach Südamerika wollte?«, fragte Hackenholt ungläubig.

Verwundert nickte Zögner. »Lassen dich deine Kollegen nicht einmal während deiner Kur in Ruhe?«

»Sie waren gestern zu Besuch, und das ist auch schon alles, was ich erfahren habe.«

»Felix Kurz war ein junger Archäologe. Er hat ein Volontariat im Nürnberger Staatsmuseum gemacht, wo er am Freitag, dem 14. Juni, also vor gut einer Woche, seinen letzten Tag hatte. Am Wochenende gab er eine Abschiedsparty, und ab Montag fing er an, seine Wohnung auszuräumen. Sachen, die er nicht mehr brauchte, hat er verschenkt oder weggeworfen, alles andere sollte bei seiner Tante in Wunstorf untergestellt werden, bevor er für ein Jahr in Südamerika arbeiten wollte.«

»Was ist mit seinen Eltern?«

»Die sind beide schon verstorben. Die Tante ist seine einzige nahe Verwandte.« Zögner räusperte sich, bevor er fortfuhr. »Am Mittwoch strich er mit Unterstützung eines Hilfsarbeiters die Wohnung. Am Donnerstagvormittag hat er sich einen Mietwagen geholt, ihn mit seinem restlichen Hab und Gut beladen, am Spätnachmittag seine Wohnung dem Vermieter übergeben und sich anschließend auf den Weg Richtung Norden gemacht.

Von unterwegs aus rief er seine Tante noch einmal an, während er in einem Fast-Food-Restaurant etwas aß. Danach verliert sich seine Spur. Nachdem er nicht wie ausgemacht in Wunstorf ankam und die Angehörige ihn telefonisch auch nicht mehr erreichen konnte, hat sie am Freitagmorgen die Polizei informiert. Die Beamten haben allerdings erst einmal nichts weiter unternommen, weil sie davon ausgegangen sind, dass sich der Junge irgendwo aufs Ohr gelegt hat.

Daraufhin hat die Tante herumtelefoniert, aber niemand konnte ihr etwas sagen. Als sie sich nicht mehr anders zu helfen wusste, rief sie den Leiter des Staatsmuseums an und schilderte ihm die Situation. Er hat dann seine Verbindungen spielen lassen und deine Kollegen eingeschaltet. Sie sind zu Felix Kurz' Wohnung gefahren, um nachzusehen, ob sie irgendetwas Verdächtiges ausmachen konnten. Dem war aber nicht so. Deshalb haben sie eine Handypeilung veranlasst. Ab jetzt wird es merkwürdig: Der junge Mann war schon kurz vor Bad Brückenau, als er sein Handy ausgeschaltet hat. Das nächste Signal kam dann sechs Stunden später – und zwar wieder aus Nürnberg.«

»Mit wem hast du gesprochen?«

Zögner griff nach einem Blatt Papier. »Manfred Stellfeldt. Er war wirklich erschüttert und wäre am liebsten sofort hergekommen. Ich glaube, er hat mir gefühlte dreihundertmal gesagt, ich soll dich behutsam befragen.«

Hackenholt lächelte. »Dann lass uns anfangen.«

Der Schweinfurter Hauptkommissar rief eine Eingabemaske in seinem Computer auf, erfasste zunächst Hackenholts Personalien im Zeugenvernehmungsbogen, dann die Schilderung, was der Nürnberger Kollege am Morgen wie, wo, wann und warum getan hatte.

Erst als Hackenholt berichtete, wie er den malträtierten Körper des gefesselten Mannes fand, geriet er ins Stocken. Er wusste, er konnte Zögner nichts vormachen. Die ganze Zeit war seine Stimme ruhig und sachlich geblieben, doch nun begann sie zu zittern. Für Sekundenbruchteile sah er aus dem Fenster auf das sonnenbeschienene Nachbargebäude, dann räusperte er sich und beendete seine Schilderung damit, dass er sich weggedreht und übergeben habe.

»Manchmal verlangt uns unser Beruf ganz schön viel ab, nicht wahr? Mehr als wir uns oftmals eingestehen wollen.« Auch wenn es als Frage formuliert war, legte Zögners Tonfall nahe, dass es eine Feststellung war, auf die er keine Antwort erwartete.

»Bislang hatte ich damit eigentlich keine Probleme. Es sind die Umstände, wie der junge Mann zu Tode kam.« Hackenholt holte tief Luft. »Ich habe selbst unlängst schlechte Erfahrungen mit einem Transporter gemacht.«

»Bist du der Kollege, der im Dezember entführt wurde?«

Hackenholt nickte.

»Da hat es das Schicksal aber auch nicht sonderlich nett mit dir gemeint.« Zögner deutete auf eines der gerahmten Bilder, die auf dem Fenstersims standen. Es zeigte einen jungen, lächelnden Mann. »Mein Sohn ist vor sieben Jahren in New York getötet worden. Er war Arzt und zu einem Kongress nach Washington eingeladen. Danach hat er noch ein paar Tage Urlaub drangehängt – es sollte eine Shoppingtour mit seiner Frau werden. Sie ist extra dafür rübergeflogen. Als sie am zweiten Abend in ihr Hotel zurückgingen, haben sich rivalisierende Jugendbanden eine Schießerei geliefert. Er wollte einem Verletzten, der mitten auf der Straße lag, Erste Hilfe leisten. Dabei wurde er von einem Polizisten erschossen. Er war sofort tot.« Zögner schnitt eine Grimasse. »Da fragt man sich doch, was man in dem Job eigentlich macht.«

Erschrocken starrte Hackenholt ihn an. Einen solchen Schicksalsschlag musste man erst einmal wegstecken.

»Ich habe damals meine Wut in Alkohol ertränkt«, fuhr Zögner mit leiser Stimme fort. »Eines Abends kam ich sternhagelvoll aus der Kneipe, setzte mich in mein Auto und fuhr nach Hause. Auf der Landstraße bin ich in einem Waldstück von der Fahrbahn abgekommen, gegen einen Baum geknallt und die Böschung runtergeschleudert. Dabei wurde ich in meinem Wagen eingeklemmt. Die Feuerwehr musste mich rausschneiden. Mein linkes Bein hatte einen Trümmerbruch.« Er machte eine kurze Pause. »Es dauerte allerdings vier Stunden, bis mich jemand in dem Wrack fand. In dem Moment war das eine verdammt lange Zeit. Ich habe geschrien, getobt, geflucht und die ganze Welt zum Teufel gewünscht. Irgendwann verlor ich die Hoffnung und habe geglaubt, ich würde dort unten elendig verrecken. Als es hell wurde und plötzlich ein Kollege von der Streife neben meinem Fenster aufgetaucht ist, wurde mir klar, dass das eine Warnung von ganz oben war.« Zögner deutete mit dem Daumen in Richtung Himmel.

Hackenholt schluckte hart. »Chapeau, da kann ich nur den Hut ziehen.«

»Felix Kurz hatte nicht so viel Glück wie wir. Deswegen werde ich alles daransetzen, die Typen zu kriegen, die das getan haben.«

»Gibt es schon irgendwelche Anhaltspunkte?«

»Nein, allenfalls eine Vermutung: So brutal, wie die Täter mit dem Jungen umgesprungen sind, könnte es sich um Osteuropäer handeln. Du kennst doch die marodierenden Gruppen, die für einen Beutezug über die Grenze kommen und danach schnell wieder verschwinden. Bislang wissen wir allerdings nicht, was konkret aus dem Fahrzeug fehlt, dazu müssen wir mit Felix Kurz' Tante sprechen – vielleicht sogar mit seinen Freunden, die ihm beim Einladen geholfen haben. Derzeit ist lediglich klar, dass seine Brieftasche und sein Handy verschwunden sind. Hoffentlich musste er nicht sterben, weil er ihnen die Geheimzahl für seine Bankkarte nicht verraten wollte.«

»Was haben wir an Fakten?«

Zögner sah ihn überrascht an. Ihm war das *Wir* in Hackenholts Frage nicht entgangen, und er war sich sicher, dass damit nicht *die Polizei* allgemein gemeint war.

»Was ist mit dem Handy?«, konkretisierte Hackenholt. »Die Ortung hat doch ergeben, dass Kurz irgendwo in der Nähe von Bad Brückenau war, als das Signal abbrach, das dann ein paar Stunden später in Nürnberg geortet wurde. Weißt du dazu etwas Näheres?«

»Das letzte Signal kam vom Nürnberger Hauptbahnhof, und das kann alles bedeuten.«

»Spricht das nicht gegen deine Theorie von einer osteuropäischen Diebesbande?«

»Wieso?«

»Aus welchem Grund sollten die Täter nach dem Überfall nach Nürnberg und nicht auf direktem Weg zurück zur Grenze fahren?«

»Wir kennen die Umstände nicht, unter denen sie auf Felix Kurz getroffen sind. Ich nehme an, sie haben ihn irgendwo unterwegs angesprochen, als er eine Pause gemacht hat.«

»Wo genau war das Fast-Food-Restaurant, in dem er gegessen hat?«

»In Würzburg.«

»Dann ist es unwahrscheinlich, dass sie ihm dort schon begegnet sind. Warum sollten sie ihm bis nach Bad Brückenau folgen? Er muss noch einen anderen Stopp eingelegt haben. Vielleicht an einer Tankstelle?«

»Das ist eine Möglichkeit. Er könnte aber auch nur kurz austreten gewesen sein. Anhand der Handydaten lässt sich keine zweite Pause feststellen: Nach dem Halt in Würzburg ist er zügig durchgefahren und hat in keiner der Funkzellen länger verweilt.«

»Die logische Konsequenz daraus ist: Er muss den Tätern unmittelbar, bevor er sein Handy ausgeschaltet hat, begegnet sein. Welche Rastplätze gibt es entlang der A7 vor Bad Brückenau?«

»In dem fraglichen Gebiet nur einen ganz einfachen: den Parkplatz Schildeck. Er hat weder WC noch Tankstelle. Allerdings liegt er kurz vor der Ausfahrt Bad Brückenau/Wildflecken, und von dort aus kommt man direkt auf die Bundesstraße 286, die in Richtung Bad Bocklet führt. Aber all diese Spekulationen helfen uns nicht weiter. Sobald wir mit der Tante gesprochen haben, müssen wir an die Öffentlichkeit gehen und versuchen, Personen zu finden, denen Felix Kurz und sein Transporter aufgefallen sind. Wo auch immer er angehalten hat, jemand muss ihn beobachtet haben. Mit etwas Glück bekommen wir ein paar brauchbare Hinweise.«

»Frag auch, ob entlang der Strecke ein Tramper gesehen wurde. Der Täter könnte genauso gut ein Anhalter gewesen sein. Vielleicht wollte unser Opfer ihm etwas Gutes tun und hat ihn mitgenommen. Und dann kamen sie während der Fahrt ins Plaudern: Felix Kurz hat von seinem bevorstehenden Grabungsjahr in Südamerika erzählt und dass er seine Sachen zu seiner Tante bringt, woraus der andere geschlossen hat, dass sich Wertgegenstände im Wagen befinden müssen.«

Während sich Zögner Stichpunkte notierte, kam Hackenholt ein weiterer Gedanke.

»Eventuell ist es auch eine Option, in Bad Bocklet und Umgebung nach einem Anhalter zu fragen. Sollte der Täter den Transporter auf dem Parkplatz abgestellt haben, wo ich ihn heute Morgen fand, muss er irgendwie von dort nach Nürnberg gekommen sein. Und Bad Bocklet ist nicht sonderlich gut an den öffentlichen Nahverkehr angebunden, soweit ich feststellen konnte.«

»Das ist durchaus einen Versuch wert.« Zögner strich sich über seinen Bart, während er mit der anderen Hand eine weitere Notiz machte. »Gut«, sagte er, als er schließlich aufblickte, »ich denke, das wäre es erst mal.«

»Hältst du mich auf dem Laufenden?« Hackenholt konnte sich nicht zurückhalten. Zu sehr fühlte er sich durch sein eigenes Schicksal in die Sache hineingezogen.

»Willst du das wirklich? Belastet es dich nicht zu sehr?«

Hackenholts Gesichtsausdruck war Antwort genug.

»Also gut, ich werde dir von unseren Fortschritten berichten. Aber du weißt selbst: Am Anfang werden es nur Kleinigkeiten sein.«

Kaum hatte Hackenholt die Polizeidienststelle verlassen, zückte er sein Handy und wählte Stellfeldts Nummer.

»Manfred, du musst mir einen Gefallen tun«, begann er ohne Einleitung, als sich der Kollege meldete. »Schick mir bitte so schnell wie möglich alles, was ihr bislang über Felix Kurz zusammengetragen habt. Vor allem die ganzen Ortungsdaten.«

»Frank, ich weiß nicht, ob … Ich meine … Wie geht es dir?«, stotterte Stellfeldt.

»Außerdem müsst ihr schnellstmöglich einige relevante Fragen klären«, überging Hackenholt Stellfeldts Gestammel. »Mit wem hat sich Felix Kurz vor seiner Abreise in Nürnberg getroffen? Wie vertrauenswürdig ist die Aushilfskraft, die er zum Renovieren der Wohnung angeheuert hat? Woher kannte er sie? Von wem wurde sie ihm gegebenenfalls empfohlen? Hat ihm jemand beim Beladen des Mietwagens geholfen? Lässt sich feststellen, was er alles nach Wunstorf bringen wollte? Kann ihn jemand von Nürnberg aus verfolgt haben? Ihr müsst mich unbedingt informieren.«

»Weiß Zögner, dass du –?«

»Ich bin gerade bei ihm gewesen. Von seiner Seite gibt es keine Probleme, solange ihr eure Ermittlungsergebnisse nicht nur mir, sondern auch ihm mitteilt.«

»Und Sophie? Ich kann mir nicht vorstellen –«

»Manfred, es ist alles okay«, unterbrach Hackenholt ihn ein weiteres Mal mitten im Satz. »Mir geht es gut. Und Sophie freut sich, dass ich endlich wieder zu arbeiten anfange.« Zumindest hoffte er, sie werde so reagieren, wenn er ihr seinen Entschluss mitteilte. »Spätestens Montag in einer Woche stehe ich bei euch auf der Matte – vielleicht auch ein, zwei Tage früher. Je nachdem, wie schnell ich hier wegkomme. Befrei schon mal meinen Schreibtisch von den Spinnweben.«

»Und das K26?«

»Was soll damit sein? Solange ihr nicht ohne mich klarkommt, kann ich doch nicht wechseln, oder? Also, mail mir eure Berichte und sag Bescheid, sobald es etwas Neues gibt.«

Montag

Hackenholts Handy piepte mitten in der Klangtherapiestunde. Ungläubig starrte ihn die junge Therapeutin an, als er mit einem entschuldigenden Grinsen den Anruf entgegennahm.

»Wir haben gerade von der zentralen Bankenstelle in Frankfurt die Auskunft erhalten, dass von Felix Kurz' Konto Geld abgehoben wurde.« Zögner klang enthusiastisch.

»Wann, wo und wie viel?«

»Das erste Mal am Donnerstagabend um dreiundzwanzig Uhr elf vom Geldautomaten einer Postfiliale hier in Schweinfurt: eintausend Euro mit der Scheckkarte und zweitausend mit der Kreditkarte. Und am Freitagmorgen um null Uhr fünf das gleiche Spiel noch einmal in Bamberg.«

»Werden die Automaten videoüberwacht?«

»Unserer in der Post auf alle Fälle, wie es bei den anderen aussieht, klären wir derzeit noch ab.«

»Gibt es Neuigkeiten von eurem Rechtsmediziner? Konnte er den Todeszeitpunkt eingrenzen?«

»Die Obduktion findet erst um vierzehn Uhr statt. Aber ich denke, es ist ziemlich unwahrscheinlich, dass Felix Kurz das Geld selbst geholt hat. Offenbar wurde beide Male zunächst versucht, einen höheren Betrag zu ziehen, was allerdings an den festgelegten Tagesverfügungsrahmen gescheitert ist.

Außerdem war ich mit meiner Aufzählung noch nicht fertig: Am Freitagmittag ging jemand mit den Karten im Adidas-Outlet in Herzogenaurach groß shoppen. Über die Scheckkarte wurden tausendsechshundertdreiundneunzig Euro abgebucht und die Kreditkarte wurde mit mehr als zweitausend Euro belastet. Kurze Zeit später hat jemand in einem nahe gelegenen Supermarkt noch einmal für einhundertneunundachtzig Euro eingekauft. Am Samstagmorgen haben die Täter sodann erneut versucht, an einem Automaten Bargeld abzuheben. Dabei wurde die Scheckkarte eingezogen, woraufhin sie es mit der Kreditkarte gar nicht erst noch einmal probiert haben. Das war übrigens in Amberg.«

»Amberg würde bei deiner Theorie von einer osteuropäischen Tätergruppe ins Bild passen. Aus welchem Grund hat der Automat die Karte eingezogen?«

»Tja, das habe ich mich auch gefragt. In der Zwischenzeit haben wir in Erfahrung gebracht, dass einer Sachbearbeiterin der Sparkasse in Wunstorf die Abhebungen und Einkäufe aufgefallen sind. Sie versuchte, Felix Kurz zu erreichen. Nachdem das nicht geklappt hat, informierte sie die Tante. Die hat eine Vollmacht für das Konto, falls während seines Südamerikaaufenthalts etwas zu regeln gewesen wäre. Auf Anraten der Sparkassenmitarbeiterin ließ sie das Konto sperren.«

»Und wieso haben wir das nicht schon am Freitag erfahren?«

»Eine Informationspanne. Die Kollegen in Wunstorf scheinen anfänglich nicht daran geglaubt zu haben, dass Felix Kurz etwas zugestoßen ist. Sie gingen wohl vielmehr davon aus, dass jemand, der in Südamerika alte Steinhaufen ausbuddelt, nicht sonderlich zuverlässig ist.«

Hackenholt schwieg mit zusammengepressten Lippen. Derlei Unfähigkeit ärgerte ihn maßlos.

»Kannst du herkommen?«, fragte Zögner schließlich. »Einer meiner Jungs holt gerade das Video aus der Postfiliale ab. Wir könnten es uns zusammen ansehen. Vielleicht erkennst du jemanden darauf.«

Auch wenn Letzteres unmöglich war, da Hackenholt zu keinem Zeitpunkt Personen in der Nähe des Transporters beobachtet hatte, stimmte er sofort zu.

»Ich muss noch einmal zur Kripo nach Schweinfurt«, sagte er entschuldigend an die Therapeutin gewandt, während er schon auf dem Weg zur Tür war.

Rasch lief er in sein Zimmer und holte den Autoschlüssel. Auf dem Weg zum Fahrzeug überlegte er, ob er Sophie Bescheid sagen sollte, doch dann entschied er sich dagegen. Sie legte sich über Mittag häufig hin, um den in der Nacht verpassten Schlaf nachzuholen – er hätte sie also womöglich nur geweckt. Außerdem ging er davon aus, in spätestens zwei Stunden zurück zu sein.

Zum einen fand dann die Obduktion statt, an der Zögner mit

Sicherheit teilnehmen musste, zum anderen hatte Hackenholt seine Gesprächstherapiestunde bei Frau Dr. Schweiger.

Der Beamte an der Pforte nickte dem Nürnberger Hauptkommissar lediglich freundlich zu, während er ihn durch die Schleuse ließ; er wisse den Weg ja bereits. Also stieg er allein in den ersten Stock.

Als er am Geschäftszimmer vorüberkam, wäre er beinahe mit Kerstin zusammengestoßen, jener Kollegin, die Zögner am Vortag wegen des nicht gekochten Kaffees getadelt hatte. Sobald sie den Neuankömmling sah, verzog sie das Gesicht und machte auf den Hacken kehrt, nur um Sekundenbruchteile später mit zwei Humpen wieder vor ihm aufzutauchen und ihm beide wortlos in die Hand zu drücken.

Zögner blickte bei seinem Eintreten auf. »Wunderbar, dass du uns gleich Kaffee mitgebracht hast.« Er erhob sich und räumte für seinen Besuch einen Stuhl frei. In dem Büro sah es – sofern dies überhaupt möglich war – noch chaotischer aus als am Vortag.

»Habt ihr das Video schon da?«, fragte Hackenholt gespannt.

»Ja, aber es ist ein Endlosband, das auf einen Bewegungsmelder reagiert. Jonas ist noch dabei, die richtige Stelle zu finden. Deswegen dachte ich, ich bringe dich in der Zwischenzeit auf den aktuellen Stand: Gestern am späten Nachmittag ist Felix Kurz' Tante hier gewesen, um die Leiche zu identifizieren. Wie du dir vorstellen kannst, war sie sehr schockiert. Im Großen und Ganzen konnte sie uns kaum weiterhelfen. Was wir immerhin herausbekommen haben, ist, dass Felix ein begeisterter Mountainbiker war und ein teures Fahrrad besaß, das sich in dem Transporter befunden haben muss.«

Hackenholt dachte einen Moment nach, dann sagte er: »Ich kann mich an keins erinnern.«

Zögner nickte und griff nach einem Aktenordner. »Die Kollegen von der Spurensicherung haben Fotos gemacht, bevor sie sich das Innere des Wagens vorgenommen haben. Außerdem wurde ein Verzeichnis angelegt. Das Mountainbike war definitiv nicht im Sprinter. Es muss gestohlen worden sein. Das passt ins Bild, da der oder die Täter am Freitag im Adidas-Outlet eingekauft haben, denkst du nicht? Wir könnten es mit sehr sportlichen Männern zu tun haben.«

Hackenholt wiegte den Kopf hin und her, während er die Liste mit den sichergestellten Gegenständen überflog. »Sind osteuropäische Diebesbanden nicht häufig hinter Wertgegenständen her, die sich schnell und einfach zu Geld machen lassen? Technische Geräte, Schmuck, eine teure Armbanduhr. Derlei Dinge?«

»Seinen Laptop haben sie höchstwahrscheinlich ebenfalls mitgenommen. Bei den anderen Gegenständen, die er laut Tante besaß, müssen wir erst noch abklären, ob er sie vor seinem Auszug vielleicht verkauft hat. Die Waschmaschine hat er nämlich auf alle Fälle weggegeben. Weißt du, wie weit deine Kollegen mit den Befragungen der Freunde gekommen sind?«

Hackenholt schüttelte den Kopf.

Zögner sah ihn ernst an. »Ich wünschte, du wärst schon wieder im Dienst und könntest alles, was die Ermittlungen in Nürnberg betrifft, in die Hand nehmen. Als ich heute Morgen im K11 angerufen habe, hatte ich eine Dame dran, die der deutschen Sprache nicht mächtig war – zumindest habe ich kein Wort von dem, was sie gesagt hat, verstanden. Und nachdem ich bis jetzt erfolglos auf einen Rückruf von deinem Kollegen Stellfeldt warte, scheint es ihr genauso ergangen zu sein.«

Bevor Hackenholt ihm erklären konnte, er habe höchstwahrscheinlich das Vergnügen mit Saskia Baumann gehabt, die trotz ihres hochgradig fränkischen Slangs hervorragende Ermittlungsarbeit leistete und vor allem den Rest der Menschheit sehr wohl verstand, trat ein Beamter durch die offene Tür.

»Ich habe die Stelle in dem Video gefunden. Sie ist auf alle Fälle sehenswert.«

»Gut, Jonas, wir kommen. Sag bitte auch den anderen Bescheid.«

Fünf Minuten später hatten sich mehrere Mitarbeiter in dem kleinen Besprechungsraum versammelt, in dem ein Beamer und eine Leinwand standen. Eine junge Frau startete auf Zögners Zeichen hin den Mitschnitt.

Die Überwachungskamera musste rechts auf der Höhe des

Displays des Geldautomaten in dem Gerät angebracht sein, denn die Schwarz-Weiß-Aufzeichnung begann nicht etwa damit, dass ein Unbekannter den Schaltervorraum der Postfiliale betrat und sich dem Geldausgabegerät näherte. Auf der Aufnahme war bloß zu sehen, wie von rechts plötzlich jemand genau vor dem Automaten stand. Eine zweite Person folgte im Hintergrund. Die erste stand unmittelbar vor der versteckten Videokamera: Ihre Haltung war leicht vornübergebeugt, während sie die Anzeige auf dem Display las und die Geheimzahl eingab. Man sah einen Ausschnitt, der von der Stirn bis zur Mitte des Oberkörpers reichte. Das Gesicht war von schräg unten voll im Bild. Wäre es nicht mit einer Sonnenbrille und einem Tuch vermummt gewesen, hätte die Polizei zweifellos ein klar zu identifizierendes Foto erhalten. So konnte man lediglich erkennen, dass es sich um eine Frau handelte; die Gesichtszüge waren jedoch unkenntlich.

Die zweite Person musste nach Hackenholts Überzeugung ein Mann sein. Er wartete seitlich versetzt hinter der Frau und hatte sich die Kapuze seines Sweatshirts so tief über den Kopf gezogen, dass sein Gesicht im Schatten lag. Er blickte kein einziges Mal auf, hielt aber einen weißen Streifen Papier in der Hand – es wirkte, als lese er etwas davon ab. Die Geheimzahl? Das Einzige, was man von dem Kerl deutlich erkennen konnte, waren seine Hände. Bedauerlicherweise gab es keine Tonaufzeichnung. Dann hätten sich vielleicht über die Sprache Rückschlüsse auf die Nationalität des Pärchens ziehen lassen.

Ein enttäuschtes Raunen ging durch die Zuschauer, nachdem der Film einmal durchgelaufen war.

»Das dürfte uns bei der Identifizierung der Täter wohl keinen Millimeter weiterbringen«, beschied einer der Beamten.

Hackenholt setzte schon zu einer aufmunternden Erwiderung an, als die junge Kollegin, die den Mitschnitt gestartet hatte, ihm widersprach. »Wir wissen jetzt immerhin, dass wir es mit zwei Personen zu tun haben und es sich um einen Mann und eine Frau handelt.«

»Mit *mindestens* zwei. Es ist nicht auszuschließen, dass noch weitere an der Tat beteiligt waren, aber nicht mit zum Geldautomaten gekommen sind«, verbesserte Zögner sie. »Außerdem achtet man beim ersten Mal nur auf das Geschehen insgesamt. Ich bin mir sicher, wenn wir uns den Film ein paarmal ansehen, werden wir das eine oder andere Detail entdecken.«

Der Mitschnitt wurde zurückgespult und erneut gestartet. Diesmal konzentrierte sich Hackenholt ausschließlich auf den Mann im Hintergrund – und zu seiner Genugtuung erkannte er ein kleines Logo auf dessen Kapuzenshirt.

»Das ist eine Ray-Ban-Sonnenbrille«, rief die junge Beamtin jäh. »Man kann den Schriftzug oben im rechten Brillenglas sehen.«

»Ich glaube, das Modell heißt Jackie Ohh oder so ähnlich«, murmelte Kerstin, die Hackenholt die beiden Kaffeetassen in die Hand gedrückt hatte. »Es ist jedenfalls das größere der beiden Modelle. Und außerdem ist das ein Schal von Benetton – da bin ich mir wegen der Hibiskusblüte ganz sicher. Wenn wir ein paar Standbilder aus der Aufzeichnung ausdrucken, kümmere ich mich um eine Bestätigung durch die Hersteller.«

»Tu das, Kerstin. Wir brauchen sowieso ein gutes Foto, mit dem wir an die Öffentlichkeit gehen können.« Zögner sah Hackenholt fragend an.

Der Hauptkommissar nickte. »Die beiden sind hochwertig gekleidet. Der Hoodie, den der Mann anhat, ist von Esprit. Osteuropäische Täter tragen im Allgemeinen eher No-Name-Produkte.«

»Musst du nicht langsam los, Walter?«, fragte Kerstin. »Dr. Riediger wird es nicht gefallen, wenn du ihn warten lässt.«

Hastig sah Zögner auf die Uhr. »Du hast recht. Ich bin schon spät dran.« Er wandte sich an Hackenholt. »Kommst du mit? Die Obduktion ist in Würzburg. Wir könnten uns unterwegs noch ein bisschen unterhalten.«

»Man hat sich bei mir über dich beschwert«, sagte Sophie in gespielt pikiertem Tonfall, als Hackenholt um kurz nach halb sechs endlich wieder in Bad Bocklet war. Sie lag auf einer Sonnenliege im Park, der zum Therapiezentrum gehörte, und gab vor, in einer Zeitschrift zu lesen.

»So, so«, murmelte der Gescholtene, während er sich neben

ihr niederließ. »Wer war der Beschwerdeführer? Die Klangtherapeutin, weil ich entgegen aller Abmachungen mein Handy nicht nur eingesteckt, sondern sogar eingeschaltet hatte? Oder Ronja, weil sie ihren Papa heute noch kein einziges Mal boxen durfte.« Sanft legte er seine Hand auf Sophies Bauch.

»Dein Töchterchen schläft gerade, damit sie pünktlich zu Beginn der Nachtschicht topfit ist. Sie hat eindeutig deine Gene geerbt.«

»Das kann nicht sein: Ich habe Nachtschichten während meiner Streifendienstzeit immer gehasst. Aber du, du liest doch jeden Abend bis in die Puppen und verschläfst dann den halben Vormittag. Unser Nachwuchs kommt also ganz nach dir.« Er nahm Sophie die Zeitschrift aus der Hand und küsste sie. »War Ronja heute Nacht wieder so anstrengend?«

»Ganz eindeutig: Ja! Jetzt wirst du es sicher selbst bald live mitbekommen. Wie ich gehört habe, steht man kurz davor, dich hier rauszuschmeißen.«

»Wirklich?« Er konnte eine gewisse Freude nicht verbergen.

»Unentschuldigtes Fernbleiben von drei Kuranwendungen. Frau Dr. Schweiger war über deine Eskapaden nicht erfreut. Offenbar wusste niemand, wo du abgeblieben bist, und sie hat sich Sorgen gemacht.«

»Aber der Klangtherapeutin habe ich doch gesagt, dass ich noch einmal nach Schweinfurt musste«, protestierte Hackenholt. »Und dir habe ich auch eine SMS geschickt, sobald klar war, dass es länger als erwartet dauern würde.«

»Ja, nur leider hat die Therapeutin den anderen nicht Bescheid gegeben, und ich wusste genauso wenig, dass ich dich hätte entschuldigen müssen. Frau Dr. Schweiger lief jedenfalls heute Nachmittag mehrere Male durch den Garten und hat dich gesucht. Erst um drei Uhr traute sie sich, mich zu fragen. Sie wollte mich ganz offensichtlich nicht beunruhigen und hat mich möglichst unauffällig darüber ausgehorcht, ob ich wüsste, wo du steckst. Als ich ihr gesagt habe, du wärst bei deinesgleichen in Schweinfurt, stieß sie einen Seufzer der Erleichterung aus und meinte, sie hätte mehrfach versucht, dich zu erreichen, aber dein Handy wäre ausgeschaltet gewesen. Offenbar befürchtete sie das

Schlimmste, nachdem ihr zu Ohren gekommen war, dass du es warst, der den Toten gefunden hat, über den die lokalen Medien seit heute Morgen so fleißig berichten.« Sophie musterte ihn kritisch. »Ist mit dir alles in Ordnung?«

»Absolut. Ich war gerade bei einer Obduktion. Alles lief wie am Schnürchen. Ich musste nicht hinausgehen, mir wurde nicht übel, nicht einmal schwindelig – und das, obwohl der hiesige Gerichtsmediziner ein Zyniker erster Güte ist und offenbar nur darauf gewartet hat, dass ich umkippe. Um ehrlich zu sein: Mir ist erst vorhin klar geworden, wie gut wir es mit unseren Leuten in Nürnberg getroffen haben. Unser Gerichtsmediziner ist freundlich und hält sich eher im Hintergrund. Und Maurice gestaltet seine Sektionen so, dass vor allem diejenigen, die zum ersten Mal bei so etwas zuschauen, richtiggehend neugierig gemacht werden.«

»Hat dich dein Kollege deswegen angerufen? Damit du ihn zur Obduktion begleitest?«, fragte Sophie ungläubig.

»Nein, er wollte mir einen Videofilm zeigen, auf dem die mutmaßlichen Täter zu sehen sind. Aber dann –«

»Wie bitte?«, fragte Sophie scharf. »Solltest du die etwa identifizieren?«

»Nein. Ich bin ihnen doch gar nicht begegnet. Zögner hat mir nur einen Gefallen getan, weil ich ihn gebeten hatte, mich auf dem Laufenden zu halten. Vielleicht wollte er auch versuchen, mein Interesse an meiner Arbeit wiederzubeleben.«

»Na, das hat der Tote, wie mir scheint, gestern schon ganz allein geschafft. Zumindest rief mich Christine heute Vormittag völlig verblüfft an und fragte, ob es stimmt, was Manfred ihr erzählt hat.« Sie sah ihn mit hochgezogenen Augenbrauen an. »Nur gut, dass ich umfassend darüber informiert war, wie sich mein Göttergatte seine weitere berufliche Zukunft so vorstellt.«

Hackenholt schnitt eine Grimasse. Sie hatte ihn mal wieder ertappt. »Ich wollte es dir natürlich selbst sagen, aber gestern hat sich dafür irgendwie nicht der richtige Moment ergeben. Und es war ja nicht gerade vorhersehbar, dass das im Büro gleich die Runde macht.« Er streichelte verlegen ihren Bauch, bevor er sich räusperte und sie ansah. »Ja, es ist in der Tat so: Ich habe mich entschieden, meinem Kommissariat treu zu bleiben. Das heute Nachmittag war sozusagen die Feuerprobe – und ich habe sie bestanden.«

»Gratuliere.«

Hackenholt musterte Sophie; er war sich nicht sicher, ob sie es ironisch meinte.

»Nein, ganz im Ernst: Es freut mich wirklich, dass du dich fit fühlst und wieder loslegen möchtest.« Sie lächelte. »Trotzdem sollten wir die Koffer nicht gleich morgen früh packen. Denkst du nicht auch, dir würde die eine oder andere Sitzung mit Frau Dr. Schweiger diese Woche noch ganz guttun? Quasi begleitend zu deinem Wiedereinstieg?«

Als sie darauf nur eine gemurmelte Antwort erhielt, war ihr klar, dass Hackenholt die Kur offenbar am liebsten sofort abgebrochen hätte. Doch bevor sie dies kommentieren konnte, piepte sein Handy – und mit einem Mal war alles wie früher: Es würde keine Tages- oder Nachtzeit mehr geben, zu der es nicht sein konnte, dass ein Kollege anrief und etwas Dringendes von ihm wollte.

Diesmal war es Stellfeldt, der ihn darüber informierte, was die Nürnberger Beamten bei ihren Recherchen herausgefunden hatten: Wünnenberg war am Nachmittag ins Adidas-Outlet gefahren und hatte dort ein Rechnungsduplikat der mit der Scheckkarte bezahlten Einkäufe abgeholt, bevor er im Supermarkt dasselbe tat. Dabei befragte er unter anderem die Kassiererinnen und zeigte ihnen schließlich zwei von den Schweinfurter Ermittlern übersandte Fotos aus der Videoüberwachung. Doch auch derart gestützt erinnerten sich weder die zwei Damen noch andere Mitarbeiter an die Kunden.

Da gaben die Kassenbons für die Scheck- und die Kreditkartenzahlungen schon wesentlich mehr Aufschluss: Bei Adidas war eine Damenlederjacke der Größe M für fast sechshundert Euro gekauft worden, daneben ein Berg Damen- und Herrenbekleidung und Schuhe. Wünnenberg, der selbst ein passionierter Schuhkäufer war, mussten die Augen übergegangen sein: Insgesamt erstanden die Unbekannten zehn Paar Herren-Sneaker in den Größen vierzig zwei Drittel sowie zweiundvierzig, drei Paar Halbschuhe Größe achtunddreißig für Damen, sowie ein Paar Kinderschuhe der Größe siebzehn in Lila-Rosa – offenbar für ein Mädchen, das gerade das Laufen lernte. Aufgrund der unterschiedlichen Kleider- und Schuhgrößen kamen die Kriminaler zu dem Schluss, dass die Waren für vier verschiedene Personen bestimmt waren: zwei Männer, der eine eher schlank, der andere entweder sehr muskulös oder aber vollschlank, eine Frau mit normaler Figur und ein Kleinkind.

Im Supermarkt nahmen die Täter ausschließlich Spirituosen mit: Wodka, Whiskey, Branntwein, Schnaps und Rotwein. Keine Lebensmittel.

Während Wünnenberg die Geschäfte überprüfte, nahmen sich Baumann und Stellfeldt noch einmal Felix Kurz' Freunde vor, mit denen sie am Freitag schon gesprochen hatten. Diesmal versuchten sie die Frage zu klären, was aus der Wohnungseinrichtung und den persönlichen Gegenständen geworden war – und vor allem: Wer war der Mann, der dem späteren Opfer beim Renovieren seiner Wohnung geholfen hatte?

Bislang waren ihre Recherchen relativ fruchtlos verlaufen. Eine Bekannte von Felix Kurz zeigte den Ermittlern vier Umzugskartons voller Bücher, Hausrat und Bettwäsche, die ihr zum Verkauf auf dem Trempelmarkt überlassen worden waren. Ein anderer Bekannter berichtete, er habe Felix die Mikrowelle und mehrere Töpfe abgekauft. Eine Kollegin wusste, dass das Sofa und der Schlafzimmerschrank vom Gebrauchtwarenhof abgeholt worden waren. Eine Nachbarin erhielt einen Karton voller angebrochener Lebensmittel und Konserven geschenkt. Vom Mountainbike fehlte jede Spur.

Die Frage, wer der Helfer war und wie Felix Kurz ihn kennengelernt hatte, konnte den beiden Beamten ebenfalls niemand beantworten.

Dienstag

Hackenholt war gerade vom Frühstück zurück in sein Zimmer gegangen, um seine Badehose zu holen, als ihn der Schweinfurter Hauptkommissar anrief.

»Hast du heute Morgen schon die Zeitung durchgeblättert?«

»Du meinst euren Zeugenaufruf und die veröffentlichten Bilder? Die sind ja wohl nicht zu übersehen. Ich wünschte, unsere Medien in Nürnberg wären derart kooperativ. Auf die Titelseite haben wir es mit einem Fahndungsfoto noch nie geschafft. Wie schaut es denn aus? Tut sich was bei euch?«

»Deswegen ruf ich dich an: Ein Landwirt aus Schildeck hat sich gemeldet.«

»Ist Schildeck nicht der Name des Autobahnparkplatzes, auf dem ihr herumfragen wolltet?«

»Ja, genau. Er ist nach dem Dorf benannt. Wobei Weiler es besser trifft: Es gibt eine Hauptstraße mit ein paar Häusern, und das war es. Jedenfalls gehört dem Anrufer ein Feld, das direkt an die Autobahn angrenzt. Er war Donnerstagabend Heu machen. Im Moment ist es ja um halb zehn noch hell. Kurz bevor er fertig war, ist ihm eine Polizeistreife aufgefallen, die einen Transporter anhielt und kontrollierte. Der Bauer glaubt, dass es sich dabei um das Fahrzeug von Felix Kurz gehandelt hat.«

»Ist das nicht ziemlich unwahrscheinlich? Die Kollegen hätten mit Sicherheit längst einen Ton gesagt.«

»Unser Zeuge konnte die Kleidung des Fahrers des Transporters ziemlich gut beschreiben – er soll ein weißes T-Shirt mit einem Smiley getragen haben und dazu rote Shorts. Das trifft genau auf Felix Kurz zu. Jedenfalls bin ich gerade auf dem Weg in das Kaff. Soll ich dich abholen?«

Sekundenbruchteile lang starrte Hackenholt auf seine Badehose, die er nach wie vor in der Hand hielt, dann sagte er Zögner zu.

Eine Dreiviertelstunde später erreichten die beiden Beamten das Feld, auf dem der Landwirt arbeitete. Als sie kurz zuvor am Hof angekommen waren, hatte ihnen die Bäuerin mitgeteilt, ihr Mann sei mit dem Gülletank zu der Wiese gefahren. Sie könnten entweder auf seine Rückkehr warten oder ihm folgen. Noch während sie den Feldweg zur Wiese entlangrumpelten, bereute Hackenholt ihre Entscheidung. Es stank hier schon gotterbärmlich, und er fürchtete den Augenblick, wenn sie die Türen öffnen müssten.

»Das nenne ich Landluft, was? Ich sag zu unseren Jungen immer, wer das überlebt, dem kann keine Leiche was anhaben.« Zögner lachte dröhnend und stieß ohne zu zögern die Fahrertür auf.

Hackenholt verdrehte die Augen und versuchte, noch flacher zu atmen. Für sein Empfinden war der Gestank mörderischer als der schlimmste Verwesungsgeruch. Der Bauer machte ihnen ein Zeichen: Er brauchte noch fünf Minuten. Zögner nickte und bedeutete Hackenholt, ihm zu folgen.

Gemeinsam gingen sie an der Schmalseite der Wiese in Richtung Autobahn. Schon lange bevor sie das Ende der Parzelle erreichten, konnten sie das Geschehen auf der A7 verfolgen. Die Sicht war weder durch Bäume noch durch Gebüsch versperrt. Auch einen Zaun gab es nicht. Das Ende der Wiese wurde lediglich durch eine flache Böschung von der wenige Meter entfernten Straße getrennt.

Nach ein paar Minuten wurde hinter ihnen das Geräusch des Traktors lauter, bis er schließlich bei ihnen hielt. Der Bauer war um die vierzig, mittelblond, braun gebrannt, mit kornblumenblauen, stechenden Augen und muskulösem Körperbau. Behände sprang er vom Fahrersitz herab und stellte sich als Gerald Holzinger vor.

»Können Sie uns bitte noch einmal in allen Details schildern, was Sie am Donnerstagabend beobachtet haben?«, bat Zögner.

»Ich habe Heu gemacht. Das heißt, ich habe die Wiese hier gemäht.«

»Am Abend?«, hakte Hackenholt nach.

»Ja, mit den heutigen Maschinen ist das nicht mehr so wie früher. Als man noch mit der Sense geschnitten hat, musste das Gras taunass sein. Für die Mähmaschine ist es besser, wenn alles so trocken wie möglich ist, damit nichts verklebt. Ich habe also den Wetterbericht beobachtet, und nachdem drei Tage mit bis zu dreißig Grad angesagt waren, habe ich am Vormittag den Förster angerufen.« Als er Hackenholts verwirrten Gesichtsausdruck sah, fügte er erklärend hinzu, der müsse die Wiesen abgehen, denn sonst könne es passieren, dass versehentlich ein Rehkitz zerstückelt wurde, das sich im hohen Gras versteckte und nicht flüchtete.

»Nach dem Abendbrot bin ich dann auf die Wiese gefahren. Das war gegen halb sieben. Wir essen zeitig, die Kinder sollen um acht ins Bett kommen. Und ich bin dann hier meine Runden gefahren. Ziemlich eintönige Arbeit, immer hin und her – da schaut man automatisch, was auf der Autobahn los ist.« Als er innehielt, machte Zögner eine auffordernde Kopfbewegung. »Dabei habe ich gesehen, wie die Polizei den Transporter angehalten hat.«

»Führen Sie das bitte etwas genauer aus. Wie ist das im Detail abgelaufen?«

»Ihre Kollegen waren in einem schwarzen BMW unterwegs, auf dessen Dach so ein Blaulicht war, wie man es aus den Krimis im Fernsehen kennt.«

»Ein Magnetblaulicht?«, fragte Zögner überrascht. Bislang war er von einem regulären Streifenwagen ausgegangen.

»Ja, genau. Sie haben ihn mit einer Kelle herausgewinkt. Es waren zwei Männer und eine Frau. Alle drei trugen Uniformen und darüber diese reflektierenden Warnwesten, auf denen POLIZEI steht.«

»Was ist dann passiert?«

»Die Männer sind zu dem Mercedes gelaufen und haben mit dem Fahrer gesprochen, der daraufhin ausgestiegen ist. Zusammen sind sie um das Auto herumgegangen und haben es gründlich inspiziert. Jedenfalls haben sie eine ganze Weile lang diskutiert. Danach sind alle drei zum BMW, während sich die Polizistin in den Sprinter gesetzt hat. Anschließend sind sie im Konvoi weggefahren, aber ohne Blaulicht.«

Je mehr der Bauer erzählte, desto mehr runzelte Zögner die Stirn. »Sind Sie sicher, dass auf den Warnwesten POLIZEI und nicht ZOLL gestanden hat?«

»Absolut.«

»Und es war ein dunkelfarbener BMW – nicht vielleicht ein Audi oder ein Ford?«

»Es war ein 5er BMW. Ich kenne das Modell, mein Bruder fährt einen.«

Hackenholt schaute Zögner fragend an, doch der Beamte ignorierte seinen Blick und wollte stattdessen von Holzinger wissen, wie spät es gewesen sei, als der Transporter angehalten wurde.

»Kurz nach acht. Im Radio kam schon der Verkehrsfunk nach den Nachrichten.«

»Und wie lange sind die beiden Fahrzeuge auf dem Standstreifen gestanden?«

»Fünf bis zehn Minuten. Ich weiß es nicht so genau, weil ich nicht auf die Uhr geschaut habe.«

»Sie hatten ja auch keinen Grund dazu«, beschwichtigte Zögner. »Ich bräuchte jetzt bitte noch eine Personenbeschreibung. Wie sah der Fahrer des Sprinters aus?«

»Er war ein mittelgroßer, schlanker Mann mit kurzen strohblonden Haaren. So etwas sieht man bei uns selten. Wenn ich tippen müsste, würde ich sagen, er war aus Schweden. Aber das kann nicht sein, der Tote ist ja Deutscher.«

»Stimmt. Was hatte er denn an?«

»Eine kurze rote Hose und ein weißes T-Shirt mit einem gelben Smiley auf der Brust.«

»War es so ein T-Shirt?« Zögner zeigte dem Landwirt ein Foto.

»Ja, genau.«

»Gab es irgendwelche Besonderheiten auf dem Auto, einen auffälligen Schriftzug oder ein Logo?«

»Nein, nichts. Es war einfach nur weiß lackiert – ohne jeglichen Aufkleber.«

»Und das Kennzeichen?«

»Darauf habe ich nicht geachtet.«

»Gut«, murmelte Zögner. »Hast du noch eine Frage?« Damit sah er Hackenholt an, aber der schüttelte nur den Kopf.

»Tja, dann wäre es das fürs Erste. Auf das Nummernschild des Polizeiautos haben Sie wahrscheinlich auch nicht geschaut, oder?«

»Nein, tut mir leid.«

Erst als sie wieder im Dienstwagen saßen, fragte Hackenholt Zögner, warum er so sehr auf dem BMW und den Kollegen herumgeritten sei.

»Die Schweinfurter Polizei hat keinen 5er BMW als ziviles Einsatzfahrzeug. Um genau zu sein, haben wir überhaupt keinen schwarzen BMW. Und die Verkehrspolizei Schweinfurt-Werneck, die für diesen Autobahnabschnitt zuständig ist, ebenfalls nicht.«

»Aber es gibt doch genügend andere Dienststellen, die Kontrollen durchführen. Die Kontrolleinheit Verkehrswege vom Zoll zum Beispiel, oder die Kollegen vom Bundesamt für Güterverkehr.«

»Von denen würde niemand Westen mit der Aufschrift POLIZEI tragen.«

»Ich denke, als der Bauer das Blaulicht auf dem Autodach und die reflektierenden Warnschutzwesten gesehen hat, war für ihn klar, dass das Polizisten sein müssen. Wahrscheinlich hat er gar nicht richtig hingeguckt, und trotzdem wird er schwören, dass da POLIZEI draufstand.«

»Du meinst, genauso wie der Bürger einen Uniformierten immer als Schutzmann bezeichnet, selbst wenn es der Polizeipräsident ist, und ein ziviler Beamter stets als Kommissar bei der Kripo arbeitet?«

Hackenholt nickte. »Außerdem kann jede Polizeidienststelle eine Kontrolle auf der Autobahn durchführen. Die Beamten könnten auch aus Bad Kissingen gekommen sein.«

»Das halte ich für ziemlich unwahrscheinlich.«

»Können wir es ausschließen?«

»Nein, natürlich nicht.« Zögner seufzte. »Ich werde einen meiner Leute darauf ansetzen, in jeder einzelnen Dienststelle nachzufragen. Trotzdem gefällt mir die Sache nicht. Wenn es Kollegen gewesen wären, hätten sie sich mit Sicherheit bei uns gemeldet, sobald sie von dem Mord im Lagebericht oder in der Zeitung gelesen haben.«

»Wer sollte es denn sonst sein?«

»Täter, die sich als Polizeibeamte ausgeben.«

»Und wo sollen sie die ganze Staffage herhaben? Uniformen, Warnwesten und Magnetblaulichter bekommt man nicht im Ein-

Euro-Laden an der nächsten Straßenecke, dazu braucht man eine Bezugsberechtigung.«

»Na, wir werden sehen. Vielleicht waren es Zöllner, die überprüfen wollten, ob der junge Mann Drogen geladen hatte. Mit viel Glück finden wir jemanden, der beobachtet hat, wie sie sein Fahrzeug auf dem Autobahnparkplatz durchsucht haben.« Zögner blickte auf die Uhr. »Und jetzt? Soll ich dich zurückbringen, oder kommst du mit nach Schweinfurt?«

Obwohl es Hackenholt schwerfiel, schlug er das Angebot aus; er musste sich bei seinen Therapien blicken lassen – vor allem Frau Dr. Schweiger würde es ihm ernsthaft übel nehmen, wenn er erneut unentschuldigt fehlte.

»Oh, geben Sie mir heute die Ehre?«, empfing ihn die Psychiaterin dann auch mit leicht ironischem Unterton. »Ich war gestern eine Zeit lang wirklich besorgt um Sie, nachdem Sie plötzlich verschwunden waren und ich erfuhr, welch grausigen Fund Sie am Sonntag gemacht haben.« Sie lächelte ihn freundlich an. »In meinem Beruf macht man sich zwangsläufig seine Gedanken. Es muss für Sie sehr schockierend gewesen sein, einen Menschen zu finden, dem etwas Ähnliches wie Ihnen selbst widerfahren ist, der dies jedoch nicht überlebt hat.«

Hackenholt horchte in sich hinein und erzählte einmal mehr, wie er sich gefühlt hatte und was in ihm vorgegangen war.

Die Ärztin beobachtete ihn genau, während sie ihm aufmerksam zuhörte. Nachdem er geendet hatte, stellte sie ihm gezielte Fragen, mit denen sie ganz bewusst noch einmal die kritischsten Momente heraufbeschwor. Erst als sie sicher war, an ihm keinerlei Stressreaktionen zu entdecken, lächelte sie zufrieden.

»Ich glaube, Sie werden in den kommenden Wochen wieder sehr gut in Ihren Beruf hineinfinden. Wie mir Ihre Frau sagte, haben Sie sich gegen einen Dienststellenwechsel ausgesprochen. Meines Erachtens ist das für Sie die richtige Entscheidung. Dennoch würde ich Ihnen raten, Kontakt mit meinem Kollegen in Fürth aufzunehmen und ihn gelegentlich als Supervisor aufzusuchen. Wenn man ständig nur mit den Abgründen der Menschheit zu tun hat, sollte man sich um sein eigenes Seelenwohl kümmern.«

»Ein wenig klingt das nach einem Abschlussgespräch«, bemerkte Hackenholt.

»Nun ja: Sie haben gestern sämtliche Anwendungen geschwänzt und heute Vormittag ebenfalls. Außerdem haben Sie Ihr Handy nicht ausgeschaltet, wie von uns gefordert – und ich bin mir sicher, dass Sie auch jetzt sofort losrennen würden, wenn Ihr Schweinfurter Kollege anrufen und um Hilfe bei seinen Ermittlungen bitten würde. Wir sollten uns daher das Leben nicht gegenseitig schwermachen: Für uns ist es unbefriedigend, wenn ein Gast seine Anwendungen nicht mehr fortsetzen möchte – und für Sie sind wir ein lästiger Klotz am Bein.«

Hackenholts zustimmendes Nicken entging Dr. Schweiger nicht.

»Ich würde also vorschlagen, dass wir die letzten drei Tage auf heute Nachmittag komprimieren und Sie morgen Vormittag abreisen. Dann können Sie am Donnerstag zum Hausarzt gehen und mit ihm in aller Ruhe Ihre Wiedereingliederung ins Berufsleben besprechen.«

Mittwoch

Hackenholt stellte seinen Wagen auf einem der drei Besucherparkplätze der PI Mitte ab und stieg aus. Er wollte kurz in sein Kommissariat gehen, um nach dem Rechten zu sehen. Hören, was seine Kollegen gestern und heute Vormittag in Felix Kurz' Umfeld in Erfahrung gebracht hatten.

Sophie war nicht sonderlich begeistert gewesen, als er ihr zwei Stunden, nachdem sie in Nürnberg angekommen waren, sagte, er müsse heute unbedingt noch auf einen Sprung im Polizeipräsidium vorbeischauen. Sie wollte in Ruhe auspacken, eine Maschine Wäsche waschen, einkaufen gehen und es sich dann auf ihrem Sofa oder einer Liege im Garten gemütlich machen. Schlussendlich ließ sie Hackenholt jedoch fahren. Vielleicht stimmte sie die Erinnerung daran um, wie schlecht es ihm bei seinem letzten Versuch, das Dienstgebäude zu betreten, ergangen war.

Diesmal fühlte er sich gut: Keine Panikattacke ließ ihn erstarren und an die Vorboten eines Herzinfarkts glauben. Mit federnden Schritten lief er an der Einfahrt vorüber, nickte dem Pförtner einen Gruß zu und durchquerte den Innenhof, um zum Treppenaufgang zu gelangen.

Das Erste, was er sah, als er durch die Glastür in den langen Flur seines Kommissariats trat, war Saskia Baumann, die am Kopierer stand. Sie hatte ihre langen blonden Haare radikal abgeschnitten und trug jetzt eine modische Kurzhaarfrisur, die sie sehr keck aussehen ließ. Plötzlich hob sie den Blick und erkannte den Neuankömmling.

»Allmächd! Der Frangg«, entfuhr es ihr leise, bevor sie laut »Manfred, gäih her då, obber bresdo!« rief.*

Irgendetwas in ihrem Ton musste Stellfeldt aufhorchen haben lassen, denn in Sekundenbruchteilen kam er aus seinem Zimmer gestürzt. Auch Wünnenberg und eine Schreibkraft steckten am Ende des Flurs ihre Köpfe aus dem Sozialraum, um nach dem Rechten zu sehen.

Während die Ermittler Hackenholt noch wie das siebte Weltwunder anstarrten, drehte sich Baumann zu Wünnenberg um und polterte los: »Wäisou hosdnern du mir ned gsachd, dass der Frangg scho vo Båd Boggled reduur is? Nerblous wal iech am Samsdåch ka Zeid ghadd hab, wer iech då einfach ieberganger. Des is fei gscheid schdingerd!«*

»Saskia, ich …«, stotterte der Gescholtene verwirrt.

»Eigentlich hätte ich mir nach unserem letzten Telefonat denken können, dass dich keine zehn Pferde mehr da oben halten. Mensch, Frank, willkommen zu Hause!«, fing sich Stellfeldt als Erster wieder, kam auf Hackenholt zu und drückte ihn, ganz gegen seine sonstigen Gepflogenheiten, kurz an sich. »Mein Gott bin ich froh, dich hier wiederzusehen.«

»Warum hast du mir denn nicht gesagt, dass du schon zurück bist?« Endlich fand auch Wünnenberg seine Stimme wieder. »Ich dachte, ihr kommt erst am Wochenende heim? Sonst hätte ich dich doch persönlich hierher chauffiert und Saskia Bescheid gegeben, einen Kuchen zu backen.«

Der Aufruhr im Flur lockte weitere Kollegen aus ihren Büros. Sogar Hackenholts Chef erschien, um ihm die Hand zu schütteln und ihn willkommen zu heißen. Es dauerte geraume Zeit, bis sich die vier Kriminalisten in Hackenholts Büro setzen konnten, um ihm von ihren Recherchen zu berichten.

»Möchtest du Jemen Bani Matar oder lieber El Salvador Honey Finca Malacara?« Wünnenberg stand vor seiner geliebten Kaffeemaschine.

»Was ist denn aus Brasilien Yellow Bourbon geworden?«, fragte Hackenholt mit einem hinterhältigen Grinsen.

»Der ist mir leider schon Ende Dezember ausgegangen. Und als ich mir frischen schicken lassen wollte, habe ich festgestellt, dass der Kaffeeladen in Villingen gerade seine Homepage überarbeitet hat, und dann konnte ich ewig nichts bestellen –«

»Då siggsd ermål: Wäisd wech wårsd, hom si då fei echde Dråmer abgschbilld.«* Baumann verdrehte die Augen.

»Irgendwann hat Christine das Gejammer nicht mehr ausgehalten und Ralph gerettet, indem sie ihn in die Rösttrommel in der Äußeren Laufer Gasse geschleppt hat. Dort kauft Maurice nämlich immer seinen Kaffee«, erklärte Stellfeldt.

»Apropos Christine: Ich sollte sie schnell anrufen und ihr Bescheid sagen. Nicht dass sie beleidigt ist, weil niemand an sie gedacht hat.« Hackenholt griff zum Telefonhörer.

»Lous gäih«, winkte Baumann ab. »Däi is heid nemmer in Haus. Däi hod ern Dermin ban Dierårdsd weecher ihrn Kåder. Den genger däi Hår aus.«*

Nachdem sie noch einen Augenblick über derlei Probleme schwadroniert hatten und Wünnenberg auch endlich mit dem Kaffeekochen fertig war, berichtete Stellfeldt schließlich, was sie im Lauf des Vormittags in Erfahrung gebracht hatten.

»Ich bin gestern noch einmal mit Saskia im Staatsmuseum gewesen, um mit Felix Kurz' Kollegen zu sprechen.«

»Dassmers genau sång: *Iech* hob mid di Kolleeng blauderd. Der Manfred hod si derweil däi Ausschdellung vo di Reichsgleinodien oogschaud«, kommentierte Baumann.*

Stellfeldt wurde rot und grinste sie entschuldigend an. »Nun ja, die Sonderausstellung wollte ich mir schon die ganze Zeit angucken, und gestern war die absolut letzte Gelegenheit dafür, nicht wahr? Du hast ja selbst gesehen, wie lang die Menschenschlange war, die vor dem Museum angestanden ist. Als ich vor ein paar Wochen mal nach dem Dienst hin bin, war das genauso. Das wollte ich mir beim besten Willen nicht antun.«

»Ja und? Haben die Mitarbeiter etwas gewusst, was uns weiterhilft?«, fragte Hackenholt, für den Stellfeldts Liebe zu Museen nichts Neues war, ein wenig ungeduldig.

Baumann warf ihrem Kollegen einen Blick zu, da er jedoch nichts sagte, fuhr sie fort: »Der Hausl hådnern Felix däi Nummer vonnerern Måler geem, der wårscheins hinerwidder nåch Feieråmd Aufdreech iebernimmd.«*

»Den habe ich gestern Nachmittag gleich überprüft.« Wünnenberg machte eine wegwerfende Handbewegung. »Als er unserem Felix verklickert hat, wie viel er in der Stunde nimmt, war das Gespräch ganz schnell beendet.«

»Denkst du, er sagt die Wahrheit? Er könnte Angst haben, wegen Schwarzarbeit dran zu sein, wenn er zugibt, die Wohnung renoviert zu haben.«

Wünnenberg schüttelte den Kopf. »Ich habe es heute Vormittag nachgeprüft, nachdem mir die Kollegin aus Schweinfurt die Telefonlisten übermittelt hatte. Der Anruf dauerte keine zwei Minuten. Und es war das einzige Mal, dass die Nummer aufgetaucht ist.«

Nun konnte sich Stellfeldt nicht länger zurückhalten. »Wir wären also genau so weit wie vorher, wenn ich mich nicht so für die Sonderausstellung interessiert hätte. Ich habe auf meinem Rundgang nämlich eine Dame kennengelernt, mit der wir bislang noch nicht gesprochen hatten: Maartje van Caspel. Die Museumspädagogin.«

Was es nicht alles für Berufe gibt!, dachte Hackenholt.

»Sie ist freie Mitarbeiterin und übernimmt Führungen für Schulklassen. Deshalb haben wir sie bislang nicht getroffen, und vom Museum hat auch niemand an sie gedacht. Mit Felix Kurz verstand sie sich recht gut; er war ihr Ansprechpartner, wenn es Fragen gab.«

»Und? Konnte sie euch weiterhelfen?« Hackenholt wollte endlich zum Kern der Sache vordringen.

»Zumindest indirekt. Sie riet Felix, frühmorgens zum Kohlenhof zu gehen. Aber das wollte er nicht – zum Glück. Hätte er dort jemanden angeheuert, würden wir den Betreffenden wahrscheinlich nie finden. Zumindest nicht, wenn er etwas mit dem Mord zu tun hat. Jedenfalls ist ihr dann noch die Studentenvermittlung eingefallen, und die haben tatsächlich einen Aushang gemacht.«

»Heid in der Fräih hobbi nou glei bei dera Schdudendnvermiddlung ogruffm un nåchgfrächd, obber däi hom nerdierli aa ned gwissd, wer si auf däi Ånzeich hi alles gmeld hod. Der Felix mou allerdings wen gfundn håm, waller zwaa Dooch schbäder däi Ånzeich zriggzoong hod. Der Dschobb wär vergeem.«*

»Felix Kurz wollte es uns offenbar nicht leicht machen. Habt ihr deshalb seine Einzelverbindungsnachweise von den Schweinfurtern angefordert?« Hackenholt schaute fragend in die Runde.

Wünnenberg nickte. »Es ist aber nicht so schlimm, wie es klingt. Von der Studentenvermittlung wussten wir, dass er seine Handynummer angegeben hat – und wir mussten auch nur für zwei Tage die eingegangenen Anrufe überprüfen, die wir niemandem aus seinem Freundes- und Kollegenkreis zuordnen konnten.«

»Heißt das, ihr habt jemanden ausfindig gemacht?«

Wünnenberg blickte auf die Uhr. »Er sollte in einer halben Stunde hier sein. Wir haben für vierzehn Uhr einen Termin vereinbart.«

»Großartig, dann schauen wir mal, was er uns erzählt.«

»Bleibst du zur Vernehmung da?«, fragte Wünnenberg erstaunt.

»Warum denn nicht?«

»Ich dachte, du wolltest nur mal kurz vorbeischauen und Hallo sagen. Hat Maurice Puellen nicht erwähnt, dass man bei einer Wiedereingliederung stundenweise beginnt?«

Hackenholt winkte ab.

Während sie auf den jungen Mann warteten, den Felix Kurz zum Renovieren angeheuert hatte, rief Zögner auf Hackenholts Handy an.

»Wir haben eben die Videos aus den anderen Banken mit der Post erhalten. Magst du herkommen und sie dir mit mir ansehen?«

»Tut mir leid, Walter, das wäre ein bisschen arg aufwendig: Ich bin nämlich wieder in Nürnberg.«

»Was? Das ging jetzt aber schnell, ich dachte, du bist noch bis Ende der Woche hier in –«

»Meine Kollegen haben in der Zwischenzeit herausgefunden, wer Felix Kurz beim Renovieren seiner Wohnung geholfen hat. Wir warten gerade auf ihn.«

»Ah, deswegen wollten sie den Einzelverbindungsnachweis haben. Sagst du mir nach der Vernehmung Bescheid, was rausgekommen ist?«

»Selbstverständlich. Was hat sich eigentlich in puncto Autobahnkontrolle getan? Hast du die Beamten gefunden, die den Transporter angehalten und durchsucht haben?«

»Kerstin hat sämtliche Polizeidienststellen abtelefoniert, die auch nur im Entferntesten in Frage kommen. Einen schwarzen oder zumindest dunklen großen BMW hat keine. Auf meine Anfrage beim Hauptzollamt Schweinfurt kam bislang keine Rückmeldung. Wir versuchen trotzdem, das Unmögliche möglich zu machen. Vielleicht hat sich der Bauer bei der Marke getäuscht.« Zögner klang nicht so, als würde er selbst glauben, was er sagte.

»Da kann man nichts machen. Schick uns eine Kopie der Videofilme, ja? Vielleicht bringen sie uns weiter«, bat Hackenholt, bevor er das Gespräch beendete.

»Kommst du?« Wünnenberg steckte den Kopf zur Tür herein. »Krzysztof Kowalczyk ist da.«

»Welcher Nationalität ist der Mann?«, fragte Hackenholt überrascht. Bislang war er wie selbstverständlich von einem deutschen Studenten ausgegangen.

»Polnisch.«

»Hast du ihn überprüft?« Hackenholt hatte Zögners Theorie einer osteuropäischen Tätergruppe im Hinterkopf.

»Natürlich. Es liegt absolut nichts gegen ihn vor.«

Hackenholt stand auf und begleitete seinen Kollegen ins Vernehmungszimmer.

Krzysztof Kowalczyk war ein sehr großer, schmaler junger Mann Anfang zwanzig mit kurzen dunkelblonden Haaren. Da er sich sein Germanistikstudium selbst finanzieren musste, war er auf diverse Nebenjobs angewiesen – auch während der Vorlesungszeit. Also blätterte er regelmäßig die Stellenausschreibungen durch, die am Anschlagbrett der Studentenvermittlung hingen. So war er auf Felix Kurz' Jobangebot gestoßen und hatte sofort angerufen, da er häufiger bei Renovierungsarbeiten half. Eine Stunde später trafen sich die beiden Männer in der Wohnung. Nach einigem Feilschen kamen sie schließlich ins Geschäft. Das war eine Woche vor dem Auszug.

Als Kowalczyk dann am vergangenen Dienstagmorgen um Punkt neun klingelte, waren so gut wie alle Möbel verschwunden. Es gab nur noch einen Schreibtisch samt Bürostuhl und Rollcontainern, vier Swinger-Stühle aus Chrom und Leder, die zu einem Esstisch mit Glasplatte gehörten, eine Matratze samt Kopfkissen und Bettdecke und jede Menge Umzugskartons. Alles war in ein Zimmer gestapelt, die anderen waren leer. Die zwei Tage, die Krzysztof Kowalczyk beim Renovieren half, lebten sie von Pizza aus dem Karton. Felix Kurz besaß nicht einmal mehr Teller und Besteck.

Am Dienstagvormittag begannen sie mit dem Abkleben und verspachtelten die Löcher in der Wand. Danach wurden sämtliche Räume gestrichen, bis auf den, in dem sich die Möbel und Kartons befanden. Sobald das erledigt war, trugen sie am Mittwochnachmittag alles in ein anderes Zimmer und weißelten die letzten Wände.

Anschließend war Putzen angesagt, worauf Krzysztof gern verzichtet hätte – aber da er knapp bei Kasse war, übernahm er auch das ohne Murren. Allerdings ließ er sich dabei etwas mehr Zeit, schließlich wurde er nach Stunden entlohnt. Felix Kurz war dennoch zufrieden. Als sie endlich fertig waren, bat er ihn, am Donnerstagmittag noch einmal vorbeizukommen und ihm beim Beladen des Transporters zu helfen. Deswegen konnte der junge Student den Beamten eine relativ detaillierte Beschreibung geben, welche Gegenstände Felix Kurz zu seiner Tante bringen wollte.

Je länger die Vernehmung dauerte, desto sicherer war sich Hackenholt, dass Krzysztof Kowalczyk nichts mit dem Tod des jungen Volontärs zu tun hatte. Im Gegenteil, die beiden Männer hatten sich sogar angefreundet, und der Pole war sichtlich schockiert, als er erfuhr, dass die Beamten nicht etwa wegen Schwarzarbeit ermittelten – was Sache des Zolls wäre –, sondern einen Mord aufklären mussten.

Nachdem der Student ihnen noch seine Fingerabdrücke sowie eine DNA-Probe gegeben hatte, wurde er entlassen.

»Dafür, dass du nur mal schnell in der Arbeit vorbeischauen wolltest, bist du ganz schön lange geblieben. Konntest dich wohl gar nicht mehr von deinen Lieben loseisen?« Sophie war hin- und hergerissen zwischen der Freude, dass ihm sein Besuch in der Dienststelle ganz offenbar nicht zugesetzt hatte, und dem aufkommenden Frust, ab sofort wieder nur noch die zweite Geige nach seiner Arbeit zu spielen. Konnte es da keinen Mittelweg geben?

»Ich bin zu einer Zeugenvernehmung geblieben.«

»Und das, obwohl du krankgeschrieben bist?« Sophie konnte

ein leises Seufzen nicht unterdrücken. »Eins sag ich dir: Egal, was passiert und wer umgebracht wird – wenn Ronja beschließt, mich lange genug geboxt zu haben, und Anstalten macht rauszuwollen, lässt du alles stehen und liegen und kommst heim.«

»Natürlich, Schatz.«

»Und danach nimmst du mindestens einen Monat lang Urlaub«, setzte sie gleich noch eins drauf.

»Das ... werden wir dann sehen«, antwortete er ausweichend. »Ich muss ein bisschen Rücksicht auf die Kollegen nehmen, schließlich beginnt allmählich die Urlaubszeit.«

»Die sind jetzt sechs Monate lang ohne dich ausgekommen, da werden sie es doch wohl noch eine Weile länger schaffen. Deinen Resturlaub vom letzten Jahr kannst du nicht ewig schieben, und dem Staat werden wir ihn ganz sicher nicht schenken.«

»Wollten wir nicht zum Einkaufen fahren?«, versuchte Hackenholt reichlich undiplomatisch das Thema zu wechseln. »Ich würde danach gerne noch eine Runde joggen gehen.«

Donnerstag

Während Hackenholt am Vormittag seinen Hausarzt aufsuchte und mit ihm besprach, wie eine Wiedereingliederung am einfachsten zu umgehen war, damit er sofort wieder voll arbeiten konnte, sehnte sich Christian Berger in der PI Ost nach seinem Bett. Er hatte Kopf-, Hals- und Gliederschmerzen. Er vertrug die Klimaanlage im Dienstwagen einfach nicht, und seine Streifenpartnerin hatte gestern während des Spätdienstes auf den kühlstmöglichen achtzehn Grad bestanden.

Zumindest sein Dienstgruppenleiter hatte sich einsichtig gezeigt und ihn für die Dauer der heutigen Frühschicht zum Innendienst eingeteilt. Er wusste, dass Berger niemals simulieren würde, um sich vor den Ausfahrten zu drücken – und wahrscheinlich befürchtete er, der junge Hauptmeister werde sich sonst doch noch für den Nachtdienst krankmelden, was einer Katastrophe gleichgekommen wäre, da sie bereits knapp unter der Mindestsollstärke lagen.

Doch so allmählich wünschte sich Berger, er wäre im Auto auf Streife unterwegs. Da hatte man zumindest während der Anfahrt zum nächsten Einsatz ein paar Minuten Ruhe, denn heute gebärdete sich der liebe Bürger mal wieder besonders anstrengend. Es musste an der Hitze liegen, Vollmond war bereits vor vier Tagen gewesen. Pausenlos klingelte das Telefon oder es läutete jemand an der Pforte.

Berger hatte sich um einen Mann gekümmert, der partout nicht einsah, warum sein über zwei Stunden im absoluten Halteverbot stehender Wagen abgeschleppt worden war, und nun behauptete, die Schilder seien erst nachträglich aufgestellt worden. Der sich daran anschließende Anruf einer älteren Dame, die die Polizei regelmäßig als Auskunft missbrauchte, hob Bergers Stimmung nicht gerade; diesmal wollte sie von ihm die Telefonnummer der für den gelben Sack zuständigen Müllmänner wissen. Der nächste Anrufer beschwerte sich über die bei dem schönen Wetter auf dem Rasen vor dem Haus ausgelassen spielenden Kinder und ein anderer, weil in seiner Straße jemand falsch parkte – Berger sollte ihm ein Knöllchen verpassen.

Nachdem der Beamte den Telefonhörer aufgelegt hatte, stand er auf und winkte den nächsten der im Vorraum Wartenden zu sich herein. Es war ein kleiner, älterer Herr mit einer großen Brille, der sich auf einen Gehstock stützte. Die schlohweißen Haare hatte er streng zurückgekämmt.

»Mein Name ist Heinrich Dippold, ich habe angerufen«, sagte der Mann in einem Tonfall, dem man anhörte, dass er es gewohnt war, andere Menschen herumzukommandieren.

Berger verkniff sich ein Seufzen. Wie sollte er aufgrund des Namens auf das Anliegen schließen? Er war doch kein Hellseher! Mit ihm hatte der Rentner nicht gesprochen.

»Worum geht es denn?«, fragte er höflich.

»Um unser verschwundenes Fahrzeug.«

»Wo haben Sie Ihren Pkw denn geparkt?« Bitte nicht noch einer, dem ich erklären muss, warum sein Auto abgeschleppt wurde!, flehte Berger im Stillen.

»Es geht nicht um einen gestohlenen Pkw. Ich bin Inhaber der Firma Dippold-Transporte. Das habe ich doch vorhin am Telefon schon gesagt. Da hieß es aber, für eine Vermisstenanzeige müsste ich persönlich erscheinen.«

»Am besten erzählen Sie mir den ganzen Sachverhalt von Anfang an«, schlug Berger bemüht lächelnd vor.

»Heute Morgen um acht Uhr dreißig hat eins unserer Fahrzeuge bei einem Kunden Ladung aufgenommen, und jetzt kann ich weder Fahrer noch Beifahrer erreichen. Sie müssen unbedingt etwas unternehmen und den Wagen sofort suchen.«

Berger sah auf die Uhr. Es war noch nicht einmal elf. »Aber das ist keine zweieinhalb Stunden her«, erwiderte er entgeistert. »So schnell kann man niemanden als vermisst melden. Ihren Fahrern könnte alles Mögliche dazwischengekommen sein. Vielleicht haben sie Pause gemacht, als Sie anriefen. Oder sie standen im Stau oder haben das Handy nicht gehört. Von wo nach wo sollte der Transport denn gehen?«

»Von Nürnberg nach Wien. Und mein Schwiegersohn würde sein Telefon in solch einer Situation niemals abschalten.«

»Ihr Schwiegersohn ist einer der beiden Fahrer?«

Heinrich Dippold nickte. »Sascha Förster. Ich habe es bestimmt zwanzigmal probiert.«

»Geben Sie mir bitte die Handynummer.« Berger konnte sich gut vorstellen, dass sich Sascha Förster eine Auszeit gegönnt und absichtlich nicht geantwortet hatte, als er sah, wer anrief. Daher wollte Berger es selbst noch einmal versuchen. Doch auch jetzt meldete sich niemand.

»Was hatten die beiden denn geladen?«, fragte der Polizeibeamte schließlich.

»Einen Wertgegenstand«, murmelte Dippold. Berger fiel auf, dass der Geschäftsführer mit einem Mal unruhig von einem Fuß auf den anderen trat.

»Was genau muss man sich darunter vorstellen?«

»Ein … Kunstobjekt.«

»Meinen Sie ein Bild oder eine Skulptur, oder was?«

Dippold schnitt eine Grimasse. »So etwas wie eine Skulptur«, antwortete er schließlich.

»Wie viel ist die denn wert?«

»Das weiß ich nicht so genau.«

Berger verdrehte innerlich die Augen. »Von welcher Größenordnung reden wir ungefähr: tausend Euro, zehntausend Euro? Mehr?«

»Mehr, viel mehr. Glaube ich zumindest. Ich meine, vom ideellen Wert her …«

»Soll ich mal bei Ihrem Auftraggeber anrufen und nachfragen?«

»Um Gottes willen, nein! Der darf nichts erfahren.«

»Dieses wertvolle Kunstobjekt haben also Ihre Fahrer heute um acht Uhr dreißig bei Ihrem Kunden abgeholt, um es nach Wien zu bringen, aber Sie können die beiden seither nicht auf dem Handy erreichen. Habe ich das so weit richtig verstanden?«, fasste Berger für seinen Chef, der zu ihnen getreten war, noch einmal die bisherigen Fakten zusammen.

Dippold nickte.

»Wann hatten Sie zum letzten Mal Kontakt mit Ihren Mitarbeitern?«, fragte der Dienstgruppenleiter.

»Heute Morgen in der Firma. Sascha, mein Schwiegersohn,

hat mich angerufen, weil das Auto, nicht angesprungen ist. Ich musste mit meinem in die Firma fahren und die Batterie überbrücken; dummerweise lag das Kabel noch bei mir im Kofferraum. Deswegen habe ich ja auch ständig angerufen: Ich wollte wissen, ob mit dem Wagen jetzt alles in Ordnung ist und sie gut losgekommen sind.«

»Sie können also nicht einmal mit Sicherheit sagen, dass sich Ihre Mitarbeiter auf dem Weg nach Wien befinden?«

»Doch, doch. Ich habe bei unserem Kunden angerufen und gefragt, ob mit der Abholung alles ordnungsgemäß geklappt hat. Wenn Gold im Spiel ist, kann man das schon mal machen.«

»Gold?«

Dippold wurde rot.

»Was für Gold? Ich dachte, wir reden von einem Kunstgegenstand?« Berger war mit seiner Geduld am Ende. »Hören Sie, wenn wir Ihnen helfen sollen, müssen Sie uns sagen, was Sache ist!«

»Der Kunstgegenstand ist aus Gold«, antwortete Dippold kleinlaut.

»Und für wie viel wurde er versichert?«

»Das weiß ich nicht. Darum haben sich mein Schwiegersohn oder das Museum gekümmert. Oder niemand. Ich habe jedenfalls keinerlei Unterlagen dazu gesehen.« Die Antwort war nur noch ein Flüstern.

»Welches Museum?«

»Das Staatsmuseum. Wir sollten ein Exponat der Sonderausstellung Reichskleinodien nach Wien zurückbringen.«

Berger starrte den Mann fassungslos an. »Welches Teil?«

»Den Reichsapfel.«

Nachdem der Spediteur endlich mit der ganzen Wahrheit herausgerückt war, leitete Berger umgehend eine Fahndung nach dem verschollenen dunkelblauen Audi A6 ein. Die Handypeilung blieb erfolglos – so viel hatte Heinrich Dippold bereits selbst versucht, da das Telefon seines Schwiegersohns zur privaten Ortung durch die Firma freigegeben war. Die letzte Spur, die Sascha Förster und Thorsten Graef, der zweite Fahrer, vorläufig hinterlassen hatten, endete bei ihrer Abfahrt aus dem Museum.

Als Hackenholt am späten Vormittag sein Büro betrat, glaubte er, seinen Augen nicht zu trauen. Ihn erwarteten nicht weniger als drei Kuchen – wobei einer wohl eher die Bezeichnung Torte verdiente. Neben einem Käsekuchen und einem Bienenstich stand ein Sahneungetüm mit Schokostreuseln auf seinem Schreibtisch. Darüber hinaus hatten die Kollegen diverse Luftballons an seinen Bürostuhl geknotet; es kam einem Wunder gleich, dass er nicht einen halben Meter über dem Fußboden schwebte. Ein solches Aufgebot hatte Hackenholt nicht einmal an seinem vierzigsten Geburtstag erlebt. Offenbar waren seine Kollegen mächtig froh, ihn zurückzuhaben.

»Da bist du ja endlich!« Christine Murs Stimme in seinem Rücken ließ ihn herumfahren. So ungeduldig klang nur sie. »Ich habe schon gefürchtet, dass uns jeden Moment die Schlagsahne wegläuft, wenn der Kuchen auch nur eine Sekunde länger hier herumsteht.« Mit einem zufriedenen Grinsen stellte sie den Stapel Kuchenteller, den sie in der Hand hielt, auf den Beistelltisch.

»Wie komme ich denn zu der Ehre?«

»Den Bienerschdich hobbi fei selber gmachd«, sagte Saskia Baumann, die Mur mit einem Päckchen Servietten und Kuchengabeln ins Zimmer gefolgt war.*

»Und die anderen beiden Maurice. Gell, das würde man ihm gar nicht zutrauen. Aber er ist ein richtiger kleiner Zuckerbäcker.« Mur strahlte übers ganze Gesicht. »Na ja, seine Vorliebe für Sahnetorten kennst du spätestens seit unserem Besuch in Bad Bocklet.«

»Stimmt, *Schnurzelchen*. Gut, dass du uns daran erinnerst! Um ein Haar hätten wir es vergessen.« Wünnenbergs Mundwinkel zuckten gewaltig, während er Wasser in seine Kaffeemaschine goss.

Mur wurde puterrot. Doch bevor sie antworten konnte, drückte Baumann ihr ein Messer in die Hand und wies sie an, endlich den Kuchen zu schneiden.

In der folgenden Stunde herrschte in Hackenholts Büro ein reges Kommen und Gehen. Entweder hatte sich herumgesprochen, dass der entführte Kollege ab heute wieder im Dienst war, oder aber ihre antrainierte Neugier trieb die Beamten zu erforschen, was es mit den zwei Kuchen auf sich hatte, mit denen Christine Mur im Treppenhaus gesehen worden war.

Erst nachdem von allen dreien kein Krümel mehr übrig war, erzählte Stellfeldt dem Hauptkommissar von der DVD aus Schweinfurt, die am Morgen in der Post gewesen war. Sie enthielt die Aufzeichnungen der anderen beiden Banken, an denen die Unbekannten Geld abgehoben beziehungsweise es versucht hatten.

Obwohl Hackenholt ursprünglich zunächst einen Blick in den Ordner mit den Rundschreiben werfen wollte, die ihn über all die Neuerungen informierten, die es im vergangenen halben Jahr während seiner Abwesenheit gegeben hatte, entschied er sich nun für die Videos.

Diesmal sah man aufgrund des Gegenlichts zunächst zwei Schatten, die sich auf den Geldautomaten zubewegten, wobei der vordere den hinteren verdeckte. Erst als die vorausgehende mittelgroße, schlanke Person unmittelbar vor dem Automaten stand und die Spots der Deckenbeleuchtung verdeckte, konnte man Details erkennen. Es war die Frau, die auch schon in der Postfiliale in Schweinfurt Geld abgehoben hatte. Wieder trug sie den Schal und die große, auffällige Sonnenbrille. Der andere Schatten drehte sich zur Seite und verschwand aus dem Bildbereich. Alles lief wie beim vorherigen Mal ab: Die Unbekannte schob die Karte in den Schlitz, tippte die Geheimzahl ein, wartete und steckte die Scheine weg, bevor sie die Karte wechselte und das Gleiche noch einmal tat.

»Die Aufzeichnung enthält nichts Neues«, murmelte Hackenholt enttäuscht.

»Eigentlich kein Wunder, denn zwischen den Abhebungen in Schweinfurt und Bamberg ist weniger als eine Stunde verstrichen«, antwortete Wünnenberg.

»Dann schauen wir mal, was in Amberg passiert ist.« Hackenholt klickte die zweite Datei auf der DVD an.

Das neue Video war grobkörnig und qualitativ schlechter. Dennoch erkannte man, dass diesmal nur die Frau in die Bank kam. Daneben gab es noch eine zweite Neuerung: Anstelle des

Schals, den sie in der Nacht um Kopf und Gesicht gewickelt trug, hatte sie sich die Kapuze eines Sweatshirts tief in die Stirn gezogen. Zusammen mit der Sonnenbrille verbarg sie die obere Gesichtshälfte völlig. Die untere wurde nunmehr von einem T-Shirt verdeckt, das sich die Täterin in Gangstermanier bis über die Nase gezogen hatte.

Alles in allem zeigten die Videos also nichts Brauchbares, was bei der Fahndung weiterhelfen konnte.

Nachdem er sie sich noch zweimal angesehen hatte, griff Hackenholt zum Telefonhörer und wählte Zögners Nummer.

»Der große Durchbruch sind die Aufzeichnungen nicht gerade.«

»Das kannst du laut sagen!« Zögner klang frustriert.

»Was ist los?«

»Gestern sind wir noch einmal mit zwei Fotos an die Öffentlichkeit gegangen, aber bislang gibt es keinen einzigen Hinweis. Null. Nada. Nicht einmal die üblichen Spinner melden sich, die behaupten, die Dame würde so aussehen wie ihre Exfreundin oder die verhasste Nachbarin aus dem vierten Stock. Es kommt einfach – nichts! Wir haben zig Fingerabdrücke im Auto gesichert, die wir nicht zuordnen können, unendlich viele DNA-Spuren, von denen wir nicht wissen, ob sie relevant sind.«

»Und an der Leiche selbst?«

»Du warst doch bei der Obduktion dabei. Felix Kurz wurde mit einem Messer malträtiert, bevor er erstochen wurde. Wenn wir die Tatwaffe hätten, wären wir einen gewaltigen Schritt weiter. Aber wir haben mittlerweile den Wald und sämtliche umliegenden Äcker abgesucht, ohne etwas zu finden.«

Stellfeldt kam ins Zimmer und gab Hackenholt ein Zeichen.

»Walter, ich muss Schluss machen, ich werde gebraucht.« Nachdem er aufgelegt hatte, sah er Stellfeldt fragend an. »Was gibt's?«

»Kaum bist du wieder da, geht es rund: Eine Spaziergängerin hat auf einem Parkplatz im Wald zwei Leichen in einem Auto gefunden. Es sieht ganz danach aus, als ob sie erschossen wurden. Wobei sich zwischenzeitlich herausgestellt hat, dass einer der beiden Männer noch am Leben ist.«

Hackenholt nickte und stand auf.

»Das ist aber noch nicht alles: Der Kollege in der Einsatzzentrale hat mir erzählt, dass seit elf Uhr eine Fahndung nach ihnen lief.«

»Warum? Haben sie die Sparkasse überfallen?«

»Nein, ganz im Gegenteil.« Stellfeldt hielt kurz inne. Als er schließlich weitersprach, bebte seine Stimme ob der Ungeheuerlichkeit des Sachverhalts. »Angeblich sollten sie den Reichsapfel, der dem Nürnberger Staatsmuseum für die Dauer der Reichskleinodien-Ausstellung zur Verfügung gestellt wurde, in die Wiener Hofburg zurückbringen. Ihr Chef hat die ganze Zeit versucht, sie auf dem Handy zu erreichen, aber sie haben ihm nicht geantwortet.«

Die Kripobeamten fuhren vom Plärrer auf den Frankenschnellweg, wechselten auf die Süd-West-Tangente, die sie an der Anschlussstelle Zollhaus wieder verließen, bogen dann auf die Staatsstraße 2406 ab und folgten ihr in Richtung Worzeldorf. Unmittelbar vor der Kleingartenkolonie Bayernlinie führte rechts ein unbefestigter Weg entlang der liebevoll gepflegten Gärten auf der einen und dem Wald auf der anderen Seite zum alten Kanal. Nach zweihundert Metern kamen die Ermittler schließlich zu einer weiteren Abzweigung, die direkt in den Forst hineinführte. Sie folgten dem Weg, der sich nach kurzer Zeit gabelte. Vor ihnen standen mehrere Einsatzfahrzeuge.

Der erste Polizist, den Hackenholt zu seiner Überraschung sah, war nicht etwa ein Streifenkollege von der PI Süd, in deren Gebiet der Tatort fiel, sondern Christian Berger.

»Hallo, was tust du denn hier?«, begrüßte Hackenholt ihn erstaunt.

Der junge Hauptmeister nahm den Kollegen ein Stück beiseite, bevor er in knappen Sätzen schilderte, was ihm der Chef der Transportfirma vor weniger als zwei Stunden mitgeteilt hatte.

»Als die Meldung hereinkam, dass das Fahrzeug gefunden wurde, habe ich mich in den ersten freien Streifenwagen gesetzt und bin hergefahren. Ich wollte mich selbst vergewissern, ob der Behälter mit dem Reichsapfel noch da ist.«

»Und?«

»Nichts. Christine hat vor meinen Augen alles durchsucht. Ich habe zwar keine Ahnung, wie groß dieser Reichsapfel ist, aber –«

»Das kann ich dir sagen«, unterbrach Stellfeldt den Schutzpolizisten. »Der Reichsapfel des Heiligen Römischen Reiches ist genau einundzwanzig Zentimeter groß.«

»So klein?«, entfuhr es Berger unwillkürlich. »Na, wie dem auch sei, er befindet sich jedenfalls nicht mehr im Fahrzeug.«

»Wissen wir, ob er tatsächlich im Museum abgeholt wurde?«

»Der Inhaber der Transportfirma behauptet, mit einem Mitarbeiter gesprochen zu haben, der ihm die Übergabe bestätigt hat.«

Hackenholt warf Stellfeldt einen fragenden Blick zu.

»Sobald wir zweifelsfrei festgestellt haben, dass die Insignie geraubt wurde, müssen wir Meldung ans LKA machen.« Wie immer, wenn ihn etwas intensiv beschäftigte, fuhr sich der alte Kriminaler geistesabwesend mit der Hand über seine Glatze.

»Dann sollten wir uns damit noch einen Augenblick Zeit lassen«, entschied Hackenholt, woraufhin Stellfeldt die Hand sofort sinken ließ. »Ich werde nachher selbst im Staatsmuseum vorbeischauen und das überprüfen.« Damit wandte er sich von den Kollegen ab und der Absperrung vor ihm zu.

»Warte noch kurz, Frank.« Berger kam ihm mit großen Schritten hinterher. »Ich habe noch ein paar Informationen: Der Tote heißt Sascha Förster. Er ist der Schwiegersohn des Firmeninhabers, das zweite Opfer ist einer ihrer Fahrer und heißt Thorsten Graef.«

»Wissen die Angehörigen schon Bescheid?«

»Ich glaube nicht.«

»Dann muss das umgehend veranlasst werden.«

Kaum war Hackenholt an das Trassierband getreten, kam eine Mitarbeiterin der Spurensicherung und reichte ihm eine Schutzausstattung.

»Christine meinte, du magst ihn dir vielleicht aus der Nähe ansehen.« Sie nickte zu dem Toten hinüber, der immer noch angeschnallt im Audi saß.

»Was ist mit Fußspuren?«

»Kannst du vergessen«, winkte die Beamtin ab. »Der Boden ist nach der anhaltenden Dürre bretthart und außerdem noch voller Tannennadeln.«

Mur drehte sich zu ihm, nachdem er sich umgezogen hatte und unter dem Absperrband durchgeschlüpft war. »Vorsicht, ekelhafter Anblick. Ihm fehlt das halbe Gesicht.«

Hackenholt fühlte, wie ihm der Schweiß ausbrach, als er sich bückte, um in den Wagen zu sehen.

Mur hatte nicht übertrieben. Die Seite mit dem Einschussloch war vollkommen intakt, auf der anderen Seite waren dem Toten beim Austritt des Projektils jedoch große Teile des Gesichts weggerissen worden. »Großkalibrige Waffe?« Seine Stimme klang rau.

»Wohl eher ein Dum-Dum-Geschoss – wir haben es aber noch nicht gefunden. Der Schuss wurde garantiert aus nächster Nähe abgegeben.« Mur führte Hackenholt um den Wagen herum. »Schau!« Ihr behandschuhter Zeigefinger deutete auf ein Loch in der blutverschmierten Scheibe des Fahrerfensters. »Wir müssen die Umgebung mit einem Metalldetektor absuchen.«

»Sehe ich es richtig, dass das ein normaler Audi A6 ist und kein gepanzerter?«

Mur nickte.

»Gehören Werttransportfahrzeuge nicht immer mindestens zur B4-Schutzklasse?«

»Damit kenne ich mich nicht aus.«

»Was ist mit dem zweiten Mann?«

»Der befand sich dort drüben.« Mur deutete zu einer Stelle ein paar Schritte von dem Wagen entfernt.

Es war unschwer zu erkennen, dass hier ein Rettungsteam gearbeitet hatte: Nicht nur der Waldboden war aufgewühlt, vielmehr lagen auch diverse leere Verpackungen von verschiedenen medizinischen Hilfsmitteln herum. Außerdem waren die herabgefallenen Tannennadeln blutgetränkt.

»Angeblich lag er mit dem Gesicht zum Boden, als die Spaziergängerin ihn fand. Sie hat den Notruf gewählt und der Einsatzzentrale völlig hysterisch mitgeteilt, dass sie zwei Tote gefunden hat. Der Kollege hat daraufhin Streife und Rettungsdienst alarmiert.«

»Was ist aus der Frau geworden?«

»Sie wurde mit einem Schock ins Klinikum gebracht. Den bekommt wohl jeder normale Mensch, wenn er so etwas sieht.« Sie deutete auf den Wagen und streifte Hackenholt mit einem Seitenblick.

»Keine Sorge, mir geht es gut«, beantwortete Hackenholt ihre unausgesprochene Frage. »Wie schwer ist das zweite Opfer verletzt?«

»Der Mann soll mehrere Treffer abbekommen haben, unter anderem in den Kopf. Mach dir also besser keine allzu großen Hoffnungen, dass er dir bei den Ermittlungen helfen kann.«

Noch während er sich aus dem Schutzanzug schälte, notierte sich Hackenholt in Gedanken eine Liste mit Dingen, die umgehend erledigt werden mussten. Wichtig war jetzt, möglichst schnell die Fahndung nach den Tätern auf den Weg zu bringen. Bislang wussten sie jedoch rein gar nichts: Suchten sie nach einer Person oder waren es mehrere gewesen? Aus dem Bauch heraus tippte Hackenholt auf Letzteres, auch wenn ihm der Ablauf des Geschehens alles andere als klar war.

Sascha Förster war höchstwahrscheinlich vom Beifahrersitz aus erschossen worden, Thorsten Graef hatte neben dem Wagen gelegen. Warum war Förster überhaupt in den Wald gefahren? Hatte Graef ihn bedroht? Aber wer hatte dann auf Graef geschossen? Und wie war der Täter geflüchtet? Mit einem Auto? Im Augenblick gab es eine gefühlte Million Fragen und keine einzige Antwort.

Hackenholt entschied, dass Baumann und Stellfeldt mit ein paar Beamten die Kleingartensiedlung abklappern und fragen sollten, ob jemand bemerkt hatte, wann der Audi den Weg entlanggekommen war. Möglicherweise hatte ein Zeuge sogar die Schüsse gehört und den Täter flüchten sehen. Anschließend sollten sich die zwei Ermittler ins Klinikum begeben. Sie mussten unbedingt herausfinden, wie es um Thorsten Graef stand, und mit der Zeugin sprechen, die die beiden Männer gefunden hatte.

Mit viel Glück war ihr bei ihrem Spaziergang jemand begegnet, bevor sie auf die Opfer stieß.

Wünnenberg und er würden zunächst zur Firma Dippold-Transporte fahren und sich einen Eindruck von dem Unternehmen im Allgemeinen und den Herren Förster und Graef im Besonderen verschaffen. Auf dem Rückweg in die Dienststelle würden sie einen Abstecher zum Staatsmuseum machen und sich dort selbst noch einmal bestätigen lassen, dass die Fahrer die Insignie am Morgen tatsächlich ordnungsgemäß abgeholt hatten. Vielleicht war jemandem dabei etwas Besonderes aufgefallen.

Danach kam Hackenholt nicht mehr umhin, in München anzurufen. Doch dann war es voraussichtlich nach halb fünf, sodass die Sachbearbeiter beim LKA mit Sicherheit nach Hause gegangen waren. Mit etwas Glück trafen die Kollegen damit erst im Lauf des folgenden Vormittags in Nürnberg ein, um die Ermittlungen an sich zu reißen und die hiesigen Beamten wie dumme Schuljungen die Laufarbeit erledigen zu lassen.

Hackenholt wurde aus seinen Gedanken gerissen. Jemand hatte seinen Namen gerufen. Er blickte auf und sah Oberstaatsanwalt Dr. Holm auf sich zukommen.

»Was tun Sie denn hier, lieber Herr Hackenholt? Ich dachte –«, abrupt hielt Dr. Holm inne und machte ein betretenes Gesicht.

»Erster Arbeitstag. Ich bin zurück, mir geht es wieder gut.« Herzlich schüttelte Hackenholt die dargebotene Hand. Nach seiner Entführung hatte ihn der Oberstaatsanwalt mehrere Male besucht, um ihn zu befragen. Dabei hatte er zwangsläufig bemerkt, wie es ihm zunehmend schlechter gegangen war.

»Erster Arbeitstag?«, echote Dr. Holm. »Und dann gleich so etwas?«

»Man kann es sich nicht aussuchen, nicht wahr?« Hackenholt lächelte. »Aber es ist okay.« Dann fasste er grob zusammen, was sie bislang wussten. Als er Dr. Holm die Sache mit der geraubten Insignie schilderte, sog dieser scharf die Luft ein. Davon hatte er bislang nichts gewusst.

»Wie wollen wir das handhaben?«

»Am liebsten wäre es mir, wenn wir zunächst nichts an die Öffentlichkeit dringen lassen. Ich gebe unserer Pressestelle eine knappe Zusammenfassung, aus der nicht mehr hervorgeht, als dass ein Toter und ein Schwerverletzter aufgefunden wurden. Mehr können wir derzeit aus ermittlungstaktischen Gründen nicht bekannt geben. Und morgen Mittag machen wir dann eine Pressekonferenz. So bekommen wir einen kleinen Vorsprung, bevor uns der Mob an den Fersen klebt.«

Dr. Holm nickte. »Sie verständigen das LKA?«

»Selbstverständlich – sobald wir mit Sicherheit wissen, dass der Reichsapfel wirklich geraubt wurde. Es wäre übereilt, die Kollegen einzuschalten, bevor wir selbst etwas Genaues wissen.«

Dr. Holm nickte noch einmal und gab Hackenholt damit grünes Licht.

Das Firmengelände von Dippold-Transporte befand sich am Röthensteig, einem kleinen Industriegebiet beim Nordring. Von außen sah das weiße, einstöckige Gebäude sauber und adrett aus. Im Hof parkten mehrere Fahrzeuge, die zum Teil mit dem Firmenlogo beschriftet waren; allerdings sahen alle so aus, als hätten sie schon einige Jahre auf dem Buckel. Vom Polo bis zum Vierzigtonner war jede Größe vertreten. Im Stillen fragte sich Hackenholt, was das für eine Firma sein sollte: Ein Kurierdienst brauchte keinen Lastwagen und eine Spedition keine Pkw. Und für Werttransporte fehlten die typischen gepanzerten Wagen. Doch die Antwort auf diese Frage musste noch eine Weile warten.

Drinnen wurden sie von einer großen, stämmigen Frau in Jeans begrüßt, deren Haare so schwarz waren, wie es nur bei gefärbten der Fall war. Hackenholt schätzte sie auf Mitte vierzig. Einen Moment lang dachte er, sie würde beim Be- und Entladen selbst Hand anlegen, doch dann bemerkte er ihre langen, künstlichen Fingernägel und revidierte seine Einschätzung.

»Mein Name ist Sabine Förster, ich bin die Juniorchefin. Was kann ich für Sie tun?«

Während sich Hackenholt auswies und auch Wünnenberg vorstellte, verdüsterte sich ihr Gesicht.

»Das darf doch wohl nicht wahr sein! Ich verstehe beim besten Willen nicht, warum so ein Aufheben um die Sache gemacht wird. Ich habe meinem Vater bereits gesagt, dass er voreilig war.

Nur weil er meinen Mann nicht erreicht hat. Sascha schaltet sein Handy öfter aus. Manchmal liegt es auch in seiner Tasche, und er hört es schlicht und ergreifend nicht. Sie haben doch wohl um Himmels willen niemandem im Museum etwas gesagt? Wenn die davon Wind bekommen, ist die Sache für uns gelaufen, dann erhalten wir nie wieder solch einen Auftrag. Damit wäre all die Zeit und Mühe, die mein Mann in den neuen Kontakt investiert hat, für die Katz.« Die Frau redete ohne Punkt und Komma. Schließlich hob Hackenholt abwehrend die Hände, um sie zu unterbrechen.

»Frau Förster, wir müssen mit Ihnen und Ihrem Vater sprechen. Ist er im Haus? Wir haben Neuigkeiten für Sie beide.«

Einen Moment lang sah ihn die Frau mit einem Stirnrunzeln an, dann drehte sie sich um und bedeutete den Ermittlern, ihr zu folgen.

Sie führte sie in den hinteren Teil des Gebäudes in ein großes Büro, in dem es chaotisch aussah. Überall lagen stapelweise lose Blätter und Aktenordner herum. Die Regale an der Wand quollen über, der alte braune Teppichboden war voller Flecken, die wohl ehemals weiß getünchte Wand war von jahrelangem Zigarettenqualm gelblich verfärbt.

»Papa, hier sind zwei Herren von der Kriminalpolizei«, murmelte Sabine Förster beim Eintreten. Ihr Tonfall hatte sich verändert. Allerdings sollte Hackenholt erst im Laufe des Gesprächs herausfinden, dass dies nichts mit seiner Ankündigung, Neuigkeiten zu bringen, zu tun hatte, sondern dass sich die Tochter dem Vater und Chef gegenüber stets so unterwürfig verhielt.

»Das wurde aber auch Zeit! Wofür bezahlen wir denn so viele Steuern, wenn sich die Polizei nicht kümmert, wenn man sie braucht?«

Hackenholt überraschte nicht nur der herrische Ton, den der kleine ältere Herr anschlug. Vor allem wunderte er sich über dessen Alter. Der Mann mit den schlohweißen Haaren und der großen Brille, der sich nun mit Hilfe eines Gehstocks aus dem Chefsessel stemmte, hatte die siebzig seit mehreren Jahren überschritten.

»Also, was ist? Wo haben Sie diesen Nichtsnutz von Schwiegersohn gefunden? Ich hoffe, sie sind mittlerweile auf österreichischem Bo–«

»Könnten wir uns einen Augenblick setzen?«, unterbrach Hackenholt den Redefluss barsch. Dann besann er sich darauf, dass er eine Todesmitteilung zu überbringen hatte, und fügte wesentlich sanfter hinzu: »Wir haben zwar Neuigkeiten, aber es sind leider keine guten.«

»Was soll das heißen?« Dippold, der sich gerade abgewandt hatte, um zu seinem Sessel zurückzuschlurfen, fuhr erneut herum.

»Bitte. Setzen Sie sich. Und Sie ebenfalls, Frau Förster«, mischte sich Wünnenberg ins Gespräch. Wenngleich man es seiner Stimme nicht anhören konnte, wie grotesk er das Auftreten von Vater und Tochter fand, so konnte man es doch an seiner hoch aufgerichteten Haltung erkennen.

»Frau Förster«, begann Hackenholt endlich. »Wir haben sehr schlechte Nachrichten für Sie.« Er hielt kurz inne und zählte stumm bis fünf, in der Hoffnung, der Satz werde sie auf das vorbereiten, was nun gesagt werden musste. »Frau Förster, wir haben die traurige Pflicht, Ihnen mitzuteilen, dass Ihrem Mann etwas zugestoßen ist. Er ist tot.«

»Was?« Entgeistert sah sie von einem zum anderen. »Sascha? Tot?«

Hackenholt nickte.

»Weil er auch immer so gerast ist!«, schimpfte Dippold aufgebracht. »Ist dem Transportgut etwas passiert?«

»Ihr Mitarbeiter Thorsten Graef liegt schwer verletzt im Krankenhaus. Wer sind seine nächsten Angehörigen? Ist er verheiratet?«, wollte Hackenholt von Frau Förster wissen.

»Was ist mit dem Reichsapfel?«, platzte Dippold erneut dazwischen.

»Das wissen wir noch nicht«, antwortete Hackenholt ruhig.

»Wieso nicht? Es kann doch wohl nicht so schwer sein –«

»Wir kümmern uns im Allgemeinen zunächst um Menschenleben und danach erst um Besitztümer, Herr Dippold.«

»Thorsten ist verheiratet und hat einen kleinen Sohn«, beantwortete Sabine Förster Hackenholts Frage schließlich. »Aber was ist denn eigentlich passiert?«

»Wir stehen noch ganz am Anfang unserer Ermittlungen. Es war jedenfalls kein Verkehrsunfall.« Hackenholt sah den Firmeninhaber, der erneut zum Reden ansetzte, scharf an. »Derzeit gehen wir von einem Raubüberfall aus. Ihr Schwiegersohn wurde erschossen.«

Obwohl die offizielle Todesursache erst bei der Obduktion amtlich festgestellt werden würde, sah Hackenholt keinen Grund, warum er dem Ergebnis in dem Fall nicht vorgreifen sollte. Der Anblick der Leiche war eindeutig gewesen.

Diesmal schafften es seine Worte: Heinrich Dippold ließ sich schwer in seinen Stuhl zurückfallen. »Oh weh«, murmelte er. »Oh weh, oh weh.« Seine Tochter brach in lautes Schluchzen aus.

Nach einer Weile räusperte sich Hackenholt. »Mir ist klar, dass es Ihnen unpassend erscheinen mag, aber wir sind dringend auf Informationen angewiesen und müssen Ihnen daher ein paar Fragen stellen.« Er wartete einen Augenblick, und da keiner von beiden Anstalten machte, etwas zu erwidern, fuhr er fort. »Wer hat von dem Transport gewusst?«

»Die Leute vom Museum natürlich.« Der Alte hatte seine Kämpferstimme wiedergefunden. »Wer weiß, wem die es alles gesagt haben. Dafür kann ich nicht verantwortlich gemacht werden.«

»Ich meinte, wer von Ihrer Firma wusste über die Details Bescheid?«

»Niemand. Das war schließlich ein Werttransport, den posaunt man nicht in die Welt hinaus.«

Hackenholt seufzte innerlich. »Niemand außer Ihnen, Ihrer Tochter und Ihrem Schwiegersohn?«

Heinrich Dippold bejahte.

»Was ist mit Ihren Fahrern? Oder der Putzfrau? Oder wer sonst noch hier arbeitet?«

»Außer der Familie wusste keiner etwas.«

»Nicht einmal Thorsten Graef?«

»Nein, mein Schwiegersohn hat ihm erst heute Morgen, als es losging, verraten, wohin sie fahren und was sie transportieren.«

»Sind Sie sich sicher?«

»Hundertprozentig.«

»Mein Vater hat recht«, mischte sich Sabine Förster schniefend ein. »Sascha hat ein Staatsgeheimnis daraus gemacht. Niemand durfte erfahren, dass er solch einen lukrativen Auftrag an Land gezogen hat. Er hatte Angst, die Konkurrenz könnte ihn uns noch im letzten Augenblick wegschnappen.«

»Waren die beiden bewaffnet?«

»Reden Sie keinen Blödsinn! Natürlich nicht.« Dippold musterte ihn, als hätte er noch nie etwas derart Abartiges gehört.

»Und warum wurde der Transport nicht mit einem gepanzerten Fahrzeug durchgeführt? Das ist doch wohl heutzutage üblich.«

»Da müssen Sie das Museum fragen, wieso die das nicht gefordert haben. Wir jedenfalls besitzen solch einen Wagen überhaupt nicht.«

»Ich nehme an, Sie müssen umgehend Ihre Versicherung informieren«, wechselte Hackenholt schließlich das Thema. »Bestehen Sie dabei auf absoluter Diskretion. Sprechen Sie am besten nur mit dem Leiter der Schadensabteilung und machen Sie ihm klar, dass einstweilen nichts an die Öffentlichkeit dringen darf. Sie können ihm meine Telefonnummer geben, er wird bestimmt Rückfragen haben.«

Hackenholt legte seine Visitenkarte vor Dippold auf den Schreibtisch. »Außerdem muss ich darauf bestehen, dass Sie über all das, worüber wir gerade gesprochen haben, absolutes Stillschweigen bewahren. Einstweilen darf nichts an die Presse gelangen.«

Mit einem Mal schien alle Energie in dem alten Mann verpufft zu sein. Müde blickte Heinrich Dippold auf. »Keine Sorge, wir werden den Anrufbeantworter einschalten und nicht mehr persönlich zu erreichen sein.«

Die beiden Kriminaler waren gerade wieder in den Dienstwagen gestiegen, als Hackenholts Handy piepte. Zu seiner Verwunderung war es Sophie, die hören wollte, ob bei ihm alles in Ordnung sei. Früher hatte sie das nie getan; wenn überhaupt, rief sie ihn allenfalls im Büro an. Und auch das bloß, wenn sie eine dringende Frage hatte.

Hackenholt zögerte einen Augenblick mit seiner Antwort, doch dann entschied er sich, ihr nicht nur von den drei Kuchen zu erzählen, die seine Kollegen für ihn gebacken hatten, sondern auch von den beiden Männern und dass er schon mitten in einer Ermittlung steckte. Die Tatsache, dass darüber hinaus mit allergrößter Wahrscheinlichkeit der Reichsapfel gestohlen worden war, erwähnte er mit keinem Wort. Bislang war davon nichts an die Öffentlichkeit gesickert – und das sollte, sofern Hackenholt es bewerkstelligen konnte, auch noch mindestens bis morgen so bleiben. Er gab Sophie durch die Leitung einen Kuss und versprach ihr, an seinem ersten Tag pünktlich Schluss zu machen.

Kaum hatte er das Gespräch beendet, piepte sein Handy erneut. Nun war es Stellfeldt, der ihm mitteilte, Frau Graef sei in der Zwischenzeit in der Klinik eingetroffen. Ihr Mann war in den OP gebracht worden; sein Leben stand auf Messers Schneide.

Hackenholt bat seinen Kollegen, lediglich in Erfahrung zu bringen, ob die Frau irgendwelche Angaben dazu machen konnte, wohin ihr Mann an dem Tag hätte fahren sollen. Alles andere konnte warten.

An der Pforte des Nürnberger Staatsmuseums wiesen sich die Ermittler aus und baten die Kassendame, den für die Sonderausstellung Reichskleinodien verantwortlichen Leiter zu rufen.

»Heute ist es ja angenehm leer hier«, füllte Wünnenberg die Wartezeit mit etwas Small Talk.

»Das wurde auch Zeit. Sie können sich gar nicht vorstellen, was die vergangenen Monate bei uns los war«, winkte die Frau ab.

»Unsere Kollegen haben von den langen Schlangen letzten Freitag berichtet.«

»Ach, geht es wieder um Felix Kurz? Dieser arme Junge! Er war unser Sonnenschein.«

Bevor sie ins Detail gehen konnte, womit der Volontär das Herz der Mitarbeiter erobert hatte, kam ein Mann in einem weißen Poloshirt und Jeans auf sie zu. Sein Gesicht wirkte kreisrund, ein Effekt, der durch die Halbglatze hervorgerufen wurde, die einen perfekt geformten Schädel zur Schau stellte. Kreisrund waren auch die beiden kleinen Brillengläser, die mitsamt ihrem minimalistischen Gestell diesen Eindruck noch verstärkten.

»Ich bin Norbert Beck. Womit kann ich Ihnen behilflich sein?«

»Sind Sie der Kurator, der für die Reichskleinodien zuständig ist?«, fragte Hackenholt, nachdem er Wünnenberg und sich vorgestellt hatte.

»Nein, die Leitung der Sonderausstellung und der vorangegangenen Forschungsarbeit hatte Herr Dr. Drosthoff. Ich bin Kustos, ein wissenschaftlicher Mitarbeiter, der Herrn Dr. Drosthoff zugearbeitet hat. Aber da ich davon ausgehe, dass Sie noch einmal wegen Felix Kurz kommen, ist es besser, Sie sprechen mit mir. Er war mir als Assistent zugeteilt. Herr Dr. Drosthoff pflegt mit unseren Volontären kaum Kontakt.«

»Ich fürchte, diesmal geht es um etwas anderes. Wir interessieren uns für die Reichskleinodien.«

Beck sah ihn überrascht an.

»Wie wir erfahren haben, sollte der Reichsapfel heute Morgen in die Wiener Hofburg zurückgebracht werden.«

»Woher wissen Sie davon?« Erschrocken musterte Beck die Ermittler. »Die Rückführung unterliegt höchster Geheimhaltung.«

Anstatt einer Antwort stellte Hackenholt die Frage, die ihn wirklich interessierte. »Wurde der Reichsapfel an die beiden Fahrer der Firma Dippold-Transporte übergeben, oder befindet er sich noch im Haus?«

»Ich bin mir nicht sicher, ob es in meiner Kompetenz liegt, Ihnen hierzu Auskünfte zu erteilen.«

»Wenn Sie uns dann bitte zu Dr. Drosthoff bringen würden? Ich denke, wir sollten nicht noch mehr Zeit verschwenden.«

Sie stellten sich ein drittes Mal vor und wiesen sich erneut aus, danach konnte Hackenholt endlich zur Sache kommen. Diesmal erhielt er eine eindeutige Antwort.

»Heute Mittag um Viertel nach eins hat das letzte der einhundertzwei Exponate unser Haus verlassen.« Dr. Drosthoff konsultierte eine Liste in seinem Computer. »Der Reichsapfel wurde um acht Uhr achtundvierzig übergeben und müsste demnächst in Wien ankommen. Wir warten noch auf die Rückmeldung der Kollegen in der Hofburg, nicht wahr, Herr Beck?«

Der Mitarbeiter nickte stumm.

»Wenn Sie einhundertzwei Ausstellungsstücke rückführen mussten, kam es da vor, dass manche Spediteure zwei oder drei geladen hatten?«

»Nein. Das geht aus versicherungsrechtlichen Gründen nicht. Was glauben Sie denn, was manche unserer Exponate wert sind? Da würde keine Versicherung zustimmen. Mehr als eins pro Fahrzeug zu transportieren wäre grob fahrlässig. Sie können sich nicht vorstellen, was los wäre, wenn ein Wagen überfallen würde. Nicht auszudenken wäre das!«

Entgegen Dr. Drosthoffs Überzeugung hatte Hackenholt sogar eine äußerst genaue Vorstellung davon.

»Den Transport übernehmen im Übrigen keine Speditionen, sondern Sicherheitsfirmen, die sich auf Werttransporte spezialisiert haben«, belehrte der Ausstellungsleiter Hackenholt, bevor dieser auf die Realität zu sprechen kommen konnte.

»Warum wurden dann für eine so wertvolle Fracht keine gepanzerten Fahrzeuge eingesetzt?«

»Natürlich haben wir das getan! Alle Wagen gehören den Widerstandsklassen B6 beziehungsweise B7 an und verfügen über eine GPS-Überwachung durch die Sicherheitsfirma. Die Transportboxen entsprechen den Sicherheitsstandards der Bundesbank, wurden von uns verplombt und sind mit einem Entreißschutz sowie einer Rauchsicherung gegen Diebstahl ausgestattet. Aber vielleicht könnten wir endlich zur Sache kommen, die Zeit drängt, ich habe um sechzehn Uhr einen Termin.«

Nachdem Hackenholt dem schockierten Ausstellungsleiter klargemacht hatte, dass es einen Überfall auf einen der Transporter gegeben hatte, bei dem nicht nur ein Mensch getötet und ein weiterer schwer verletzt, sondern auch der Reichsapfel geraubt worden war, herrschte sekundenlanges Schweigen im Büro, das nur von einem Stöhnen unterbrochen wurde, mit dem sich Norbert Beck auf den nächstgelegenen Stuhl sinken ließ. Er sah aus, als wäre er einer Ohnmacht nahe.

»Wurde das Landeskriminalamt verständigt?«, fragte der Kurator schließlich.

»Nein, noch nicht. Wir mussten ja erst einmal verifizieren, dass die beiden Fahrer die Fracht tatsächlich abgeholt haben.«

»Wenn Sie möchten«, Dr. Drosthoff wies zu seinem Telefon, »können Sie das gleich von hier aus erledigen.«

Hackenholt schüttelte den Kopf. »Wir haben genaue Vorgaben, wer wen zu informieren hat. Sie werden sicher verstehen, dass wir uns an den offiziellen Dienstweg halten müssen. Insbesondere bei einer derart delikaten Angelegenheit, bei der viel Fingerspitzengefühl erforderlich ist.«

»Gut, gut.« Hackenholts Wortwahl hatte Dr. Drosthoff anscheinend Vertrauen in die Fähigkeiten der Polizei fassen lassen. »Wie werden Sie vorgehen?«

»Wir müssen Zeugen befragen. Feststellen, wer von dem Transport wusste, um herauszufinden, wer die Täter sind. Vielleicht können wir bald mit dem Schwerverletzten sprechen. Wir werden Sie in jedem Fall auf dem Laufenden halten.«

Dr. Drosthoff nickte geistesabwesend.

»Ich würde vorschlagen, dass Sie morgen Vormittag für eine gemeinsame Pressekonferenz zu uns ins Polizeipräsidium kommen. Es wäre schön, wenn Sie ein paar Worte zu dem geraubten Reichsapfel sagen könnten. Wir benötigen natürlich auch eine Fotografie.«

Wortlos deutete Norbert Beck an die Wand, an der nebeneinander vier verschiedene Plakate hingen. Eins davon zeigte den Reichsapfel, ein weiteres die Reichskrone. Was auf den anderen beiden dargestellt wurde, konnte Hackenholt nicht erkennen. Es mussten aber ebenfalls Reichskleinodien sein, da der Ausstellungstitel auf den Plakaten vermerkt war.

»Einstweilen sollten Sie über das Gesagte Stillschweigen bewahren.«

»Ganz wie Sie meinen. Sie haben unsere volle Unterstützung.« Roboterartig erhob sich der Ausstellungsleiter und gab den Ermittlern die Hand. Noch während sie das Zimmer verließen, hörten sie, wie Drosthoff Beck anwies, ihm umgehend den Vertrag mit der für den Transport zuständigen Sicherheitsfirma sowie die damit verbundenen Versicherungsunterlagen zu bringen.

»Tja, nun wird uns nichts anderes mehr übrig bleiben, als in München anzurufen«, murmelte Wünnenberg, während er das kurze Stück vom Museum zum Polizeipräsidium zurückfuhr.

»Ich kann doch nicht die Kollegen verständigen, ohne den derzeitigen Sachstand zu wissen!«, protestierte Hackenholt gespielt empört. »Nein, das machen wir anders. Jetzt reden wir erst einmal mit dem Chef. Danach informiert der den Dezernatsleiter. Und der wird natürlich sagen, dass wir uns sofort mit dem LKA in Verbindung setzen sollen. In der Zwischenzeit hören wir uns an, was Manfred und Saskia herausbekommen haben. Vielleicht kann Christine uns auch schon etwas sagen, sodass wir eine erste Theorie aufstellen können. Bis dahin ist es nach fünf Uhr. Und *dann* schicke ich ein Fax nach München.«

»Am besten an irgendeine Nebenstelle und nicht in die Zentrale, die rund um die Uhr besetzt ist.«

»Genau so habe ich mir das vorgestellt«, meinte Hackenholt zufrieden.

»Und weil morgen Freitag ist, werden die Kollegen sicher gegen Mittag Feierabend machen wollen. Da rentiert sich die weite Fahrt doch gar nicht. Und am Wochenende … arbeitet das LKA eigentlich am Wochenende?«

»Träum weiter.«

»Ach, falls einer von denen übers Wochenende hierbleiben will, reservieren wir ihm ein Zimmer in Fürth.«

Beide lachten.

Gegen halb fünf waren endlich alle Beamten zur Besprechung versammelt, die Baumann mit den Worten »Im Grund gnummer wissmer nix – obber scho går nix« eröffnete.*

»Fangen wir der Reihe nach an«, versuchte Hackenholt in seiner besonnenen Art einen Gegenpol zu schaffen. »Meiner Meinung nach wissen wir sogar schon eine ganze Menge.« Dann erzählten er und Wünnenberg, was sie im Museum und bei Dippold-Transporte erfahren hatten.

»Då håbbder im Vergleich zu uns es grouße Los zoong.«* Baumann klang genervt.

»Saskia hat recht: Wir haben leider so gut wie nichts herausbekommen.« Stellfeldt kratzte sich an der Glatze, was definitiv kein gutes Zeichen war. »Thorsten Graef liegt mit lebensgefährlichen Verletzungen im Klinikum. Laut Aussage eines Arztes sieht es nicht gut für ihn aus. Die Zeugin, die die beiden Männer im Wald gefunden hat, war nicht vernehmungsfähig, weil man ihr ein starkes Beruhigungsmittel gegeben hat. Mit ihr können wir frühestens morgen reden. Und von den Schrebergartenbesitzern hat niemand etwas mitbekommen. Weder wurden die Autos gesehen, als sie in den Wald gefahren sind, noch hat jemand angegeben, Schüsse gehört zu haben, und auch auf dem Rückweg hat angeblich niemand den Wagen bemerkt, mit dem die Täter geflüchtet sind.«

»Was ist mit Graefs Frau? Habt ihr mit ihr gesprochen?«

»Ja. Sie behauptet, ihr Mann habe nicht gewusst, dass es heute nach Wien gehen sollte. Er hat sie von der Firma aus angerufen, während sie auf den Seniorchef und das Überbrückungskabel warteten, und ihr mitgeteilt, es würde heute Abend vermutlich später werden. Sie hat ihn daraufhin ziemlich angemault, weil sie donnerstagabends immer zur Gymnastik geht und er auf das Kind hätte aufpassen müssen.«

»Un nachdems uns des gsachd håd, hådds nerblous nu griener. Is doch gloar, dassersi Vorwürf machd.«*

»Viel ist das wirklich nicht«, seufzte Wünnenberg.

»Und du, Christine?«, fragte Hackenholt hoffnungsvoll. »Kannst du uns etwas sagen?«

Mur schüttelte den Kopf. »Dafür ist es viel zu früh. Aber warum versuchen wir es nicht mal mit einem chronologischen Ablauf? Vielleicht bringen wir damit ein bisschen Licht ins Dunkel. Am meisten gibt mir der Tatort Rätsel auf. Da stimmt irgendwie gar nichts. Aber fangen wir am Anfang an.«

»Als Thorsten Graef heute Morgen in der Arbeit erscheint, teilt Sascha Förster ihm mit, dass sie zusammen einen Transport nach Wien haben«, begann Wünnenberg die Zusammenfassung.

»Wos des edzerdla genau wår, hodder ångeblich ned erfårn.

Zermindest hodd sei Fraa behaubded, dassers ned wisserd. Obber schbädesdens in Museum werdsnern ja wårscheinds aufganger sei.«*

»Als sie aufbrechen wollen, stellen sie fest, dass ihr Auto nicht anspringt. Förster ruft seinen Schwiegervater an, der fährt mit einem Überbrückungskabel in die Firma und leistet Starthilfe.«

Mur machte sich eine Notiz auf dem Schreibblock, unterbrach Wünnenberg jedoch nicht.

»Um acht Uhr achtundvierzig, also ungefähr zwanzig Minuten später als ursprünglich geplant, übernehmen die zwei Fahrer ihre Fracht. Zu dem Zeitpunkt werden sie das letzte Mal lebend gesehen.« Wünnenberg blickte in die Runde.

Hackenholt bedeutete ihm fortzufahren.

»Welchen Weg sie vom Museum aus nehmen, wissen wir nicht. Sie könnten, wie wir heute Morgen, über den Plärrer auf den Frankenschnellweg und anschließend auf die A73 gefahren sein. Oder aber sie haben die Route durch die Stadt gewählt. Dann verstehe ich allerdings nicht, warum sie die Münchner Straße hinausgefahren sind. Wenn ich durch die Stadt gefahren wäre, hätte ich die B4 genommen, wäre bei Fischbach auf die A9, am Kreuz auf die A6 und später auf die A3.«

»Da haben wir also die erste große Ungereimtheit«, brummte Stellfeldt. »Wir brauchen die Daten von ihren Handyprovidern.«

Mur machte sich erneut eine Notiz. »Erzähl weiter, Ralph.«

»Um kurz nach neun Uhr versucht Heinrich Dippold zum ersten Mal, seinen Schwiegersohn auf dem Handy zu erreichen, aber es ist ausgeschaltet. Er denkt, sie sind noch im Museum. Um halb zehn probiert er es wieder und danach so gut wie pausenlos. Gegen halb elf ruft er im Museum an und erfährt, dass mit der Übergabe rund anderthalb Stunden zuvor alles problemlos geklappt hat. Als er auch jetzt seinen Schwiegersohn nicht erreichen kann, fährt er zur PI Ost und schlägt Alarm.«

»Damit steht also fest: Das Zeitfenster zwischen acht Uhr achtundvierzig und kurz nach neun muss das entscheidende sein«, hob Hackenholt hervor. »Wissen wir, was aus den Handys der beiden Opfer geworden ist?« Er sah Mur fragend an.

»Sie waren weder in der Kleidung noch irgendwo im Fahrzeug.

Aber lass Ralph zum Ende kommen, bevor wir unsere Theorien spinnen.«

»Eigentlich war ich so gut wie fertig: Um acht Minuten nach zwölf geht in der Einsatzzentrale ein Notruf ein. Eine Spaziergängerin hat die beiden Männer im Wald gefunden. Sascha Förster sitzt nach wie vor angeschnallt auf dem Fahrersitz, während Thorsten Graef schwer verletzt neben dem Auto liegt.«

»Gut, dann übernehme ich jetzt mal«, sagte Mur. »Im Grunde genommen gibt es nur zwei Möglichkeiten. Erstens: Einer der beiden Männer ist in die Sache verwickelt – in dem Fall muss es mindestens einen Komplizen geben, der nun im Besitz der Reichskleinodie ist. Was genau bei der Variante zu der Komplikation geführt hat, dass er seinen Mitwisser erschossen hat, können wir wohl nur von ihm erfahren. Die Alternative ist: Keiner der beiden Männer hat etwas mit der Tat zu tun, sondern sie wurden Opfer eines brutalen Raubüberfalls.« Sie warf einen Blick auf ihre Notizen. »Von der Spurenlage her sieht es folgendermaßen aus: Der Täter saß auf dem Beifahrersitz, als er Sascha Förster erschossen hat. Der Schuss kam von ganz leicht schräg vorn. Hätte der Täter auf dem Rücksitz gesessen, läge ein anderer Schusswinkel vor. Thorsten Graef hingegen stand neben dem Auto, als auf ihn gefeuert wurde. Um genau zu sein, befand er sich sogar ein ganzes Stück vom Fahrzeug entfernt.«

»Handelt es sich um dieselbe Waffe?«, hakte Hackenholt nach.

»Das ist die Gretchenfrage, die ich dir noch nicht beantworten kann. Bislang haben wir keine Patronenhülsen gefunden, aber wir werden mit einem Metalldetektor danach suchen. Sie können nicht weit sein, falls der Täter sie nicht eingesammelt oder einen Revolver benutzt hat.«

»Ist es möglicherweise folgendermaßen abgelaufen?«, fragte Stellfeldt. »Irgendwann kurz nach der Übergabe im Museum zückt Graef eine Waffe und bedroht Förster. Er nimmt ihm das Handy ab, schaltet es aus und steckt es ein. Danach zwingt er ihn, in den Wald zu fahren, wo er ihn erschießt. Nachdem er ausgestiegen ist, holt er den Transportbehälter mit der kostbaren Fracht aus dem Kofferraum oder vom Rücksitz, und während er ihn zu seinem Komplizen bringt, wird er von diesem erschossen.«

»Ja, genau, das ist mein erstes Szenario. Dabei bleiben aber ein paar Fragen offen, nämlich: Warum hat Graef sein eigenes Handy ebenfalls ausgeschaltet? Und: Warum hat ihn sein Komplize umgebracht?«

»Und vor allem: Woher wusste Graef von dem Transport, wenn niemand es ihm gesagt haben will?«, fügte Hackenholt hinzu.

»Das passt alles nicht zusammen.« Geistesabwesend begann Mur, ihren Kugelschreiber in seine Einzelteile zu zerlegen. »Es muss die zweite Variante gewesen sein. Förster und Graef fahren vom Museum los. Die Täter hängen sich an sie dran. An einer roten Ampel halten beide Fahrzeuge. Einer der Täter schlüpft zu den Männern in den Audi und bedroht sie. Er zwingt sie, ihm die Handys auszuhändigen und in den Wald zu fahren. Dort angekommen, muss Graef aussteigen, den Apfel aus dem Kofferraum holen und an den zweiten Täter übergeben, der ihnen die ganze Zeit in seinem Auto gefolgt ist.«

»Des klingd ersu obber aa ned ganz rund. Wall, nocherdla mäisserd der erschde Däder ja vom hindern Sidz ausgschdieng sei, si dann aufm Beifårersidz hieghoggd un in Förschder derschossn håm. Då derfier gibds obber kann Grund.«*

Stellfeldt nickte. »Daraus wird erst ein Schuh, wenn wir von drei Tätern ausgehen: T1 bleibt an der roten Ampel im Fluchtfahrzeug, während zwei den Audi überfallen. Vielleicht machen sie es klassisch, T2 setzt sich auf die Rückbank hinter Förster und bedroht ihn, während T3 den Beifahrer zwingt, auf den Rücksitz zu wechseln, und selbst neben dem Fahrer Platz nimmt. Im Wald muss Graef aussteigen und T2 den Transportbehälter übergeben. Vielleicht kommt es dabei zu einem Angriff. Oder Graef versucht wegzulaufen; jedenfalls feuert T2 auf ihn. T3, der immer noch auf dem Beifahrersitz wartet, gerät dadurch in Panik und erschießt Förster.«

»Oder sie hatten von Anfang an vor, beide umzubringen, weil sie sie hätten identifizieren können«, murmelte Mur. Dann sah sie von ihren Kugelschreiberteilen auf. »In dem Zusammenhang gibt es noch eine andere Frage, die mich beschäftigt: Warum ist das Fahrzeug am Morgen nicht angesprungen? Wir haben Sommer.

Wenn eine Batterie ihren Geist aufgibt, dann normalerweise im Winter.«

»Das ist eine sehr gute Überlegung. Daran habe ich bis jetzt gar nicht gedacht«, meinte Hackenholt nachdenklich.

»Noch etwas: Warum war der Audi nicht mit einem GPS-Gerät ausgestattet? Darauf bestehen die Versicherungen doch heutzutage. Warum war es überhaupt ein normales Auto und kein gepanzertes?«

»Was mir die ganze Zeit durch den Kopf geht, ist die Frage, woher die Täter gewusst haben, welche Firma welches Objekt transportieren sollte«, sagte Wünnenberg. »Bei Dippold-Transporte waren angeblich nur die drei Familienmitglieder eingeweiht – aber im Museum? Dort muss es diversen Mitarbeitern bekannt gewesen sein.«

Hackenholt ahnte, was sein Kollege andeuten wollte. »Du denkst, es könnte ein Zusammenhang zwischen dem Raub des Reichsapfels und dem Mord an Felix Kurz bestehen?«

»Genau. Ist dir nicht auch aufgefallen, wie entsetzt dieser Norbert Beck reagierte?«

Es war kurz nach fünf, als Hackenholt mit seinem Chef die weitere Vorgehensweise absprach. Nachdem alle gegangen waren, verfasste er das Fax mit den wichtigsten Informationen zu dem Kunstraub und sandte es an eine Nummer in München, von der er hoffte, sie werde nicht rund um die Uhr abgerufen.

Plötzlich schaute er auf, weil er spürte, dass ihn jemand beobachtete. Mur stand in der Tür.

»Wolltest du nicht schon vor einer Dreiviertelstunde nach Hause fahren?«, fragte er sie verwundert.

»Du auch, Frank. Übertreib es nicht. Wir sind alle froh, dich wiederzuhaben. Das heißt aber nicht, dass du wie früher am meisten von allen arbeiten musst. Geh es langsam an. Es ist nicht nötig, dass du am Morgen der Erste und am Abend der Letzte bist. Du hast Familie. Denk an Sophie. Sie wartet sicher schon seit Stunden auf dich.«

»Ich wollte nur noch kurz –«

»Nein, Frank. Heute willst du nur noch kurz heimgehen. Komm, ich nehm dich mit.«

»Aber die Meuschelstraße liegt in völlig entgegengesetzter Richtung zu Feucht«, protestierte Hackenholt.

Als hätte sie ihn nicht gehört, hakte sie ihn unter und zog ihn Richtung Treppenhaus. »Und am Wochenende, mein Lieber, will ich dich hier nicht sehen!«

»Christine, du weißt genau –«

»Zumindest am Sonntag nicht. Da geben Maurice und ich eine Grillparty bei mir im Garten. Sophie weiß schon Bescheid und hat zugesagt. Sie meinte, zur Not wäre sie damit einverstanden, wenn Ralph dich in Handschellen vorführt – falls du anders nicht aus dem Büro zu bekommen bist. Aber ich habe ihr versprochen, dass es nicht so weit kommen wird, weil du am Sonntag nämlich gar nicht erst einen Fuß ins Kommissariat setzt.«

»Na? Wie geht es meinen beiden Schätzen?« Hackenholt ließ sich auf dem Rand von Sophies Liegestuhl nieder, gab ihr einen Kuss und streichelte den Bauch.

»Wir sind satt und müde. Man könnte auch glücklich und zufrieden sagen.«

»Das freut mich. Was gab es denn zu essen?«

»Für mich nur einen gemischten Salat mit Schinken und Käse, aber Ronja wollte unbedingt eine Schüssel Vanillepudding haben.«

»So, so. Na, sie kann das vertragen, sie wächst ja noch.« Hackenholt lächelte. »Hat sie mir einen Löffel voll übrig gelassen?«

Sophie schüttelte den Kopf. »Tut mir leid. Der Pudding war ratzfatz alle. Dafür habe ich mich beim Salat zurückgehalten und dir eine große Portion aufgehoben.« Sie grinste. »Außerdem hast du heute schon drei Kuchen bekommen. Wir wollen es also nicht übertreiben.«

»Christine hat etwas von einer Grillparty am Sonntag erwähnt und dass du zugesagt hast?«

»Ja, sie hat heute Morgen angerufen. Ursprünglich dachte ich, der eigentliche Sinn und Zweck ihrer Einladung wäre, einen Nachtisch für die Feier zu schnorren. Aber als ich gefragt habe, ob sie lieber ein Erdbeer-Tiramisu oder eine Panna cotta mit Erdbeersoße möchte, meinte sie, Maurice würde sich ums Dessert kümmern.«

Hackenholt lachte. »Das sieht ihr ähnlich: Sie lädt zur Party ein und lässt die anderen die Arbeit machen.«

»Das ist jetzt aber unfair. Ich finde es toll, dass sie ein verspätetes Mittsommeressen veranstaltet. Sie nennt es so, als Pendant zu meinem Nikolausessen.«

»Nachtigall ick hör dir trapsen …«

»Und wenn schon: Dann gibt es dieses Jahr eben wieder eine Gans. Letztes Jahr war es doch recht nett. Zumindest bis zu dem Augenblick, als ihr wegmusstet. Das wird uns am Wochenende hoffentlich erspart bleiben.«

»Sag mal«, wechselte Hackenholt das Thema, »bist du eigentlich in dieser Reichskleinodien-Ausstellung im Staatsmuseum gewesen? Ich kann mich nicht mehr erinnern.«

»Ich war gleich nach der Eröffnung dort.« Den Zusatz, er habe sich zu dem Zeitpunkt kaum noch für seine Umwelt interessiert, schluckte sie hinunter.

»Wie war die denn?«

»Die Ausstellung an sich: interessant. Die Tatsache, dass man die Insignien nur als Leihgabe der Österreicher bewundern durfte, hat dagegen mit Sicherheit jedem echten Franken die Tränen in die Augen getrieben.«

»Wieso?«

Sophie seufzte. »Das verstehst du nicht, dazu muss man hier geboren sein.«

»Das ist eine ziemlich blöde Begründung.«

»Du weißt doch, dass Kaiser Sigismund 1423 der Reichsstadt Nürnberg unwiderruflich und unanfechtbar das Recht zur ewigen Verwahrung der Reichskleinodien übertragen hat, oder etwa nicht?«

»War Sigismund derjenige, der bei seiner Taufe ins Weihwasser gepinkelt hat, woraufhin der Sebalder Pfarrhof abgebrannt ist, weil man etwas zu hastig frisches Wasser erwärmen wollte?«

»Nein, das war der Wenzel. Der hat es aber nur bis zur Königswürde gebracht. Sein Vater war Kaiser Karl IV. – und der finanzierte uns nach dem peinlichen Zwischenfall, den sich sein Sohnemann geleistet hat, den neuen steinernen Pfarrhof mit dem Chörlein. Die Taufe war aber schon 1381. Kaiser Sigismund ist in gewisser Weise der Nachfolger von Karl IV. und gleichzeitig Halbbruder vom Wenzel.«

»Huch, ist der Herr Kaiser fremdgegangen?«

»Du wieder! Wenzel stammt aus Karls dritter Ehe, wohingegen Sigismund aus vierter Ehe ist. Aber irgendwie sind wir jetzt vom eigentlichen Thema abgekommen. Warum interessierst du dich für den Kronschatz – jetzt, wo die Ausstellung vorbei ist?«

»Ach, wir sind heute in der Arbeit drauf zu sprechen gekommen.«

»Und was ist das für ein neuer Fall, den du gleich wieder übernommen hast, anstatt es langsam anzugehen?«

»Schätzungsweise ein Raubüberfall. Ein Opfer wurde in seinem Wagen erschossen, das andere lag schwer verletzt daneben. Es wird sicher nicht so einfach werden, die Täter zu finden.«

Hackenholt wusste, dass Sophie ihm am nächsten Tag die Hölle heißmachen würde, sobald sie aus der Presse erfuhr, dass der Überfall mit dem Raub des Reichsapfels geendet hatte. Aber er durfte es ihr zum jetzigen Zeitpunkt beim besten Willen nicht anvertrauen.

Freitag

Hackenholt hatte am Morgen noch nicht einmal das Kommissariat richtig betreten – wie in früheren Zeiten war er trotz Murs Ermahnung auch heute als Erster da –, schon klingelte sein Telefon. Eine Kollegin vom Dauerdienst ließ ihn wissen, dass bei ihr ein Herr vom LKA wartete.

»Was macht der denn so früh hier?« Hackenholt unterdrückte ein Stöhnen. »Der muss ja mitten in der Nacht in München losgefahren sein.«

»Um vier Uhr dreißig. Ich habe ihn gefragt, weil mir derselbe Gedanke durch den Kopf gegangen ist.« Die Beamtin klang fröhlich. »Es ist also gut möglich, dass er dir spätestens ab Mittag nicht weiter auf die Nerven geht, weil er irgendwo im Stehen einpennt.«

Hackenholt musste lachen. »Kannst du mir noch fünf Minuten Ruhe herausschinden? Ich habe bisher weder die Fenster aufgerissen, um ein bisschen kühle Luft hereinzulassen, noch den Computer hochgefahren.«

»Einverstanden. Fünf Minuten. Die Zeit läuft!«

Auf die Sekunde pünktlich klopfte die Oberkommissarin schließlich an Hackenholts Tür. »Darf ich vorstellen: Theobald Winter, der Kollege vom LKA.«

Als Hackenholt den Mann gewahrte, den sie im Schlepptau hatte, war er froh, zu sitzen, sonst wäre er womöglich in die Knie gegangen. Nun musste er hart daran arbeiten, seinen neutralen Gesichtsausdruck beizubehalten. Der Münchner Ermittler sah aus wie Salvador Dalí in seinen besten Jahren. Die glatten dunkelbraunen Haare über der hohen gefurchten Stirn trug er rundherum auf Schulterlänge geschnitten. Die Frisur war zwar ungewöhnlich, aber noch nicht weiter auffällig. Was jedem Betrachter jedoch sofort ins Auge sprang, war der dünne Oberlippenbart, dessen lange schmale Enden halbkreisförmig nach oben gezwirbelt waren.

Hackenholt stählte sich für den Moment, da der Münchner den Mund aufmachen würde, denn wer sich so exzentrisch stylte, sprach mit Sicherheit tiefstes Bayerisch. Plötzlich ertappte er sich bei dem Gedanken, wie er den Kollegen mit Saskia Baumann zu einem Team zusammenspannen konnte, doch im nächsten Moment rief er sich schleunigst zur Ordnung. Jetzt wurde er schon genauso kindsköpfig, wie Wünnenberg und Stellfeldt es manchmal waren.

»Theobald Winter. Guten Morgen. Sag einfach Theo zu mir.« Mit ausgestreckter Hand kam der LKA-Beamte auf Hackenholt zu. »Gibt's bei euch einen anständigen Kaffee? Der aus dem Automaten unten war ein bisschen schwach.«

Keine Spur von einem Münchner Slang. Hackenholt war ehrlich verblüfft.

»Unser Chefkaffeekocher ist noch nicht da. Wenn es dir nichts ausmacht, noch eine Viertelstunde oder so zu warten, wirst du dafür mit einer Kaffeezeremonie sondergleichen belohnt. In der Zwischenzeit erkläre ich dir am besten, was sich gestern zugetragen hat.«

Gegen acht Uhr fanden sich sämtliche an den Ermittlungen beteiligten Beamten, der Spezialist vom LKA, die Leiterin der Pressestelle, aber auch Oberstaatsanwalt Dr. Holm und Kurator Dr. Drosthoff im Besprechungszimmer ein – das aus allen Nähten platzte. Sogar der Abschnittsleiter Kriminalpolizei gab sich die Ehre. Fehlte nur noch der Polizeipräsident persönlich.

Da der Staatsanwaltschaft die Herrschaft über das Ermittlungsverfahren oblag, eröffnete Dr. Holm als deren Vertreter die Besprechung. Er wählte dazu die denkbar angemessensten Worte: »Wir haben es hier mit dem größten Kunstraub zu tun, der in der über neunhundertsechzigjährigen Geschichte Nürnbergs vorgefallen ist.«

»Allmächd naa«, entfuhr es Baumann unwillkürlich. »Iech glaab, iech schbinn.«* Als sich sämtliche Augen auf sie richteten, hielt sie sich betreten die Hand vor den Mund und senkte errötend den Kopf.

»Genauso habe ich gestern auch reagiert, nachdem ich mit

Herrn Dr. Metternich, dem Leiter des Nürnberger Staatsmuseums, telefonierte, und er mich über das Ausmaß der Katastrophe unterrichtet hat. Herr Dr. Drosthoff wird uns als Leiter der Sonderausstellung zunächst ein kurzes Referat zu dem gestohlenen Reichsapfel halten, das er später während der Pressekonferenz noch einmal vortragen wird. Herr Dr. Metternich und ich haben entschieden, dass Dr. Drosthoff diesen Part übernimmt, da er der unbestrittene Fachmann hinsichtlich der Herrschaftsinsignien der Kaiser und Könige des Heiligen Römischen Reiches ist.« Dr. Holm sah die Ermittler eindringlich an, bevor er fortfuhr. »Meine Damen und Herren, ich möchte dies als Leitbild für die Dauer unserer Ermittlungen verstanden wissen: Die Lage ist sehr ernst, wir können nur zum Ziel gelangen, wenn jeder seine persönlichen Stärken in die Ermittlungen einbringt – und zwar ohne Rücksicht auf die Behördenzugehörigkeit. Für Zuständigkeitsrangeleien haben wir keine Zeit.«

Hackenholts Blick traf Stellfeldts. Sie dachten beide dasselbe: Solche Worte hatte Dr. Holm noch nie gewählt, weder solange er Staatsanwalt noch seit er Oberstaatsanwalt war. Da musste mehr oder genauer: Höheres dahinterstecken.

Wie um die Vermutung zu bestätigen, fuhr der Jurist fort: »Es obliegt mir, unserem Herrn Ministerpräsidenten täglich von unseren Fortschritten zu berichten.«

»Amen«, murmelte jemand hinter dem Hauptkommissar. Der Blick des Abschnitt-K-Leiters glitt böse über die anwesenden Beamten.

Zumindest ist die Ermittlung damit zur absoluten Chefsache mutiert, dachte Hackenholt. Das hatte den Vorteil, dass er nicht an den Pressekonferenzen teilnehmen musste, sondern sich voll und ganz auf seine Arbeit konzentrieren konnte.

»Ich übergebe nun das Wort an Herrn Dr. Drosthoff.« Dr. Holm nahm Platz, dafür erhob sich der Leiter der Sonderausstellung.

»Lassen Sie mich zu Beginn einen kurzen Überblick über den Reichsschatz, die sogenannten Reichskleinodien geben.« Er räusperte sich. »Die Insignien des Heiligen Römischen Reiches sind der einzige fast vollkommen erhaltene Kronschatz des

Mittelalters; sie waren mehr als bloße Symbole der kaiserlichen Herrschaft über das Abendland und stellten mithin schon damals einen unvorstellbaren Wert dar. Teile des Krönungsschatzes lassen sich auf das Ende des achten Jahrhunderts datieren.« Dr. Drosthoffs linke Hand glitt zu seiner Krawatte und fuhr mehrfach über ihr unteres Ende. Eine Beruhigungshandlung. Offenbar war er nervöser, als ein Mensch sein sollte, der es gewohnt sein musste, Vorträge zu halten. »Der Reichsschatz setzt sich aus zwei Teilen zusammen: den Nürnberger und den Aachener Kleinodien. Letztere bestehen aus dem Reichsevangeliar, der Stephansbursa und dem Schwert Karls des Großen; einem Krummsäbel, um genau zu sein. Zur Nürnberger Gruppe zählen die Reichskrone, die Krönungsgewänder, der Reichsapfel, die Zepter, das Reichsschwert, das Reichskreuz und die heilige Lanze.«

Irritiert fragte sich Hackenholt, wie man bei einer derart knappen Aufzählung von Gegenständen auf einhundertzwei Exponate für die Ausstellung gekommen war. Ob jeder Handschuh und jeder Strumpf einzeln gezählt wurden?

»Der Reichsapfel«, fuhr der Kurator fort, »geht historisch auf den Globus der Römer zurück. Als Attribut des römischen Gottes Jupiter symbolisiert der Erdball in der Hand des Kaisers die Weltherrschaft. Das Kreuz ist Zeichen für das Bekenntnis zum christlichen Glauben. Der Reichsapfel ist westdeutsch und wird auf Ende des zwölften, Anfang des dreizehnten Jahrhunderts datiert. Er hat eine Höhe von einundzwanzig Zentimetern und ist aus Gold sowie Goldfiligran gefertigt und mit Edelsteinen und Perlen reich besetzt.«

Stellfeldt hob die Hand zu einer Wortmeldung. »Können Sie uns sagen, wie hoch sein tatsächlicher Wert ist?«

»Es ist unmöglich, den Wert eines solchen Schatzes zu beziffern – was nie gehandelt wird, lässt sich nicht in eine Summe umrechnen. Und anders als zum Beispiel bei Gemälden können wir uns nicht an Katalogen und Schätzpreisen ähnlicher Werke orientieren. Der Reichsapfel ist schlichtweg unbezahlbar, insofern als er einzigartig ist.«

»Vielleicht kann ich an dieser Stelle übernehmen?« Winter sah Dr. Holm fragend an, der ihm aufmunternd zunickte.

»Für einen Dieb, oder wie in unserem Fall Räuber, ist es völlig unerheblich, ob der Wert mit einhundert oder fünfhundert Millionen beziffert wird. In diesem Milieu bestimmen allein Angebot und Nachfrage den Preis.

Aber lassen Sie mich zunächst ein paar Worte zu meiner Person sagen: Mein Name ist Theobald Winter, ich komme vom Landeskriminalamt München und leite dort die Fachdienststelle Kunstdiebstahl. Wie der Name schon sagt: Wir machen nichts anderes, als uns um entwendete Kunstwerke zu kümmern. Nachdem ich davon ausgehe, dass keiner der Anwesenden, nicht einmal Sie, verehrter Herr Dr. Drosthoff, viel Erfahrung mit abhandengekommenen Kunstobjekten hat, möchte ich Ihnen einen kurzen Überblick geben.

Vergessen Sie zunächst einmal alles, was Sie bisher über Kunstdiebstahl zu wissen glauben; insbesondere, dass es Personen gibt, die jemanden anheuern, um ein bestimmtes Stück für ihre Sammlung stehlen zu lassen. Das ist ein ziemliches Ammenmärchen; innerhalb von zwanzig Dienstjahren in diesem Bereich sind mir auf internationaler Ebene nur zwei solcher Fälle zu Ohren gekommen.

Es ist auch hier ziemlich unwahrscheinlich. Viel naheliegender ist, dass sich die Täter in den kommenden Wochen melden und vom Museum Geld fordern werden. Im Fachjargon nennen wir das *Artnapping* – der Raub oder Diebstahl eines Kunstwerks mit dem Ziel, für seine Rückgabe ein Lösegeld zu erpressen.«

Hackenholt hörte interessiert zu. Winter gestaltete seinen Vortrag wesentlich fesselnder als Dr. Drosthoff, der im Vergleich richtiggehend steif und unbeholfen wirkte.

»Eine Lösegeldforderung ist zwar einerseits der schnellste Weg, an Bares zu kommen – er ist allerdings auch der gefährlichste. Von jetzt an werden wir einen enormen Fahndungsdruck auf die Verbrecher ausüben. Sie sollen das Gefühl haben, ständig und überall in eine Kontrolle geraten zu können. Wir werden uns vermehrt in der Kunstszene umsehen und den Reichsapfel sofort ins Art-Loss-Register in London eintragen lassen.

Wenn die Täter schlau sind, halten sie sich ein paar Monate lang völlig bedeckt und tauchen ab. Keine Polizeibehörde der

Welt kann sich über einen längeren Zeitraum hinweg eine Sonderkommission leisten, die sich mit der Fahndung nach nur einem einzigen Kunstgegenstand beschäftigt. Spätestens in einem halben Jahr wird der Fahndungsdruck also wieder erheblich sinken.

Deswegen gilt in unserem Job die Faustregel: Entweder taucht das Kunstwerk innerhalb der ersten drei Monate nach Entwendung wieder auf, oder aber es bleibt über viele Jahre hin verschollen. So unbefriedigend sich das für Sie anhören mag, Sie müssen langfristig denken. Das Geniale an Kunst ist: Die wirklich herausragenden Werke verlieren niemals ihren Wert, auch wenn sie erst nach Generationen ins Museum zurückkehren. In vielen Fällen hilft nichts anderes als Abwarten.

Wir sollten im Augenblick davon ausgehen, dass wir es mit organisierter Kriminalität zu tun haben. In diesen Kreisen ist es durchaus möglich, bei einem Deal – und ich rede hier nicht nur von Drogen, sondern auch Waffen – das Kunstwerk als Pfand einzusetzen. Oder er wird zum Teil in harter Währung und zum anderen Teil mit einem Gemälde bezahlt. Denn das hat einen entscheidenden Vorteil: Man kann es viel leichter ins Ausland bringen als Geld, das bei jeder Transaktion eine Spur hinterlässt. Laut Statistik tauchen circa vierzig Prozent aller gestohlenen Kunstgegenstände früher oder später im Ausland wieder auf.

Im Schnitt geht er durch fünf bis acht Hände, bevor er an einen Sammler oder Händler gelangt, der seiner Sorgfaltspflicht nachkommt und vor dem Ankauf überprüft, ob das Stück gestohlen gemeldet wurde.«

»Wie genau soll man sich eine solche Veräußerung von heißer Ware vorstellen?«, meldete sich Hackenholt zu Wort.

»Das gestaltet sich denkbar einfach. Nehmen wir an, ein großes Heroingeschäft wird mit einem Gemälde bezahlt, dann sucht sich derjenige, der auf diese Weise in den Besitz des Kunstwerks gelangt ist, einen Händler, der nicht allzu genau auf die Provenienz schaut oder einer Fälschung des Herkunftsnachweises aufsitzt. Oder aber er verkauft seinen echten Monet als unglaublich gut gemachte Fälschung. Auch das kann schon sehr viel Geld bringen. Osteuropa bietet sich für solche Deals geradezu an.«

»Das mag ja alles für einen Monet oder Picasso oder Dalí

gelten, aber wir haben es mit einer Reichskleinodie zu tun. Wenn die irgendwo auftaucht, muss der Händler schon ganz ungemein geistig umnachtet sein, um nicht zu merken, dass er keine Replik in Händen hält«, brummte Stellfeldt.

»Da haben Sie natürlich recht. Deswegen sehe ich in unserem Fall auch nur drei Möglichkeiten. Erstens: Der Behälter mit der Reichsinsignie taucht in ein, zwei Tagen irgendwo auf einem Parkplatz oder Ähnlichem wieder auf, und der ehrliche Finder übergibt ihn an die Polizei. Zweitens: Die Täter werden sich – wie schon erwähnt – an das Museum wenden, um ein saftiges Lösegeld zu erpressen. Oder drittens: Der Reichsapfel bleibt über Jahre hinweg verschollen.«

»Ner ganz doll! Un wäi sollmer edzdann nåch Ihrer Meinung vuurgäih?«, fragte Baumann.*

»So wie immer. Sie sehen doch: Selbst wenn Sie die eigentlichen Täter fassen, die den Raub ausgeführt und die Tötungsdelikte begangen haben, ist es sehr unwahrscheinlich, dass wir gleichzeitig das Kunstwerk zurückbekommen, und umgekehrt verhält es sich genauso. Deswegen machen Sie alles wie immer – und um die Insignie kümmere ich mich.«

Hackenholt sollte die vorgeschlagene Aufteilung recht sein. Damit es sich im letzten Moment nicht noch jemand anders überlegen konnte und er wider Erwarten doch an der Pressekonferenz teilnehmen musste, machte er sich gleich nach der Besprechung mit Wünnenberg auf den Weg zu der Zeugin, die Förster und Graef – dessen Gesundheitszustand unverändert kritisch war – am Vortag gefunden hatte. Sie war mittlerweile aus der Klinik entlassen worden.

Obwohl Magda Geiger von sich behauptete, normalerweise werfe sie so schnell nichts aus der Bahn, merkte man ihr immer noch die tiefe Erschütterung an, die der grausige Fund ausgelöst hatte. Hackenholt versuchte mit allergrößter Bedachtsamkeit vorzugehen und legte jedes Wort auf die Goldwaage.

Frau Geiger erzählte, wie sie mit ihren Hunden, einem Labrador und einem Schäferhundmischling, ihren üblichen langen Spaziergang durch den Wald gemacht hatte. Als Rentnerin achtete sie darauf, jeden Tag mindestens fünf Kilometer zu laufen. Alles war wie immer: Ihr fiel nichts auf, sie hörte nichts und begegnete auch niemandem, bis sie plötzlich in einiger Entfernung an der Kreuzung im Wald den Audi stehen sah.

»Ich habe mich zwar gewundert, was ein Auto im Wald zu suchen hat, aber dann dachte ich mir, dass es dem Förster gehört.«

»Angst hatten Sie keine?«, fragte Hackenholt.

»Nein, ich hatte ja meine Hunde dabei.«

Die fingen dann auch plötzlich zu bellen an und zerrten an ihren Leinen. Und schon war Frau Geiger bei dem Wagen und sah den Mann auf dem Fahrersitz. Ab dem Moment war es mit ihrer Gelassenheit aus. Nachdem sie die Hunde von dem Auto weggezerrt hatte, sah sie den zweiten Mann auf dem Boden liegen. Da sie die fehlende Gesichtshälfte des Fahrers bemerkt hatte und sich der Mann auf dem Boden trotz des Gebells, das die Hunde von sich gaben, nicht rührte, war sie davon überzeugt, er müsste ebenfalls tot sein. Überprüfen wollte sie es nicht, denn inzwischen hatte sie Angst. Deswegen lief sie so schnell wie möglich zum nahen Waldrand und wählte den Notruf – im Wald hatte ihr Handy keinen Empfang gehabt.

»Danach habe ich auf die Streife gewartet. Die war ganz schnell da. Ich zeigte den beiden Beamten die Richtung, und als der Rettungswagen und der Notarzt kamen, habe ich sie ebenfalls an die Stelle geschickt.« Ihre Hände wurden beim Erzählen immer rastloser. Plötzlich schimmerten Tränen in ihren Augen.

Irgendwie musste sie in all dem Chaos aufgeschnappt haben, dass einer der Männer noch lebte. Dabei sah sie ständig das weggerissene Gesicht vor sich. Erst als eine junge Beamtin sie ansprach, bemerkte sie, dass sie zitterte und ihr schlecht war. Sekundenbruchteile später wurde ihr auch schon schwarz vor Augen.

»Als ich aufgewacht bin, lag ich in einem Rettungswagen. Ich kam ins Klinikum, meine Hunde ins Tierheim. Dort hat mein Sohn sie so schnell es ging abgeholt. Eigentlich dachte ich, ich wäre wieder fit, aber leider habe ich bisher keine Lust, einen Spaziergang zu unternehmen.« Ihre Stimme wurde zu einem leisen Murmeln. »Seit ich weiß, dass ich einem Schwerverletzten keine Erste Hilfe geleistet habe ... Ich kann Ihnen gar nicht sagen, wie sehr ich mich schäme. Ich habe mich völlig falsch verhalten.«

Zumindest in dem Punkt gelang es Hackenholt, sie zu beruhigen. Was hätte sie Besseres tun können, als schnellstmöglich Hilfe zu holen?

Kaum hatten die Beamten ihre Dienststelle betreten, merkte Hackenholt, dass etwas nicht stimmte. Baumann fixierte starr ihren Bildschirm und tippte angestrengt auf der Tastatur herum, wohingegen Stellfeldt bei ihrem Eintreten nicht von dem Aktenordner vor ihm aufblickte, sondern stattdessen, ohne hinzusehen, nach seinem Telefonhörer griff.

»Was ist denn hier los?« Hackenholts Stimme ließ beide Ermittler erleichtert aufatmen und sich ihm zuwenden.

»Reinkommen und Tür zumachen!«, befahl Stellfeldt mit gedämpfter Stimme.

Hackenholt zog die Augenbrauen fragend nach oben, folgte aber der Anweisung.

»Lass mich raten, der Bauer ... äh ... Bayer hat sich während der Pressekonferenz das Mikro gekrallt und nicht mehr losgelassen«, witzelte Wünnenberg. »Ganz so wie vorhin in der Besprechung.«

Stellfeldt schüttelte den Kopf. »Nein, es ist etwas ganz anderes passiert. Die Nürnberger Nachrichten haben einen ihrer dienstältesten Journalisten geschickt. Und dem fiel nichts Besseres ein, als unserem Dr. Drosthoff mit ein paar äußerst unangenehmen Fragen zu Leibe zu rücken. Er hat sich nämlich an den Diebstahl des Ziboriums erinnert.«

»Zin– was?«, fragte Wünnenberg.

»Ziborium.« Stellfeldt musterte seinen Kollegen eindringlich. »Ralph, man merkt, dass du nichts mit der katholischen Kirche am Hut hast. Ein Ziborium ist ein mit einem Deckel zu verschließender Kelch, in dem die konsekrierten Hostien aufbewahrt werden.«

»Und was sind konsekrierte Hostien?«

»Nach katholischem Verständnis der Leib Christi.«

»Religionskunde ist jetzt aber keine Voraussetzung, um an diesem Fall mitarbeiten zu dürfen, oder?«

Anstatt einer Antwort reichte Stellfeldt ihm ein ausgedrucktes Foto. Es zeigte einen kunstvoll gearbeiteten und mit reicher Ornamentik verzierten Kelch auf einem Standfuß. Den Deckel zierte eine filigrane Figur. Hackenholt, der Wünnenberg das Blatt abnahm, um es besser betrachten zu können, glaubte ein Abbild Jesu Christi zu erkennen.

Die Legende am unteren Rand der Seite enthielt die Inventarnummer, die man dem Stück im Museum zugewiesen hatte. Es war um 1740 entstanden, aus Gold, vierunddreißig Zentimeter hoch, hatte einen Durchmesser von zwölf Zentimetern und wog eintausendfünfhundertsechsundsiebzig Komma acht Gramm. In der letzten Zeile stand der Vermerk »1980 gestohlen«. Hackenholt blickte auf.

»Inwiefern hat der Journalist Dr. Drosthoff damit ins Schwitzen gebracht?«

»Das Ziborium soll damals aus einer Ausstellungsvitrine gestohlen worden sein, an der man angeblich keine Spuren von Gewalteinwirkung gefunden hat. Man munkelte, dass ein höheres Tier des Museums involviert gewesen war. Das Ding ist übrigens bis heute nicht wieder aufgetaucht. Vermutlich wurde es eingeschmolzen. Der Goldpreis war 1980 sehr hoch.«

»Soll das heißen, jemand könnte auf die Idee kommen, die Edelsteine vom Reichsapfel zu schlagen und ihn dann in einen Goldklumpen zu verwandeln?« Hackenholt klang entsetzt.

»Keine Ahnung. Darauf sind sie zum Glück nicht weiter eingegangen. Der Reporter hat sich nämlich noch in einen anderen Fall verstiegen, in dem ein Bibliothekar aus Schwabach das Personal während einer Ausstellung über Kunst aus Nürnberg auf einen aktiven Holzwurm in einer Veit-Stoß-Madonna hinwies. Und dadurch kamen sie darauf zu sprechen, dass 1971 ein geliehenes Dürer-Bild von den Nürnbergern nicht pfleglich genug behandelt worden sein soll. Dr. Drosthoff war ziemlich fertig, weil es sich so angehört hat, als ließe es das Museum an der nötigen Sorgfalt beim Umgang mit den Exponaten fehlen. Als unser Theo den Herrn Kurator daraufhin nach der Pressekonferenz ein wenig in die Mangel genommen hat, bekamen sie sich ordentlich in die Haare.«

»Leider hommer nerblous solche Liebkosunger wäi *Mexdgwies-Dålí* un *Brofinz-Kuråder* aufgschnabbd.«*

Hackenholt seufzte. Eine solche Auseinandersetzung war für eine fruchtbare Zusammenarbeit nicht gerade förderlich.

»Übrichens hobbi derweil däi Händidådn vom Sascha Förschder un Dorsdn Graef gräichd. Mir kenner edz däi Schdreggn rekonschdruiern, wou däi –«* Abrupt hielt Baumann inne, da hinter Wünnenberg die Tür aufflog.

»Du lieber Himmel, was macht ihr denn alle hier?«, fragte Christine Mur.

Die Antwort auf ihre Frage war ein vierstimmiges »Psssst!«. Erst nachdem sie die Tür wieder geschlossen hatte, redete Baumann weiter.

»… wou däi zwaa Obfer gnummer hamm.«*

»Sie sind nicht, wie wir es für wahrscheinlich gehalten haben, quer durch die Stadt gefahren«, übernahm nun Stellfeldt, »sondern über den Plärrer und den Frankenschnellweg auf die A73.«

»Aus welcher Funkzelle stammt das letzte Signal?«

»Höhe Königshof.«

»Kann es die Stelle im Wald gewesen sein, an der das Auto gefunden wurde?«, wollte Mur wissen.

»Nein.« Stellfeldt zeigte ihnen einen Streckenverlauf, auf dem die Funkmasten und deren Reichweiten eingezeichnet waren. »Wären die Handys erst am Fundort ausgeschaltet worden, hätten sie sich zuvor noch in diese zwei Zellen einloggen müssen.«

»Warum sollten sie mitten auf der Autobahn ihre Telefone abschalten?«, fragte Hackenholt ratlos. »Das ergibt überhaupt keinen Sinn.«

»Wie spät war es, als das letzte Signal empfangen wurde?«, versuchte Wünnenberg das Problem von einem anderen Ansatz her zu lösen.

Stellfeldt blätterte in einem Stapel Ausdrucke. »Neun Uhr sieben.«

»Um acht Uhr achtundvierzig sind sie am Museum losgefahren«, sinnierte Hackenholt. »Oder zumindest wurde ihnen zu der Uhrzeit die Insignie übergeben.«

Wieder sah Stellfeldt auf seine Liste. »Sie müssen ein, zwei Minuten später gestartet sein. Die Handys haben sich um acht Uhr zweiundfünfzig in eine andere Zelle eingeloggt.«

»Nachdem sie bestimmt nicht auf der Autobahn überfallen wurden, müssen die Täter ihnen irgendwo zwischen dem Museum und An den Rampen aufgelauert haben«, sagte Mur bestimmt.

»Die gesamte Strecke ist insbesondere am Morgen stark befahren«, stellte Hackenholt fest. »Wenn wir damit an die Öffentlichkeit gehen, finden wir mit Sicherheit jemand, dem etwas aufgefallen ist.«

Stellfeldt stimmte ihm zu.

»Und dann sollten wir noch einmal mit Dr. Drosthoff sprechen. Wir müssen die Auswahlkriterien für die Transportfirmen erfahren – oder Sicherheitsfirmen, wie er sie nannte. Wobei ich mir nicht vorstellen kann, dass er jemals den Sitz von Dippold-Transporte in Augenschein genommen hat. Außerdem müssen wir wissen, wann und wie festgelegt wurde, welches Unternehmen welches Exponat fahren sollte.«

»Dem Zufall können sie es jedenfalls nicht überlassen haben. Schließlich mussten die Firmen die Rückführungen vorher mit ihren Versicherungen abklären«, wandte Stellfeldt ein.

»Da hast du recht«, stimmte Hackenholt zu.

»Und diesen Norbert Beck würde ich mir ebenfalls gerne noch einmal etwas genauer anschauen, so nervös wie der gestern war. Also, auf in feindliche Gefilde. Bringen wir es hinter uns. Welches Zimmer habt ihr Theo Winter zugewiesen?«, fragte Wünnenberg.

»Des Vernehmungszimmerla ganz hindn am Gang.«* Baumann verzog kein Gesicht.

»Die Abstellkammer, in der man sich kaum umdrehen kann?«, fragte Hackenholt ungläubig.

Baumann nickte unbeeindruckt.

»Du musst das so sehen, Frank: Dort hat er nicht nur ein eigenes Telefon und einen eigenen PC, sondern auch seine Ruhe.

Er muss schrecklich viel organisieren. Das geht doch nicht, wenn wir ihn zu einem von uns mit ins Büro gequetscht hätten.«

Hackenholt kannte den treuherzigen Ausdruck, mit dem Stellfeldt das sagte, nur zu gut. Der ältere Kollege war bekennender Franke – wahrscheinlich verstand er sich deswegen so gut mit Saskia –, und ein Münchner war nun mal das angeborene Feindbild. Dafür konnte er nichts; Hackenholt irritierte nur, dass diese Denkweise allmählich auf ihn abfärbte. Andererseits: Was aus München kam, war in dienstlicher Hinsicht meistens wirklich nicht … Er wandte sich gerade ab, als Stellfeldt ihn zurückhielt.

»Wie hast du dir das eigentlich mit heute Abend vorgestellt?«

»Was ist da?«

»Einer von uns muss sich um Theo kümmern, sofern wir es dem Chef nicht noch schmackhaft machen können.«

»Hat Theo gesagt, er bleibt hier?«

»Ja. Übernimmst du das Sightseeing-Programm freiwillig, oder sollen wir Streichhölzchen ziehen? Ralph und ich könnten dir natürlich auch eine Tour ausarbeiten, um ihm unsere Sehenswürdigkeiten näherzubringen.«

Wünnenberg grinste. »Die Luitpoldstraße wäre zum Beispiel ein netter Anfang, oder?«

»Wieso? Willst du mit ihm ins Neue Museum?«, fragte Mur betont lässig. Dabei war jedem der Anwesenden klar, dass Wünnenberg die einschlägigen Etablissements in der Straße gemeint hatte.

»Ihr habt mich überzeugt.« Hackenholt hielt in einer kapitulierenden Geste die Hände hoch. »Ich kümmere mich um ihn.«

»Då werdsi däi Soffi obber gwiess freier, wennsderern Bayern ins Haus schlebbsd!«*

Bevor noch mehr dumme Kommentare geäußert werden konnten, öffnete Hackenholt die Tür und schlüpfte hinaus.

Theo Winter saß in seinem winzigen Büro und telefonierte, als Hackenholt zu ihm kam. Von Dr. Drosthoff war weit und breit nichts zu sehen. Nachdem der LKA-Mann sein Gespräch beendet hatte, gab er seine Version der Pressekonferenz zum Besten und betonte, Hackenholt solle diesen Ausstellungsleiter ein bisschen genauer unter die Lupe nehmen, da er seine Arbeit offenbar sehr lax handhabe. Anscheinend gab es nun nämlich auch noch Probleme mit der Versicherung. Zumindest hatte Dr. Drosthoff einen Anruf vom Direktor des Museums erhalten, der ihn umgehend zurückbeorderte, da Fragen bezüglich der Police aufgekommen waren.

Hackenholt lud seinen Kollegen für den Abend zu sich ein und informierte Sophie, anschließend schnappte er sich Wünnenberg und fuhr mit ihm ins Museum.

»Was wollen Sie denn schon wieder von mir?«, fuhr der Leiter der Sonderausstellung die Ermittler an, sobald sie sein Büro betraten. »Ich habe Besseres zu tun, als meine Zeit mit sinnlosen Anschuldigungen zu vergeuden. Ein Exponat von unschätzbarem Wert wurde gestoh–«

»Geraubt«, unterbrach Hackenholt ihn in seiner ruhigen, freundlichen Art. »Der Reichsapfel wurde geraubt und nicht einfach nur aus einer Vitrine entwendet wie das Ziborium. Ein Mensch ist tot, und ein anderer kämpft in diesem Augenblick um sein Leben. Ich denke, dass auch Ihnen daran liegt, die Verbrecher dingfest zu machen. Und wenn es nur deshalb ist, damit sie keine weiteren Kunstschätze rauben.«

Nachdem er Dr. Drosthoff damit den Wind aus den Segeln genommen hatte, setzte sich Hackenholt auf einen Stuhl vor dem Schreibtisch und zückte der Show halber sein Notizbuch. »Wir brauchen eine bessere Vorstellung von den Abläufen. Zum Beispiel: die Transportfirmen. Nach welchen Kriterien wurden sie ausgewählt? Mussten sie sich bei Ihnen bewerben? Gab es eine Ausschreibung? Oder arbeiten Sie mit ihnen bereits jahrelang zusammen? Haben die Firmen die Exponate auch hergebracht?«

»Alles rund um die Rückführung müssen Sie mit Herrn Beck besprechen. Ihm oblag die Organisation. Ich hatte damit nichts zu tun, schließlich kann ich mich nicht um alles persönlich kümmern. Wozu hat man denn Assistenten?«

»Wollen Sie ihn dann bitte zu unserem Gespräch hinzuziehen?«

»Er ist heute nicht im Haus.«

Hackenholt sah den Ausstellungsleiter überrascht an.

»Herr Beck hat sich krankgemeldet.« Dr. Drosthoffs Miene zeigte deutlich, was er davon hielt. »Allerdings konnte ich ihn unter seinem Festnetzanschluss nicht erreichen.«

Hackenholt machte sich eine mentale Notiz. »Als verantwortlicher Projektleiter müssen Sie aber doch ebenfalls Bescheid wissen. Herr Beck wird Sie sicher auf dem Laufenden gehalten haben. Außerdem nehme ich an, dass sämtliche Entscheidungen hinsichtlich eines solchen Werttransportes nicht ausschließlich einem weisungsgebundenen wissenschaftlichen Mitarbeiter oblagen.«

Schweigen breitete sich in dem Raum aus, aber Hackenholt beschloss, es auszusitzen. Nach einer Weile knickte Dr. Drosthoff tatsächlich ein.

»Natürlich habe ich ihm auf die Finger geschaut, das gehört schließlich zu meinen Führungsaufgaben.« Er räusperte sich. »Mit den meisten Unternehmen arbeiten wir schon seit Längerem erfolgreich zusammen. Transporte fallen bei jeder Ausstellung an. Dennoch müssen wir hin und wieder auf neue, uns bislang unbekannte Gesellschaften zurückgreifen, wenn die Stammfirmen nicht genügend Kapazitäten frei haben.«

»Und das war diesmal der Fall?«

Dr. Drosthoff nickte. »Herrn Beck kam nicht nur die Aufgabe zu, einen Terminplan auszuarbeiten, welches Exponat von wem wann abgeholt werden sollte, sondern auch, die neuen Bewerber zu überprüfen, sich um die Verifizierung der Versicherungsscheine zu kümmern und –«

»Was genau heißt das? Wurden die Objekte für den Transport durch die Transportunternehmen versichert?«

»Selbstverständlich. Jede *Sicherheitsfirma* musste uns eine beglaubigte Kopie der Police vorlegen.«

»Wann genau wurde den Unternehmen mitgeteilt, welches Exponat sie transportieren sollten?«

»Das müssen Sie Herrn Beck fragen.«

»Auf welchem Weg wurden die Firmen benachrichtigt? Schriftlich? Am Telefon? Oder gab es persönliche Gespräche?«

»Die Auftragsbestätigungen sowie die Transportverträge gingen selbstverständlich schriftlich raus. Wir sind nicht nur verpflichtet, die Auftragnehmer über ihre Aufgaben und Verhaltensmaßregeln zu belehren, sondern benötigen ein unterzeichnetes Exemplar zurück. Sonst könnte hinterher jemand behaupten, ihm sei nicht klar gewesen, wie er in diesem oder jenem Fall hätte vorgehen müssen.«

»Wenn man die Postlaufzeiten bedenkt, heißt das doch wohl, dass die Firmen bereits ein paar Tage vor dem Transport informiert waren, wann sie welches Stück wohin bringen sollen.«

»In der Regel versenden wir die Unterlagen zwei Wochen vor Fahrtantritt. Es geht nicht nur um die Postlaufzeiten, die Unternehmen müssen ausreichend Zeit haben, um die Versicherungen abzuklären.«

»Wir benötigen eine Kopie des Vertrags, der Auftragsbestätigung und auch des Anschreibens an die Firma Dippold-Transporte.«

»Die Unterlagen liegen im Augenblick beim Direktor.«

»Das sollte kein Hinderungsgrund sein, sie zu kopieren.«

»Ich werde mich später darum kümmern.«

»Um noch einmal auf die Auswahl der Gesellschaften zurückzukommen: Wie sind Sie auf die Firma Dippold-Transporte gestoßen? Haben Sie mit ihr schon früher zusammengearbeitet?«

»Nein.« Plötzlich war Dr. Drosthoff wieder sichtlich genervt. »Und ich weiß auch nicht, warum Beck, dieser Unglücksrabe, ausgerechnet diese Firma ausgewählt hat. Er schlug sie vor. Ich habe das lediglich abgenickt, weil ich mich darauf verlassen habe, dass er sie sich quasi unter dem Mikroskop angesehen hat. Er sollte sich persönlich vor Ort umsehen, die Mitarbeiter überprüfen und sich Referenzen sowie das Fahrzeug zeigen lassen.«

»Was ist mit Felix Kurz?«

Ehrlich verblüfft sah Dr. Drosthoff Hackenholt an. »Was soll mit ihm sein?«

»Welche Aufgaben innerhalb der Ausstellung sind Herrn Kurz zugefallen?«

»Er hat Herrn Beck assistiert.«

»Hatte er dabei mit den Transporten zu tun?«

Dr. Drosthoff schüttelte den Kopf.

»Sind Sie sicher?«

»Vielleicht hat er ihm beim Erstellen der Verträge geholfen. Sie wissen schon: Sekretariatsarbeiten und so.«

Hackenholt nickte, dann steckte er sein Notizbuch weg und erhob sich. »Abschließend würde mich noch eine Sache interessieren: Als seinerzeit das Ziborium gestohlen wurde, welche Position haben Sie da bekleidet?«

»Ich war Volontär«, presste Dr. Drosthoff zwischen zusammengebissenen Zähnen heraus.

Gerade als sich Hackenholt verabschieden wollte, flog die Tür auf und ein Mann in Anzug und Krawatte stürmte herein.

»Die Versicherungspolice ist gefälscht! Ich habe soeben einen Rückruf aus Hamburg erhalten. Haben Sie das denn nicht nachgeprü–« Abrupt brach er mitten im Satz ab, als er die Besucher sah.

Nach einer peinlichen Stille murmelte Dr. Drosthoff. »Darf ich Ihnen unseren Museumsdirektor vorstellen? Herr Dr. Horst Metternich.« Mit sichtlichem Unbehagen wandte er sich an seinen Chef. »Die Herren sind von der Kriminalpolizei.«

»Umso besser. Dann erstatte ich hier und jetzt Anzeige gegen das Transportunternehmen. Sie haben den Versicherungsschein gefälscht.«

Während der Fahrt vom Museum zur Firma Dippold-Transporte blätterte Hackenholt den gut dreißigseitigen Vertrag durch. Darin war minutiös jede erdenkliche Situation aufgelistet und welche Maßnahmen sodann erwartet wurden. Hackenholt fragte sich, wie dieser akribisch ausgearbeitete Katalog auf der einen Seite damit zusammenpasste, dass das Museum andererseits den Transport des Reichsapfels in einem einfachen, nicht gepanzerten Audi A6 zugelassen hatte. Allerdings schien jemand in der Firma Dippold mit erheblicher krimineller Energie ans Werk gegangen zu sein, um den Auftrag zu erhalten. Zumindest die Kopie des Versicherungsscheins sah sehr echt aus. Dennoch schwor die Gesellschaft Stein und Bein, ihn nicht ausgefertigt zu haben.

Dann jedoch passte etwas anderes nicht ins Bild: Wenn wirklich jemand von der Transportfirma in den Raub verwickelt war, warum waren dann Sascha Förster getötet und Thorsten Graef schwer verletzt worden?

Erst auf ihr drittes langes Läuten hin bewegte sich die Jalousie am Fenster und verriet, dass jemand hinausspähte. Hackenholt hielt seinen Ausweis hoch und sagte laut und deutlich: »Polizei«. Endlich hörte er einen Schlüssel, der im Schloss gedreht wurde, und Sabine Förster öffnete die Tür. Ihre Augen glitten hektisch hin und her, als suchte sie die Straße und die dort geparkten Fahrzeuge ab. Sobald sie sah, dass die Beamten allein waren, wurde sie etwas ruhiger.

»Schnell, kommen Sie. Der Sturm kann jede Sekunde über uns hereinbrechen. Seit die ersten Reporter von dem Raub erfahren haben, stehen bei uns die Telefone nicht mehr still. Die Presseleute werden sicher bald anrücken.«

»Sie hätten nicht ans Telefon gehen sollen. Ich hatte Sie gewarnt.«

»Wir haben die ganze Zeit den Anrufbeantworter laufen lassen, aber als sich ein Mann als Kunde ausgab, hob mein Vater den Hörer leider ab.«

Sie waren vom vorderen Büro nach hinten durchgegangen. Auch heute war keine weitere Menschenseele zugegen.

»Wo sind eigentlich Ihre Mitarbeiter?«

»Wer nicht unbedingt gebraucht wurde, den haben wir heimgeschickt. Und die zwei Fahrer, die für uns unterwegs sind, kommen heute nicht mehr her, sondern stellen die Fahrzeuge bei sich zu Hause ab.«

Als sie das Zimmer des Seniorchefs betraten, hatte Hackenholt den Eindruck, als wäre der kleine Mann über Nacht um viele Jahre gealtert. Die geröteten Augen lagen eingesunken in ihren Höhlen, die weißen Haare standen ihm ungekämmt vom Kopf ab. Er erhob sich bei ihrem Eintreten nicht aus seinem Sessel, fast sah es so aus, als hätte er schlicht und ergreifend keine Kraft mehr dazu. Auch seine Stimme hatte nichts Herrisches mehr an sich.

»Sie sind gekommen, um mich zu holen, nicht wahr? Tja, das stand zu erwarten. Bringen Sie mich direkt ins Zuchthaus?«

»Rede keinen solchen Quatsch, Vater«, fuhr ihn die Tochter an.

Hackenholt bemerkte überrascht, wie sich das Verhältnis seit ihrem gestrigen Besuch umgekehrt zu haben schien.

»Es ist meine Firma. Ich trage die Verantwortung«, widersprach er mehr der Form halber.

»Wofür sind Sie verantwortlich?«, hakte Hackenholt nach, bevor sich die Tochter erneut einmischen konnte.

»Für alles.«

»Wenn jemand dafür verantwortlich ist, dann Sascha. Er hat den Auftrag akquiriert.«

»Das ist ein wunderbares Stichwort. Lassen Sie uns an dem Punkt ansetzen: Wie kam es, dass das Museum ausgerechnet Ihre Firma mit der Rückführung des Reichsapfels betraute? Soweit wir wissen, war es Ihre erste Zusammenarbeit.«

»Und es wird auch unsere letzte sein. Wir können dichtmachen«, murmelte der Alte.

»Vater, ich habe dir schon mehrfach gesagt, dass wir uns nichts haben zuschulden kommen lassen. Man kann keinerlei Regressansprüche gegen uns stellen.«

»Ganz so einfach dürfte die Sache nicht sein.« Hackenholt legte die Kopie der Versicherungspolice auf den Schreibtisch. Sekundenbruchteile später hellte sich das Gesicht des Alten schlagartig auf.

»Sascha hat den Transport ordnungsgemäß angemeldet?«, fragte er ungläubig.

»Wir würden gerne das Original sehen.« Hackenholt bemühte sich um eine neutrale Stimme.

»Schnell, Sabine.« Dippold blickte hoffnungsvoll auf. »Geh in der Ablage suchen.«

Die Tochter warf einen überraschten Blick auf die Kopie. »Den Schein sehe ich gerade zum ersten Mal.« Dennoch drehte sie sich um und ging nach vorn. Wünnenberg folgte ihr.

»Herr Dippold, lassen Sie uns noch einmal darauf zurückkommen, wie das mit dem Auftrag gelaufen ist. Wie kam Ihr Unternehmen dazu, sich um einen Werttransport zu bewerben?«

»Das haben wir nicht. Sascha kam eines Tages zu mir ins Büro und sagte, dass er am 27. Juni, also gestern, den Audi für einen Transport bräuchte. Als ich wissen wollte, worum es geht, antwortete er, ein Bekannter hätte ihn gefragt, ob er einen lukrativen Auftrag übernehmen möchte. Mehr hat er erst einmal nicht preisgegeben.« Der Alte senkte den Blick. »Wissen Sie, es ist so: Sascha versuchte immer, mir zu imponieren. Er wollte zusammen mit meiner Tochter die Firma übernehmen. Aber was soll ich auf dem Altenteil? Außerdem: Was wäre passiert, wenn sie sich getrennt hätten? Dann hätte er am Ende meine Firma bekommen.« Dippold schüttelte den Kopf. »Sabine übernimmt die Firma, nachdem man mich hier in einer Kiste mit den Füßen voran rausgetragen hat.«

»Sie haben also keinen Vertrag mit dem Museum unterzeichnet, Herr Dippold?«

»Nein. Sascha hat uns ja erst am Tag vor der Fahrt darüber in Kenntnis gesetzt, was genau er vorhatte. Wir haben vom Museum auch überhaupt keine Unterlagen erhalten. Das hat mich sehr irritiert. Normalerweise bekommt man immer einen Frachtbrief. Und wenn die Ladung ins Ausland gehen soll, fallen stets zusätzliche Dokumente an. Ich wollte deshalb im Museum anrufen, aber Sascha sagte, dass alles geklärt wäre und die Papiere bei der Abholung übergeben werden. Ich soll mich heraushalten, weil ich sonst nur alles verderben würde. Also habe ich nichts unternommen.«

Hackenholt legte die Kopie des Vertrags vor Dippold auf den Tisch.

»Was ist das?«, fragte der Alte und beugte sich darüber. Trotz Brille schien er nicht mehr gut zu sehen.

»Das sind die Vertragsunterlagen, die das Museum Ihrer Firma zusandte und die Sie unterschrieben haben.«

»Was hat mein Vater unterschrieben?«, fragte die Tochter, die in dem Moment, gefolgt von Wünnenberg, zurück ins Zimmer kam.

»Gar nichts!« Der Alte schlug mit seiner fragilen Faust auf den Tisch. »Die sehe ich heute zum ersten Mal. Merkst du langsam, was dein prächtiger Sascha hinter unserem Rücken getrieben hat?«

»Vater, bitte! Wir sind nicht allein!«

Hackenholt sah Wünnenberg fragend an.

»Weit und breit keine Spur vom Original des Versicherungsscheins.«

Hackenholt griff zum Handy und wählte die Nummer seines Kommissariats. Er bat Stellfeldt, mit dem Oberstaatsanwalt Rücksprache zu nehmen, damit der beim Ermittlungsrichter einen Durchsuchungsbeschluss erwirkte. Anschließend sollte der Ermittler ein paar Kollegen in den Röthensteig schicken.

»Wir müssen mit sämtlichen Mitarbeitern sprechen«, wandte sich Hackenholt wieder an Vater und Tochter.

»Wozu denn? Die können Ihnen nicht weiterhelfen«, protestierte Letztere.

»Trotzdem.«

»Unsere Fahrer sind ständig unterwegs.«

»So wie heute?«

Dippold schüttelte den Kopf. »Lass gut sein, Sabine. Es nützt nichts mehr. Wahrscheinlich ist es sowieso besser, wenn ich ihnen sage, dass sie demnächst auf der Straße stehen werden. Ist Ihnen morgen Vormittag recht?«

Hackenholt nickte.

Nachdem die Beamten vom Unterstützungskommando eingetroffen waren, machte er sich mit Wünnenberg auf den Rückweg in die Dienststelle.

Der Hauptkommissar hatte sich noch nicht einmal an seinen Schreibtisch gesetzt, als Stellfeldt schon den Kopf ins Zimmer steckte. »Du sollst Walter Zögner anrufen.«

»Warum? Gibt es etwas Neues?«

Stellfeldt zuckte mit den Schultern.

»Gut, mache ich sofort.« Während Hackenholt die Schweinfurter Nummer wählte, kam Winter in sein Büro. »Gleich, Theo, ich muss schnell einen Kollegen zurückrufen.«

»Oh, ich wollte nicht zu dir, sondern Ralph fragen, ob er mir noch einmal so einen phantastischen Kaffee kocht.« Damit schwenkte er die leere Kanne hin und her. »Wie ich gehört habe, ist das nicht nur deine private Maschine, sondern auch deine Leidenschaft; da will ich nicht dazwischenfunken. Außerdem kann ich gar keinen richtigen Kaffee mehr kochen. Wir haben bei uns in der Abteilung so eine neumodische Maschine, in die man immer nur diese Kapseln steckt«, sagte er zu Wünnenberg.

»Was?«, entfuhr es dem Beamten unwillkürlich.

»Jaja, ist eigentlich recht praktisch, wenn man davon absieht, dass man alle fünf Minuten Kaffee holen muss. Das geht ganz schön in die Zeit. Mit deiner guten altmodischen Kanne ist es angenehmer.«

Jetzt erst merkte Hackenholt, dass ihm seit mehreren Sekunden das Besetztzeichen ins Ohr tutete, so gebannt hatte er mit wachsender Besorgnis dem Wortwechsel gelauscht. Winter redete sich um Kopf und Kragen, er musste umgehend etwas unternehmen, wenn es zu keinem Eklat kommen sollte. Schließlich wusste er, wie irrational Wünnenberg reagieren konnte, wenn jemand seiner Kaffeekanne zu nahe kam. Noch immer erinnerte sich Hackenholt daran, was passiert war, als Saskia Baumann, kurz nachdem sie zum K11 gewechselt war, gewagt hatte, die Kanne zum Blumengießen zu zweckentfremden. Eilig legte er den Hörer auf. Doch bevor er die Situation entschärfen konnte, plapperte Winter munter weiter.

»Außerdem finde ich, dass dein Kaffee viel besser schmeckt als der aus diesen Hightech-Maschinen. Der heute Morgen hatte einen viel volleren Körper, war würzig, und vor allem hatte er einen sehr schokoladigen Nachklang. Der vorhin hatte ein eher süßliches Aroma, fast wie Hagebutte und Steinfrüchte, sehr ausgewogen und irgendwie weich.«

Hackenholt fiel die Kinnlade herunter. Ihm war zwar geläufig, dass manche Menschen bei Weindegustationen so redeten, aber noch nie hatte er jemand derart abgehoben über eine Tasse Kaffee sinnieren hören. Allenfalls Wünnenberg … Bei dessen Anblick wäre Hackenholt fast in lautes Lachen ausgebrochen. Seinem Kollegen standen schier die Freudentränen in den Augen.

»Heute Morgen habe ich Jemen Bani Matar gekocht und vorhin gab es El Salvador Honey Finca Malacara.« Sogar Wünnenbergs Stimme hatte sich verändert. »Ich persönlich mag den Bani Matar auch lieber. Es sei denn …« Er zögerte. »Soll ich uns eine Kanne Guatemala La Cascada zubereiten? Er hat einen runden, vollen Körper, fast wie Zitrusfrüchte. Ein blumiges Aroma und angenehme Säure.«

»Hast du auch einen Kaffee mit nussigem Aroma?«

»Da könnte ich dir den Colombia San Juan De Pasto anbieten«, antwortete Wünnenberg wie aus der Pistole geschossen. »Mittlerer Körper, nussig, leichte Süße, sehr aromatisch. Aber … um ehrlich zu sein, mich hat er noch nicht hundertprozentig überzeugt. Nachdem dir der schokoladige Nachgeschmack so gut gefallen hat, wäre vielleicht der Ethiopia Suko Quto Washed Organic etwas für dich. Er hat ein fruchtig-süßliches Aroma, Litchi, Vanille, Zitrusfrüchte, Kakao …«

Hackenholt drehte sich um und drückte die Wahlwiederholung. Diesmal war Zögners Anschluss frei, und der Schweinfurter Hauptkommissar nahm postwendend ab. Allerdings gab es keine guten Neuigkeiten. Vom Zoll war inzwischen zweifelsfrei festgestellt worden, dass am vergangenen Donnerstag kein Team auf der A7 in dem fraglichen Abschnitt unterwegs war und Kontrollen durchgeführt hatte. Und da das auch für sämtliche Polizeidienststellen zutraf, ließ dies nur eine einzige Schlussfolgerung zu: Es musste sich um falsche Polizeibeamte gehandelt haben.

Darüber hinaus meldeten sich drei Verkehrsteilnehmer, die beobachtet hatten, wie Felix Kurz' Transporter von der Polizei angehalten wurde. Ein Pendler sagte aus, der Beifahrer in dem schwarzen Zivilfahrzeug habe mit Hilfe einer Kelle den Sprinter aus dem Verkehr gewinkt. Ein Lastwagenfahrer sah zwei Polizeibeamte und einen Mann am Heck des Sprinters stehen, während ihre junge, hübsche Kollegin beim Polizeifahrzeug wartete. Und ein Auto voller Studenten war sich sicher, es wären *Bullen* gewesen, die den Ärmsten aus dem Verkehr zogen. Auf den reflektierenden Westen stand keinesfalls Zoll; die jungen Leute überlegten nämlich noch, ob sie dem jungen Mann beistehen sollten, da er allein schon zahlenmäßig der Staatsmacht unterlegen war. Und es war ja bekannt, wie schikanös die Bullen mit dem gemeinen Bürger umsprängen.

Woher die als Polizisten verkleideten Täter die Uniformen hatten, beziehungsweise ob es sich dabei überhaupt um echte Dienstkleidung handelte, ließ sich wohl erst herausfinden, wenn das Trio gefasst wurde.

Bedauerlicherweise hatten die Schweinfurter Kollegen keine brauchbaren Hinweise hinsichtlich der veröffentlichten Überwachungskamerabilder erhalten. Die Sonnenbrille der Frau, die das Geld abhob, wurde genauso wie das Tuch und die restliche identifizierbare Oberbekleidung zu Tausenden hergestellt, sodass sich der Kauf nicht zurückverfolgen ließ.

Da sich die Bevölkerung bislang mit Tipps zu den Bildern sehr zurückhielt, beschloss Zögner, es in den sozialen Netzwerken zu versuchen. Warum sollten nur die norddeutschen Polizeibehörden Facebook zu Fahndungszwecken nutzen? Die Täter waren jung, Facebook war international, und einen erfolgversprechenden anderen Ansatz gab es nicht, also sollten zwei Fotos über die Pressestelle seines Präsidiums eingestellt werden.

Als sich Hackenholt wieder Wünnenberg zudrehte, stand der wie versteinert neben seiner Kaffeemaschine. In der Hand hielt er einen Geldschein.

»Ist dir die heilige Kaffeebohne erschienen, Ralph, oder was ist los?«

»Theo hat mir fünfzig Euro für unsere Kaffeekasse gegeben.«

»Das ist sehr großzügig.«

»Er hat gesagt, in München vertrinkt er manchmal zehn Euro am Tag.«

»Du weißt doch: In der Landeshauptstadt ist alles doppelt so teuer.«

»Schon, aber …«

»Wahrscheinlich besorgen sie den Kaffee immer bei Dallmayr.«

»Nein, sie haben doch dieses moderne Teil mit den Alukapseln.« Wünnenberg hielt inne. »Meinst du, die sind wirklich so teuer?«

»Ralph, bei aller Kaffeeliebe, können wir jetzt weiterarbeiten? Ich möchte heute nämlich noch nach Hause gehen.« Im selben Augenblick fiel Hackenholt ein, dass er Winter versprochen hatte, den Abend mit ihm zu verbringen.

Sophie hatte sich ein buntes Sightseeing-Programm überlegt. Nachdem Hackenholt ihr lediglich erzählt hatte, ein Münchner Beamter sei für ein paar Tage in Nürnberg, und sie müssten ihn unterhalten, setzte sie sich hin und arbeitete einen langen Rundgang durch die Altstadt aus.

Wenn sich schon mal ein Bayer nach jenseits des Weißwurstäquators verirrte, wollte sie die Chance nicht verstreichen lassen, ihm eine gehörige Portion fränkischer Kultur aufs Auge zu drücken. Daher schickte sie Hackenholt eine SMS, in der sie ihm mitteilte, sie werde ihn und den Kollegen vor dem Polizeipräsidium treffen. Und dort begann schließlich auch ihre Route.

Sophie dozierte über Sankt Elisabeth und den Deutschen Orden, über die gegenüberliegende Jakobskirche, die eine Station des fränkischen Jakobswegs bildete, führte am Weißen Turm und dem in ihren Augen scheußlichsten aller jemals gebauten Brunnen, dem Ehekarussell, vorbei zum Nürnberger Staatsmuseum und dem menschenleeren Platz vor dem Neuen Museum. Im Handwerkerhof am Königstor war es dafür umso voller, sodass sie schnell weiter zur Lorenzkirche und dem Nassauer Haus gingen.

Je länger die Tour dauerte, desto mehr kam Sophie in Fahrt. Sie erzählte eine Geschichte, Sage, Anekdote nach der anderen. Schwadronierte über berühmte Künstler, Handwerker und adelige Bürger der Stadt. Rasselte Jahreszahlen herunter und jonglierte mit bedeutenden Ereignissen in Nürnberg zwischen dessen erster urkundlicher Erwähnung und heute.

Am Heilig-Geist-Spital begann sie plötzlich mit verstellter Stimme zu wispern: »Es war im Jahr 1340. Der Spitalmeister war verschwunden, der Medicus verstorben und kein neuer weit und breit zu finden. Der Einzige, der noch Verantwortung übernahm, war der Bader. Doch eines Tages stellte sich beim Rat der Stadt ein neuer Medicus vor. Forsch war sein Auftreten. Ein stattlicher Mann. Er sagte, er sei gekommen, um zu helfen. Er wolle die Kranken innerhalb eines Tages heilen. Das sei natürlich nicht billig. Man einigte sich auf zweihundert Gulden.

Daraufhin ging der Medicus von Krankenbett zu Krankenbett und flüsterte allen zu: ›Ich will dich gesund machen, die Medizin dafür ist schon bereitet. Es fehlt nur noch eine einzige Zutat.‹ Die Menschen wurden neugierig und fragten: ›Welche? Können wir Euch helfen?‹ ›Das Einzige, das noch fehlt, ist Menschenpulver. Nirgends in der ganzen Stadt konnte ich es finden. Daher werde ich es selbst herstellen müssen. Den Schwächsten, der morgen früh noch hier im Bett liegt, den werde ich nehmen.‹«

Sophie hatte ihre Stimme so weit gesenkt, dass Winter sich gespannt zu ihr vorbeugte, um nur ja nicht zu verpassen, wie die Geschichte ausging.

»Am nächsten Tag, frühmorgens, schallte es sodann durch die Krankenhallen: ›Wer gesund ist und laufen kann, der laufe!‹ Fenster und Türen flogen auf – und alle rannten weg.« Sophie lachte Winter an. »Ein paar Stunden später waren die Kranken zwar alle wieder da, aber Till Eulenspiegel war bis dahin längst über alle Berge – und die zweihundert Gulden mit ihm.«

Samstag

In der Nacht wälzte sich Sophie ruhelos im Bett hin und her. Plötzlich schreckte sie mit einem leisen Stöhnen hoch.

»Was ist los?«, fragte Hackenholt, der wegen ihrer Unruhe genauso wenig schlafen konnte. »Geht es dir nicht gut?«

»Krampf«, stieß sie zwischen zusammengebissenen Zähnen hervor.

Automatisch griff er in die andere Betthälfte und begann, ihre Wade zu massieren.

»Falsches Bein.«

Nach einer Weile ließ sich Sophie vorsichtig zurücksinken.

»Ist er vorbei?«

»Ich denke schon.«

»Soll ich dir eine Magnesiumtablette holen?«

»Nein, lass mal, ich muss sowieso aufs Klo.« Sie strampelte die dünne Bettdecke zur Seite, hielt aber plötzlich erneut inne. Hackenholt hörte, wie sie scharf die Luft einsog.

»Was ist los? Irgendwas stimmt doch heute Nacht nicht mit dir.«

»Ich glaube, das war noch mal eine Wehe.« Sophie klang unschlüssig.

»*Noch mal* eine?«

»Ich hatte schon dreimal das Gefühl.«

»Wirklich? Das wäre ein bisschen früh.«

»Hm-mh.«

»Sollen wir ins Krankenhaus fahren, um abklären zu lassen, ob alles in Ordnung ist?«

»Ronja geht es gut, sie turnt seit einer ganzen Weile herum. Wahrscheinlich waren das die ersten Senkwehen. Mach dir keinen Kopf. Ich rufe am Montag meinen Arzt an.«

»Wie soll ich mir keine Gedanken machen, wenn ich mitbekomme, dass etwas nicht stimmt?«

Anstatt einer Antwort nahm Sophie Hackenholts Hand und legte sie auf ihren Bauch, damit er selbst die kräftigen Bewegungen ihres Kindes spüren konnte. Möglicherweise war der lange Fußmarsch durch die Stadt zu anstrengend gewesen.

Als Hackenholt ziemlich unausgeschlafen und fast anderthalb Stunden später als üblich im Kommissariat erschien, erwarteten die Kollegen ihn im Besprechungsraum. Vor ihnen ausgebreitet lagen sämtliche verfügbaren Tageszeitungen. Jemand war beim Bäcker gewesen, und Wünnenberg hatte Kaffee gekocht. Alles in allem bot sich Hackenholt ein friedvolles Bild – wenn man von der Diskussion absah, die Theo Winter und Saskia Baumann darüber führten, ob Krapfen mit Marillenmarmelade oder Hiffenmark gefüllt sein sollten.

»Was gibt es Neues?«, eröffnete Hackenholt die Besprechung.

»Ich weiß, warum niemand in der Kleingartenkolonie Schüsse gehört hat«, ergriff Mur umgehend das Wort. »Wir haben Gummiabrieb an den Geschossen gefunden.«

»Geschosse im Plural?«

»Ja, das Klinikum hat uns die drei übergeben, die aus Thorsten Graefs Körper operiert wurden. Eines hat ihm die Leber zerfetzt, ein zweites steckte in der Brust und das dritte drang durch die Augenhöhle in den Schädel.«

»Dass ein Mensch so etwas überleben kann«, murmelte Winter.

»Hat heute schon jemand im Krankenhaus angerufen und sich nach seinem Zustand erkundigt?« Hackenholt sah fragend in die Runde.

»Ja, iech«, sagte Baumann. »Er is allerweil nu in Koma. Wäi iech des verschdandn hobb, maaner däi Doggdern derweil, dassers nemmer baggd. Es sin nerblous nu ganz schwache Hirnschdröm messbår.«*

Hackenholt wusste, was das bedeutete: Der Mann stand kurz vor dem Hirntod. Mit einem Seufzen wandte er sich an Mur. »Was ist mit dem Projektil, das Sascha Förster getötet hat? Habt ihr es aufgespürt?«

»Es hat in einem Baum gesteckt.«

»Konntet ihr auch daran Gummiabrieb nachweisen?«

»Ja. Die Patronenhülse haben wir übrigens ebenfalls gefunden.

Sie ist unter den Beifahrersitz gerollt. Ich konnte daran einen Fingerabdruck sichern. Er ist allerdings nicht in der Kartei. Von den Schüssen auf Graef haben wir nur blitzblank polierte Hülsen entdeckt. Anhand der Funde lässt sich nachweisen, dass zwei unterschiedliche Waffen benutzt wurden. Eine ist Kaliber neun Millimeter und die andere sieben Komma sechs fünf.«

»Das bedeutet, wir haben es mit mindestens zwei bewaffneten Tätern zu tun.«

»Ganz genau.«

Hackenholt machte sich eine Notiz auf seinem Schreibblock, dann richtete er das Wort an Stellfeldt. »Was kam bei Försters Obduktion heraus?«

»Der Schuss wurde aus nächster Nähe abgegeben, war aber nicht aufgesetzt. Das erkennt man an den Schmauchspuren. Ein Dum-Dum-Geschoss, wie wir alle gesehen haben. Darüber hinaus hatte das Opfer keine weiteren Verletzungen. Im Gegensatz zu Graef wurde er nicht gefesselt, aber das wäre auch schlecht gegangen; er saß schließlich am Steuer.«

Für einen Sekundenbruchteil herrschte absolute Stille, dann fragte Hackenholt bemüht ruhig: »Graef war gefesselt? Das höre ich gerade zum ersten Mal!«

»Hobberla. Mou iech doch gesdern in den Chaos gladd vergessn hom, dier zern sång. In Graef wårn däi Hend mied Handschelln aufm Buggl gfessld.«* Baumann lief knallrot an und schaute betreten auf ihre Hände.

So etwas darf einfach nicht passieren!, lag es Hackenholt auf der Zunge. Er schluckte die Zurechtweisung jedoch hinunter. »Lässt das Modell Rückschlüsse auf seine Herkunft zu?«

»Iech bin allerweil no ban Rescherschiern. Des is gårned ersu eimpfach, däi zouzuordner. Deidsche Handschelln sins auf alle Fell ned.«*

»Gibt es etwas Neues von den Kollegen, die sich um die Computer der Firma Dippold und von Sascha Förster kümmern?«, wechselte Hackenholt das Thema.

»Frank! Wir haben sie ihnen erst gestern Nachmittag gebracht.« Wünnenberg warf ihm einen Blick zu, der deutlich zeigte, für wie abwegig er die Frage hielt. »Der Kollege hat mir versprochen, sich die Rechner heute anzusehen – aber sollten Dateien und Programme gelöscht worden sein, muss er erst versuchen, sie zu rekonstruieren. Die einfachen Ausdrucke erhalten wir im Lauf des Tages, mit dem Rest rechne ich nicht vor Anfang nächster Woche.«

»Nu mehrer Babiergråm, den mer durchschauer mäin?«, stöhnte Baumann.*

»Ich nehme an, das heißt, ihr habt bislang nichts Brauchbares in den sichergestellten Unterlagen gesichtet?«, fragte Hackenholt.

Stellfeldt schüttelte den Kopf. »Hast du die Berge gesehen, die uns die Jungs vom Unterstützungskommando angeschleppt haben? Bis wir damit durch sind, dauert es – und zwar länger als bis heute Abend.«

»Auch wenn es enorm viel Arbeit für uns bedeutet, sie ist wichtig. Ihr müsst unbedingt dranbleiben«, stellte der Hauptkommissar klar. »Die Versicherungspolice für den Transport wurde gefälscht. Dafür kommt meines Erachtens nur jemand aus der Firma in Frage.«

»Können wir den Kreis nicht sogar noch weiter eingrenzen?«, fragte Stellfeldt. »Muss das nicht Chefsache gewesen sein?«

Wünnenberg wiegte den Kopf hin und her. »Nachdem wir bislang keinen Stapel Blankobriefpapier der Versicherung in den Räumen der Firma Dippold gefunden haben, gehe ich davon aus, dass jemand eine alte Police eingescannt und mit einem Bildbearbeitungsprogramm verändert hat. Dazu ist der Chef definitiv nicht in der Lage. Ich traue ihm nicht mal zu, einen Computer zu booten. Er ist mehr der Typ, der seine Dienstpläne ein Leben lang mit der Hand geschrieben hat.«

»So würde ich ihn auch einschätzen«, nickte Hackenholt. »Demnach kommen eigentlich nur Dippolds Tochter und Sascha Förster in Betracht. Thorsten Graef können wir wohl ausschließen, denn wie sollte er an seinen Chefs vorbei die gefälschte Police in die Firmenunterlagen schmuggeln?«

»Trotzdem müssen wir seinen privaten Computer überprüfen. Und wenn es nur geschieht, damit wir ihn definitiv von unserer Liste streichen können.«

»Die Frage, die ich mir die ganze Zeit stelle, ist, ob nicht jemand vom Museum in die Sache verwickelt ist«, machte Hackenholt weiter, ohne auf Stellfeldts Einwurf einzugehen. »Laut Dr. Drosthoff wurden alle Unternehmen, mit denen sie zum ersten Mal zusammengearbeitet haben, gründlich überprüft. Dabei muss demjenigen doch aufgefallen sein, dass die Firma Dippold weder über ein gepanzertes Fahrzeug verfügt noch in Sachen Werttransport aussagekräftige Referenzen vorweisen kann.«

»Kennd edzer der Felix Kurz wos dermied zern dou ghadd hom?«*

»Das habe ich auch überlegt. Wir müssen unbedingt mit Norbert Beck sprechen, um Antworten auf unsere Fragen zu bekommen. Er hat die Transporte organisiert. Außerdem ist er fast in Ohnmacht gefallen, als wir ihm von dem Überfall und den beiden Opfern berichtet haben. Und nun meldet er sich krank, ist aber angeblich zu Hause über seinen Festnetzanschluss nicht erreichbar.«

»Sollen wir eine Fahndung nach ihm rausgeben?«

»Nein, noch nicht. Überprüft erst, ob er ein Handy besitzt, über das wir ihn erreichen können. Ansonsten muss jemand zu seinen Nachbarn fahren und sie befragen. Er lebt allein. Alternativ könntet ihr auch seine Familie recherchieren: Eltern, Geschwister. Vielleicht wissen sie, wo er sich aufhält.« Hackenholt sah auf seinen Block. »Darüber hinaus muss jemand einen Einzelverbindungsnachweis für Sascha Försters Handy anfordern. Nachdem er den Auftrag auf recht undurchsichtige Weise ergattert hat, halte ich es durchaus für möglich, dass uns seine Telefonate weiterbringen können. Gleicht die Listen mit den Nummern vom Museum ab, vergesst aber auch Norbert Beck und Felix Kurz nicht.«

Es entstand eine Pause, in der jeder der Beamten noch einmal durchging, ob sie nichts vergessen hatten.

»Was hast du bislang eigentlich ermittelt, Theo?«, brach Stellfeldt nach einer Weile in möglichst neutralem Tonfall das Schweigen. Für Hackenholts Ohren hörte es sich dennoch an wie: »Sag mal, hast du gestern außer Pennen noch was anderes in deinem Kabuff gemacht?«

»Ich habe meine Kontakte zur Szene aktiviert und Köder ausgeworfen. Falls in den nächsten Wochen etwas Ungewöhnliches passiert, beispielsweise jemand einen antiken Goldschatz verkaufen will, werde ich es als Erster erfahren.«

»So, so.«

»Außerdem habe ich euch die Presse vom Hals gehalten. Ich tue derzeit mein Möglichstes, damit weltweit von dem Raub berichtet wird und sämtliche Kunstzeitschriften Artikel darüber bringen. Die Sammler müssen für die Materie sensibilisiert werden, dann geben sie uns Hinweise, sobald etwas angeboten wird.« Winter schaute auf die Uhr. »Ich muss euch jetzt leider verlassen, ich habe in ein paar Minuten ein Telefoninterview mit dem Kunstmagazin art und danach mit WELTKUNST.«

Kaum hatte sich die Tür hinter dem LKA-Beamten geschlossen, guckte Stellfeldt grinsend in die Runde. »Was ist schlimmer als ein Münchner?«

Baumann zuckte mit den Schultern. »Iech glaab ned, dass doudervo a Schdaicherung gibd.«*

»Doch«, sagte Mur trocken. »Zwei Münchner.«

Stellfeldt nickte der Kollegin anerkennend zu, Baumann kicherte.

»So schlimm ist Theo gar nicht.« Wünnenberg fühlte sich gemüßigt, seinen neuen Kumpel zu verteidigen. »Er hat ein sehr feines Gespür für Kaffee.«

Stellfeldt verdrehte die Augen.

»Ralph hat recht. Theo ist im Grunde genommen ein recht netter und vor allem anständiger Kerl«, ergriff auch Hackenholt Partei.

»Was habt ihr gestern Abend eigentlich mit ihm angestellt? Als ich ihm vorhin auf dem Flur begegnet bin, war er barfuß unterwegs – seine Schuhe standen unter seinem Schreibtisch.« Stellfeldt gluckste vor unterdrücktem Lachen.

»Sophie hat uns gefühlte hundert Kilometer durch die Stadt gescheucht.«

»So ist's recht!«, sagte Stellfeldt anerkennend. »Auf Sophie ist eben Verlass. Was habt ihr für heute Abend geplant?«

»Nichts. Meine Frau muss sich ausruhen.«

»Siehst du! Jetzt gibst du sogar selber zu, wie anstrengend der Herr Kriminaldirektor ist.«

Bevor Hackenholt erwidern konnte, dass sich Sophie vom stundenlangen Gehen und nicht von ihrer Begleitung erholen sollte, stand Stellfeldt auf und verließ das Zimmer.

Als Hackenholt in sein Büro zurückkam, erwartete ihn eine junge Frau. Die Beamtin der PI Süd hatte in der Zeitung den Fahndungsaufruf der Mordkommission gelesen. Da sie möglicherweise eine wichtige Beobachtung gemacht hatte, entschloss sie sich, ins Präsidium zu kommen, obwohl eigentlich ihr dienstfreier Tag war.

Corinna Fuchs erklärte Hackenholt, in letzter Zeit habe es vermehrt Gartenhausaufbrüche in ihrem Einsatzgebiet gegeben. Deshalb fuhr sie während ihrer Frühschicht am Donnerstag mit ihrem Streifenpartner die Kornburger Straße bei der Bereitschaftspolizei entlang und bog dort rechts in den Wald ein. Vorbei an den Schrebergärten führte ihr Weg ein Stück durch den Forst, bis sie zwischen den Anschlussstellen Königshof und Zollhaus eine Brücke erreichten, die die Autobahn überquerte.

Von dort oben beobachtete sie, wie ein Audi A6 auf der A73 von einer Zivilstreife angehalten wurde. Sie konnte nicht mit Sicherheit sagen, dass es sich dabei um den Wagen der Firma Dippold-Transporte handelte, da sie nicht auf das Kennzeichen geachtet hatte. Nachdem es jedoch ein dunkelblaues Fahrzeug war und auch die Uhrzeit übereinstimmte, entschied sie sich, ihre Beobachtung zu melden, schließlich war das eine plausible Erklärung dafür, warum der Fahrer trotz seiner wertvollen Ladung anhielt.

Darüber hinaus war ihr noch etwas aufgefallen, was ihr allerdings erst im Nachhinein zu denken gab: In dem Zivilfahrzeug der Polizei saßen vier Personen. Für eine normale Kontrolle war das sehr ungewöhnlich.

Hätte Hackenholt nicht erst vor ein paar Tagen die Geschichte einer Polizeikontrolle gehört, die damit endete, dass der Fahrer erstochen in seinem Fahrzeug gefunden wurde, und hätte das Opfer nicht ebenfalls mit dem Museum zu tun gehabt, hätte er die Beobachtung wohl für irrelevant gehalten, so hörte er den Schilderungen der Polizeiobermeisterin hingegen konzentriert zu.

Corinna Fuchs berichtete von einem dunklen BMW mit aufgesetztem Magnetblaulicht, der sich vor den Audi schob und ihn sodann mittels Kelle auf den Haltestreifen winkte. Kaum standen die beiden Fahrzeuge, stiegen vier Männer aus dem Polizeiwagen, setzten ihre Mützen auf und begaben sich zu dem wartenden Pkw. Zwei traten an der Fahrerseite, zwei auf der Beifahrerseite an den Audi heran. Einen Augenblick später stiegen Fahrer und Beifahrer aus. Das war das Letzte, was die Beamtin beobachtete, denn dann fuhr ihr Streifenpartner in Richtung Marthweg und der dortigen Kleingartenkolonie weiter.

Obwohl er keine große Hoffnung in die Routine setzte, legte Hackenholt der jungen Frau zunächst die von der Kriminalpolizeiinspektion Schweinfurt veröffentlichten Fotos der Täter vor, die mit Felix Kurz' Karten Geld abgehoben hatten, und zeigte ihr anschließend die kompletten Überwachungsvideos der Geldautomaten.

Wie erwartet schüttelte Corinna Fuchs jedoch nur bedauernd den Kopf. Sie konnte nicht sagen, ob die Frau in dem BMW gesessen hatte. Spontan glaubte sie, es waren vier Männer, allerdings konnte sie aufgrund der Entfernung keine Gesichter erkennen. Sicher war sie sich in zwei Punkten: Unter den vermeintlichen Kollegen war ihr keine Person mit langen Haaren aufgefallen. Wenn, dann müsste die Frau eine Kurzhaarfrisur getragen haben. Außerdem stand auf den reflektierenden Westen die Aufschrift POLIZEI.

Nachdem die Polizeiobermeisterin gegangen war, griff Hackenholt zum Telefonhörer und rief Christine Mur an. Er bat sie, die Schweinfurter Ermittler zu kontaktieren und jedes Fitzelchen an Spuren, das diese gesichert hatten, mit den von ihr gefundenen auf Übereinstimmungen hin zu überprüfen. Falls in dem angehaltenen Audi tatsächlich Sascha Förster und Thorsten Graef gesessen hatten, war es naheliegend, dass es sich nicht um echte Beamte gehandelt hatte. Das machte es andererseits jedoch wahrscheinlich, dass die Täter mit denjenigen identisch waren, die Felix Kurz gestoppt hatten – wenngleich es in dessen Fall nur drei Personen waren.

Anschließend instruierte Hackenholt Baumann: Sie sollte sich mit Zögner in Verbindung setzen und die Handydaten erfragen, die zum Zeitpunkt der fingierten Fahrzeugkontrolle in derselben Funkzelle eingeloggt waren wie Felix Kurz' Mobiltelefon. Danach sollte sie die Daten mit denen abgleichen, die bei dem Überfall auf das Transportauto der Firma Dippold erhoben worden waren. Vielleicht gab es Übereinstimmungen.

Einen Augenblick überlegte Hackenholt, ob es sinnvoll war, mit dieser Neuigkeit sofort an die Öffentlichkeit zu gehen und nach weiteren Zeugen zu suchen, die die Anhaltung beobachtet hatten. Doch dann entschied er, Baumann sollte zunächst sämtliche in Frage kommenden Dienststellen abklappern, um sicherzustellen, ob es nicht doch echte Einsatzkräfte waren, die ein ganz anderes Fahrzeug gestoppt und kontrolliert hatten.

Kaum hatte Hackenholt der Kollegin Bescheid gegeben, klingelte sein Telefon. Es war Sophie.

»Was hältst du davon, wenn ich später in die Metzgerei Kleinlein fahre und drei Portionsschäufele kaufe?«, fragte sie ohne Umschweife. »Ich finde, Theo sollte unbedingt unsere Spezialitäten probieren, solange er hier ist. Kannst du ihn fragen, ob er heute Abend zu uns zum Essen kommen mag?«

»Sophie, du sollst dich schonen!«

»Das tue ich doch. Aber ich kann nicht den ganzen Tag auf dem Sofa rumliegen. Außerdem geht es mir gut, alles ist in bester Ordnung. Wahrscheinlich hatte ich heute Nacht ein paar Übungswehen – die sind vollkommen harmlos.«

»Trotzdem, wir müssen uns nicht jeden Tag um Theo kümmern. Heute kann er ruhig mal allein etwas unternehmen.«

»Das ist aber nicht sonderlich nett von dir. Essen müssen wir beide auch. Es macht wirklich keine Arbeit, wenn er mitkommt.«

»Also gut«, sagte Hackenholt mit einem Seufzen, »ich rede mit ihm. Wenn du in der nächsten Viertelstunde nichts mehr von mir hörst, bring ich ihn mit.«

Hackenholt stand auf und ging in das winzige Vernehmungszimmer am Ende des Flurs, wo er Theo Winter fragte, ob er zum Abendessen Lust auf eine urfränkische Spezialität habe. Der Münchner sagte freudig zu, ohne nachzuhaken, was ein Schäufele sei.

»Ist deine Frau Fremdenführerin? Das wollte ich sie gestern schon fragen, bin aber immer wieder davon abgekommen.«

»Nein, Sophie ist Übersetzerin. Und nebenbei hat sie früher einen kleinen Partyservice betrieben.«

»Wie kommt es, dass sie gestern diese irre Führung mit uns einfach so aus dem Ärmel schütteln konnte, wenn sie das nicht regelmäßig macht?«

»Sophie übersetzt Bücher. Manchmal habe ich das Gefühl, dass so gut wie alle Nürnberger Bildbände über ihren Schreibtisch gehen. Außerdem ist sie sehr lokalpatriotisch – aber das hast du ja selbst gemerkt bei all den Seitenhieben auf die bösen Bayern, die sich das bedauernswerte Franken unter den Nagel gerissen haben.«

»Kennt sie sich mit dem ehemaligen Reichsparteitagsgelände genauso gut aus?«

Hackenholt nickte.

»Denkst du, sie hätte Lust, es mir zu zeigen?«

»Natürlich. Wenn es nach Sophie geht, würde sie es sofort tun.«

»Oh, ich meine nicht gleich heute – meine Füße müssen sich erst erholen. Morgen vielleicht?«

»Schauen wir mal, ja? Für Sonntag haben wir eine Einladung, und Sophie sollte sich schonen und nicht immer so viel rumrennen, aber sie hat ihren eigenen Kopf. Am besten fragst du sie heute Abend selbst.«

Als der Hauptkommissar endlich mit Wünnenberg bei der Firma Dippold-Transporte eintraf, warteten dort die Mitarbeiter schon auf sie. Als Erste befragten die Ermittler eine verheult aussehende junge Frau. Giulietta Veccio, süße vierundzwanzig Jahre jung, einen Meter sechzig groß, schwarze, zu einem Pferdeschwanz gebundene Haare, große rehbraune Augen. Sie machte in der Firma eine Ausbildung zur Speditionskauffrau. Von Hackenholt darauf angesprochen, dass sie deutlich älter sei als der durchschnittliche Azubi, erklärte sie ihm, sie habe bisher bei ihren Eltern gearbeitet. Aufgrund der Rezession stimmte ihr Vater jedoch zu, als sie ihn bat, sich für einen Ausbildungsplatz bewerben zu dürfen, um einen krisensicheren Job zu haben.

»Das ist alles so schrecklich, ich weiß gar nicht, was jetzt werden soll«, schniefte sie.

»Na, noch ist doch gar nicht entschieden, wie es mit der Firma weitergeht«, versuchte Hackenholt sie aufzumuntern. »Was sind denn Ihre Aufgaben hier?«

»Zusammen mit Frau Förster kümmere ich mich um alles, was gerade anfällt. Das ist das Tolle an der Stelle. Ich erledige die Post, halte die Buchhaltung auf dem Laufenden, schreibe Angebote und Rechnungen, gehe ans Telefon, sage den Fahrern, wo sie was abholen sollen. Und manchmal durfte ich sogar Herrn Förster auf seinen Touren begleiten.« Mit einem Mal begann sie wieder zu schniefen. »Ich kann es gar nicht glauben, dass er tot ist. Und der arme Thorsten«, fügte sie nach einem Moment hinzu.

»Wann haben Sie zum ersten Mal von dem Auftrag für das Museum gehört?«

»Donnerstag. Herr Dippold war ganz aufgeregt, weil er Sascha nicht erreichen konnte. Ich habe ihm gesagt, er soll sich keine Sorgen machen, es kommt doch immer mal vor, dass ein Fahrer vergisst, Bescheid zu sagen, wenn er losfährt. Daraufhin hat mir Frau Förster gesagt, diesmal würde es sich um einen ganz besonderen Transport handeln, bei dem viel auf dem Spiel steht, denn der Kunde wäre das Staatsmuseum und würde richtig gut zahlen. Und das Geld hätten wir ziemlich gut gebrauchen können, bei den vielen offenen Rechnungen, die wir diesen Monat noch bezahlen müssen.« Erschrocken hielt sie sich die Hand vor den Mund. »Das hätte ich wahrscheinlich nicht sagen sollen, oder? Am besten vergessen Sie es ganz schnell wieder.«

»Das ist schon in Ordnung. Wir gehen sowieso erst, nachdem wir hier jeden Stein umgedreht haben. Die Firma schreibt also im Augenblick rote Zahlen?«

Die Auszubildende nickte. »Ist aber auch kein Wunder, oder?

Sie müssen sich nur mal umsehen. Der Herr Förster hat immer gesagt: ›Wenn er mich bloß lassen würde!‹ Aber der alte Herr Dippold hat sich geweigert, irgendetwas zu verändern. ›Wenn ich mal nicht mehr bin, könnt ihr alles auf den Kopf stellen, aber nicht, solange ich hier das Sagen habe.‹ Dabei wollte Herr Förster doch nur ein paar neue Möbel kaufen und die Wände in fröhlicheren Farben tünchen. Dann müssten wir uns nicht so schämen, wenn Kunden in die Firma kommen. Darüber hinaus hätten wir die Chance, neue zu akquirieren. So gehen die doch alle rückwärts wieder raus. Aber Herr Förster konnte schimpfen, wie er wollte.«

»Und was hat seine Frau dazu gesagt?«

»Nichts, Herr Dippold ist schließlich ihr Vater. Sie ist von Kindesbeinen an gewohnt, ihm zu gehorchen. Zumindest hat sie ihm nie widersprochen.«

»Um noch einmal auf den Transport für das Museum zurückzukommen. Bei einem derart wichtigen Auftrag müssen Verträge hin und her geschickt worden sein, Versicherungspolicen und so weiter. Sind Ihnen im Vorfeld solche Schriftstücke in die Hände gefallen? Sie sagten doch, Sie kümmern sich um die Korrespondenz.«

Giulietta Veccio schüttelte den Kopf. »Im Nachhinein habe ich mich auch gewundert, wie es Frau Förster geschafft hat, dass niemand etwas davon erfuhr. Schließlich wussten nicht einmal Herr Dippold und Herr Förster Bescheid.«

»Wieso?«

»Na, ich war doch dabei, als sie Herrn Förster am Mittwochnachmittag sagte, sie habe am Donnerstag einen ganz speziellen Auftrag für ihn.«

Hackenholt sah der Auszubildenden mit gerunzelter Stirn hinterher, als sie aus dem Zimmer ging. Ihre Aussage wollte so gar nicht ins Bild passen, das er sich bislang von der Firma gemacht hatte. Außerdem wurde er den Eindruck nicht los, dass die junge Frau Sascha Förster ziemlich angehimmelt hatte. Er wurde in seinen Grübeleien jedoch durch das Eintreten des nächsten Mitarbeiters unterbrochen.

Fred Mayer war Anfang sechzig und, wie er behauptete, der Dienstälteste. Zusammen mit Herrn Dippold hatte er die Firma aufgebaut. Das hieß: Der Chef gründete sie, Mayer und vier andere Fahrer führten die Transporte aus. Mittlerweile war er neben Sascha Förster der einzige Angestellte mit einem Lkw-Führerschein. Alle anderen verließen nach und nach das Unternehmen, und die Jungen, die wussten in seinen Augen ja nicht einmal mehr, wie man ein Auto anständig behandelte.

Allerdings kündigten die Kollegen von sich aus, sobald sie einen besseren Job fanden – was auch immer das heißen mochte, denn der Chef behandelte sie stets fair, zahlte pünktlich und bot üblicherweise großzügige Freizeitregelungen an, wenn man dafür auch mal anpackte, wenn es stressig wurde. Im Bösen war keiner der Mitarbeiter gegangen.

Unter den Kunden gab es ebenfalls niemand, der einen Prass auf die Firma hatte. Ging mal etwas schief, entschuldigte man sich und machte die nächste Fahrt gegebenenfalls unentgeltlich. Probleme bereitete allenfalls das Finanzamt, wie ihm der Chef neulich bei einem Feierabendbier erzählt hatte. Hin und wieder natürlich auch der TÜV, wenn teure Reparaturen verlangt wurden, bevor eine der Rostlauben die neue Plakette erhielt. In letzter Zeit machte wohl auch der Schwiegersohn Schwierigkeiten, aber in Familienangelegenheiten mischte sich Fred Mayer generell nicht ein. Die gingen keinen etwas an.

Der nächste Fahrer sah das ganz anders, aber vielleicht lag das daran, dass Lucky Omotoso aus Nigeria stammte und die Firma als seine Familie betrachtete.

Er erzählte Hackenholt in gebrochenem Deutsch-Englisch mit starkem fränkischem Einschlag, Sascha Förster habe seit Längerem ein Verhältnis mit der jungen Auszubildenden gehabt. Das wussten alle in der Firma – bis auf Sabine Förster. Zumindest tat sie immer so, als bemerkte sie nichts. Dabei hatte er selbst einmal Sascha und Giulietta knutschend im Hof stehen sehen. Ein anderer Kollege berichtete unlängst sogar von einer wesentlich kompromittierenderen Situation: Als er an einem Freitagnachmittag ins Büro kam, um seinen Fahrzeugschlüssel abzugeben, waren die beiden gerade auf dem Sofa im Zimmer des Chefs zugange.

Als Hackenholt daraufhin noch einmal mit Giulietta Veccio sprechen wollte, hieß es, die junge Frau sei nach Hause gegangen. Ihm blieb also nichts anderes übrig, als sich das Verhältnis der beiden von den anderen Fahrern bestätigen zu lassen.

Nachdem die Ermittler alle Angestellten befragt hatten, rief Hackenholt Sabine Förster zu sich. Wenngleich es ihm nicht leichtfiel, musste er der Sache auf den Grund gehen, denn wie der eine oder andere Mitarbeiter erklärt hatte, gab es Gerüchte, der Chef habe den Schwiegersohn nur noch wegen seiner Tochter in der Firma geduldet und hätte nichts lieber getan, als ihn umgehend auf die Straße zu setzen.

»Ach, das ist alles nur Geschwätz«, erregte sich Sabine Förster. »Sie glauben doch nicht im Ernst, dass sich solch ein junges Ding auf einen zwanzig Jahre älteren Mann einlässt.«

»Das soll es in der Tat schon gegeben haben.«

»Bei einem Sugar-Daddy vielleicht, bei meinem Mann war aber nichts zu holen. Er war, genau wie ich, ein normaler Angestellter. Wir besitzen keine Reichtümer. Mir wäre aufgefallen, wenn Sascha Giulietta ausgehalten hätte. Schauen Sie sich das junge Ding doch an: Ständig trägt sie neue Klamotten. Das hätte sich mein Mann gar nicht leisten können.«

»Ein paar Ihrer Kollegen haben angegeben, die beiden in kompromittierenden Situationen gesehen zu haben.«

»Ach, das war an Fasching«, winkte Sabine Förster ab. »Sascha hatte zu tief ins Glas geschaut und versucht, mit Giulietta zu knutschen.«

Hackenholt beschloss, nicht weiter nachzuhaken. Die Fahrer hatten ihn gewarnt, dass die Juniorchefin die Realität in diesem Punkt ausblendete. Stattdessen wechselte er das Thema.

»Lassen Sie uns noch einmal darüber sprechen, wie Ihr Mann den Auftrag akquiriert hat.«

»Ich weiß es nicht. Ich weiß es beim besten Willen nicht. Eines Abends kam er heim und sagte, er hätte einen ganz großen Fisch an der Angel. Wenn es ihm gelingen würde, den Auftrag zu bekommen, hätte die Spedition für die nächsten drei Monate ausgesorgt, und dann könnte mein Vater sich auch nicht mehr länger weigern, uns die Firma zu überschreiben. Mehr wollte er dazu nicht sagen.«

»Es war also definitiv Ihr Mann, der den Kontakt zum Museum hergestellt hat?«

»Natürlich, wer denn sonst? Mein Vater vielleicht? Dass ich nicht lache!«

»Was ist mit Herrn Graef?«

Sie sah ihn einen Moment lang irritiert an, dann schüttelte sie den Kopf. »Thorsten hat sich mit Sicherheit nicht für uns starkgemacht. Er war auf dem Sprung. Noch ein, zwei Monate und er wäre zur Konkurrenz gewechselt. Er hatte sich bereits beworben. Mein Vater weiß nichts davon, aber mir hat er es erzählt, damit ich bei meiner Planung keine Probleme bekomme. Es war mein Mann, der bei irgendeiner seiner Kneipentouren jemanden getroffen hat, der ihm von den Museumstransporten vorschwärmte – und wie viel man dabei verdienen kann.«

Damit war Giulietta Veccios Aussage, Sascha Förster habe nichts von dem Transport gewusst und erst am Vorabend von seiner Frau erfahren, dass er nach Österreich fahren sollte, ganz offensichtlich gelogen. Andererseits hatte Hackenholt nur Sabine Försters und Heinrich Dippolds Wort, dass es so und nicht anders gelaufen war.

Was, wenn die Tochter des Chefs sehr wohl von dem Verhältnis zwischen ihrem Mann und der Azubine wusste? War es möglich, dass Vater und Tochter ein Mordkomplott geschmiedet hatten? Ging es bei dem Überfall schlussendlich gar nicht um den Raub des Reichsapfels, sondern darum, Sascha Förster auszuschalten?

Aber warum war dann Thorsten Graef lebensgefährlich verletzt worden? Konnte er die Täter identifizieren? Hatte Förster vielleicht einen der vermeintlichen Polizisten erkannt und seinen Namen gesagt, sodass er annehmen musste, Graef würde zu einem Sicherheitsrisiko werden? In dem Fall stellte sich die Frage, wo der verdammte Reichsapfel abgeblieben war. Warum war er nicht schon längst auf irgendeinem Rastplatz abgelegt worden, damit ihn jemand fand? Jetzt, da die Presse voll von dem Reichskleinodien-Raub war, wäre es durchaus plausibel, dass den Tätern die Sache einfach zu heiß geworden war.

Zurück in der Dienststelle kochte Wünnenberg eine Kanne Kaffee, während Hackenholt zu Stellfeldt und Baumann ins Büro ging.

»Na? Was gibt es Neues? Habt ihr den Einzelverbindungsnachweis für Sascha Förster bekommen?«

Stellfeldt brummte und wühlte auf seinem übervollen Schreibtisch, bis er einen dünnen Aktendeckel fand, der die Ausdrucke enthielt. »Dank der aktuellen Gesetze zur Vorratsdatenspeicherung sind es leider nur ein paar Tage, erwarte dir also nicht zu viel!«

Hackenholt nickte. Er würde nie verstehen, warum die halbe Bevölkerung keinerlei Bedenken hatte, mit einem Smartphone durch die Gegend zu rennen, die den Herstellern der installierten Apps exakte Auskunft darüber gaben, was sie wie wo wann warum taten – sich gleichzeitig aber darüber echauffierte und es als nicht hinnehmbaren Zustand betrachtete, wenn die Polizei verlangte, dass Telefondaten länger als eine Woche gespeichert werden sollten.

»Iech hobb doch bei alle Diensdschdelln in Großraum nåchfroung mäin, obs am Donnerschdåch Fåhrzeuchkondrolln auf der A73 zwischn Könichshuuf un Zollhaus gmachd hom«, riss Baumann ihn aus seinen Gedanken.*

Hackenholt blickte auf. »Ja? Hast du etwas herausbekommen?«

»Naa. Däi Schdreifmkolleng, wou am Donnerschdåch Fräihschichd ghadd hom, fanger bekanndlich erschd morng widder midder Schbeedschichd oo. Däi hobbi also ned erreing kenner – un vo denner Dåchesdiensdler is heid nerdierli aa kanner då. Drum hobbi annerer jedn Diensdschdelln er Fax gschiggd un hobbs gebeedn, dassers indern glärn un uns nocherdla *zeidnå* Bescheid sång.«*

»Ich hoffe, du hast zeitnah kursiv, fett, dreifach unterstrichen und in Schriftgröße vierundzwanzig geschrieben.«

Baumann lachte. »Ersu ungfähr.«*

»Hast du auch an die Kollegen von der Gemeinsamen Ermittlungsgruppe Rauschgift und das Rauschgifteinsatzkommando gedacht?«

»Iech hobbs alle oogschriem, Bollizei, Zoll, Nämberch, Fädd, Schwåbach, Faichd, un so weider.«*

»Sehr gut. Dann hoffen wir mal das Beste.« Noch während er das sagte, fragte er sich, was das eigentlich war. Hoffte er, eine Fahndungsgruppe werde Bescheid geben und berichten, sie habe einen dunkelblauen Audi A6 kontrolliert? Oder war es besser, wenn sich niemand meldete und sie davon ausgehen konnten, dass die Streifenkollegin von der PI Süd die Täter beobachtet hatte?

»Iech hobb ausserdem däi Händidådn vo alle zwaa Dådorde überbrüfd: Es gibd ka Übereinschdimmung.«*

»Okay.« Hackenholt seufzte.

»Obber des mou ja nix hassn: Wenn däi Däder jedsmål serfodd däi Händi vo ihre Obfer ausgschaldn hom, nåcherdla kennerdns leichd ihre eichner aa ausgschald hom odder sie hom går kanne derbeighadd. Däi Däder kennerdn aa derzouglernd hom.«*

»Wegen den Handschellen, mit denen Thorsten Graef gefesselt war«, übernahm nun Stellfeldt, »habe ich ein bisschen weitergeforscht. Wir sind zu dem Ergebnis gekommen, dass es sich wahrscheinlich um ein italienisches Modell handelt.«

»Wer ist *wir*?«

»Ich habe ein paar Sammler kontaktiert.«

»Militariasammler?«

»Nein, Handschellensammler.«

»So etwas gibt es?«

»Natürlich.« Stellfeldt griff nach einem Asservatenbeutel und hielt ihn Hackenholt hin. »Die Feuerwehr hat sie vor Ort mit einem Bolzenschneider getrennt, und im OP wurden sie dann aufgesägt.«

Interessiert besah sich Hackenholt die Einzelteile und legte sie in der Tüte wie ein Puzzle zusammen.

»Wie seid ihr darauf gekommen, dass es italienische sein könnten?«, fragte er schließlich. »Ich sehe weder eine Typenbezeichnung noch eine Herstellergravur.«

»Einer der Sammler hat ein fast identisches Paar, von dem er sicher weiß, dass es aus Italien stammt. Sie wurden während des Zweiten Weltkriegs hergestellt und verwendet. Der Schlüssel zum Geheimnis liegt in der ungewöhnlichen Verbindung der beiden Handschließen. Dieses dreieckige Kettenglied mit dem zusätzlichen Ring. Wahrscheinlich hat er zum Befestigen einer Führkette oder zum Anschließen der Handschellen an einen festen Punkt gedient. Die zweite Auffälligkeit ist das Schlüsselloch. Wie ich jetzt weiß, braucht man einen asymmetrischen Doppelbartschlüssel.«

Hackenholt war beeindruckt. »Gute Arbeit, Manfred.«

»Ich fürchte nur, es hilft uns keinen Millimeter weiter. Die Fesseln hatten über ein halbes Jahrhundert Zeit, um aus Italien nach Deutschland zu gelangen. Zudem sollen sie nicht einmal sonderlich selten sein. Der Experte meinte, man könne sie vor allem in Tschechien und Polen auf so gut wie jedem Flohmarkt finden.«

»Osteuropäische Täter?« Hackenholt musste an Zögner denken.

»Wir werden sehen. Jedenfalls: Auch hinsichtlich der DNA-Spuren, die Christine daran gesichert hat, ist es fraglich, ob sie uns voranbringen. Sie können von Gott und der Welt stammen und nichts mit unseren Tätern zu tun haben.«

»Damit dürftest du nicht ganz falschliegen.« Hackenholt seufzte.

»Es gibd obber ern Silberschdreifn am Horizond: Mir homnern Norberd Begg aufgschdöberd.«*

»Ist er wieder zu Hause?«

»Nein, ich habe seine Handynummer herausbekommen und ihm eine Nachricht auf der Mailbox hinterlassen. Er hat innerhalb von fünf Minuten zurückgerufen.«

»Und?«

»Er ist bei seiner Schwester in München untergeschlüpft. Er fühlt sich nicht gut, ihm ist das alles über den Kopf gewachsen.«

»Ach was?«

»Ich habe ihm gesagt, wir schreiben ihn zur Fahndung aus, wenn er nicht am Montag früh um neun Uhr bei uns auf der

Matte steht und ein paar Fragen beantwortet. Danach war er ziemlich kleinlaut und hat versprochen, pünktlich zu sein.« Stellfeldt fuhr sich zufrieden über seine Glatze.

»Wollen wir mal hoffen, dass er sich daran hält«, murmelte Hackenholt, dann musterte er das Chaos auf den Schreibtischen seiner Kollegen. »Wie schaut es mit den sichergestellten Unterlagen aus? Seid ihr mit der Sichtung weitergekommen?«

»Frangg! Mir hom fei erjeder aa blous aa Boar Aung, Ohrn un Hend, un mir kenner aa ned mehra als wäi ärwern.«*

»Ich frag ja nur. Dann werde ich mir auch mal einen Karton schnappen und durchsehen. Zumindest, sobald ich Försters Einzelverbindungsnachweis überprüft habe.«

»Bevor du das machst, sei so lieb und bring uns noch zwei Tassen Kaffee – bevor Ralph ihn unserem schwer arbeitenden Kollegen in der Abstellkammer überlässt.«

Hackenholt sperrte die Wohnungstür auf und blieb wie angewurzelt stehen. Aus seinem Wohnzimmer drang ihm eine nur allzu vertraute Stimme entgegen. Als er am späten Nachmittag nach Theo Winter hatte schauen wollen, war dessen Büro verweist. Auf dem Schreibtisch lag ein Notizzettel:

Hallo Frank,
musste kurzfristig weg, komme heute Abend direkt zu dir.
Gruß, Theo

Auch wenn Hackenholt nicht wusste, wer dem Kollegen die Adresse verriet, den Weg hatte er offenbar gefunden.

»Ich habe mich heute gründlich in die Geschichte der Reichskleinodien eingelesen«, sagte Winter gerade, als Hackenholt eintrat. »Mir blieb quasi nichts anderes übrig bei all den historischen Fragen, die diese Kunstmagazine stellen. Die Materie ist im Grunde genommen wirklich ungemein interessant. Bis Freitagmorgen bin ich davon ausgegangen, dass die Reichskleinodien aus Krone, Schwert und Apfel bestehen.«

Sophie schüttelte missbilligend den Kopf. »Natürlich nicht. Das sind nur die Reichsinsignien, zu den Reichskleinodien gehören auch die Krönungsgewänder und die Reliquien des Heiligen Römischen Reiches.« Sie blickte auf und gab ihrem Mann einen Kuss zur Begrüßung.

»Natürlich, das weiß doch jedes Kind«, murmelte Hackenholt.

»Zumindest wenn es in Nürnberg aufgewachsen ist«, frotzelte Sophie.

»Na, dann haben Theo und ich ja noch mal Glück gehabt.«

»Banause!«

»Kennst du dich eigentlich mit allem rund um Nürnberg so gut aus?«, fragte Winter neugierig.

»Nein, natürlich nicht. Manche Themen liegen mir mehr am Herzen als andere.«

»Und warum interessierst du dich ausgerechnet für die Reichskleinodien? Du könntest doch auch die Geschichte des fränkischen Bieres erforschen.«

»Nee, lass mal, das tun schon genügend Männer. Die Reichskleinodien hingegen geraten langsam in Vergessenheit. Wer weiß denn heute noch, dass es Johann Georg Haller von Hallerstein war, der am 23. Juli 1796 die wichtigsten Stücke vor der französischen Armee an den Sitz des Reichstages in Regensburg in vermeintliche Sicherheit brachte? Die restlichen Bestandteile wurden dann im September nach Regensburg gesandt, von wo aus sie unter Leitung des kaiserlichen Kronkommisärs Johann Aloys Josef Freiherr von Hügel im Jahr 1800 schließlich nach Wien geschafft wurden. Desgleichen ist in Vergessenheit geraten, dass bei dieser Flüchtung unter anderem die Sporen, ein Schultertuch und die Armillae unwiederbringlich verloren gingen.«

»Erzähl mehr!«

Wie schon am Vorabend glaubte Hackenholt in Winter plötzlich den wissbegierigen kleinen Jungen zu sehen, der an den Lippen seiner Mutter klebte, während diese ihm eine Geschichte von damals erzählte.

»Die Nürnberger hatten einfach Pech, dass der letzte römisch-deutsche Kaiser Franz II. aus dem Haus Habsburg-Lothringen stammte und Österreicher war. Er hatte natürlich kein Interesse, uns die Reichskleinodien zurückzugeben, sondern wollte sie lieber bei sich in Wien behalten. Daher ließ er uns 1806 ausrichten, er sehe das von Kaiser Sigismund übertragene Privileg zur Aufbewahrung als erloschen an, weil wir keine Reichsstadt mehr waren. Na, und ihr Münchner habt uns auch nicht sonderlich geholfen, als wir 1821 die königlich-bayerische Regierung baten, Schritte zur Rückführung der Kleinodien einzuleiten, nicht wahr?«

»Weißt du, was ich absolut faszinierend finde?«, versuchte Winter dem Gespräch rasch eine andere Richtung zu geben, bevor er wieder persönlich für die Sünden der *Bayern* geradestehen musste. »Darüber bin ich heute erst gestolpert: Im Mittelalter hat man doch geglaubt, die Erde sei eine Scheibe. Andererseits symbolisiert der Reichsapfel aber die Welt. Also wurde sie damals schon als Kugel und nicht als Scheibe dargestellt.«

»Richtig«, grinste Sophie. »Du bist allerdings Opfer eines weit verbreiteten Volksmythos' geworden. Die Menschen und vor allem Gelehrten im Mittelalter waren gar nicht so naiv, wie man sie im Nachhinein hinzustellen versuchte.«

»Wirklich?«

»Bereits Aristoteles war davon überzeugt, dass die Erde kugelförmig sein muss«, erklärte Sophie und holte Winter zuliebe weiter aus. »Er hat das aus seiner Beobachtung abgeleitet, dass bei sich nähernden Schiffen am Horizont immer zuerst der Mast sichtbar war. Außerdem hat er bei einer Mondfinsternis einen kreisförmigen Schatten auf dem Mond festgestellt. Weil sich in dem Moment die Erde aber zwischen Sonne und Mond befand, hätte die Erde keinen runden Schatten werfen können, wenn sie eine Scheibe wäre.«

»Warum heißt es dann, dass man im Mittelalter glaubte, die Erde sei eine Scheibe?«, fragte Hackenholt.

»Das ist eine Behauptung, die im 19. Jahrhundert in die Welt gesetzt wurde, um das stark kirchlich beeinflusste Mittelalter als primitiv und abergläubisch abzuurteilen und die eigene Zeit als wesentlich gebildeter und fortschrittlicher darzustellen, als sie eigentlich war. Im Grunde genommen war sogar die Kirche damals bereits vom kugelförmigen Modell der Erde überzeugt, aber sie lehnte viele wissenschaftliche Theorien und Erkenntnisse einfach ab.«

Plötzlich piepte ein Küchenwecker.

Sophie erhob sich. »Das waren die Klöße. In zwei Minuten gibt es Essen.«

Sonntag

Als Hackenholt am Sonntagmorgen sein Büro betrat, fand er einen Zettel auf seinem Schreibtisch. Das Südklinikum bat um einen Rückruf in Sachen Thorsten Graef. Mit einem schlechten Gefühl tippte er rasch die Nummer ein. Eine Krankenschwester meldete sich und verband ihn ins Arztzimmer. Dort fragte der Diensthabende nach seiner Durchwahl und rief ihn umgehend zurück.

»Eine reine Vorsichtsmaßnahme«, erläuterte der Mediziner. »Seit der Raub des Reichsapfels die Zeitungen beherrscht, lungern die Reporter wie Schmeißfliegen auf unseren Gängen herum. Ich würde es denen absolut zutrauen, hier anzurufen und sich als Kripobeamte auszugeben.« Nach dieser Vorrede hielt er kurz inne und räusperte sich. Als er weitersprach, war seine Stimme ein wenig sanfter geworden. »Ich nehme an, Sie können sich denken, worum es geht?«

»Thorsten Graef ist hirntot?«

»Wir haben gestern Abend um zweiundzwanzig Uhr im Beisein seiner Frau und seiner Eltern die Maschinen abgestellt.«

»Danke für die Information.«

»Geben Sie sie an die Presse weiter, oder sollen wir das übernehmen? Früher oder später werden die Journalisten sowieso dahinterkommen. Vermutlich ist es besser, wir gehen von uns aus an die Öffentlichkeit, bevor jemand auf die Idee kommt, wir wollten etwas vertuschen.«

»Ich werde unsere Pressestelle einschalten.«

»Wunderbar, dann einen schönen Sonntag.«

Nach dem Telefonat trat Hackenholt ans Fenster und sah auf den Jakobsplatz hinab, der in der morgendlichen Sommersonne verlassen dalag. Nun waren beide Fahrer tot – und damit die Hoffnung auf eine hilfreiche Zeugenaussage zunichtegemacht. Noch immer standen die Ermittler mit so gut wie keinen Fakten da.

Am naheliegendsten war, dass der Überfall von einer Person

geplant worden war, die den Reichsapfel in ihren Besitz bekommen wollte. Aber warum sollte jemand das wollen? Was tat man mit einer Insignie? Sie bewundern? Im Tresor verwahren? Jeder, der sie sah, würde wissen, dass sie geraubt war. Damit wurde sie zum Sicherheitsrisiko, denn auch im Bereich der organisierten Kriminalität gab es Menschen, die den Mund nicht halten konnten. Früher oder später würde es jemandem zu Ohren kommen, wer das kostbare Stück verwahrte. Konnte ein Mensch den Reichsapfel besitzen wollen, um seine Macht zu demonstrieren?

Es war davon auszugehen, dass eine Bande den Transport ausgespäht und ausgeraubt hatte. Verbrecher, denen ein Menschenleben egal war. Aber warum erschossen sie Förster und Graef? Genügte es nicht, sie gefesselt und geknebelt im Wald sich selbst zu überlassen? Hätten die beiden Fahrer der Polizei Hinweise auf die Identität der Täter geben können? Oder ging es den Räubern darum, den Vorsprung zu maximieren?

Aus dieser Theorie ergaben sich zwei grundlegende Fragen: Woher wussten die Täter, dass ausgerechnet in diesem Fahrzeug der Reichsapfel transportiert wurde? Sämtliche Mitarbeiter bei Dippold-Transporte gaben an, nichts von dem Auftrag bemerkt zu haben. Niemand hatte einen Prass auf die Firma. In den Tagen vor dem Transport kam niemand Fremdes vorbei. Um genau zu sein, war seit knapp drei Wochen überhaupt niemand außer dem Stammpersonal in den Geschäftsräumen gewesen. Die Sommerflaute hatte bereits begonnen. War das der Schlüssel zur Antwort? Konnte jemand die Informationen verkauft haben? Das Unternehmen war notorisch klamm, die Gehälter lagen unter dem Durchschnitt. Aber um Wissen zu verkaufen, musste man es erst einmal besitzen. Bislang hatten Stellfeldt und Baumann in den beschlagnahmten Unterlagen keinerlei Hinweise auf den Transport gefunden und damit darauf, dass einer der Firmenangehörigen log.

Waren die Daten also im Museum ausgespäht worden? Wie sollten die Ermittler bei den vielen Mitarbeitern dort denjenigen finden, der den Tipp gab, wenn er nicht gerade in den kommenden Tagen mit einer nagelneuen Luxuskarosse vorfuhr, die weit außerhalb seines Budgets lag?

War der Werttransport tatsächlich Sascha Försters Idee? Schwärmte ihm ein Bekannter – möglicherweise jemand aus der Branche – vor, wie viel Geld man mit einem derartigen Transport verdiente? Setzte er es sich in den Kopf, seinem Schwiegervater auf diese Weise beweisen zu wollen, dass er dazu taugte, die Firma zu führen und sie wieder flottzubekommen? Warum fälschte er die Versicherungspolice? Weil die Firma die hohe Prämie nicht aufbringen konnte? Oder um so viel Gewinn wie möglich zu machen, und er erwartete, dass bei dem Transport nichts schiefging? Wohl eher, weil er nicht einmal die Mindestanforderungen für einen Werttransport vorweisen konnte: ein gepanzertes Schutzfahrzeug mit GPS-Überwachung und ein CG-Diebstahlsicherungssystem. Wie bekam Förster es überhaupt hin, dass das Museum sie ohne diese Dinge mit einem so heiklen Transport betraute?

Den Telefonunterlagen, die Hackenholt am gestrigen Nachmittag noch durchgearbeitet hatte, war nichts Auffälliges zu entnehmen gewesen. Förster rief zwar mehr als einmal im Nürnberger Staatsmuseum an, aber stets in der Zentrale. Weder wählte er Felix Kurz' noch Norbert Becks Privatnummer. Auch kein anderer Museumsmitarbeiter tauchte auf der Liste der zugeordneten Rufnummern auf. Hackenholt hatte sie diesbezüglich mit großer Sorgsamkeit abgeglichen.

Die meisten Handygespräche führte Förster mit der Firma, den anderen Fahrern oder Kunden – und mit Giulietta Veccio. Sie hatte er mehrmals am Tag auf ihrem privaten Handy angerufen beziehungsweise ihr SMS geschickt. Hackenholt war sich daher inzwischen absolut sicher: Die Gerüchte um ein Techtelmechtel waren nicht aus der Luft gegriffen. Er musste noch einmal mit der jungen Dame sprechen und ihr auf den Zahn fühlen.

Ihre Aussage war der reinste Blödsinn, der offenbar nur darauf abzielte, Sascha Förster in ein möglichst gutes Licht zu rücken. Wenn die beiden ein Verhältnis hatten, war es dann nicht wahrscheinlich, dass er ihr von dem Transport erzählt hatte? Schon allein, um ihr zu imponieren? Vielleicht machte er ihr sogar weis, er würde bald die Firma übernehmen.

Hackenholt beschloss, am Montag noch einmal zu Dippold-

Transporte zu fahren – heute stand etwas anderes auf dem Programm. Denn auch wenn sich im Einzelverbindungsnachweis kein Zusammenhang zwischen Sascha Förster und Felix Kurz fand, musste einer existieren. Zumindest war es gegen alle Wahrscheinlichkeit, dass plötzlich zwei Täterbanden auf die Idee kamen, als Polizisten verkleidet Fahrzeuge zu überfallen. Natürlich gab es immer wieder Nachahmungstäter. Jemand konnte in der Zeitung von dem Schweinfurter Fall gelesen haben, wobei sich Hackenholt überhaupt nicht sicher war, ob Zögner die Tatsache an die Öffentlichkeit hatte dringen lassen, dass die Polizisten nicht echt gewesen waren. Gegen einen Nachahmungstäter sprach vielmehr: Man konnte sich nicht so einfach ein Magnetblaulicht und Polizeiuniformen besorgen.

Mittlerweile war Wünnenberg eingetroffen. Aus dem Nebenzimmer hörte Hackenholt außerdem Baumanns und Stellfeldts Stimmen. Sie freuten sich schon auf das nachmittägliche Grillvergnügen, denn darauf hatte Mur bestanden. Um zwei mussten sie Feierabend machen und zu ihr nach Feucht kommen.

Hackenholt wandte sich um und sah Wünnenberg fragend an. »Wollen wir dann mal los ins Staatsmuseum?«

»An mir soll's nicht liegen. Du stehst seit einer geschlagenen Stunde am Fenster und träumst.«

Die beiden Beamten hatten sich um neun Uhr mit Maartje van Caspel, der Museumspädagogin, verabredet. Ihnen blieb eine gute halbe Stunde Zeit, bevor die junge Frau für eine Kinderführung zur Verfügung stehen musste.

Frau van Caspel saß allein an einem der Tische des noch geschlossenen Cafés im Souterrain des Museums. Durch die schrägen Deckenfenster hoch über ihr warf die Sonne ihren rechteckigen Schatten an die Wand.

»Tun Sie mir einen Gefallen und sagen Sie mir, dass sämtliche Gerüchte, die im Haus kursieren, erstunken und erlogen sind«, eröffnete sie das Gespräch.

»Was munkelt man denn so?«, fragte Hackenholt neugierig.

»Die einen sagen, Felix Kurz ist umgebracht worden, weil er den Tätern Informationen über die Transportrouten der Ausstellung verkauft hat. Für die Ausgrabung nach Südamerika bewarb er sich nur, um einen plausiblen Grund zu haben, unauffällig von hier abzuhauen. Die anderen behaupten, er wurde entführt und gefoltert, bis er alles, was er über die Ausstellung wusste, preisgab. Und vorhin erst habe ich gehört, dass er eigentlich bei dem Raub mitmachen sollte und deswegen zum 15. anstatt zum 30. Juni aufgehört hat. Aber dann bekam er kalte Füße und ist deswegen kaltgemacht worden.«

»Warum gehen die Leute von einem Zusammenhang zwischen dem Tötungsdelikt und dem Raub aus? Die beiden Ereignisse können völlig unabhängig voneinander eingetreten sein.«

»Das glauben Sie doch selbst nicht. Das war kein Zufall. Nicht einmal ich denke das, obwohl ich mir sicher bin, dass Felix keine Informationen verkauft hat.«

»Warum nicht?«

»Es würde einfach nicht zu ihm passen, zu seinem Wesen. Er war ein stiller, zurückhaltender, angenehmer Mensch. Genügsam. An der Kunst als solcher interessiert. Sie hätten ihn beim Umgang mit den Exponaten erleben sollen. Er war unendlich behutsam, hat jedes einzelne Stück angehimmelt. Zum Beispiel stand er manchmal minutenlang vor der Vitrine mit den Handschuhen, wie ein Kind, das sich nicht sattsehen kann. Als ich einmal gespottet habe, dass er jedes Steinchen an dem Handschuh in- und auswendig kennen müsste, blickte er mich völlig erstaunt an und fragte, ob ich mir die Perlen schon einmal genau angesehen hätte. Von ihnen gleiche keine der anderen. Und er hatte recht. Durch ihn habe ich begonnen, die Exponate mit anderen Augen zu sehen. So jemand würde niemals Informationen über seine geliebte Ausstellung verkaufen.«

»Wissen Sie, wie er die Reise finanzieren wollte, die er während oder im Anschluss an seine Arbeit in der Grabungsstätte in Südamerika geplant hatte?«

»Er hat sich das Geld zusammengespart. Zumindest erzählte er mir das, und ich habe es nicht in Zweifel gezogen. Wie schon gesagt: Er war genügsam. Mittags hat er nie hier im Café gegessen, sondern sich immer ein belegtes Brot von zu Hause mitgebracht. Er trug auch keine teuren Kleider. Einmal hat Dr. Drosthoff ihn dafür sogar gerügt und ihm gesagt, er solle sich gefälligst etwas Seriöses zulegen, wenn er es in seinem Beruf zu etwas bringen wolle. Ein anderes Beispiel ist: Er hatte auch kein Auto, sondern nur sein Rennrad.«

»Wobei das ein teures Stück gewesen sein soll.«

»Das ist richtig, aber er argumentierte immer, dass das teuerste Fahrrad weniger kostet als ein Jahr Autofahren. Er hat auch sehr auf die Umwelt geachtet.«

»Welche Aufgaben wurden ihm während der letzten Wochen übertragen?« Hackenholt fand, das klang wesentlich freundlicher als die plumpe Frage, ob Felix Kurz an der Organisation der Rückführung der Exponate mitgewirkt habe.

»Er war Norbert Becks rechte und Matthias Drosthoffs linke Hand.«

Hackenholt blickte sie fragend an.

»Die beiden haben eine Historie, sich ungeliebte Arbeiten gegenseitig zuzuschieben. Dr. Drosthoff ist sehr gut im Delegieren und Norbert Beck im Aussitzen.« Maartje van Caspel schnitt eine Grimasse. »Felix musste sich um alles kümmern, worauf seine Chefs keine Lust hatten.«

»Zum Beispiel?«

»Felix hat sämtliche Verträge für den Rücktransport getippt. Das hört sich im Zeitalter von Computern und gespeicherten Worddokumenten nicht nach sonderlich viel Arbeit an. Ist es aber, weil Sie für jeden einzelnen Transport nicht nur die Firma eingeben müssen, sondern auch das Exponat, seine detaillierte Beschreibung sowie die geforderte Versicherungssumme.«

»War Ihnen bekannt, wann die Exponate in die Hofburg zurücktransportiert werden sollten?«, fragte Hackenholt beiläufig.

»Nein, damit hatte ich nichts zu tun.«

»Hätten Sie es in Erfahrung bringen können?«

»Natürlich. Die Liste lag seit mindestens einem Monat auf Dr. Drosthoffs Schreibtisch. Ich hätte nur nachzusehen brauchen.«

Hackenholt stöhnte innerlich auf. Damit hatte absolut jeder Mitarbeiter – sogar die Putzfrau – die Möglichkeit gehabt, herauszufinden, von wem der Reichsapfel wann abgeholt werden würde. Und da hatte Norbert Beck bei ihrem ersten Zusammentreffen spontan geäußert, der Transport unterliege höchster Geheimhaltung. So viel also dazu.

Der Erste, der Hackenholt und Sophie in Murs Garten entgegenkam, war Maurice Puellen. Er trug eine kunterbunte Küchenschürze und sah darin zum Brüllen aus, wie Hackenholt fand. Der Zweite, den sie ebenfalls in Hausmannstracht gekleidet sahen, war Theobald Winter.

»Hast du vergessen, mir den Dresscode des heutigen Tages mitzuteilen?«, murmelte Hackenholt Sophie ins Ohr. »So ganz ohne Schürze fühle ich mich fast nackig.«

Sophie knuffte ihn in die Seite, doch bevor sie antworten konnte, war Maurice bei ihnen und nahm Hackenholt die große Schüssel Spargelsalat ab.

»Kommt rein, kommt rein«, flötete Puellen fröhlich. »Wir sind fast so weit. Christine will nur noch kurz Ralph den Kragen umdrehen, weil er ihr alle paar Sekunden einen neuen Vorschlag unterbreitet, wie man den Grill schneller in Gang bringt.« Der Rechtsmediziner hatte dabei ein derart breites Grinsen im Gesicht, als wollte er andeuten, er habe gegen ein neuerliches Mordopfer nichts einzuwenden.

»Maurice, wo soll ich den Radi hinstellen?«

»Ich komme schon, Theo. Ich komme schon.« Puellen lief eilig zu Winter zurück. Hackenholt und Sophie folgten ihnen mit etwas Abstand.

»Ich glaube, das ist das erste Mal in meinem Leben, dass ich Maurice gestresst sehe«, flüsterte Hackenholt.

»Woran erkennst du das?«

»Er sagt alles doppelt. Das tut er sonst nie.« Hackenholt grinste.

Sophie drohte, ihn noch einmal in die Seite zu knuffen, aber sobald sie um die Hausecke gingen, standen sie vor versammelter Mannschaft.

Mur beugte sich über einen großen Kugelgrill, neben ihr stand auf einer Gehsteigplatte ein Anzündkamin voller Kohle.

»Ach, so machst du das«, sagte Wünnenberg gerade. »Man hätte aber auch, wie von mir vorgeschlagen –«

»Ralph, kannst du mir einen Gefallen tun?«, fragte Mur gefährlich liebenswürdig.

»Klar, soll ich dir erklären –«

»Siehst du den Gartenschuppen dort hinten?«

Wünnenberg drehte sich um. »Ja. Was ist damit?«

»Ich habe ihn seit letztem Sommer nicht aufgeräumt, vielleicht könntest du das übernehmen? Und zwar jetzt sofort auf der Stelle? Ich ruf dich auch bestimmt nicht, wenn das Essen fertig ist.«

Hackenholt lachte, griff sich seinen jüngeren Kollegen und zog ihn zu den beiden Gartentischen. »Komm, Ralph, lass Christine das alleine machen. Wir stören da nur.«

»Das predige ich ihm schon die ganze Zeit«, brummte Stellfeldt, der es sich bereits mit einem Weizenbier gemütlich gemacht hatte.

»Sag mal, Sophie, wo hast du um diese Jahreszeit noch einen Spargel aufgetrieben? Ich dachte, es wird nur bis Johanni gestochen«, fragte Puellen interessiert.

»Tiefkühltruhe heißt der Trick. Wenn meine Schwester nicht ein paar Portionen eingefroren hätte, wäre die diesjährige Saison völlig an mir vorbeigegangen.«

»Das geht?«

»Absolut problemlos. Einfach nur schälen und ab in die Gefriere. Probier ihn, er schmeckt phantastisch.«

»Nichts da!« Mur patschte Puellen auf die Finger. »Du wartest, bis alles fertig ist.« Dann wandte sie sich an Sophie. »Übrigens, das Haus gegenüber steht zum Verkauf.« Ihr Tonfall klang zu beiläufig, um echt zu sein.

Hackenholt und Sophie sahen sich einen Augenblick lang an.

»Wirklich? Heißt das, ich soll mir überlegen, ob ich meinen Job in München an den Nagel hänge und mich zu euch versetzen lasse?«, fragte Winter treuherzig.

»Ähm, nein, Theo, das habe ich nicht gemeint. Frank und Sophie suchen schon seit Längerem nach einem Häuschen.« Als Mur Winters enttäuschten Blick sah, redete sie rasch weiter. »Aber zu uns versetzen lassen kannst du dich natürlich jederzeit gerne. Wir finden dann schon eine Bleibe für dich.«

»Du kannst das Haus haben«, beschied Sophie großzügig. »Feucht ist mir zu abgelegen.«

In dem Augenblick kamen die letzten beiden Gäste um die Hausecke gebogen. Christian Berger schleppte eine Schüssel Kartoffelsalat, die für das ganze Kommissariat gereicht hätte, während Baumann einen aufgeregt hin- und herspringenden Hund festzuhalten versuchte.

»Trigger!«, rief Sophie erfreut, woraufhin Baumann die Leine losließ. Schwanzwedelnd stürmte der Golden Retriever auf sie zu und leckte begeistert über ihre Hände.

»Ach, Schatz. Muss das wirklich sein?«, fragte Hackenholt mit einem Seufzen. Er hatte Sophies Asthmaanfälle noch zu gut in Erinnerung, die sie in den wenigen Wochen plagten, nachdem sie den ausgesetzten Hund bei sich aufgenommen hatten.

»Ich muss euch eine total verrückte Geschichte erzählen. Ihr werdet nicht glauben, was einem meiner Kollegen vorhin passiert ist«, plapperte Berger aufgeregt.

Baumann verdrehte die Augen. »Desweng simmer aa ersu schbeed droo: Der Masder hodd neemli ned ban Bodaggnschäln helfm kenner, waller dauernd hodd delefoniern mäin.«*

»Ach, wenn dir etwas Derartiges passiert wäre, hättest du das auch jemandem erzählen wollen. Das war nämlich so: Der Tommy hat heute Vormittag eine Fahrzeugkontrolle gemacht. Er hat ein Faible für Luxuskarossen – und sein Streifenpartner auch. Die warten immer drauf, dass ihnen mal ein Autoschieber ins Netz geht. Jedenfalls haben sie in der Ostendstraße einen weißen Benz angehalten. Tommy hat allein schon zehn Minuten gebraucht, um mir die gesamte Sonderausstattung herunterzubeten; das Auto hat nur so davon gestrotzt. Jedenfalls hat sich der Fahrer total aufgeführt und so getan, als würde er nur Französisch sprechen.

Da haben die beiden sich schon gefreut, dass ihnen diesmal tatsächlich ein ganz dicker Fisch ins Netz gegangen ist. Damit hatten sie im Grunde genommen völlig recht, denn das Auto hat einem saudi-arabischen Prinzen gehört. Sowohl der Fahrer als auch der Beifahrer waren zwei seiner Leibwächter. Hätte bloß noch der Scheich selbst gefehlt.« Berger konnte sich kaum noch halten vor Lachen. »Der Oberhammer an der Sache ist, dass der Franzose überhaupt keinen Führerschein besitzt. Das haben sie aber nur herausgefunden, weil Tommy ihn mit auf die Wache genommen hat, nachdem er keine gültigen Papiere vorweisen konnte, und über die französischen Kollegen Ermittlungen ins Rollen gebracht hat.«

»Das ist ja ein Zufall! Ich habe gestern Abend am Flughafen eine Maschine der United Arab Emirates gesehen«, meinte Wünnenberg. »Vielleicht hat sie diesem Scheich gehört.«

»Schnurzelchen, du sagst es mir, wenn das Feuer so weit ist, nicht wahr?«, fragte Puellen. »Also, ich meine, wenn ich anfangen kann.«

»Ja, Schatz.«

»Wie? Ich dachte, du grillst?«, fragte Wünnenberg irritiert.

»Nein, ich bin nur fürs Feuermachen zuständig, alles andere übernimmt Maurice. Aber jetzt erzähl, was hast du am Flughafen gemacht?«

»Ich wollte versuchen, ein gutes Last-Minute-Angebot für meinen Urlaub zu bekommen. Eine Woche Strand würde mir durchaus gefallen.« Wünnenberg zuckte mit den Schultern. »Aber zur Auswahl standen nur Türkei und Ägypten, und das muss ich mir dann doch nicht antun.«

»Und was hat das mit Christians Scheich zu tun?«

»Im Anschluss an meine erfolglose Suche habe ich mich eine Weile auf die Sonnenterrasse gesetzt und den Flugzeugen beim Starten und Landen zugesehen. Irgendwann sind neben mir zwei Flugzeugspotter mit ihren Kameras aufgetaucht. Die sagten, sie hätten noch nie erlebt, dass derart viele ausländische Geldsäcke mit ihren Privatjets innerhalb so kurzer Zeit in Nürnberg gelandet sind wie dieses Wochenende. Es ging um einen Scheich aus den Vereinigten Arabischen Emiraten, einen Thai-Prinzen, einen Staatsmann aus Aserbaidschan und einen Stammesfürsten aus Afrika.«

»Lässt die Flugsicherung – oder wer dafür zuständig ist – Maschinen aus Aserbaidschan überhaupt noch bei uns rein?«, staunte Mur. »Ich dachte, die wären alle in so einem schlechten Zustand, dass sie keine Genehmigungen mehr bekommen.«

»Das war eine Staatsmaschine, Christine!« Wünnenberg redete, als wäre er über Nacht zu einem Flugzeugexperten geworden. »Zumindest den Jet für ihren Chef halten sie in Schuss.«

»Is des Wochnend eichendlich irchendwos Bsonders in Nämberch geboodn?«, fragte Baumann im Plauderton. Als es daraufhin am Tisch schlagartig still wurde, sah sie überrascht auf. »Wos isnern los? Wos hobbdern auf aamål?«*

Hackenholt setzte gerade zu einer Erklärung an, dass ein gestohlener Reichsapfel los war, als sie plötzlich ein böses Fauchen gefolgt von einem leisen Jaulen hörten. Schlagartig drehten sich alle Köpfe um: Trigger hatte das Gartenhaus erkundet und wäre nun gern zu seinem Frauchen und den Bratwürsten zurückgekommen, doch Barney, Murs großer dicker Kater, hatte seine Chance erkannt, den unwillkommenen Eindringling in seinem Reich Schachmatt zu setzen, und sich vor der Tür des Schuppens in Position gebracht. Mit seinem in alle Richtungen abstehenden Fell und dem Katzenbuckel, den er machte, schaffte er es, scheinbar auf doppelte Größe anzuwachsen. Trigger, der ein ziemlicher Hasenfuß war, wusste sich nicht anders zu helfen, als darauf zu warten, von Baumann gerettet zu werden.

Zum Trost ließ Sophie während des Essens so unauffällig wie möglich immer wieder ein Stück Bratwurst unter den Tisch fallen.

Montag

»Wer hat gestern eigentlich den Münchner angeschleppt?«, fragte Stellfeldt am Ende der Morgenbesprechung in die Runde. »Oder hast du ihn etwa eingeladen, Christine?«

»Natürlich. Es wäre absolut unhöflich gewesen, wenn ich es nicht getan hätte. Außerdem ist er doch recht unterhaltsam. Und ein Kontakt zum LKA kann immer mal nützlich sein.«

»Ern gscheidn Schdiefl verdreechder ja scho, der Deo«, grinste Baumann anerkennend.[*]

»Hat ihn heute Morgen schon jemand gesehen?«

Alle Anwesenden schüttelten den Kopf.

»Vielleichd schleffder sein Breller aus«, mutmaßte Baumann. »Der hodd si gesdern zimbfdich an neizuung, wos iech ersu miedgräichd hobb.«[*]

»Wisst ihr, wie er heimgekommen ist?«, fragte Hackenholt.

»Wir haben uns ein Taxi geteilt«, gestand Wünnenberg.

»Jedenfalls noch einmal recht herzlichen Dank für all die Mühe, die du dir gemacht hast, Christine.«

»Ach, das war nicht der Rede wert. Eigentlich hat Maurice alles vorbereitet – ich konnte mich aufs Schnabulieren beschränken. Sein Erdbeer-Tiramisu ist der absolute Wahnsinn, nicht?«

»Ja, *Schnurzelchen*. Das hat dein Schatzi ganz prima hinbekommen«, murmelte Stellfeldt in Richtung Wünnenberg, allerdings so laut, dass Mur es ebenfalls hören musste.

Eilig stand Hackenholt auf – er wollte nicht zwischen die Fronten geraten. Gerade als er nach der Klinke griff, ging die Tür auf und eine der Schreibkräfte kam herein.

»Die Pforte hat angerufen. Herr Beck ist da.«

Überrascht sah Hackenholt auf die Uhr. Halb neun. Der gute Mann war dreißig Minuten zu früh dran. Offenbar konnte er es gar nicht mehr erwarten, seine Aussage hinter sich zu bringen. Hackenholt beschloss, ihn eine Zeit lang schmoren zu lassen. Sicher gestaltete sich die Vernehmung dann umso ergiebiger.

Als der Hauptkommissar den Kustos schließlich im Erdgeschoss abholte und in den zweiten Stock hinaufbrachte, machte er auf Hackenholt keinen sonderlich nervösen Eindruck.

»Wie geht es Ihnen, Herr Beck? Wir waren am Freitag im Museum, weil wir mit Ihnen sprechen wollten, aber es hieß, Sie hätten sich krankgemeldet. Leider konnten wir Sie auch zu Hause nicht erreichen.«

»Es war ein großer Schock für mich, als Sie am Donnerstag so unvermutet ins Museum kamen und mich von dem Diebstahl des Reichsapfels unterrichtet haben. Ich bin direkt im Anschluss an unser Gespräch heimgegangen; ich fühlte mich nicht wohl«, antwortete Beck, ohne auf Hackenholts implizierten Vorwurf einzugehen, er hätte erreichbar sein müssen, wenn er tatsächlich krank gewesen wäre.

»Und dieser Zustand hielt am Freitag noch an?«

»Genau.«

»Warum hat Sie das so mitgenommen, Herr Beck? Ich meine, wieso macht Ihnen der Raub des Reichsapfels derart zu schaffen, wohingegen Sie der Tod zweier Menschen ziemlich kalt zu lassen scheint?«

»Sie dürfen mich nicht missverstehen«, widersprach der Museumsmitarbeiter und wurde rot. »Ich bin selbstverständlich absolut erschüttert, dass die beiden Fahrer ihr Leben verloren haben. Aber im ersten Augenblick dachte ich tatsächlich nur an die Insignie. Wissen Sie, die Organisation einer solchen Ausstellung ist eine enorme Aufgabe und zugleich eine große Ehre. Derlei macht man allenfalls einmal im Leben. In der Zeit baut man zu den Exponaten natürlich ein ganz besonderes Verhältnis auf. Als Sie sagten, dass eins der eindrucksvollsten Stücke gestohlen wurde, hat es mir schlicht den Boden unter den Füßen weggezogen.«

»So, so.«

»Außerdem«, Beck leckte sich hastig mit der Zunge über die spröden Lippen, »sollte diese Ausstellung meiner Karriere auf die Sprünge helfen.«

»Wie darf ich das verstehen?«

»Nun ja, unter uns gesagt: Die Zusammenarbeit mit Herrn Dr. Drosthoff war die letzten Jahre nicht sonderlich fruchtbar.

Im Grunde genommen war es so, dass ich die Arbeit gemacht habe und er die Lorbeeren kassierte. Ich mag meine Arbeit – wirklich! Aber Herr Dr. Drosthoff hat das nie honoriert, indem er sich beispielsweise für mich eingesetzt hätte, wenn eine Stelle im Museum neu zu besetzen war. Daher habe ich mich vor ein paar Wochen beim Deutschen Museum in München beworben. Nachdem man mich zu einem Vorstellungsgespräch eingeladen hatte, wurde mir mitgeteilt, ich hätte sehr gute Chancen, die Stelle zu bekommen. Offenbar konnte ich das Gremium von meinen Fähigkeiten überzeugen, die ich bei der Organisation der Reichskleinodien-Ausstellung unter Beweis gestellt habe. Aber jetzt … jetzt ist alles dahin. Niemand wird mich jemals befördern, wenn ich nicht sogar meinen Arbeitsplatz verliere. Und alles nur wegen Dr. Drosthoff. Diese Erkenntnis hat mich am Freitagmorgen derart runtergezogen, dass ich mich in die nächste Bahn gesetzt habe und zu meiner Schwester gefahren bin.«

»Inwiefern ist Dr. Drosthoff daran schuld?«

»Er wird mir alles in die Schuhe schieben und jeden Fehler von sich weisen.«

»Da liegen Sie nicht ganz falsch: Er hat uns mitgeteilt, Sie wären für die Belange rund um den Transport zuständig gewesen, und er hätte damit nichts zu tun gehabt.«

»Sehen Sie? Genau wie ich es prophezeit habe.« Norbert Beck klang resigniert. »Dabei ist das natürlich völliger Humbug. Das hätte meine Kompetenzen bei Weitem überschritten.«

»Uns interessiert vor allem, wie es dazu kam, dass der Firma Dippold-Transporte der Auftrag erteilt wurde.«

»Das hat Herr Dr. Drosthoff getan.«

Hackenholt seufzte innerlich. Offensichtlich waren die beiden Männer mehr daran interessiert, sich die Schuld gegenseitig zuzuweisen und damit ihre jeweilige Karriere zu retten, als an der Aufklärung mitzuwirken.

»Wie genau ist das abgelaufen?«

»Ich weiß es nicht, das müssen Sie ihn fragen.«

»Herr Dr. Drosthoff sagte uns, er hätte nicht nur die Aufgabe an Sie delegiert, einen Plan zu erstellen, wann welches Fahrzeug welches Exponat abholen sollte, sondern es auch Ihnen überlassen, die neuen Firmen zu überprüfen und sich darum zu kümmern, dass mit den Versicherungspolicen alles in Ordnung war. Das stimmt nicht gerade mit Ihrer Version überein.«

»Also, es war so: Er hat wie immer alles auf mich abgewälzt; das ist richtig. Aber ich gab ihm manche Aufgaben zurück, weil ich zu diesen Entscheidungen nicht befugt war.«

»Wer hat die Firma Dippold-Transporte vorgeschlagen?« Hackenholt war mittlerweile sichtlich genervt.

»Soweit ich mich erinnere, rief Herr Förster eines Tages von sich aus bei mir an. Er hatte von einem befreundeten Kollegen gehört, dass unser Museum für den Rücktransport der Exponate noch vertrauenswürdige Partner suchte. Ich sagte ihm, er solle sich an Dr. Drosthoff wenden, weil der dafür zuständig sei. Einige Zeit später hat mir der Chef dann die Unterlagen der Firma auf den Schreibtisch gelegt. Vielleicht war es auch Felix Kurz – daran kann ich mich nicht mehr erinnern. Jedenfalls war klar, dass Dr. Drosthoff mit der Firma zusammenarbeiten wollte. Daher habe ich sie in meine Planung miteinbezogen. Ein paar Tage später rief mich Herr Förster wieder an und fragte, ob er nun persönlich bei mir vorbeikommen solle. Aber das war nicht nötig, weil er ja schon alles mit dem Ausstellungsleiter abgeklärt hatte. Deswegen habe ich ihm lediglich, wie allen anderen Firmen, zwei Wochen vor Fahrtantritt die Vertragsunterlagen übersandt mit der Bitte um Rückgabe eines unterzeichneten Exemplars sowie der Kopie des Versicherungsscheins.«

»Sie wussten also nicht, dass es in der Firma weder ein gepanzertes Fahrzeug mit GPS-Überwachung noch CG-Diebstahlsicherungssysteme oder ausgebildetes Sicherheitspersonal gab?«

Beck presste die Lippen aufeinander und schüttelte den Kopf.

»Ist Ihnen das denn nicht einmal bei der Abholung aufgefallen?«

»Was glauben Sie, was an dem Tag hier los war? Ich habe – wie vorgeschrieben – die Ausweise der beiden Fahrer mit unseren Daten abgeglichen und mir die Objektübergabe quittieren lassen. Außerdem sehen gepanzerte Fahrzeuge nicht anders aus als normale.«

»Warum haben Sie der Firma Dippold-Transporte ausgerechnet den Reichsapfel zugewiesen? Oder war dafür auch Dr. Drosthoff zuständig?«

»Jein«, antwortete Beck schüchtern. »Ich habe die Exponate auf die Fahrzeuge verteilt und Dr. Drosthoff die Liste zur Prüfung vorgelegt.«

»Und wie kam es, dass die Wahl auf Dippold-Transporte fiel?«

»Felix und ich haben es ausgelost.«

Hackenholt sah Beck ungläubig an.

»Damit war sichergestellt, dass niemand die Vergabe beeinflusste.«

»Bis zum Versand der Vertragsunterlagen wussten also nur Felix Kurz und Sie, wer welches Exponat transportiert?«

»Nein. Wie ich bereits sagte: Ich habe die Liste umgehend zur Prüfung an Dr. Drosthoff weitergegeben.«

»Und das war die Liste, die der Herr Doktor dann für jedermann frei zugänglich auf seinem Schreibtisch liegen ließ?«

»Das können Sie mir beim besten Willen nicht ankreiden!«, protestierte Beck.

»Um es noch einmal in aller Deutlichkeit zu sagen: Sie kannten weder Heinrich Dippold noch Sascha Förster oder Thorsten Graef oder sonst einen Mitarbeiter der Firma Dippold-Transporte, bevor deren Bewerbung auf Ihrem Schreibtisch gelandet ist beziehungsweise Herr Förster diesbezüglich bei Ihnen angerufen hat?«

Norbert Beck nickte.

»Außerdem haben Sie sich im Vorfeld des Transports zu keinem Zeitpunkt mit einem Mitarbeiter des Unternehmens getroffen?«

»Das war nicht meine Aufgabe!«, beharrte Beck.

»Welche Rolle spielte Felix Kurz bei alldem?«, wechselte Hackenholt abrupt das Thema.

»Er war mein Assistent.«

»Was heißt das genau? Hat er sich ebenfalls mit dem Rücktransport befasst?«

»Selbstverständlich. Wie hätte der an ihm vorbeigehen sollen? Er half mir beispielsweise, geeignetes Verpackungsmaterial für die Rückführung zu besorgen und schrieb die Verträge.«

»Aber er hat in dem Zusammenhang keine eigenständigen Entscheidungen getroffen?«

»Nein, natürlich nicht, das durfte nicht einmal ich.«

Nachdem Hackenholt den Museumsmitarbeiter zum Ausgang Jakobsplatz gebracht hatte, sah er nach, ob Theobald Winter inzwischen in seinem Kabuff saß oder ob er sich allmählich Sorgen um ihn machen musste. Denn auch wenn sich Hackenholt während der Vernehmung ganz auf Beck konzentriert hatte, war er sicher, die Stimme des Kollegen nicht auf dem Flur gehört zu haben.

Die Tür zu dem kleinen Vernehmungsraum war geschlossen, als er anklopfte, schallte ihm jedoch ein zackiges »Eintreten!« entgegen. Der Beamte war am Telefon, trotzdem winkte er Hackenholt, hereinzukommen, schnitt eine Grimasse und symbolisierte, sein Gesprächspartner fände kein Ende.

Nach einer gefühlten Ewigkeit schaffte Winter es schließlich, sich zu verabschieden, dann sah er Hackenholt freudig an und berichtete, was er in den letzten Stunden in Erfahrung gebracht hatte.

Genau wie Hackenholt hatten ihn Bergers und vor allem Wünnenbergs Erzählungen am Vortag in Angst und Schrecken versetzt. Was, wenn all diese reichen Leute aus Interesse am Reichsapfel nach Nürnberg gekommen waren und ihn außer Landes schmuggeln wollten?

Winter kannte die gängige Praxis bei der Abfertigung von Privatjets am Flughafen: Je höhergestellt die Persönlichkeiten waren, desto mehr »Fingerspitzengefühl« mussten die Zoll- und Polizeibeamten an den Tag legen. Da konnte es schon mal vorkommen, dass man einen Scheich bei seiner Einreise unbehelligt ließ; Staatsmaschinen wurden sowieso nicht angetastet.

Bei der Ausreise gestaltete sich alles noch viel schwieriger, denn von Seiten des Zolls war lediglich die Ausfuhr von Bargeld ab einer bestimmten Höhe verboten. Aber warum sollte ein Prinz Geld ausführen? Der hatte in seinem Land schließlich genug davon. Es gab also keinen Grund, ihn zu kontrollieren und zu fragen, ob er eine gestohlene Reichskleinodie eingesteckt hatte. Winter hörte sich daher vorsichtig bei den Kollegen um und versuchte in Erfahrung zu bringen, was die Herrschaften ausgerechnet dieses Wochenende nach Nürnberg gelockt hatte.

Mit dem Scheich aus den Vereinigten Arabischen Emiraten war es am einfachsten gewesen. Der Mann kam am Samstagvormittag an und flog am Nachmittag schon wieder ab. In der Zwischenzeit ließ er sich von zwei Leibwächtern in die Falknerei nach Schillingsfürst fahren, wo er sich zwei für ihn reservierte Greifvögel ansah und mitnahm. Der Kontakt zwischen dem Scheich und der Falknerei war bereits im Dezember 2011 in Abu Dhabi zustande gekommen, als dort das 3. Internationale Falknereifestival stattgefunden hatte. Der Termin für die Besichtigung und Abholung war lange im Voraus geplant worden. Außerdem hatte der Scheich außer den Vogelkäfigen keinerlei Gepäck bei sich.

Was die Stippvisite der Präsidentenmaschine von Aserbaidschan anging, konnte Winter ein Interesse am Reichsapfel ebenfalls ausschließen: Bekanntlich bewarben sich die beiden ehemaligen Sowjetrepubliken Aserbaidschan und Georgien gemeinsam um die Ausrichtung der Fußballeuropameisterschaft 2020. Hierfür waren internationale Kontakte – auch zur Wirtschaftswelt – unabdingbar. Daher absolvierte der Präsident der Kaukasusrepublik gemeinsam mit Deutschlands ehemaligem Bundestrainer Berti Vogts, der derzeit die aserbaidschanische Nationalmannschaft trainierte, einen wichtigen Besuch in Herzogenaurach. Auch dieses Zusammentreffen war seit mehreren Monaten geplant gewesen.

Als Theo Winter von dem Thai-Prinzen erzählte, konnte er sich ein schiefes Grinsen nicht verbeißen, denn hierbei handelte es sich um ebenjenen Monarchen, dem der findige Insolvenzverwalter einer Baufirma im Sommer 2011 am Münchner Flughafen seine Boeing 737 unter dem Hintern weggepfändet hatte, um ausstehende Schulden im zweistelligen Millionenbereich für die Beteiligung am Bau einer Autobahn vom Flughafen Bangkok in die Innenstadt einzutreiben. Die Sache ging seinerzeit groß durch die Medien, weil man sich wochenlang darum stritt, ob das Flugzeug dem Kronprinzen oder dem thailändischen Staat gehörte, und es fast eine diplomatische Krise gab.

Mittlerweile hatte sich seine Majestät von dem Schrecken erholt, mochte allerdings aufgrund der schlechten Erfahrungen nicht mehr in München landen. Stattdessen legte er nunmehr die knapp zweistündige Fahrt von Nürnberg in die Landeshauptstadt in seinem Mercedes SLK zurück – der nach wie vor aus Angst vor dem Kuckuck ein Diplomatenkennzeichen trug. Die Tierärzte, bei denen der Pudel des Prinzen in Behandlung war, bestätigten, dass der Termin bereits beim letzten Besuch im Januar vereinbart, allerdings zum Schutze seiner Hoheit geheim gehalten worden war.

Damit blieb nur noch der König von Swasiland. Und eben jener bereitete dem Kriminaler eine gehörige Portion Probleme. Was hatten er und vier seiner dreizehn Ehefrauen in Mittelfranken gemacht? Wie Winter gelesen hatte, kam es durchaus vor, dass sich die Herzensdamen spontan auf eine kleine Shoppingtour begaben, bei der sie zu fünft auch schon mal sechs Millionen Dollar verprasst haben sollten. Aber üblicherweise taten sie das in Johannesburg, Dubai oder Paris. Was kauften sie nun ausgerechnet hier in Nordbayern? Lebkuchen? Bratwürste?

Konnte es möglicherweise um Geschäftskontakte gehen? Suchte der König nach Investoren? Winter brachte in Erfahrung, dass das kleine Königreich, das von Südafrika und Mosambik umschlossen wurde, zwar eine Coca-Cola-Fabrik betrieb, die ganz Afrika versorgte, doch darüber hinaus schien es wirtschaftlich nicht sonderlich gut um die eins Komma drei Millionen Einwohner zu stehen – wenn man einmal davon absah, dass das Vermögen des Königs auf zweihundert Millionen Dollar geschätzt wurde und er sieben prunkvoll eingerichtete Paläste besaß.

Leider war der König schon wieder abgereist – und zwar ohne dass man das üppige Gepäck seiner Entourage kontrolliert hatte.

Hackenholt staunte über die umfangreiche Aufklärungsarbeit, die der Kollege in den vergangenen Stunden geleistet hatte. Allerdings zögerte er, dessen Besorgnis, der König könne den Reichsapfel mit nach Swasiland genommen haben, zu teilen. Schließlich kamen sie überein, Winter werde seine Fühler weiter so diskret wie möglich ausstrecken. Er sollte herausfinden, was der König in Nürnberg gemacht haben könnte, wie lange der

Besuch schon geplant war und ob ein Stück des Krönungsschatzes des Heiligen Römischen Reichs etwas war, wofür er sich interessierte.

»Hast du einen Spaziergang durch die Stadt gemacht, oder wo bist du so lange gewesen? Ich wollte schon die Polizei rufen!«, begrüßte Wünnenberg ihn entgeistert. »Saskia sucht dich.«

Hackenholt wanderte eine Tür weiter, in Stellfeldts Büro. »Was gibt es denn?«

»Iech hobb middlerweiln vo sämdliche Diensdschdelln er Rüggmeldung gräichd. Wassdscho, däi wou iech weecher dera möglichn Fåhrzeuchkondrolln aff der A73 am Donnerschdåchfräih oogschriem hobb.«*

»Und?«

»Nix. Am Donnerschdåchfräih hodd zwischn Könichshuuf un Zollhaus kanner ern dunglblauer Audi kondrollierd.«*

»Ich habe zusätzlich beim LKA in der Datenbank nachsehen lassen, welche Halterabfragen am Donnerstagmorgen gemacht wurden«, ergänzte Stellfeldt. »Das Kennzeichen des Audis von der Firma Dippold-Transporte war nicht darunter.«

»Okay, damit hat sich unsere bisherige Vermutung bestätigt: Die Männer waren keine echten Polizisten. Wie machen wir diesbezüglich weiter?«

»Nun ja, die Wahrscheinlichkeit, dass in Nordbayern zwei Banden mit weniger als einer Woche Zeitabstand unabhängig voneinander auf die Idee kommen, sich als Polizisten zu verkleiden und ein Fahrzeug zu überfallen, ist zwar sicherlich statistisch vorhanden, aber ich halte sie für ziemlich gering.«

»Sollen wir also die Fotos der Überwachungskameras aus Schweinfurt an die hiesige Presse geben und fragen, ob jemand den Mann und die Frau erkennt?«, fragte Hackenholt.

»Unbedingt.«

»Obwohl die Kollegin von der PI Süd glaubt, keine Frau unter den Tätern gesehen zu haben, und es vier und nicht nur drei Personen wie in Schweinfurt waren?«

»Was haben wir zu verlieren? Im schlimmsten Fall schnappen wir diejenigen, die Felix Kurz erstochen haben. Wir müssen ja nicht bekannt geben, mit welcher Masche sie ihn zum Anhalten gebracht haben.«

»Gut, dann rufe ich in Schweinfurt an und lasse mir die Zeugenaussagen mit den Personenbeschreibungen faxen.«

Doch bevor Hackenholt zum Hörer greifen und Kriminalhauptkommissar Zögners Nummer wählen konnte, läutete sein Telefon. Zu seiner Verwunderung war es der Dezernatsleiter: In Hausen bei Forchheim hatte ein Schmied, der seine Werkstatt am Wochenende an zahlungswillige Amateure verlieh, eine brisante Entdeckung gemacht.

Auf dem Weg zur Kunstschmiede Thurn in Hausen fragte sich Hackenholt mehrfach, ob das Navi sie zum Narren hielt und sie gleich im Kanal landen würden – oder in einem Acker. Wie sie von der Einsatzzentrale in Bayreuth erfahren hatte, befand sich die Schmiede im ehemaligen Wasserkraftwerk in der Kaimstraße. Und zwar ganz an deren Ende: mitten in der Walachei, wo sich Fuchs und Hase Gute Nacht sagten. Kurz bevor sie umkehren wollten, weil sie sicher waren, sich verfahren zu haben, sahen sie rechter Hand einen Turm durch die Bäume schimmern.

Quer zur Einfahrt parkte ein Streifenwagen. Von den beiden Kollegen fehlte jede Spur. Was man jedoch hören und sehen konnte, waren Hühner. Federvieh jeder Art und Größe sowie in den schillerndsten Farben lief gackernd über den Weg und durchs Feld. Hackenholt fragte sich, welchem Bauern sie gehören mochten, und vor allem, wie in aller Welt er sie wieder einfangen wollte. Auch im Hof vor dem Haus stießen sie auf kein menschliches Wesen, dafür auf noch mehr Geflügel – und ein phantastisches handgemachtes Hühnerhaus, das jedes Kind, das sich ein Puppenhaus wünschte, vor Neid hätte erblassen lassen.

Als sich trotz des aufgebrachten Gegackers niemand blicken ließ, blieb Hackenholt nichts anderes übrig, als durch lautes Rufen auf sich aufmerksam zu machen. Endlich öffnete sich die Tür eines linker Hand gelegenen Schuppens und ein Boxer kam zum Vorschein. Ihm folgten eine kleine dunkelhaarige Frau mit Harry-Potter-Brille, ein großer, kräftiger Mann mit weißem Haar und Vollbart und zwei uniformierte Beamte. Einer der beiden

Kollegen stellte den Mann – der in der Weihnachtszeit ohne Weiteres als Nikolaus durchgehen konnte – als Meister Edwin Thurn vor. Seine Frau hieß Ulla, der Hund Elvis.

Bei ihrer Ankunft hatten sich die Schutzpolizisten zunächst vergewissert, dass der Schmied sie mit seiner Behauptung, er habe möglicherweise den Transportbehälter des Reichsapfels gefunden, nicht auf den Arm nehmen wollte. Danach erachteten sie es allerdings für besser, sich bis zum Eintreffen der Kripo nicht länger in der Werkstatt aufzuhalten. Daher gingen sie zurück in den Hof und besichtigten die Oldtimertraktoren-Sammlung im Schuppen.

Das Erste, was Hackenholt erblickte, sobald Thurn die Haustür öffnete, war eine lebensgroße Ritterrüstung. Sie stand im Gang, der in die Schmiede führte. Bereits hier beschlich den Hauptkommissar eine gewisse Vorahnung, was ihn erwartete, denn der breite Flur war mit allerlei Gerätschaften vollgestellt.

Nachdem sie einige Stufen hinaufgestiegen waren, gelangten sie in eine hohe Halle, die sich über die gesamte Länge des Hauses erstreckte. Außer der überdimensionalen Esse vor ihnen und mehreren Ambossen, die dem Hauptkommissar ungemein groß vorkamen, hätte er keinem der vielen Gegenstände einen Namen geben können; der Raum war regelrecht vollgestopft.

Von der Treppe aus deutete Edwin Thurn in das sich rechter Hand erstreckende Chaos und erklärte Hackenholt, er habe seine Werkstatt aufgeräumt, als er inmitten der Gerätschaften eine Metallbox fand, die er noch nie zuvor gesehen hatte.

Sie war ungefähr fünfzig Zentimeter breit, vierzig hoch und dreißig tief. Mittig im Deckel gab es einen schwarzen Tragegriff, aber auch an den Längsseiten war je ein weiterer angebracht. Vorne wurde der Behälter mit zwei massiven Schnallen geschlossen. Das glänzende Metall war insbesondere am Deckel über und über mit roten Partikeln verschmutzt.

Zunächst dachte sich Edwin Thurn nichts dabei und stellte den Behälter zur Seite. Offenbar hatte der Hobbyschmied ihn vergessen, dem Thurn seinen Arbeitsplatz am Samstag überließ. Doch seiner Frau, deren Freundin im nahe gelegenen Kaiserpfalz-Museum arbeitete und die selbst studierte Archäologin war, kam das ungewöhnliche Behältnis komisch vor. Nur Sekundenbruchteile nachdem sie im Inneren des Deckels den Schriftzug des Nürnberger Staatsmuseums entdeckt hatte, rief sie die Polizei.

Während die Ermittler auf die Beamten der Spurensicherung warteten, gingen sie mit dem Schmied in die Privaträume im Obergeschoss. In der gemütlichen Essecke, die sich an die Küche anschloss, holte Hackenholt schließlich sein Diktiergerät für eine Tonbandvernehmung aus der Tasche.

»Herr Thurn, uns wurde gesagt, Sie haben Ihre Werkstatt am Wochenende einem Hobbyschmied überlassen.«

»Das ist richtig. Am Freitagmorgen rief ein Mann bei meiner Frau an und fragte, ob er kurzfristig am Samstag die Schmiede mieten könnte. Eigentlich war mir das überhaupt nicht recht. Ich habe nicht gerne Fremde hier, wenn ich nicht da bin, und ich hatte schon für ein Bulldogtreffen in Buttenheim zugesagt. Das konnte ich nicht platzen lassen, ich war der Einzige, der mit einem original restaurierten Lanz kommen wollte. Aber meine Frau hat gemeint, der junge Mann hätte am Telefon den Eindruck gemacht, als würde er wissen, wovon er sprach, und im Grunde genommen kann ja auch nicht viel passieren. Bei uns gibt es nichts zu stehlen.«

»Vermieten Sie die Arbeitsräume häufig?«

»Fast jedes Wochenende. Sie müssen wissen, meine Frau und ich bieten Kurse für Schmiedeanfänger und Fortgeschrittene an. Aber auch das Messer- und Damastschmieden kommt bei uns nicht zu kurz. Und wenn ich sowieso in der Werkstatt bin, stört es mich nicht, wenn auch noch ein paar Amateure mit in der Halle arbeiten.«

»Erwähnte der Anrufer, woher er wusste, dass Sie die Schmiede vermieten?«

»Nein, aber das steht auf unserer Homepage, und in den einschlägigen Kreisen hat es sich auch herumgesprochen. Mundpropaganda ist immer noch die beste Empfehlung.«

»Haben Sie sich den Ausweis von dem Kerl zeigen lassen?«

»Um Gottes willen, ich bin doch nicht die Polizei! Nein, ich bitte die Leute, einen Vordruck auszufüllen, damit ich etwas für die Steuer habe. Aber im Grunde genommen ist es mir völlig egal, wer hier schmiedet.«

Er griff nach einem Ordner, schlug ihn auf und schob ihn den Beamten über den Tisch zu. Obwohl es vermutlich zu spät war, nahm Hackenholt einen Asservatenbeutel aus der Tasche und legte das Blatt hinein, während er es überflog.

Als Name hatte der Kunde Viktor Kern angegeben, wohnen sollte er in Schnaittach. Das lag nicht gerade um die Ecke. Dann bemerkte Hackenholt, dass das Formular auch nach dem Geburtsdatum fragte. Der Unbekannte war angeblich gerade fünfundzwanzig Jahre alt geworden.

»Was ist dann am Samstag passiert?«, wandte sich der Hauptkommissar schließlich wieder an den Schmied.

»Der junge Mann war ein bisschen spät dran, er hat wohl nicht auf Anhieb hergefunden. Es war kurz nach acht Uhr, als er endlich ankam. Zu der Zeit haben meine Frau und ich schon im Hof gewartet, weil wir loswollten. Ich habe ihm die Werkstatt gezeigt, mich noch einmal versichert, dass er mit allem zurechtkommt. Dann haben wir den Papierkram erledigt, und ich bin gegangen.«

»War er allein?«

»Ja.«

»Hat er Ihnen gesagt, was er in Ihrer Werkstatt machen wollte?«

»Ein Schwert für das Cave Gladium.« Als Thurn sah, dass Hackenholt dieser Begriff nichts sagte, erklärte er: »Das ist ein bekanntes Mittelalterfest in Furth im Wald. Es geht über ein ganzes Wochenende und hat nicht nur einen besonders großen Markt, sondern auch ein Lager, in dem die Menschen wie zu damaligen Zeiten leben. Außerdem werden dort Schaukämpfe und Schlachten veranstaltet. Viele unserer Kunden sind in der Szene zu Hause. Wir waren vor ein paar Jahren mal zum Schauschmieden dort, aber jetzt konzentrieren wir uns mehr auf die Märkte hier in der Umgebung.«

»War der Kerl noch da, als Sie von dem Bulldogtreffen zurückgekehrt sind?«

»Nein.« Der Schmied hielt kurz inne. »Das hatte ich aber auch nicht erwartet, weil wir erst sehr spät nach Hause kamen. Und ein einfaches Schaukampfschwert kann man in acht bis zehn Stunden anfertigen – zumindest, wenn man ein bisschen Ahnung und Routine hat. Ein prunkvolles, scharf ausgeschliffenes Schwert oder auch ein stumpfes, fein gearbeitetes Fechtschwert dauert allerdings ein Vielfaches länger. Da können dann durchaus mehrere Wochen Arbeit drinstecken. Das Einzige, was mich jetzt im Nachhinein stutzig macht, ist: In der Schmiede wurde nichts verändert. Die Werkzeuge lagen alle dort, wo sie gelegen haben, und es war alles sehr sauber. Ich war ziemlich erstaunt, dass er so ordentlich war. Aber offensichtlich hat er gar kein Schwert geschmiedet. Heute Morgen ist mir außerdem noch aufgefallen, dass er nur sehr wenig Kohle verbraucht hat. Zu wenig für ein Schwert.«

»Könnte er in Ihrer Werkstatt einfach nur etwas eingeschmolzen haben?«

Der Schmied stieß einen langen Seufzer aus. »Genau das frage ich mich auch. Wenn meine Frau erfährt, dass der Kerl den Reichsapfel in unserer Werkstatt zerstört hat, bringt sie ihn eigenhändig um, falls er ihr noch einmal über den Weg laufen sollte.«

»Das heißt, Sie und Ihre Frau würden ihn wiedererkennen?«

»Ich denke schon.«

»Dann müssen wir Sie bitten, zu uns nach Nürnberg ins Polizeipräsidium zu kommen und sich ein paar Lichtbilder anzusehen. Unter Umständen müssten wir auch einen Spezialisten hinzuziehen, der mit Ihnen ein Phantombild erstellt.«

Der Schmied nickte. »Meine Frau wird begeistert sein, sie zeichnet nämlich selbst sehr viel.«

»Eine letzte Frage: Haben Sie das Auto von dem Kerl gesehen?«

»Es war ein blauer Fiat Punto. Er stand gleich links neben der Einfahrt am Feldrand. Aber auf das Kennzeichen habe ich dummerweise nicht geachtet.«

Während Hackenholt und Wünnenberg mit dem Schmied sprachen, war Christine Mur mit ihrem Team eingetroffen. Den Werttransportbehälter hatte sie zwischenzeitlich auf Fingerabdrücke sowie DNA-Spuren untersucht. Daher sah die Spezialistin keinen Grund, warum Hackenholt ihn nicht mit nach Nürnberg nehmen sollte. Theoretisch bestand die Möglichkeit, dass sie es mit einer alten, ausgemusterten Box zu tun hatten. Sie mussten sich also vom Museum bestätigen lassen, dass es sich in der Tat um das metallene Behältnis handelte, in dem der Reichsapfel nach Wien zurückgebracht werden sollte.

Auf dem ganzen Weg nach Nürnberg herrschte beklommenes Schweigen im Dienstwagen. Sowohl Hackenholt als auch Wünnenberg erinnerten sich an Stellfeldts Schilderung der Pressekonferenz, in der ein Journalist auf das gestohlene Ziborium zu sprechen kam, das aufgrund des hohen Goldpreises höchstwahrscheinlich eingeschmolzen worden war.

Da Hackenholt von seinem Gehalt zwar ganz gut leben, aber keine Reichtümer anhäufen konnte, hatte er sich nie dafür interessiert, seine Ersparnisse in Gold anzulegen. Immerhin wusste er, dass das Edelmetall auf dem weltweiten Markt in Feinunzen gehandelt wurde und diese ungefähr einunddreißig Gramm entsprachen. Aber wenn der Reichsapfel eingeschmolzen worden war, war er ja nun ein einfacher Goldklumpen ohne Prägung. Und kam es nicht auch auf die Reinheit an? Wie viel Karat mochte die Insignie gehabt haben?

Dem Hauptkommissar entfuhr ein tiefer Seufzer, als er daran dachte, welcher Aufschrei durch die Öffentlichkeit gehen würde, wenn bekannt wurde, dass der Reichsapfel nicht mehr existierte. Bestimmt würde ein Politiker umgehend nach einer Untersuchungskommission rufen, die überprüfen musste, ob das Unglück nicht hätte verhindert werden können und die Polizei zu langsam gearbeitet hatte. Und in all dem Chaos müsste er versuchen, nicht nur denjenigen zu finden, der die Kostbarkeit zerstört hatte, sondern auch die Verbrecher, die Förster und Graef erschossen hatten.

Hackenholt entfuhr ein weiterer Seufzer.

In der Dienststelle wählte er sofort Norbert Becks Nummer. Zu seiner Verwunderung meldete sich jedoch nach dem zweiten Klingelzeichen die Pforte und teilte ihm mit, Norbert Beck habe auch für diese Woche eine Krankmeldung eingereicht.

Daher wurde der Hauptkommissar zum Ausstellungsleiter durchgestellt.

»Herr Dr. Drosthoff, ich muss Sie bitten, sofort zu uns ins Kommissariat zu kommen«, sagte Hackenholt, ohne sich lange mit Höflichkeiten aufzuhalten.

»Wie stellen Sie sich das vor? Ich kann hier doch nicht einfach –«

»Wir haben möglicherweise den Transportbehälter gefunden und benötigen eine Identifizierung«, fiel er ihm ins Wort. »Ich gehe davon aus, dass Sie in zehn Minuten da sind.«

Schlussendlich dauerte es eine Viertelstunde, bis die Pforte die Ankunft des Kurators meldete, aber Hackenholt nutzte die Zwischenzeit, um die Personalien zu überprüfen, die der Kunde beim Schmied notiert hatte. Zu seiner großen Verwunderung war unter der angegebenen Adresse tatsächlich ein Viktor Kern gemeldet. Was noch verblüffender war: Sogar das Geburtsdatum stimmte überein. Mit dieser Erkenntnis trommelte er seine engsten Kollegen im Besprechungszimmer zusammen und teilte ihnen in groben Zügen die unfassbare Neuigkeit mit.

»Sobald wir eine positive Identifizierung der Box durch Dr. Drosthoff haben, alarmieren wir das Unterstützungskommando und fahren nach Schnaittach, wo der junge Mann wohnt. Sollte er tatsächlich derjenige sein, der den Reichsapfel eingeschmolzen hat –«

»Das ist unmöglich«, unterbrach ihn Dr. Drosthoff, den eine Schreibkraft in dem Augenblick ins Zimmer geführt und der nur den letzten Satz gehört hatte.

»Falls er eingeschmolzen wurde, hat ihn zumindest nicht der König von Swasiland mitgenommen«, meinte Stellfeldt trocken.

»Warum sollte ihn der König von Swasiland haben?«, fragte Dr. Drosthoff irritiert.

Hackenholt deutete auf den Tisch. »Ist das der Behälter, in dem der Reichsapfel zurück nach Wien gebracht werden sollte?«

Der Ausstellungsleiter besah sich die Metallbox eingehend, dann nickte er. »Schauen Sie, hier steht die Transportnummer, die Herr Beck der Insignie zugeordnet hat. Allerdings fehlt die Luftkissenpolsterung, die das Exponat vor Beschädigungen schützen sollte. Außerdem wurde die Verplombung an den Schließen gewaltsam entfernt. Dadurch ist offenbar die Rauchsicherung explodiert.« Er deutete auf die roten Farbpartikel, die der Oberfläche anhafteten.

Auf Hackenholts fragenden Blick erklärte er: »Sie müssen sich das wie einen Miniaturfeuerwerkskörper vorstellen: Wenn er hochgeht, verbreitet er ein rötliches Pulver. Das dient zur Abschreckung und färbt gleichzeitig den Täter für mehrere Tage ein.«

»Es ist also kein Zweifel möglich?«

»Nein! Nun sagen Sie schon, wo haben Sie den Behälter gefunden?«, fragte der Kurator ungeduldig.

Hackenholt holte tief Luft. »In einer Kunstschmiede in der Nähe von Forchheim.«

»Aber …« Dr. Drosthoff stockte. »Aber das ist absolut unmöglich!«, setzte er noch einmal an. »Der Reichsapfel kann nicht eingeschmolzen worden sein.«

»Warum nicht? Denken Sie an den hohen Goldpreis. Vielleicht ist den Tätern durch die Berichterstattung in den Medien klar geworden, dass sie es niemals schaffen würden, eine Reichskleinodie an einen Hehler zu verkaufen. Und wahrscheinlich haben sie geahnt, dass es kein gutes Ende für sie nimmt, wenn sie versuchen, vom Museum Geld für die Rückgabe zu erpressen. Also haben sie die Edelsteine abgebrochen und den Rest eingeschmolzen. Ähnlich wie damals beim Ziborium.«

Mit einem Mal wirkte Dr. Drosthoff am Boden zerstört. »Aber im Gegensatz zum Ziborium ist der Reichsapfel nicht aus massivem Gold«, flüsterte er. Schweiß trat ihm auf die Stirn. »Die Kugel, die den Globus stilisiert, besteht aus einer Harzmasse und ist mit Goldblech umkleidet. Bei einer Gesamthöhe von nur einundzwanzig Zentimetern bleibt nicht viel übrig. Natürlich sind die Perlen, die die Spangen entlang des Äquators und das Kreuz besetzen, sehr wertvoll.« Er schluckte krampfhaft. »Ich wage gar nicht daran zu denken, was sie dem Saphir angetan haben, der im Schnittpunkt der beiden Kreuzbalken angebracht war. Er zeigt nämlich ein Monogramm, das denen der merowingischen Könige ähnelt. Jeder Kenner könnte es sofort zuordnen.« Plötzlich straffte er seine Schultern. »Die Diebe müssten die allergrößten Dilettanten sein, wenn sie versucht hätten, den Reichsapfel einzuschmelzen.«

»Glauben Sie mir, man darf diese Räuber nicht für Kunstkenner halten.« Theo Winters Stimme klang hart. »Für die sind Kunstwerke Gegenstände wie alle anderen auch. Ich habe seinerzeit den Caravaggio gesehen, der aus dem Museum für westeuropäische und orientalische Kunst in Odessa gestohlen wurde und später in Berlin wieder aufgetaucht ist. Nicht nur, dass die Täter das Bild aus dem Rahmen schnitten, sie haben es auch geknickt, anstatt es zu rollen. Dadurch haben sich einige Malschichten erhoben, und es bekam Falten. Zum Glück stellte sich danach heraus, dass es eine Fälschung war, aber das wussten die Täter zum Zeitpunkt der Entwendung nicht.«

»Es ist jetzt, wie es ist. Wir können nichts daran ändern«, unterbrach Hackenholt Winters Horrorschilderung. »Wenn Christine Mur in Hausen fertig ist, werden wir Genaueres erfahren. Ich glaube nicht, dass man einen Gegenstand einschmelzen kann, ohne Spuren zu hinterlassen. In der Zwischenzeit machen wir so weiter, wie wir es vorhin besprochen haben.«

Und das bedeutete, dass Stellfeldt und Wünnenberg sich mit einer Gruppe des Unterstützungskommandos in Schnaittach trafen, während Hackenholt sich eine richterliche Anordnung holte, um bei den Providern eine Offenlegung der Handydaten zu erwirken, die am Samstagvormittag um kurz nach acht Uhr im Funkmasten eingeloggt gewesen waren, der die Signale im Umkreis der Schmiede empfing.

Als Hackenholt die Daten erhielt, glaubte er zunächst an einen Scherz. Er hatte mit einer Handvoll Handys gerechnet – doch die Aufstellung umfasste knapp zweitausend Nummern. Erst als er der Datenflut mit Hilfe einer Karte auf den Grund ging, stellte er fest, dass die Schmiede selbst zwar mitten im Nirgendwo lag, sich allerdings sowohl die A73 als auch die B470 in nicht allzu großer Ferne befanden und offenbar von derselben Funkzelle abgedeckt wurden.

Er saß noch über seine Listen gebeugt, als Wünnenberg und ein

Kollege von der Streife schließlich Viktor Kern aus Schnaittach ins Kommissariat brachten. Hackenholt musterte den übergewichtigen Jüngling mit der hellen Haut und den dunkelblonden kurzen Haaren. Hatte der Schmied den Mann nicht als südländischen Typ beschrieben? Und *trainiert* wäre jetzt auch nicht gerade Hackenholts Wortwahl gewesen.

»Der Junge arbeitet in einer Metzgerei am Ort. Das heißt, er muss mehr Kraft haben, als man ihm auf den ersten Blick zutraut. Schließlich schlachten sie die Viecher selbst – und so ein Schwein wiegt ganz schön was«, erklärte Wünnenberg Hackenholt im Nebenzimmer.

»Woher weißt du das?«

»Er war noch in der Arbeit, als wir ihn geholt haben.«

»Hat er irgendetwas gesagt?«

»Viel. Sehr viel sogar. Er hat uns erzählt, dass er sich nicht für Rollenspiele oder Mittelaltertreffen interessiert und dafür auch keinerlei Ausrüstung besitzt. In einer Schmiede war er kein einziges Mal, und von Hausen hat er noch nie gehört. Am Sonntagmorgen war er zu Hause. Die Mutter hat seine Angaben bestätigt; er wohnt bei seinen Eltern.«

»Klingt nicht gerade so, als hätten wir den Fang des Jahrhunderts gemacht.«

»Das denke ich auch. Deshalb haben wir uns darauf verständigt, dass er uns freiwillig unterstützt. Nachdem ich ihm den Sachverhalt erklärt habe, möchte er zur Aufklärung beitragen. Er sagt, er hat ein reines Gewissen.«

Hackenholt sah auf die Uhr. Es war halb vier. »Geh mit ihm zum Erkennungsdienst und lass seine Fingerabdrücke einscannen. So bekommen wir am schnellsten Klarheit. Danach machst du eine Zeugenvernehmung und nimmst eine DNA-Probe, um ihn definitiv aus dem Täterkreis auszuschließen. Wenn der Schmied hier ist, bitten wir ihn um eine Identifikation. Wenn Thurn sagt, er war es nicht, kann er wieder gehen.«

Wünnenberg nickte und brachte den jungen Mann zu seinen Kollegen, während Hackenholt zum Telefonhörer griff und Christine Mur anrief.

»Wie schaut es bei dir aus? Gibt es brauchbare Indizien?«

»Frank, das kann ich dir morgen sagen, aber noch nicht jetzt. Die Abdrücke, die wir auf der Transportkiste sichergestellt haben, müssen erst mit der Datenbank abgeglichen werden. Große Hoffnungen solltest du dir nicht machen. Meines Erachtens wurde die Kiste abgewischt, sodass die Spuren wahrscheinlich vom Schmied und seiner Frau stammen.«

»Hast du in der Halle etwas entdeckt?«

»So gut wie nichts. Andererseits: Was soll ich hier auch finden? Wir wissen nicht, welche Gerätschaften der Kerl angefasst hat. Ich bin mit dem Schmied alles durchgegangen, was er benutzt haben könnte. Wir haben aber nirgendwo auch nur den kleinsten Anhaltspunkt gefunden, dass Gold verarbeitet wurde.«

Höchst vorsorglich hatte die umsichtige Beamtin jedoch rund um den Arbeitsplatz den Schmutz und Staub aufgesaugt, um ein Staubgutachten erstellen zu lassen. Vielleicht gelang ihnen so der Nachweis, dass feinste Gold- oder Edelsteinsplitter vom Reichsapfel in der Werkstatt vorhanden gewesen waren.

Sobald Edwin Thurn und seine Frau im Präsidium eingetroffen waren, führte Hackenholt sie in ein Büro des Kriminaldauerdiensts. Durch ein Einwegfenster konnten sie unbemerkt Viktor Kern beobachten, der mit Wünnenberg auf den Termin beim Erkennungsdienst wartete.

Auf Hackenholts Frage, ob das der Mann sei, der in ihrer Schmiede vorgesprochen habe, schüttelten die Eheleute den Kopf. Viktor Kern habe außer der Körpergröße rein gar nichts an sich, was mit dem jungen Mann übereinstimmte, der zu ihnen in die Schmiede gekommen war.

Immerhin begann die Schmiedin beim Anblick des Mannes mit einer recht brauchbaren Aufzählung, was bei ihrem vermeintlichen Kunden alles anders gewesen war. Sie bezog sich jedoch ausschließlich auf den Körperbau, denn das Gesicht des Mannes hatte sie überhaupt nicht richtig gesehen. Er hatte eine Baseballkappe getragen und auf den Boden gestarrt, sodass der Mützenschirm die meiste Zeit sein Gesicht verdeckte. Sie fand das nicht weiter ungewöhnlich, denn viele Leute in der Mittelalterszene waren schüchterne, lichtscheue Kreaturen, die sich erst hinter einer dicken Schicht Schminke oder in ihren Kostümen wohlfühlten.

Dem Schmied war es nicht anders ergangen: Obwohl er mehr Zeit mit dem Kunden verbracht hatte, hatte er sein Gesicht nur einmal kurz gesehen. Er glaubte ebenfalls, ihn eher an seiner Gesamterscheinung, vielleicht auch an der Sprechweise als auf einem Porträtfoto wiederzuerkennen.

Erfolglos führte Hackenholt ihnen die Überwachungsvideos aus den Geldinstituten vor. Die Stunde, die der fachkundige Kollege für die Erstellung eines Montagebilds aufwandte, war für die Katz, da sich die Erinnerungen der Eheleute lediglich auf das Kinn und die Mundpartie bezogen und sich daher mit Hilfe des interaktiven Systems zur Erkennung von Straftätern nicht viel bewerkstelligen ließ.

Erst als Frau Thurn selbst zu Papier und Bleistift griff und zu zeichnen begann, nickte ihr Mann mehrmals beifällig. Das fertige Bild zeigte den Schirm einer Baseballkappe und darunter ein bartstoppeliges Kinn in einem weichen, abgerundeten Unterkiefer. Von der Nase lugte nur die vorderste Spitze hervor, die Lippen waren aufgrund der gesenkten Kopfhaltung ebenfalls kaum zu erkennen. Alles in allem also definitiv nichts, was bei einer Identifikation hilfreich gewesen wäre.

Als Hackenholt endlich wieder sein Büro betrat, fiel ihm ein, dass er am Vormittag ursprünglich vorgehabt hatte, Walter Zögner anzurufen, um sich die Aussagen der Zeugen faxen zu lassen, die gesehen hatten, wie die falschen Polizisten Felix Kurz zum Anhalten zwangen. Hackenholt brauchte unbedingt die genauen Personenbeschreibungen. Er blickte zur Uhr. Halb sieben.

Obwohl wenig Hoffnung bestand, den Kollegen um diese Uhrzeit noch in der Arbeit zu erreichen, versuchte er es. Nach dem zwanzigsten Klingelzeichen gab er auf. Dann musste die Sache eben bis zum nächsten Tag warten.

»Stimmt es, dass der Reichsapfel eingeschmolzen wurde und ihr den Täter festgenommen habt?«, begrüßte Sophie ihren Mann aufgeregt, bevor er überhaupt richtig zur Tür hereingekommen war.

»Wer behauptet denn so einen Quatsch?«, fragte Hackenholt irritiert, während er seine Schuhe auszog.

»Habe ich auf Facebook gelesen«, antwortete Sophie. »Da stand, ihr habt einen Viktor Kern aus Schnaittach festgenommen, weil er an dem Raubüberfall beteiligt war und anschließend den Reichsapfel eingeschmolzen hat. Aber –«

»Wie bitte?« Hackenholt, der gerade ins Bad gehen wollte, fuhr herum. »Das darf doch wohl nicht wahr sein! Wie kommen die dazu, so einen Blödsinn zu verbreiten?«

»Im Radio wurde auch gesagt, dass es eine Festnahme gegeben hat. Es hieß aber, die Pressestelle lehnte es aus ermittlungstaktischen Gründen ab, Details bekanntzugeben. Es wurde auf eine Pressekonferenz morgen Vormittag verwiesen. Deshalb habe ich heute gar nicht so früh mit dir gerechnet. Magst du etwas essen?«

»Ich glaube, der Appetit ist mir gerade vergangen. Zeig mir mal lieber, wo du das gelesen hast«, nuschelte Hackenholt missmutig.

Nachdem er mit eigenen Augen die Falschmeldungen gelesen hatte, die durchs Internet geisterten, griff er zum Telefonhörer und wählte die Nummer der Einsatzzentrale. Der die Nachtschicht führende Dienstgruppenleiter war froh über den Anruf, denn er musste bereits die Kollegen von der PI Lauf nach Schnaittach schicken. Mittlerweile machte nicht nur ein Pulk Journalisten der Familie Kern das Leben schwer, auch eine pöbelnde Menschenmenge rottete sich zusammen.

Aus lauter Wut wäre Hackenholt am liebsten selbst nach Schnaittach gefahren, um den Medienvertretern gehörig die Meinung zu sagen. Manchen schien nicht im Geringsten bewusst zu sein, was sie mit ihrer gewissenlosen Berichterstattung anrichteten. Solange sie keinerlei Belege für ihre Behauptungen vorweisen konnten und lediglich den Polizeifunk abhörten, war absehbar, dass eine Falschanschuldigung nach der anderen produziert wurde. Aber Hackenholt wusste, dass die Polizeibeamten sowieso wieder die Dummen sein würden, weil sie nicht früh genug Details weitergaben, weil sie nicht beherzt genug eingriffen, weil sie nicht verhinderten, weil sie nicht diskret genug vorgingen, weil, weil, weil …

Warum ein Ermittler diese oder jene Entscheidung in genau

dem Moment traf, interessierte hinterher sowieso niemanden mehr – denn dann hatten die Klugscheißer an ihren Schreibtischen schon längst übernommen. Die, die nicht in Sekundenbruchteilen vor Ort entscheiden mussten, wie man sich am besten verhielt.

Mit dem Dienstgruppenleiter vereinbarte Hackenholt daher, die Familie Kern diskret in Sicherheit zu bringen. Und am nächsten Vormittag wollte er dafür sorgen, dass auf der Pressekonferenz jedem der Anwesenden eins klargemacht wurde: Der junge Metzger hatte nichts mit dem Reichsapfel zu tun.

»Mann, Mann, Mann, da haben wir seit drei Tagen den ersten Abend, an dem wir mal wieder allein sind, und was passiert? Anstelle von Theo sitzt dein ganzer Fall bei uns im Wohnzimmer«, seufzte Sophie. »Dabei wollte ich dir doch Ronjas neuen Kinderwagen zeigen.«

Als Hackenholt immer noch nicht angemessen reagierte, gab sie es auf. Dann würde sie ihm das Schnäppchen, das sie heute gemacht hatte, eben erst am nächsten Abend vorführen.

Dienstag

Die Lagebesprechung am Morgen fiel nach den sich überstürzenden Ereignissen des vergangenen Tages und der damit auch unter den Beamten eingeschränkten Kommunikation sehr ausführlich aus.

Natürlich war der erste Schwerpunkt die Frage, was mit dem Reichsapfel geschehen war. Wie Christine Mur darlegte, brachte sie der Werttransportbehälter keinen Millimeter weiter: Sein Äußeres war abgewischt worden, nachdem er in der Werkstatt abgestellt worden war. Es befanden sich nur die Abdrücke des Schmieds und seiner Frau daran. Im Inneren hatte Mur immerhin noch einen Teilabdruck gesichert, den sie Norbert Beck zuordnen konnte. Außer der Transportbox hatte sie in der Schmiede keinerlei Anhaltspunkte für die Annahme entdeckt, dass der Reichsapfel dort eingeschmolzen wurde. Um genau zu sein, gab es nicht einmal einen Beleg dafür, dass die Insignie selbst jemals in der Schmiede gewesen war.

Anschließend folgten alle gespannt den Erläuterungen Theo Winters, der sich bemüht hatte aufzuklären, was der König von Swasiland in Mittelfranken zu tun gehabt hatte. Es kostete den LKA-Beamten einige Anstrengungen herauszufinden, dass sich der Afrikaner mit einem fränkischen Braumeister traf. Nach dessen Angaben interessierte sich der Monarch für eine Kooperation – da die Zusammenarbeit mit Coca-Cola so hervorragend funktionierte, wollte er gern eine weitere Getränkefabrik in seinem Land ansiedeln. Zudem hatte er von einem Mann gehört, der in Äthiopiens Hauptstadt Addis Abeba sehr erfolgreich Bier nach dem bayerischen Reinheitsgebot braute.

Der König schien allerdings ein launischer Zeitgenosse zu sein, denn er verlegte seinen Besuch im Vorfeld dreimal aus fadenscheinigen Gründen.

»Diesmal hätte es auch beinahe nicht geklappt: Drei seiner dreizehn Ehefrauen, die ihn begleiteten, haben sich so sehr auf ihre Shoppingtour in Paris gefreut, dass sie den Zwischenstopp in Mittelfranken nicht akzeptieren wollten. Daher musste der Braumeister zum Flughafen nach Nürnberg kommen. Die vereinbarte gemeinsame Brauereibesichtigung fiel ins Wasser«, beendete Winter seinen Bericht.

Damit waren die Ermittler wieder am Ausgangspunkt angelangt: Es gab keine neuen Hinweise auf den Verbleib des Reichsapfels. Schlimmer noch – sie hatten keinen blassen Schimmer, ob er in seiner eigentlichen Form überhaupt noch existierte.

»Genau so werden wir das auf der Pressekonferenz kommunizieren«, entschied Oberstaatsanwalt Dr. Holm. »Bis zum Beweis des Gegenteils müssen wir davon ausgehen, dass die Insignie sich noch in Mittelfranken befindet und wohlbehalten auf ihre Rettung wartet.«

Hackenholt nickte. »Das halte ich ebenfalls für den klügsten Ansatz. Es wäre gut, wenn Sie noch anfügen würden, dass es sich nicht lohnt, sie einzuschmelzen, und auf das verweisen, was Dr. Drosthoff zu dem Thema ausgeführt hat.«

»Was ich bei der ganzen Aktion nicht verstehe: Warum nahm es der Täter in Kauf, dass ihn der Schmied und seine Frau gesehen haben, wenn er den Reichsapfel gar nicht einschmelzen wollte? Das macht doch kein normaler Mensch. Wäre es einfach darum gegangen, den Behälter zu entsorgen, hätte er ihn in eine Mülltonne oder einfach in den Wald werfen können.« Stellfeldt massierte sich unruhig die Glatze. »Das ergibt einfach keinen Sinn.«

»Ich denke, die Verbrecher wollen uns damit unter Druck setzen«, antwortete Winter gelassen. »Möglicherweise war das der Auftakt zu einer Lösegeldforderung, die sie bald stellen werden.«

»Des verschdäi iech edzerdla fei ned.«*

»Wenn Menschen entführt werden, treten die Täter anfänglich besonders gewaltbereit auf, um ihren Forderungen Nachdruck zu verleihen. Häufig sind es Drohungen, die gegen die Opfer ausgesprochen werden, für den Fall, dass die Angehörigen nicht Folge leisten. So ähnlich lässt sich das Täterverhalten auch in unserem Fall interpretieren: Mit dem Transportbehälter wurde uns ein Beweisstück zugespielt, das verifiziert, dass sie im Besitz der Ware sind. Die Tatsache, dass sie den Behälter ausgerechnet in einer Schmiede deponiert haben, soll das Museum einschüchtern: ›Wenn ihr nicht den verlangten Preis bezahlt, werden wir den Reichsapfel zerstören.‹ Ich bin mir sicher: Wir werden in den nächsten Tagen von den Tätern hören.«

»Un ersu ganz neembei homs uns aa nu ganz schee auf Drabb ghaldn, indems uns greizagwer durch die Bamba gjåchd ham. Gårned ersu bleed, däi Boum, wenns schdimmd, wosd maansd«, murmelte Baumann.*

»Dennoch sind sie ein hohes Risiko eingegangen und haben viel von sich preisgegeben«, betonte Hackenholt. »Auch wenn wir sie darüber vorerst nicht identifizieren können, wissen wir nun, wie einer der Täter ausgesehen hat.«

»Na, das halte ich für maßlos übertrieben!«, widersprach Wünnenberg und hielt das von Frau Thurn handgezeichnete Phantombild in die Luft.

»Wir wissen mehr, als auf dem Bild zu sehen ist«, entgegnete Hackenholt unbeirrt. »Die Täter haben über Insiderwissen verfügt: Irgendwoher erhielten sie die Informationen, dass man die Schmiede mieten kann. Und auch an Viktor Kerns Personalien mussten sie kommen – Adresse und Handynummer lasse ich mir ja noch eingehen, aber woher sollten sie dessen Geburtsdatum kennen?«

Nachdem keiner die rhetorische Frage beantworten konnte, ging Hackenholt zu ihrem zweiten Themenschwerpunkt über.

»Wie es derzeit aussieht, kam es im Museum bei der Auswahl der Transportfirmen zu einer Kommunikationspanne. Norbert Beck dachte, Dr. Drosthoff hätte die Firma Dippold Transporte überprüft und als geeignet eingestuft – und andersherum. Schlussendlich hat sich also niemand im Vorfeld mit dem Unternehmen befasst. Bis auf die Azubine stellen es alle, die von der Sache Kenntnis hatten, übereinstimmend so dar, dass Sascha Förster die treibende Kraft war. Wir sollten uns daher das Leben des Mannes heute noch einmal gründlich anschauen.«

»Gibt es eigentlich außer dem gefälschten Versicherungsschein noch irgendwelche weiteren Indizien?« Wünnenberg schenkte sich Kaffee nach.

»Ich halte diesen Punkt für sehr wichtig«, entgegnete Stellfeldt.

»Uns ist aber auch bekannt, wie schlecht die Firma dasteht. Die hätten sich keine teure Versicherungsprämie leisten können. Heinrich Dippold weiß ja nicht mal, wovon er die Gehälter bezahlen soll«, wandte Wünnenberg ein.

»Unterbreitest du uns da nicht gerade ein mögliches Motiv, warum Förster verzweifelt versucht haben könnte, an Geld zu kommen?«

»Aber nicht auf Kosten der Firma – denn für die ist es der Todesstoß.«

»Warum sollte Förster das so unrecht gewesen sein? Er hätte die Kohle gehabt und sein eigenes Unternehmen aufmachen können – ohne dass ihm der nörgelnde Schwiegervater ständig reinredet.« Stellfeldt schien Gefallen daran zu finden, den Advocatus Diaboli zu spielen.

»Und warum ist er dann jetzt tot?«

»Das ist die alles entscheidende Frage.«

»Wir wissen, dass die Liste, auf der die Transportfirmen samt Abholzeiten und Exponaten vermerkt waren, offen auf Dr. Drosthoffs Schreibtisch herumlag. Jeder kann darauf nachgesehen haben«, schlug Wünnenberg eine Alternative vor.

»Jetzt lass mal die Kirche im Dorf«, sagte Mur entschieden. »Wer hat denn Zugang zu Dr. Drosthoffs Büro? Mitarbeiter des Museums – und wenn man denen nicht trauen kann, wem denn dann?«

»Schwazze Schåf hasd hald ieberall«, seufzte Baumann.*

»Und schlecht bezahlte Volontäre ebenfalls – nur dass sie dann manchmal Azubis heißen oder Praktikanten oder wie auch immer.« Stellfeldt bearbeitete immer noch seine Glatze.

»Das war ein gutes Stichwort! Christine, konntest du zwischen dem Überfall auf Felix Kurz und unserem hier einen Zusammenhang herstellen? Gibt es identische Spuren?«

Mur schüttelte den Kopf. »Nicht mal so viel wie eine Stofffaser. Eigentlich muss es sich um unterschiedliche Täter handeln. In Bad Bocklet war alles voller Fingerabdrücke – bei uns gab es nur einen einzigen auf der Patronenhülse. Außerdem hinterlässt jeder Mensch auf die eine oder andere Weise DNA-Spuren – lass es Schweißtropfen sein. Genau wie die Kollegen in Schweinfurt haben wir auch viele Spuren gesichert, aber es gibt keine einzige Übereinstimmung.«

In der anschließenden Pressekonferenz – vor der sich Hackenholt diesmal nicht drücken konnte, da die Chefs bevorzugt Termine bestritten, in denen sie Erfolge präsentieren konnten – legte der Hauptkommissar sehr deutlich dar, wie gefährlich es war, unbestätigte Gerüchte als vermeintliche Wahrheiten in die Welt hinauszuposaunen. So wurde Viktor Kern von der Polizei keines Verbrechens beschuldigt. Er war vielmehr ebenfalls ein Opfer der Räuber geworden, indem sie sich seiner Identität bedienten, um den Transportbehälter in der Schmiede abzulegen. Da der junge Mann aus freien Stücken mit der Polizei zusammenarbeitete, wollte man die gestrige mediale Hetze zu seiner und seiner Familie Lasten in einem gesonderten Verfahren untersuchen und gegebenenfalls eine Strafverfolgung in die Wege leiten.

Theo Winter referierte über die Beschaffenheit des Reichsapfels und die Sinnlosigkeit, ihn einzuschmelzen. In einem Nebensatz erwähnte er, das LKA prüfe die Möglichkeit, ob er eventuell außer Landes gebracht worden sein könnte.

Dr. Holm versicherte den Reportern, man verfolge die eingegangenen Hinweise derzeit mit höchster Priorität, aus ermittlungstaktischen Gründen dürfe er jedoch nichts Genaueres dazu preisgeben. Sobald es berichtenswerte Neuigkeiten gebe, werde man die Medien umgehend informieren.

Anders als sonst war Hackenholt nach diesem Zusammentreffen mit den Medienvertretern gut gelaunt. Zurück in seinem Büro, setzte er sich ans Telefon und rief Hauptkommissar Zögner in Schweinfurt an.

»Walter, faxt du mir bitte die Zeugenvernehmungen von dem Bauern und den Autofahrern, die beim Überfall auf Felix Kurz die drei Täter gesehen haben?«, bat Hackenholt.

»Natürlich. Gibt es bei euch etwas Neues?«

»Du hast es sicher schon in den Medien gehört: Der Behälter, in dem der Reichsapfel transportiert wurde, ist in einer Schmiede aufgetaucht. Ich würde die Angaben deiner Zeugen gerne mit denen vom Schmied vergleichen. Seine Frau hat uns ein Phantombild gezeichnet – leider ist es nicht sonderlich aufschlussreich. Wenn du willst, kann ich es dir trotzdem schicken.«

»Tu das bitte sofort.« Zögner hielt kurz inne, dann sprach er mit Bedacht weiter: »Bei uns hat sich gestern Abend nämlich auch etwas getan.«

»Ja?«, fragte Hackenholt gespannt.

»Es ist noch nicht spruchreif, die Überprüfungen laufen gerade, aber es könnte sein, dass Felix Kurz' Fahrrad in Bad Bocklet aufgetaucht ist.« Im Hintergrund hörte Hackenholt eine Frauenstimme etwas rufen. »Ich muss Schluss machen, Frank. Ich melde mich, wenn ich Genaueres weiß. Sei so gut und fax mir schnell euer Phantombild.«

»Erwarte dir nicht zu viel davon!«, warnte Hackenholt. »Und sag Kerstin, sie soll dir zur Abwechslung mal keinen Kaffee kochen, sondern mir die Zeugenaussagen schicken.«

Lachend legte Zögner auf.

Im nächsten Moment stürmte Baumann in Hackenholts Büro. »Iech maan allerweil, mir hom då wos gfundn!«*

»Was?«

»Däi Versicherungsboliesn.«*

Hackenholt sprang auf und folgte ihr ins Nachbarzimmer. Stolz hielt die Beamtin ihm ein Blatt Papier entgegen.

»Aber das ist ja auch nur eine Kopie.« Hackenholt war enttäuscht.

»Wennsders ganz genau nimmsd, nåcherdla lichsd ned völlich derneem. Allerdings is des ned irchender Kobie – mir hom auf derer Fesdbladdn es Orichinål.«*

»Die Kollegen haben die gelöschten Daten auf der Festplatte der Firma Dippold wiederhergestellt und sie uns zukommen lassen«, erklärte Wünnenberg, der an Baumanns Schreibtisch saß. »Auf dem Rechner war bis vor Kurzem ein Grafikprogramm installiert. Außerdem haben wir die Datei mit dem gefälschten Versicherungsschein gefunden. Wer auch immer das gemacht hat, ist sehr geschickt vorgegangen. Er hat offenbar zunächst tatsächlich ein Original eingescannt und anschließend die relevanten Informationen verändert. Am Schluss kam das dabei heraus, was du in Händen hältst. Dieser Ausdruck ist inhaltlich identisch mit der Kopie des Scheins, den wir vom Museum erhalten haben.«

»Gehört der Computer Sascha Förster?«

»Nein, es ist der von der Auszubildenden. Allerdings gibt es in der Firma insgesamt nur drei Rechner, es kann also gut sein, dass sich jemand anderes an ihm zu schaffen gemacht hat.«

»Wann wurden die Datei und das Programm gelöscht?«

Wünnenberg sah in einer Liste nach. »Am Donnerstagmorgen um kurz nach zehn Uhr.«

»Das kann Förster definitiv nicht selbst getan haben.«

»Richtig.«

»Tja, dann ist unser nächster Schritt klar: Auf in die Firma. Jetzt haben wir den Beweis, dass wir angelogen wurden – außer Förster muss noch jemand von der Sache mit dem getürkten Versicherungsschein gewusst haben.« Hackenholt dachte einen Augenblick nach. »Wie kompliziert ist es, die Police zu fälschen?«

»Das kommt drauf an, wie gut deine Computerkenntnisse sind«, antwortete Wünnenberg ausweichend. »Wenn man sich in das Programm einarbeitet, schafft das früher oder später sicher jeder.«

»Auch ein vierundsiebzigjähriger Firmeninhaber, der seine Transporte nach wie vor am liebsten auf Papier notiert und es seiner Tochter überlässt, sie ins System zu übertragen?«

»Das ist ein Argument. Herrn Dippold traue ich die nötigen Kenntnisse nicht zu. Ihn können wir wohl von unserer Liste streichen.«

Auch diesmal mussten die Beamten lange klingeln, bevor in der Transportfirma jemand zur Tür kam. Als Sabine Förster schließlich öffnete, sah Hackenholt auf den ersten Blick, dass die letzten Tage nicht spurlos an der Frau vorübergegangen waren. Dunkle Augenringe zeugten von schlaflosen Nächten. Noch auffälliger war jedoch, wie ausgemergelt sie auf einmal aussah.

Wenngleich es Hackenholt nicht leichtfiel, einem Menschen, der so offenbar geschwächt war, noch weiter zuzusetzen, wahrte er seine Professionalität und kam ohne Umschweife auf den Grund ihres Besuchs zu sprechen.

»Wie viele Computer gibt es in Ihrer Firma?«

»Das wissen Sie doch, Sie haben schließlich alle drei mitgenommen. Seither muss ich auf einer uralten Schreibmaschine tippen.« Sabine Försters Stimme klang anklagend.

»Wer hat an welchem PC gearbeitet?«

»Einer befindet sich an meinem Arbeitsplatz, einer war für Giulietta, und einer steht im Büro meines Vaters – aber den hätten wir uns sparen können. Er schaltet ihn ja nicht einmal ein.«

»Und Ihr Mann? Welchen Rechner hat er benutzt, wenn er in der Firma etwas zu erledigen hatte?«

»Sascha hat sich nur äußerst selten an einen Computer gesetzt. Wenn es etwas zu tippen gab, legte er es mir hin. Nur wenn es gar nicht anders ging, hat er sich selbst darum gekümmert.«

»Welchen PC hat er dann verwendet?«

»Meinen.«

»Und wenn der nicht frei war?«

»Den von meinem Vater.«

»Wer außer Ihrer Auszubildenden selbst hat an Frau Veccios Computer gearbeitet?«

»Niemand. Sie wissen ganz genau, dass wir keine weiteren Mitarbeiter haben. Warum fragen Sie das alles?«, wollte Sabine Förster endlich wissen.

Die Frage fällt dir reichlich spät ein!, dachte Hackenholt im Stillen.

»Wir konnten auf Frau Veccios Computer eine Datei rekonstruieren. Sie enthielt den gefälschten Versicherungsschein für den Reichsapfel.«

»Aber … ich … verstehe nicht«, stammelte die Frau stockend. »Was hat Giulietta mit der Versicherung zu tun?« Sekundenlang sah sie zwischen Wünnenberg und Hackenholt hin und her. Plötzlich schlug sie sich mit der Hand an den Kopf. »Natürlich! Deshalb hat sich mein Mann an das Flittchen rangemacht! Sie sollte ihm helfen.«

»Könnten Sie uns das bitte genauer erklären? Ich dachte, Ihr Mann hatte kein Verhältnis mit Frau Veccio?«

Sabine Förster biss sich auf die Unterlippe und wandte sich ab.

An den zuckenden Schulten erkannte Hackenholt, dass sie weinte. Nach einer Weile schnäuzte sie sich und drehte sich wieder den Ermittlern zu. Ihr Make-up war völlig verschmiert.

»Das stimmt nicht. Sascha war mit der kleinen Schlampe im Bett. Sie …« Frau Förster schluchzte laut auf. »Gestern hat sie mir ein paar SMS vorgelesen, die er ihr geschrieben hat.« Sie schluckte hart, dann flüsterte sie: »Es gibt sogar Fotos!« Mit einem Mal wirkte sie völlig fassungslos. »Können Sie sich vorstellen, dass sich ein Fünfundvierzigjähriger beim Sex filmen lässt?« Angeekelt verzog sie das Gesicht.

»Wo ist Frau Veccio?«

»Keine Ahnung.« Sabine Förster zuckte mit den Schultern. »Ich habe ihr fristlos gekündigt. Das heißt, mein Vater hat das getan; schließlich hat er sie auch eingestellt.«

»Nimmst du ihr den Sinneswandel ab?«, fragte Wünnenberg, als sie wieder in ihrem Dienstwagen saßen. »Am Samstag behauptet sie, alles wäre ganz harmlos gewesen, und am Montag schmeißt sie die Azubine raus, weil die ihren Mann verführt haben soll?«

»Ich muss gestehen, es fällt mir genauso schwer wie dir, ihr diese plötzliche Erkenntnis zu glauben. Insbesondere da jeder in der Firma von dem Verhältnis wusste.«

»Das würde bedeuten: Sie hat uns bislang angelogen.«

Hackenholt nickte.

»Warum hat sie das getan?«

»Tja, das ist eine gute Frage, nicht wahr? Ich habe nicht die leiseste Ahnung.«

»Wollte sie die Azubine loswerden, damit sie nichts ausplaudert?«

»Ich frage mich, welcher Teufel Giulietta Veccio geritten hat, der Chefin Bilder zu zeigen, auf denen man sieht, wie ihr Mann sie mit ihr betrügt.«

»Das legt die Vermutung nahe, dass es einen Streit zwischen den beiden Damen gab, in dessen Verlauf die Auszubildende der Förster die Fotos unter die Nase gehalten hat.«

»Lassen wir die Spekulationen, fahren wir lieber nach Speikern und hören uns an, was Frau Veccio dazu sagt. Außerdem würde ich sie gern fragen, warum sie uns erzählt hat, Sascha Förster hätte nichts von dem Transport gewusst.«

Giulietta Veccio lebte in einer kleinen Zwei-Zimmer-Wohnung in einem Mehrfamilienhaus direkt an der Staatsstraße. Sobald sie den unangekündigten Besuch erblickte, brach sie in Tränen aus. Es dauerte eine ganze Weile, bis sie sich beruhigen ließ – obwohl Wünnenberg auf sein persönliches Geheimrezept zurückgriff: Er kochte der jungen Frau einen stark gesüßten Tee. Erst danach fühlte sie sich in der Lage, die Fragen der Beamten zu beantworten.

Es war ihr sichtlich unangenehm, als Hackenholt sie ganz offen fragte, warum sie ihr Verhältnis mit Sascha Förster bei ihrer ersten Vernehmung nicht erwähnt habe. Nachdem sie ein wenig herumgedruckst hatte, gab sie schließlich an, Angst um ihre Ausbildungsstelle gehabt zu haben.

Sascha Förster und sie verhielten sich immer sehr diskret, damit seine Frau nichts mitbekam. Sabine Förster war nämlich seit jeher unheimlich eifersüchtig und machte Sascha mehrfach Szenen wegen attraktiver Kundinnen, obwohl gar nichts vorgefallen war.

Dass Frau Förster auch auf sie eifersüchtig war, bekam sie gleich am allerersten Arbeitstag zu spüren – obwohl zu dem Zeitpunkt noch überhaupt nichts zwischen ihr und Sascha lief. Sabine Förster behandelte sie lediglich in Anwesenheit von Dritten gut – waren die beiden Frauen allein im Büro, war Giulietta den Launen ihrer Chefin stets gnadenlos ausgesetzt. Nachdem Sascha Förster seine schützende Hand nun nicht mehr länger über sie halten konnte, beschwatzte Sabine Förster ihren alten Vater so lange, bis er ihr fristlos kündigte.

Nach dieser Erklärung schaffte es Wünnenberg nicht länger, sich zurückzuhalten, und fragte Giulietta, warum um alles in der Welt sie gestern ihrer Chefin die Kurznachrichten von Sascha Förster gezeigt habe. Und noch viel schlimmer: die Videos. Ihr musste doch klar gewesen sein, dass dies den Verlust des Arbeitsplatzes zur Folge haben werde.

Sofort begann Giulietta von Neuem zu weinen. Weitere Minuten verstrichen, bis sie den Beamten ihre Version des

Vorfalls schilderte: Sie hatte ihrer Chefin die Fotos überhaupt nicht gezeigt. Frau Förster schnappte sich das Handy, während Giulietta auf Toilette war. Bei ihrer Rückkehr saß die verhasste Kontrahentin mit hochrotem Kopf an ihrem Schreibtisch und las die Kurznachrichten. Zwar gelang es Giulietta, ihr das Handy zu entreißen, der Schaden war zu dem Zeitpunkt jedoch bereits angerichtet.

Giulietta versuchte zunächst, Schadenbegrenzung zu betreiben, indem sie vorgab, sich zum ersten Mal mit Sascha verabredet zu haben – doch das quittierte Sabine Förster mit einer Ohrfeige. Sie war im Bilde, weil sie in den vergangenen Wochen regelmäßig Saschas Handy kontrolliert und die Nachrichten zwischen ihnen gelesen hatte. Allerdings speicherte ihr Mann im Gegensatz zu Giulietta keine Videos auf seinem Mobiltelefon.

Hackenholt ließ sich seine Überraschung über diese völlig andere Schilderung der Geschehnisse nicht anmerken. Immerhin klang sie plausibel – es war die Antwort auf die Frage, die die beiden Ermittler bereits im Auto diskutiert hatten: Was trieb Giulietta, ihrer Chefin die SMS und Sexvideos zu zeigen?

»Mal ganz was anderes«, sagte Wünnenberg plötzlich und deutete auf mehrere großformatige Fotografien an der Wand. »Sind die echt, oder haben Sie die in einem Bildbearbeitungsprogramm nachbearbeitet, damit die so toll aussehen?«

Hackenholt grinste in sich hinein. Manchmal konnte sein Kollege sehr subtile Fragen stellen. Giulietta Veccio bemerkte sicher nicht, dass sie gerade über ihre Computerkenntnisse ausgehorcht wurde.

»Schön wär's«, lachte die junge Frau. »Computer sind ein Buch mit sieben Siegeln für mich. Ich bin froh, wenn ich mit der Textverarbeitung zurechtkomme. Das Speditionsprogramm hat mir einige schlaflose Nächte bereitet. Frau Förster musste sich viele Stunden zu mir an den Rechner setzen, bis ich die Grundbegriffe gelernt habe.« Verschwörerisch beugte sie sich zu Wünnenberg vor. »Die Fotografien stammten aus einer Onlinegalerie. Ich habe sie sozusagen geklaut.« Dabei kicherte sie verschämt und schenkte dem Ermittler einen langen Blick aus ihren großen Augen.

Die Bemerkung, Sabine Förster habe sich zu Giulietta an den PC gesetzt, bot Hackenholt die Steilvorlage für seine nächste Frage. »Wie ist das bei Ihnen in der Firma: Arbeitet jeder an seinem eigenen Rechner, oder werden Sie manchmal von Ihrem vertrieben?«

»Frau Förster schnappt sich immer wieder mal meinen Arbeitsplatz, ihr eigenes Terminal hat total oft Probleme mit dem WLAN.«

Als Hackenholt sie mit der Tatsache konfrontierte, dass Spezialisten von der Polizei auf ihrem Computer nicht nur eine gelöschte Datei wiederhergestellt hatten, die den gefälschten Versicherungsschein enthielt, sondern auch das Programm, das dazu benutzt worden war, reagierte Giulietta Veccio zunächst äußerst schockiert.

Stockend vertraute sie den Beamten an, sie habe vor einigen Wochen zwar ein neues Programm auf ihrem Desktop gesehen, aber nachdem Frau Förster ihr sagte, sie solle sich nicht darum kümmern, beschäftigte sie sich auch nicht weiter damit. Mit zitternder Stimme fragte sie die Beamten schließlich, ob die Löschung am Donnerstagvormittag passiert sei, denn da habe Frau Förster sie von ihrem Arbeitsplatz verscheucht, und anschließend sei das neue Programm verschwunden gewesen.

»Lassen Sie uns noch einmal auf das zurückkommen, was Sie uns bei Ihrer ersten Vernehmung gesagt haben.«

»Ja?«

»Sie haben angegeben, dass weder Herr Dippold noch Herr Förster im Vorfeld von dem Transport wussten.«

»Genau so war es.« Noch einmal wiederholte die junge Frau, sie sei am Mittwochnachmittag persönlich dabei gewesen, als Frau Förster ihrem Mann und ihrem Vater erklärte, sie habe für den nächsten Tag einen sehr speziellen Auftrag akquiriert. Erst nachdem sie das gesagt hatte, bemerkte sie, dass Giulietta mithörte und schickte sie umgehend nach Hause.

Plötzlich senkte Frau Veccio den Kopf. »Ich muss Ihnen trotzdem was gestehen«, murmelte sie. »Ich habe Ihnen etwas verschwiegen. Sascha hat mir nämlich eine SMS geschickt, in der stand, dass seine Frau ihm für den nächsten Tag einen Transport nach Wien reingedrückt hat. Deswegen konnten wir uns am Donnerstagabend nicht wie sonst immer treffen.«

Hackenholt schüttelte den Kopf. »Das kann nicht stimmen. Wir haben mehrere Zeugenaussagen, die unabhängig voneinander bestätigen, dass der Auftrag ausschließlich auf Herrn Försters Betreiben zustande kam.«

Wütend zückte die junge Frau ihr Handy, tippte mit fliegenden Fingern darauf herum und hielt Hackenholt schließlich die Kurznachricht unter die Nase, die Sascha Förster ihr am Mittwochabend geschickt hatte.

Hallo mein Schatz, wir können uns morgen Abend leider nicht sehen. Madame hat mal wieder über meinen Kopf hinweg einen ganz, ganz wichtigen Transport ausgemacht – und zwar nach Wien!!! Demnächst schickt sie mich sicher noch in die Türkei, Hauptsache, ich bin lange weg … So ein Scheiß, muss das ausgerechnet an unserem Tag sein? Ich küsse dich, S.

Es gab noch weitere Kurznachrichten, die belegten, dass Förster zuvor offenbar nichts von dem Transport ahnte, da Giulietta und er sich mehrere Tage lang darüber ausließen, was sie am Donnerstagabend tun wollten.

Hackenholt blickte auf. »Es tut mir leid, ich muss Ihr Telefon einstweilen als Beweismittel sicherstellen und mit ins Präsidium nehmen.«

»Was? Aber … nein … das geht nicht. Das können Sie nicht machen. Sascha hat es mir geschenkt. Ich will es nicht hergeben.« Giulietta Veccio begann wieder zu schniefen.

»In ein paar Tagen werden Sie es wohlbehalten zurückbekommen«, versprach Hackenholt.

Missmutig sah Hackenholt den Stapel Telefonnotizen durch, der sich im Lauf des Tages während seiner Abwesenheit auf seinem Schreibtisch angesammelt hatte. Die einzige, die ihm für den Moment wichtig erschien, war Zögners Bitte um Rückruf.

»Was gibt es Neues, Walter?«, fragte Hackenholt, sobald er mit dem Kollegen verbunden worden war.

»Ich habe dir heute Morgen doch erzählt, dass möglicherweise Felix Kurz' Fahrrad aufgetaucht ist.«

Hackenholt brummte zur Bestätigung.

»Eine Zivilstreife von der PI Bad Kissingen hat gestern Abend in der Nähe des Kurgartens in Bad Bocklet einen zwanzigjährigen Fahrradfahrer angehalten und kontrolliert. Er fiel ihr wegen seinem Rad auf: Es ist dasselbe Modell wie dasjenige, das aus Felix Kurz' Transporter verschwunden ist.« Zögner machte eine kurze Pause. »Wie du weißt, konnten wir mit Hilfe der Tante die Fahrradrahmennummer ermitteln und in den Fahndungsaufruf schreiben. Die Kollegen haben sie verglichen: Es war Felix Kurz' Rad.«

»Hat der Fahrer Angaben gemacht, woher er es hat?«

»Tja, ab da wird die Geschichte kurios: Er will es im Kurgarten gefunden haben. Die Beamten haben ihn mit zur Dienststelle genommen, seine Personalien überprüft, eine Anzeige geschrieben und ihn dann wieder laufen lassen. Ich habe erst heute Morgen davon erfahren und entschieden, der Sache nachzugehen. Die Kollegen haben nicht einmal Fingerabdrücke genommen. Also habe ich den Herrn herbestellt und ihn in die Mangel genommen. Zunächst hat er – genau wie gestern Abend – erzählt, er habe das Rad erst unmittelbar vor dem Aufgriff im Kurgarten gefunden. Dort soll es an einem Baum gelehnt haben. Das fand ich ziemlich unwahrscheinlich bei solch einem teuren Rad. Nach einigem Lamentieren hat er die Version dahingehend geändert, dass er es im Wald gefunden hat. Und zwar grob gesagt in dem Bereich, in dem du mit deiner Frau spazieren warst.«

»Hm-mh.« Hackenholt brummte erneut eine Zustimmung, um Zögner zu signalisieren, dass er ihm noch zuhörte.

»An dem Punkt haben wir ihn erkennungsdienstlich behandelt und eine DNA-Probe genommen. Inzwischen hat sich herausgestellt, dass seine Fingerabdrücke mit denen übereinstimmen, die wir in Felix Kurz' Transporter gefunden haben.«

»Glückwunsch! Was sagt er zu dem Tatvorwurf?«

»Nichts. Er verweigert die Aussage. Morgen früh um zehn ist die Haftvorführung. Mal schauen, ob er es sich bis dahin überlegt und dem Ermittlungsrichter etwas erzählt.«

»Was ist mit dem Phantombild der Schmiedin?«

Zögner lachte. »Die Frage ist jetzt aber nicht ernst gemeint, oder?«

»Es gibt also keine Ähnlichkeit?«

»Absolut keine. Du kannst dir die Fotos, die unser Erkennungsdienst gemacht hat, selbst anschauen, sie wurden zu den Personendaten gestellt.«

»Wie heißt der Beschuldigte?«

»Finn Schöller, wohnhaft in Bad Bocklet.«

»Sobald du die DNA-Ergebnisse hast, lass sie mich bitte wissen, ja?«

»Natürlich, ich halte dich auf dem Laufenden.«

Nachdem Hackenholt aufgelegt hatte, ging er zu seinen Kollegen ins Besprechungszimmer.

»Die Schweinfurter haben einen Tatverdächtigen festgenommen«, verkündete er, woraufhin die bislang geführten Gespräche schlagartig verstummten. Rasch berichtete er von dem Gespräch mit Zögner und anschließend, was sie bei Sabine Förster und Giulietta Veccio in Erfahrung gebracht hatten.

»So allmählich scheint sich eine Richtung herauszukristallisieren, in die uns die Ermittlungen führen«, murmelte Stellfeldt.

Winter nickte zustimmend. »Wenn sich jetzt noch die Komplizen von Frau Förster melden und versuchen, den Reichsapfel zu Geld zu machen, haben wir den Fall gelöst. Und das in weniger als einer Woche. Der Herr Ministerpräsident wird hocherfreut sein.«

»Theo, jetzt lass mal die Kirche im Dorf! Das Einzige, was sich im Augenblick abzuzeichnen scheint, ist, dass der Schweinfurter Überfall nichts mit unserem zu tun hat«, bremste Mur.

»Des is ned gsachd! Wårum sollnern der Moo, den däi Schweinfurder fesdgnummer homm, nix mid unsern Fall zern dou hom?«*

»Weil es dafür keinerlei Beweise gibt. Das hast du doch gerade gehört.«

»Iech hobbb gheerd, dass der Finn Schöller nix zur Sach gsachd hodd. Un iech hobb gheerd, dass sei DNA nunni ausgwerded worn is. Un iech hobb gheerd, dass bei dem Überfall in Schweinfurd drei un bei uns vier Däder am Werg gween sei solln.«*

»Es spricht aber wirklich vieles dafür, dass Sabine Förster in der ganzen Sache mit drinhängt«, ergriff nun auch Wünnenberg Partei. »Erstens«, begann er an den Fingern abzuzählen, »hat sie unter ihrem Vater gelitten. Sie hat uns gegenüber selbst zugegeben, wie gerne sie die Firma von ihm übernommen hätte – aber er hat sich eisern an seinen Chefsessel geklammert und gegen jegliche Veränderung gesträubt, was die Firma an den Rand des Ruins getrieben hat. Zweitens wusste sie vom Verhältnis zwischen ihrem Ehemann und der Azubine.«

»Ja, und? Solls desweeng ihrn Moo umbrachd hom? Sie hoddnern doch gliebd – sonsd wärs ja wohl ned eifersüchdich gween. Wenn, nåcherd hedds wårscheins ehra däi glanne Idalieneri umbrachd!«*

»Was ist mit dem Spruch: Wenn ich ihn nicht haben kann, soll ihn auch keine andere haben?«, konterte Wünnenberg.

»Ich denke«, schaltete sich Hackenholt in die Diskussion ein, »wir müssen das im Kontext sehen. Frau Förster las offenbar regelmäßig die Kurznachrichten, die ihr Mann seiner Geliebten geschrieben hat. Vielleicht hatten die beiden Pläne, zusammen wegzugehen.«

»Das sind Spekulationen. Die helfen uns nicht weiter, zumindest nicht, solange du keine entsprechende Kurznachricht präsentieren kannst«, beschied Mur. »Als Fakten stehen bislang im Raum: Sascha Förster hat beim Museum angerufen. Und: Die Briefe wurden von Herrn Dippold unterschrieben.«

Wünnenberg schüttelte den Kopf. »Die Unterschrift könnte sie gefälscht haben. Das wäre nicht einmal uns aufgefallen, weil wir bislang nur den Schriftverkehr mit dem Museum vorgelegt bekommen haben. Wir wissen gar nicht, wie Dippold tatsächlich unterschreibt.« Er nahm einen Schluck Kaffee. »Ihr dürft eins nicht vergessen: Sabine Förster war ständig in der Firma, Sascha dagegen immer in einem der Autos unterwegs. Wie hätte er die eingehende Post abfangen sollen? Für die Frau war es dagegen ein Kinderspiel: Sie musste sie nur schnell an sich nehmen, bevor die Veccio sie öffnen konnte.«

»Anderschdrum wissmer doch, dass däi Förschderi ern Überfall ned selber gmachd ham koo. Zum ann wårs zu dera Zeid in der Firma, zum andern häddns ihr Moo un der Dorsdn Graef alle zwaa erkennd. Also mous Komblizn ghadd hom. Wårum solldnern ned anner vo denner in Museum oogrufm ham.«*

»Ihr plädiert also auf ein Mordkomplott?«, fragte Hackenholt.

»Wenn sie wirklich die Drahtzieherin ist, hat sie es ungemein geschickt angestellt«, erklärte Stellfeldt. »Alle Welt schaut auf die gestohlene Insignie – die zwei getöteten Männer sind bloßes Beiwerk. Auf den ersten Blick geht jeder davon aus, dass sie infolge des Raubes erschossen wurden – und nicht, dass der Reichsapfel geraubt wurde, um den Mord an Sascha Förster zu vertuschen.«

»Daher hat sie auch den Versicherungsschein gefälscht. Es sollte alles so aussehen, als ob sie von nichts wusste und der Transport allein Sascha Försters Idee war«, ergänzte Wünnenberg.

»Ich denke, es ist an der Zeit, Dr. Holm vom aktuellen Sachstand zu unterrichten, damit er den Ermittlungsrichter informieren kann«, wandte sich Stellfeldt an Hackenholt. »Wir brauchen ein paar Beschlüsse, die uns Sabine Försters Leben durchleuchten lassen. Eine Telekommunikationsüberwachung wäre beispielsweise nicht verkehrt. Wenn sie Komplizen hat, werden die sich früher oder später mit ihr in Verbindung setzen: mit einem Anruf oder einer SMS. Außerdem wäre es interessant zu sehen, mit wem sie in den letzten Wochen telefoniert hat. Soweit sich das noch zurückverfolgen lässt.«

»Und sobald wir eine Telekommunikationsüberwachung laufen haben, holen wir Frau Förster ins Kommissariat und konfrontieren sie mit dem Tatvorwurf«, schloss sich Theo Winter an. »Danach lassen wir sie wieder gehen und warten ab, was passiert. Wenn ihr es richtig macht, wird sie sich unter Druck gesetzt fühlen und mit ihren Komplizen Kontakt aufnehmen. Zur Sicherheit sollten wir sie auch noch observieren lassen.«

»Theo, wir sind in Franken! Wir verfügen nicht über dieselben Mittel wie das LKA – unser Budget ist begrenzt.«

»Na, na, im Geld schwimmen wir genauso wenig, nur weil wir in der Landeshauptstadt angesiedelt sind, aber so einen kleinen Sonderetat wird das Ministerium bestimmt springen lassen. Schließlich sollen wir den Reichsapfel schnellstmöglich wiederbeschaffen.«

Hackenholt konnte sich ein Grinsen nicht verkneifen: Manchmal nahm Winter seinen Job sehr pragmatisch wahr. Dann glitt sein Blick zur Wanduhr. Halb vier. Wenn er sich beeilte, würde er den Oberstaatsanwalt noch im Büro erreichen.

Mittwoch

»Frau Förster, Sie sind Beschuldigte in einem Strafverfahren. Ihnen wird Urkundenfälschung zur Last gelegt. Um genau zu sein: Sie werden beschuldigt, einen Versicherungsschein gefälscht zu haben, um dadurch die Vergabe eines Transports an die Firma Dippold-Transporte durch das Nürnberger Staatsmuseum zu erreichen. In dem Zusammenhang haben Sie auch mehrfach die Unterschrift Ihres Vaters Heinrich Dippold gefälscht. Derzeit prüfen wir, ob möglicherweise noch weitergehende Straftaten in Betracht kommen. Ihnen steht frei, sich zur Sache zu äußern. Sie dürfen jederzeit – auf eigene Kosten – einen Anwalt hinzuziehen, und Sie können Beweisanträge zu Ihrer Entlastung stellen. Haben Sie die Belehrung so weit verstanden?«

Sabine Förster nickte.

»Möchten Sie Angaben zur Sache machen?«

»Ich möchte meinen Anwalt bei dem Gespräch dabeihaben.«

»Wissen Sie seine Telefonnummer auswendig, oder soll ich Ihnen das Branchenbuch holen?«

Sie nahm ihr Handy aus der Tasche und diktierte Hackenholt die Nummer. Dann reichte er ihr den Telefonhörer und verließ das Zimmer.

»Er wird in einer Viertelstunde hier sein«, berichtete Frau Förster, nachdem sie das Telefonat beendet und dem vor der Tür wartenden Hauptkommissar ein Zeichen gemacht hatte.

Sobald der Anwalt eingetroffen war, stellte Hackenholt zu seinem Erstaunen fest, dass dieser bereits umfassend informiert war. Offenbar hatte sich Frau Förster gestern nach ihrem Gespräch in der Firma mit ihm getroffen. Hackenholt legte das Blatt mit den Angaben zur Person beiseite, das sie in der Wartezeit ausgefüllt hatten, und konfrontierte Sabine Förster mit den Anschuldigungen.

»Frau Förster, wir haben Grund zu der Annahme, dass Sie uns bislang die Unwahrheit gesagt haben. Entgegen Ihren Behauptungen wusste Ihr Mann ganz offensichtlich nichts von dem Transport nach Wien.«

»Wie kommen Sie darauf? Das ist doch absurd!«

»Wir konnten eine Kurznachricht auf einem Handy sichern, die Ihr Mann an eine dritte Person geschickt hat. Darin teilt er mit, er müsse ein zu einem früheren Zeitpunkt vereinbartes Treffen absagen, weil er unmittelbar zuvor von dem Transport nach Wien erfahren hat, den Sie vereinbart haben.«

Sabine Försters Augen verengten sich zu Schlitzen. »Und diese SMS hat Ihnen natürlich unsere Azubine gezeigt.«

»Der Empfänger der Kurznachricht ist völlig irrelevant.«

»Nein, ist er nicht. Wie ich Ihnen gestern bereits gesagt habe: Wir haben Frau Veccio am Montag gekündigt. Und jetzt versucht sie, uns bei Ihnen anzuschwärzen. Sie wissen doch, wie rachsüchtig diese jungen Frauen in ihrem verletzten Stolz reagieren – noch dazu, wenn es Südländerinnen sind.«

»Frau Förster, es steht außer Zweifel, dass die SMS vom Handy Ihres Gatten geschrieben wurde. Und wer außer ihm sollte sie sonst verfasst haben?«

Sie schwieg mit zusammengepressten Lippen.

»Wo waren Sie am Freitag, dem 14. Juni um elf Uhr zweiunddreißig?«, wechselte Wünnenberg abrupt das Thema.

»Keine Ahnung. Das ist fast drei Wochen her, das muss ich nachsehen.« Sie nahm einen Faltkalender aus ihrer Handtasche und blätterte darin herum. »Ach, jetzt erinnere ich mich: Ich war beim Arzt. Beim Orthopäden. Donnerstagabend bin ich im Sport umgeknickt und konnte nicht mehr auftreten. Mein Knöchel ist über Nacht sehr stark angeschwollen. Sascha meinte, ich soll ihn von einem Spezialisten anschauen lassen, weil ich mir ein Band gerissen haben könnte. Und wie das bei Ärzten nun mal so ist, sitzt man stundenlang im Wartezimmer herum – vor allem wenn man als Notfall eingeschoben wird. Ich bin an dem Tag erst um dreizehn Uhr in die Firma gekommen. Gerade noch rechtzeitig, um Giulietta abzulösen.«

»So, so«, brummte Wünnenberg und übergab wieder an Hackenholt, der keinen blassen Schimmer hatte, warum sich sein Kollege ausgerechnet nach den Geschehnissen an jenem

Vormittag erkundigt hatte; allerdings ließ er sich das nicht anmerken.

»Schildern Sie uns als Nächstes bitte, wie der Mittwochnachmittag vergangene Woche abgelaufen ist.«

Sabine Förster seufzte tief. »Das war der Tag, an dem Sascha meinem Vater und mir eröffnete, dass er den Transport für das Museum angenommen hat.«

Hackenholt sah sie abwartend an.

»Mein Mann kam ungefähr gegen sechzehn Uhr in die Firma; bis dahin war er mit Transporten beschäftigt. Er rief mich zu meinem Vater ins Büro und hat dann uns beiden gesagt, er würde am nächsten Morgen zusammen mit Thorsten eins der Exponate aus der Reichskleinodien-Ausstellung zurück nach Wien bringen. Ich war sprachlos – und meinem Vater ging es nicht viel anders. Natürlich wollte ich von ihm wissen, wie er an den Auftrag kam, aber er meinte nur: ›Ein Gentleman genießt und schweigt.‹ Mein Vater war der Pragmatischere von uns beiden: Er hat Sascha gelöchert, was mit den Transportpapieren und der Versicherung ist. Leider hat in dem Moment das Telefon an meinem Platz geklingelt, sodass ich nach vorne gehen musste und nicht hörte, was Sascha ihm im Detail erzählt hat. Als ich zurückkam, waren jedenfalls beide bester Laune – was nur sehr, sehr selten passierte. Mein Vater hat völlig euphorisch verkündet, von nun an gehe es mit unserer Firma aufwärts, weil wir damit werben könnten, dass wir den Reichsapfel nach Wien gebracht hätten.«

»Sie sagten gerade, Sie mussten ins vordere Büro laufen und ans Telefon gehen – konnte Ihre Auszubildende den Anruf nicht entgegennehmen?«

»Nein, Giulietta war nicht da. Sie hatte am Mittwochnachmittag immer frei, weil sie sonst auf zu viele Wochenstunden gekommen wäre.« Als sie Hackenholts fragenden Blick sah, erklärte sie: »Unser Büro ist wochentags von sieben bis siebzehn Uhr besetzt. Zehn Stunden täglich. Das kann eine Person nicht abdecken. Und weil ich immer den Donnerstagnachmittag freihabe, haben wir gerechtigkeitshalber Giulietta den Mittwochnachmittag freigegeben. Die restliche Zeit teilen wir untereinander auf.«

»Wann hat Frau Veccio an jenem Mittwoch die Firma verlassen?«

»Wie immer: um dreizehn Uhr.« Sabine Förster klang erstaunt.

»Und Ihr Mann hat Ihnen erst nach sechzehn Uhr von dem Transport erzählt?«

»Ja, genau.«

Während Wünnenberg Frau Förster und ihren Anwalt zur Pforte begleitete, kehrte Hackenholt in sein Büro zurück. Auf seinem Schreibtisch lag schon wieder ein kleiner Stapel Telefonnotizen. Manchmal wurde er das Gefühl nicht los, es gäbe in seiner Dienststelle ein Heinzelmännchen, das nur damit beschäftigt war, Zettel zu schreiben und sie ihm in einem unbeobachteten Moment auf den Schreibtisch zu schmuggeln.

Vielleicht lag es aber auch daran, dass er des Öfteren mit seinen Rückrufen in Verzug geriet. Denn wie auch gestern interessierte ihn von allen Nachrichten lediglich die von Zögner.

»Wie ist euer Haftvorführtermin gelaufen?«

»Der Ermittlungsrichter hat Finn Schöller in U-Haft genommen.«

»Du klingst aber nicht wirklich zufrieden.« Hackenholt kannte Zögner mittlerweile gut genug, um solche Zwischentöne herauszuhören. »Was ist los? Sagt er immer noch nichts?«

»Doch. Und genau da liegt mein Problem – ich glaube, er sagt die Wahrheit.«

»Erzähl!«

»Wie du weißt, kann so eine Nacht im Polizeigewahrsam eine recht heilsame Erfahrung sein – vor allem wenn man sie zum ersten Mal macht. Finn Schöller ist bislang strafrechtlich noch nie in Erscheinung getreten. Er hat auf mich keinen sonderlich abgebrühten Eindruck gemacht. Deswegen dachte ich auch, dass er vielleicht vor dem Richter auspackt und sein Gewissen erleichtert.«

»Was hat er denn gesagt?«, fragte Hackenholt, der nicht verstand, worauf Zögner hinauswollte.

»Jetzt behauptet er, er hätte Felix Kurz' Transporter am Freitagmorgen auf dem Parkplatz am Waldrand stehen sehen. Das

Fahrerfenster wäre heruntergelassen gewesen, das Autoradio hätte gedudelt, aber weit und breit soll niemand gewesen sein. Also hat er sich das Fahrzeug genauer angeschaut und dabei die Hecktür geöffnet. Im Laderaum soll es ausgesehen haben wie auf einer Müllhalde. Schöller will daraufhin geglaubt haben, dass das Auto einer Entrümplungsfirma gehört und die Sachen weggeworfen werden sollten. Deshalb dachte er sich, es wäre okay, wenn er sich das Fahrrad nimmt. Angeblich lag es oben auf der Matratze drauf.«

»So, so. Und was ist mit dem Toten?«

»Den will er nicht bemerkt haben.«

»Dann muss er was an der Nase haben!«

»Das habe ich ihm auch vorgehalten, aber unter uns: Wenn er Felix Kurz am Freitagfrüh gefunden hat, dann kann es noch gar keinen Leichengeruch gegeben haben. Der ist erst entstanden, als die Sonne auf das Auto gebrannt und das Innere aufgeheizt hat.«

»Stimmt.«

»Als du die Hecktür aufgemacht hast, hast du den Körper da sofort bemerkt?«

Hackenholt dachte zurück an die Auffindesituation. Ihm war zuallererst der Geruch ins Gesicht geschlagen, noch bevor er die Tür überhaupt richtig geöffnet hatte. In dem Moment war zumindest seinem Unterbewusstsein bereits klar gewesen, dass in dem Wagen ein Toter liegen musste – sonst hätte er auch nicht den Impuls verspürt, die Tür sofort wieder zuschlagen zu wollen. Gesehen hatte er den Toten allerdings erst, nachdem er die Matratze zur Seite gedrückt hatte. Das tat er aber, weil er den Turnschuh samt Strumpf und Bein entdeckt hatte. Genau das schilderte er Zögner.

»Er muss also zumindest den Fuß gesehen haben?«

»Meiner Meinung nach schon. Und wenn er im Inneren herumgewühlt hat, um zu erkunden, ob es außer dem Fahrrad noch etwas Interessantes gab, wird er auch noch mehr von dem Toten gesehen haben.«

»Aber es ist schon richtig: Du bist beim Anblick des Fahrzeugs genauso neugierig geworden wie er, nicht wahr?«

»Ja«, gab Hackenholt zu, »wenngleich ich nichts stehlen wollte. Ich wurde misstrauisch, weil das Auto noch genauso wie am Vortag dort stand: mit heruntergelassener Fensterscheibe und laut plärrendem Radio. Und das, obwohl es in der Nacht von Samstag auf Sonntag stark geregnet hatte.«

»Ist schon gut, ich wollte nur einen kleinen Spaß machen.«

»Was ist mit den Fingerabdrücken? Sagtest du nicht, sie wären im ganzen Fahrzeug verteilt?«

»Das stimmt so leider nicht. Sie befinden sich maßgeblich an der Hecktür und im hinteren Bereich des Innenraums.«

»Und die DNA-Auswertung?«

»Bekommen wir frühestens morgen.«

»Hast du ihn nach seinem Alibi für die Tatnacht gefragt?«

»Natürlich«, seufzte Zögner. »Er war bei einem seiner Kumpels und hat sich volllaufen lassen. Außer dem Typ kann das aber niemand bezeugen.«

»Und der Kerl könnte natürlich einer der anderen Täter sein.«

»Ganz genau. Na ja, schauen wir mal, was er uns in den kommenden Tagen noch für Versionen auftischen wird.«

Unmittelbar nachdem Hackenholt aufgelegt hatte, klingelte sein Telefon erneut. Es war eine Mitarbeiterin der Telefonzentrale, die nachfragte, ob ein Theobald Winter vom LKA bei ihnen im Kommissariat sei. Hackenholt bejahte und gab ihr die Durchwahl.

»Danke, aber die habe ich schon selbst. Mein Problem ist: Ich habe jemand in der Leitung, der ihn ganz dringend und sofort sprechen muss, aber ich erreiche ihn nicht in seinem Zimmer. Der Anrufer hat mir erzählt, dass er es schon unter Herrn Winters Handynummer versucht hat. Da ist er aber auch nicht rangegangen.«

»Tja, dann …«, meinte Hackenholt ratlos. »Sag dem Mann doch einfach, er soll es in ein paar Minuten noch einmal versuchen.«

Plötzlich hörte er Winters Stimme auf dem Gang. »Kann mal schnell jemand kommen und die Tür aufmachen?«

Hackenholt stand auf und lief in den Flur. Theo Winter stand vor dem Besprechungszimmer und hielt einen sehr großen Topf in der Hand.

»Theo, ich hab jemand am Telefon, der dich sprechen will.«

»Wie du siehst, kann ich jetzt nicht. Los, mach endlich auf, der Topf ist nämlich heiß und schwer!«

Kopfschüttelnd setzte sich Hackenholt in Bewegung. Als er die Tür zum Besprechungszimmer öffnete, glaubte er, seinen Augen nicht zu trauen. Auf dem Tisch standen neben einem Stapel Teller ein Korb mit frischen Brezen und drei Gläser Weißwurstsenf. Daneben lagen weiß-blaue Servietten.

»Nur auf einen Kasten Weißbier habe ich verzichtet. Schließlich können wir nicht schon um zwölf Uhr Feierabend machen – und im Dienst sollten wir besser nicht trinken.«

»Mit einem Kasten Bier, Theo, hätte dich der Pförtner gar nicht erst ins Präsidium gelassen.«

»Warum nicht?«

»Bei uns herrscht absolutes Alkoholverbot.«

»Oh! Wirklich? Das wusste ich nicht. Das ist ja furchtbar. Trinkt ihr deshalb nach Dienstschluss nie zusammen ein Feierabendbier? Das ist mir nämlich gleich aufgefallen. Am Freitag habe ich noch gedacht, dass ihr das vielleicht wegen mir nicht tut. Aber als ihr auch am Samstag keins zusammen getrunken habt, kam es mir vor, als wäre ich in einer Anti-Alkoholiker-Gruppe gelandet.«

»Theo, der Anrufer –«

»Ja, ja, der soll es später wieder probieren. So wichtig kann das gar nicht sein. Wir machen jetzt erst mal eine anständige Brotzeit. Du weißt doch: Weißwürste dürfen das Zwölfuhrläuten nicht erleben.« Mit einem vielsagenden Blick auf die Uhr hob Winter den Topfdeckel hoch.

Die folgenden anderthalb Stunden nutzten die Beamten nicht nur, um den Würsten den Garaus zu machen, sondern auch, um die bisherigen Entwicklungen des Tages zu besprechen. Mittendrin wurden sie von einer sichtlich genervten Schreibkraft unterbrochen.

»Herr Winter, könnten Sie jetzt endlich mal an Ihr Telefon

gehen? Ständig ruft einer vom LKA bei mir an. Ich weiß gar nicht, was ich dem noch erzählen soll!«

»Na, sagen Sie ihm beim nächsten Mal ganz einfach, er möge es auf dem Handy probieren. Dann muss er Sie nicht mehr belästigen.«

»Das macht er angeblich schon die ganze Zeit.«

»Oh!« Winter griff an den Gürtel und holte sein Mobiltelefon aus dem Täschchen. »Stimmt, das habe ich vorhin ausgeschaltet, weil es ständig gepiept hat.«

Sobald er es eingeschaltet hatte, leuchtete eine Anzeige auf: zweiundvierzig Anrufe in Abwesenheit.

»Hoppla. Man könnte fast glauben, mich hätte jemand sprechen wollen.« Er grinste schief. Im selben Augenblick begann es erneut zu piepen. Winter nahm den Anruf an.

»Ach, du bist es, Ansgar.« Winters Stimme klang enttäuscht. »Was ich hier treibe? Na, ich bin natürlich schwer am Arbeiten … Was? … Ja, genau, wie immer.« Er lachte. »Aber los jetzt: Was gibt es so Dringendes, dass du mich beim Brotzeitmachen stören musst?«

Plötzlich sprang Winter von seinem Stuhl auf und lief aus dem Zimmer.

»Nur gut, dass wir mit dem Essen fertig sind – denn jetzt hätten wir keine Zeit mehr dazu«, verkündete Winter, nachdem er zurückgekommen war und sich wieder neben Hackenholt gesetzt hatte. Dann schaute er in die Runde: »Es geht los. Wie ich es prophezeit habe: Die Täter wollen den Reichsapfel loswerden.«

»Allmächd!«* Baumann riss die Augen auf.

»Was ist passiert?«, fragte Hackenholt ruhig.

»Ich denke, es ist an der Zeit, euch ein paar Interna über unsere Arbeit zu erzählen – damit ihr seht, dass wir da unten in München nicht nur den lieben langen Tag die Füße auf dem Schreibtisch liegen haben.« Winter räusperte sich. »Also, wir haben natürlich im gesamten Bundesland Vertrauenspersonen unter den verschiedenen Kunsthändlern. Anders würde unsere Arbeit überhaupt nicht funktionieren. Das sind durch die Bank absolut seriöse Firmeninhaber, die seit vielen Jahren im Geschäft sind und sich mit der Zeit bestens vernetzt haben. Die kennen ihre Pappenheimer. Wenn nun ein Gegenstand, wie in unserem Fall der Reichsapfel, geraubt wird, strecken unsere Händler unauffällig ihre Fühler aus. Zum Beispiel streuen sie die Nachricht, sich im Auftrag eines Sammlers für ein Trinkgefäß zu interessieren oder für Münzen – immer aus der Zeit, aus der auch das Diebesgut stammt. Selbstverständlich sagen sie niemals, dass sie an genau dem Gegenstand Interesse haben, der gestohlen wurde. Da würde ja dem dümmsten Hehler aufgehen, dass er es mit Polizeispitzeln zu tun hat.«

Winter schaute in die Runde. Alle nickten – so weit war es nicht allzu schwer gewesen, ihm zu folgen.

»Heute Morgen hat nun eine unserer Vertrauenspersonen aus Regensburg in unserer Dienststelle angerufen, weil ihm ein mittelalterlicher Goldschatz angeboten wurde. Der Händler hat dem Anrufer wie üblich gesagt, er müsste erst mit seinem Kunden Rücksprache nehmen. Tatsächlich hat er jedoch seinen Kontaktmann bei uns informiert. Meine Jungs haben daraufhin beschlossen, einen verdeckten Ermittler einzusetzen. Das tun wir nur ganz selten, denn wenn beim Zugriff etwas schiefgeht, fliegt seine Legende auf, und er ist für unsere Zwecke nicht mehr einsetzbar.«

Erneut nickten alle Anwesenden.

»Wenn der Hehler wieder bei dem Regensburger Händler anruft, wird der ihm sagen, sein Kunde hätte kein Interesse. Gleichzeitig erwähnt er aber einen Kollegen, mit dem das Geschäft zustande kommen könnte.«

»Ist das nicht sehr riskant? Was passiert, wenn er sich nicht an den neuen Kontakt wendet?«, fragte Stellfeldt.

»Er wird sich bei ihm melden. Das tun sie immer. Es ist in der Szene üblich, dass ein Händler einen Verkäufer an einen Kollegen vermittelt und dafür eine kleine Provision einstreicht. Die Hehler wissen das. Und da der Täter unseren Händler von sich aus angerufen und die Ware angeboten hat, wird er ihm vertrauen.«

In dem Moment klingelte Winters Handy erneut. Er nahm das Gespräch entgegen, schrieb ein paar Worte in sein aufgeschlagen vor ihm liegendes Notizbuch und beendete den Anruf.

»Genau wie ich es gesagt habe: Der Hehler hat sich bereits mit unserem verdeckten Ermittler in Verbindung gesetzt. Aber der Reihe nach: Wo war ich stehen geblieben? Ach ja. Der Täter nimmt also Kontakt zum verdeckten Ermittler auf, Letzterer versucht Genaueres über die angebotene Ware zu erfahren – das muss er machen, um keinen Verdacht zu erregen. Würde er sich blind auf jegliches Angebot einlassen, könnte der Hehler doch noch Verdacht schöpfen.

Üblicherweise wird im Vorfeld schon der grobe Preisrahmen abgesprochen. Dann vereinbaren die beiden einen Treffpunkt, zu dem der Anbieter eine Probe der Ware mitbringt. Ist das nicht möglich, trifft man sich an einem sicheren Ort und zeigt dem Kaufinteressenten das Diebesgut. Üblicherweise benutzen wir dazu den Tresorraum einer Bank – denn wird man sich einig, kann der Verkäufer den Gegenstand dort einlagern, bis der Käufer mit dem Geld kommt.«

»Und das geschieht jetzt mit dem Reichsapfel?«, fragte Mur.

»Genau. Morgen Vormittag um zehn Uhr treffen sich unser verdeckter Ermittler und der Hehler in einer Bank in Frankfurt.«

»Wieso in Frankfurt?«, wollte Stellfeldt wissen.

»Weil der Hehler darauf bestanden hat«, sagte Winter schlicht. »Vielleicht will er sich die Anonymität des Bankenzentrums zunutze machen – oder er denkt, dass sich der Käufer dort nicht so gut auskennt wie in seinem Heimatort.«

»Was passiert bei einem Zugriff? Werden die lokalen Einsatzkräfte nicht auf ihrer Zuständigkeit bestehen?«

»Wir arbeiten mit dem SEK vor Ort zusammen – den Einsatz werde allerdings ich führen. Das haben wir in der Vergangenheit immer so gehandhabt. Es ist nicht der erste Deal, den wir in einem Frankfurter Tresorraum abwickeln. Unser Verbindungsbeamter ist ein Kollege vom hessischen LKA. Es sollte also keinerlei Probleme geben.

Die verhafteten Täter nehmen wir mit uns hierher. Was mit dem Reichsapfel geschieht, müssen wir dann sehen. In dem Punkt haben euer Staatsmuseum und die Wiener Hofburg ein Wörtchen mitzureden. Möglicherweise werden sie darauf bestehen, dass Mitarbeiter eines Frankfurter Museums die Insignie in Obhut nehmen. Das Städel Museum zum Beispiel hat einen erstklassigen Ruf. Aber darum mache ich mir im Augenblick noch keine Gedanken. Das werden wir sehen, wenn es so weit ist. Wir müssen natürlich heute hinfahren und dort übernachten.« Winter sah Hackenholt an. »Ich nehme an, dass du mich begleiten wirst?« Wenngleich er es als Frage formulierte, klang es eher wie eine Feststellung.

Hackenholt antwortete nicht sofort. Wollte er das? Er war seit weniger als einer Woche im Dienst, und schon sollte er nach Frankfurt fahren, um bei der Festnahme von einer Gruppe von Schwerverbrechern anwesend zu sein? Konnte er Sophie allein lassen? Was, wenn Ronja ausgerechnet heute Nacht beschloss, ihres Lebens im Bauch überdrüssig geworden zu sein und das Licht der Welt erblicken wollte? Der Schreck mit den Senkwehen steckte ihm noch in den Knochen.

»Wenn dir das alles zu viel ist, kann ich es übernehmen, Frank«, schlug Stellfeldt vor, dem Hackenholts Zögern nicht entging.

Winter sah verwundert zwischen den beiden Beamten hin und her.

»Ich rede mit Sophie«, murmelte Hackenholt. »Wenn es für sie okay ist, komme ich mit. Ansonsten übernimmst du. Du hast mich ja auch im letzten halben Jahr vertreten, als ich nicht hier war.«

Winters Blick wechselte von Verwunderung zu Betroffenheit. Er fragte jedoch nicht nach, aus welchem Grund Hackenholt sechs Monate lang ausgefallen war. Schließlich gab es nicht allzu viele Möglichkeiten.

»Mach, wie es dir am liebsten ist. Wir brauchen auch jemanden, der hier die Koordination für Frau Försters Observation übernimmt. Wir sind in die heiße Phase eingetreten – nicht nur wegen ihrer Vernehmung heute Morgen. Wenn sie sich mit den Tätern absprechen will, ist die Wahrscheinlichkeit dafür heute oder morgen besonders groß.«

Hackenholt ging in sein Büro und wählte Sophies Nummer. Als hätte ein siebter Sinn sie gewarnt, fragte sie sogleich misstrauisch nach, ob etwas passiert sei. Zu spät fiel Hackenholt ein, dass er so gut wie nie aus der Arbeit anrief. Mit einem resignierten Seufzer berichtete er ihr von den neuen Entwicklungen.

»Wenn du mit Winter nach Frankfurt fahren möchtest, dann tu das«, entschied Sophie. »Ich nehme an, das SEK übernimmt den Zugriff, und du setzt dich nicht irgendwelchen Gefahren aus. Jetzt geht es noch, in zwei Wochen möchte ich nicht mehr, dass du über Nacht wegbleibst.«

»Gut, dann komme ich gleich heim und hole ein paar Sachen zum Wechseln.« Einen Augenblick fragte sich Hackenholt, ob er wirklich das Richtige tat, wenn er Sophie allein ließ, aber dann gewann sein Jagdhundinstinkt wie immer die Oberhand.

Aufgrund der üblichen katastrophalen Verkehrslage wurde es halb sechs, bis Hackenholt und Winter in Frankfurt ankamen, obwohl sie es geschafft hatten, um halb drei loszufahren.

Die Fahrt verlief, davon einmal abgesehen, sehr angenehm. Theo Winter erzählte Hackenholt von der Arbeit seiner Abteilung, die stets im Hintergrund ablief. Denn kaum war die erste Woche nach einem Diebstahl oder Raub vorüber, legte sich das mediale Interesse, neue Meldungen wurden wichtiger. Bei ihrer Tätigkeit mussten sie zumeist über einen langen Atem verfügen, den die Presse nicht hatte – was auch gut war.

In Frankfurt fuhren sie direkt zum Polizeipräsidium, wo der Kollege vom LKA Wiesbaden, eine Handvoll SEK-Beamte und ein Bankmitarbeiter auf sie warteten. In ihr Hotel würden sie erst später einchecken, Hackenholt rief sicherheitshalber noch einmal an, um die Reservierung zu bestätigen.

Theo Winter erläuterte den anwesenden Beamten die Sachlage. Wie Hackenholt im Gespräch herausfand, hatten der SEK-Gruppenführer, der Wiesbadener LKA-Beamte und Theo Winter erst vor wenigen Monaten erfolgreich zusammengearbeitet, als es darum ging, vier 1988 in einer New Yorker Galerie gestohlene Gemälde sicherzustellen, die über zwei Jahrzehnte später als Bestandteile einer Erbschaft in Norddeutschland wieder aufgetaucht und sodann einem Münchner Sammler zum Kauf angeboten worden waren.

Im Wesentlichen wollten die Einsatzkräfte folgendermaßen

vorgehen: Die Ankunft des Hehlers im Bankgebäude sollte überwacht werden. Im Tresorraum ließ sich der verdeckte Ermittler die Ware zeigen und stellte ein paar Fragen dazu. Man verhandelte und einigte sich auf einen Preis. Dann schlug der verdeckte Ermittler ein zweites Treffen für den frühen Nachmittag vor. Die Zeitspanne wurde benötigt, um zum einen das Vorzeigegeld zu präparieren und zum anderen, um den Hehler zu observieren, damit sie herausfanden, ob und mit wem er sich traf.

Beim Treffen am Nachmittag übergab der verdeckte Ermittler das Geld und ließ sich den Reichsapfel aushändigen. In dem Augenblick musste der Zugriff erfolgen. Sowohl der verdeckte Ermittler als auch der Hehler würden von den Einsatzkräften überwältigt und in Handschellen abgeführt werden. Nur so ließ sich der Schein wahren: Damit die echte Identität des verdeckten Ermittlers nicht aufflog, musste es für den Hehler aussehen, als wären sie beide geschnappt worden.

Sobald alle Details einschließlich der Fragen geklärt waren, wo die Beamten sich für den Zugriff verstecken sollten, woran sie erkannten, dass der Zugriff erfolgen konnte, und wie das Vorzeigegeld präpariert wurde, fuhren die beiden bayerischen Kriminaler in ein Hotel, in dem sie sich mit dem verdeckten Ermittler trafen. Auch ihm erklärten sie die mit den SEK-Beamten abgesprochene Einsatztaktik.

Das erste Treffen am Vormittag stellte sowieso kein Problem dar. Wie sehr der verdeckt arbeitende Einsatzbeamte feilschen wollte, blieb ihm selbst überlassen: Es musste einfach glaubhaft wirken. Der ausgehandelte Preis war schlussendlich nicht entscheidend. Winter besaß eine Vollmacht, die ihm bei der Beschaffung des Geldes freie Hand ließ – er musste nur dafür Sorge tragen, dass es im Tresorraum blieb.

Für das zweite Treffen wurde vereinbart, das Geld Zug um Zug gegen die Insignie einzutauschen. Zunächst musste der verdeckte Ermittler sicherstellen, dass es sich um das echte Stück handelte, dann prüfte der Hehler das Geld, und damit war der Deal abgeschlossen. Und in dem Augenblick sollte der verdeckte Ermittler sich seine Mütze vom Kopf streifen als Zeichen für das SEK: Der Zugriff konnte erfolgen.

Natürlich würden die Einsatzbeamten die gesamte Interaktion mit Argusaugen über in der Decke angebrachte versteckte Kameras beobachten. Falls der Hehler ein unehrliches Spiel abzog und dem Käufer das Geld ohne Gegenleistung abnahm oder ihn gar angriff, würden die SEK-Beamten sofort einschreiten. Ein gewisses Restrisiko für die körperliche Unversehrtheit des verdeckten Ermittlers blieb trotzdem, aber Winter war zuversichtlich: Der Mann war sehr gut trainiert und stets auf der Hut. Er konnte einen etwaigen Angriff abwehren.

»Heute Mittag hast du erwähnt, dass du das vergangene halbe Jahr nicht im Dienst warst«, bemerkte Theo Winter. Er saß mit Hackenholt an der Hotelbar und starrte in seinen Campari-Orange. »Ich habe auch einen Kollegen in meiner Abteilung, der sich letzten Sommer wegen eines Burn-out-Syndroms krankgemeldet hat. Leider ist er bis heute nicht zurückgekommen – wie es aussieht, wird er wohl in Frühpension gehen.« Winter lächelte verlegen. »Was ich damit sagen wollte: Dafür, dass du erst so kurz zurück im Dienst bist, schuftest du schon wieder wie für zehn. Solltest du nicht etwas kürzertreten und etwas mehr an deine Familie denken? Deine Frau hat einen sehr herzlichen Eindruck auf mich gemacht. Es wäre jammerschade, wenn es dir irgendwann so erginge wie mir: Meine Ehe ist zerbrochen, weil ich ständig auf Abruf war … bin.« Zum ersten Mal erzählte Winter etwas über seinen persönlichen Hintergrund.

»Ich war nicht ausgebrannt, Theo. Ich hatte vor sechs Monaten ein Erlebnis im Dienst, das ich allein nicht verarbeiten konnte: Ich wurde entführt und eine Nacht lang in einem Transporter gefangen gehalten.« Hackenholt wunderte sich über sich selbst, wie locker er davon erzählen konnte.

Winter sah ihn schockiert an.

»Rückblickend waren nicht die drei Zehen, die mir in der Nacht erfroren sind, das Problem, sondern die Angst, es nicht zu überleben. Was sollte aus Sophie und unserem Baby werden? Wir waren zu dem Zeitpunkt nicht verheiratet. Trotzdem hat mich die Kälte irgendwann dazu gebracht, die Augen zuzumachen und aufzugeben.« Hackenholt hielt kurz inne. »Vielleicht wäre ich nicht mehr in meine Dienststelle zurückgekommen, wenn ich nicht solch einen großen Rückhalt bei meinen Kollegen hätte. Und dann war da eben auch der Zufall, dass ich den Toten in Bad Bocklet gefunden habe. Einen jungen Mann, der dasselbe wie ich durchmachen musste, der es aber nicht überlebt hat.«

»Bereust du, Polizist geworden zu sein?«

»Haben wir das nicht alle schon mal getan, nach einer Nacht, die wir durchgearbeitet haben, und nichts dabei herausgekommen ist und wir uns dafür noch von irgendeinem Besserwisser dumm anreden lassen mussten?«

Winter grinste. »Du meinst so jemanden wie mich, einen aus dem höheren Dienst, nicht wahr?«

»Nicht explizit. Aber es soll auch schon den einen oder anderen Vorgesetzten gegeben haben, auf den das zutrifft.«

»Warum wurdest du nicht für den höheren vorgeschlagen? Soweit ich es in der kurzen Zeit beurteilen kann, hast du sehr gute Führungsqualitäten und ein enormes Fachwissen.«

»Mir fehlt es am Ehrgeiz. Um ehrlich zu sein: Man hat mich damals in meiner alten Dienststelle in Münster für die höhere Beamtenlaufbahn vorgeschlagen. Ich trat auch die Bewährungszeit an und habe mich in die mir übertragenen Aufgaben hineingekniet. Aber als einer meiner Vorgesetzten ein angeblich dringend benötigtes Gutachten vor meinen Augen in den Schredder gestopft hat, ohne es zuvor gelesen zu haben, ist mir der Kragen geplatzt.« Hackenholt dachte zurück, dann zuckte er mit den Schultern. »Es ist, wie es ist. Ich bin froh über das, was ich mache. So habe ich wenigstens keinen reinen Schreibtischjob.«

»Aber der Freistaat vergeudet damit seine Ressourcen. Es gibt Fähige und weniger Fähige im höheren Dienst. Manchmal denke ich, je älter ich werde, desto mehr Kollegen gehören letzterer Fraktion an. Die jungen Führungsbeamten werden so lange gedrillt, bis sie ihren Vorgesetzten blind hinterherhecheln.«

»In dem Punkt sind wir uns also einig.« Hackenholt lachte. »Ich wäre nicht glücklich geworden. Ich war schon immer ein Querdenker, der nicht Gehorsam und bedingungsloses Jasagen, sondern Logik und Sinnhaftigkeit in den Vordergrund gerückt hat.«

»Wie bist du bei den Voraussetzungen dann überhaupt zur Polizei gekommen?«

»Es war der Wunsch meiner Großmutter.«

Winter sah ihn verblüfft an.

»Meine Eltern kamen bei einer Gasexplosion ums Leben, als ich vier Jahre alt war. Wir wohnten in einem Mietshaus mit sechs Parteien in Münster. Ein Nachbar aus dem Erdgeschoss hat die Hauptleitung manipuliert, um am Zähler vorbei Gas abzuzapfen. Ich war in meinem Kinderzimmer. Aber wie durch ein Wunder wurde ich nur verschüttet und nicht wie meine Eltern von einem Stahlträger erschlagen. Meine Großmutter hat mich aus den Trümmern gezogen. Ich bin bei ihr aufgewachsen.«

»Kannst du dich noch an die Nacht erinnern?«

»Nein, ich war bewusstlos, als sie mich fand, und kam erst wieder im Krankenhaus zu mir.«

»Lebt deine Großmutter noch?«

»Sie ist zwei Jahre, nachdem ich zur Polizei gegangen bin, an einem Schlaganfall gestorben. Sie war nicht verheiratet. Die Eltern meines Vaters leben auch nicht mehr.« Bevor Winter etwas dazu sagen konnte, fragte Hackenholt: »Und du? Wie bist du zu unserem Verein gekommen?«

»Mein Traum war, an die Kunsthochschule zu gehen.« Gedankenverloren zwirbelte Winter seinen Bart. »Aber mein Vater war Polizeidirektor in München. Es hat ihn nicht sonderlich interessiert, was ich machen wollte. Ich hatte einfach zu gehorchen.«

Donnerstag

Der markerschütternde Pfiff einer Trillerpfeife durchbohrte sekundenlang Hackenholts Trommelfell. Von allen Seiten stürmten schwerbewaffnete Einsatzbeamte aus ihren Verstecken im Tresorraum. Nur wenige Sekundenbruchteile früher hatte der verdeckte Ermittler seine Mütze vom Kopf gestreift und damit das Zeichen zum Zugriff gegeben. Hackenholt hoffte inständig, dass nun, im Gegensatz zum ersten Treffen, alles glattging.

Am Morgen war wenig nach Plan gelaufen: Der Hehler konnte den Reichsapfel nicht vorweisen. Dem verdeckten Ermittler gegenüber behauptete er, er wolle sich seinen Verhandlungspartner erst einmal anschauen und wissen, ob er zuverlässig und vor allem vertrauenswürdig war.

Der vermeintliche Händler setzte ihn daraufhin ziemlich unfreundlich darüber in Kenntnis, dass er seine Zeit nicht gestohlen habe und Spielchen genauso wenig mochte, weshalb er den Deal platzen lassen würde, sollte der Hehler nicht bald mit einer Probe seiner Ware herausrücken. Ohne die Ware gesehen zu haben, würde er ihm kein Angebot unterbreiten.

Hackenholt traute sich während des ganzen Gesprächs, das er zusammen mit Winter und dem SEK-Einsatzleiter vor einem Überwachungsbildschirm in einem angrenzenden Büro verfolgte, kaum zu atmen. Er war sich nicht sicher, ob der verdeckte Ermittler nicht zu schroff mit dem Hehler umsprang, und dieser daraufhin einen Rückzieher machen würde.

Doch Winter winkte ab und behauptete, das sei einer der Punkte, an dem sich die Spreu vom Weizen trenne: Der Hehler sei ein kleiner Fisch und habe keine Ahnung vom großen Geschäft, sonst würde der verdeckte Ermittler ihn ganz anders behandeln – da könne der andere noch so oft beteuern, dass er im Besitz eines echten Goldschatzes des Heiligen Römischen Reichs sei.

Nach dem Treffen beobachteten die Observationsbeamten den Hehler, als er zu einem weiteren Mann in einen roten Renault stieg. Sie verfolgten das Fahrzeug zum Flughafen, wo die beiden

Männer einen Koffertrolley aus einem Schließfach holten und damit auf direktem Weg zurück in die Bank fuhren. Dort gingen sie mit einer Mitarbeiterin in den Tresorraum und ließen sich zur Überraschung der Ermittler zwei Schließfächer öffnen. Was sie in die daraus entnommenen Kassetten legten, konnten die Beamten jedoch nicht erkennen, da sich die zwei Männer gegenseitig abschirmten.

Sobald sie fertig waren, fuhren sie in eine Kneipe und tranken sich mit ein paar Bier Mut an – zumindest machten sie diesen Eindruck auf die Observanten. Erst um kurz vor vierzehn Uhr brachen sie wieder in Richtung Bank auf, wo sie pünktlich eintrafen.

Während die SEK-Beamten nun den Hehler zu Boden rangelten und dasselbe etwas feinfühliger auch mit dem verdeckten Ermittler taten, nahm eine zweite Gruppe den Kerl in dem vor der Bank wartenden Renault fest.

Wenige Minuten später standen Hackenholt, Winter, sein Wiesbadener Kollege und der SEK-Gruppenführer im Tresorraum und warteten darauf, dass dem verdeckten Ermittler die Handschellen abgenommen wurden.

»Ihr werdet vermutlich nicht begeistert sein«, sagte der Mann und wies mit dem Kinn zu der auf einem Tisch stehenden Kassette. »Vom Reichsapfel keine Spur, dafür hatte er einige Goldmünzen im Gepäck.«

Winter sah in der Tat enttäuscht aus. »Warum hast du denn dann das Zeichen zum Zugriff gegeben? Vielleicht wollte er dich nur testen?«

Der verdeckte Ermittler schüttelte den Kopf. »Das ist alles, was er im Angebot hat.«

»Und was ist im zweiten Schließfach?«, fragte Hackenholt.

»Vermutlich die restlichen Münzen. Er sagte, dass es insgesamt vierzig Stück sind. Gezeigt hat er mir aber nur diese sieben.«

In dem Augenblick kam einer der Frankfurter Beamten zusammen mit einer Bankmitarbeiterin in den Tresorraum gelaufen.

»Wir haben den Schlüssel für das andere Fach gefunden. Der Fahrer hatte ihn bei sich.«

Zusammen mit dem Schlüssel, den die Angestellte verwahrte,

öffneten die Polizisten das zweite Schließfach. Auch die dortige Kassette enthielt, ganz wie es der verdeckte Ermittler vermutet hatte, ausschließlich Goldstücke.

»Viel Aufregung um nichts«, brummte Hackenholt.

»So würde ich das nicht sagen«, murmelte der verdeckte Ermittler. »Wenn ich nicht völlig falschliege, sind das die Münzen, die im April 2012 im LWL-Landesmuseum in Münster geraubt wurden. Zusammen mit den fünfundzwanzig dort verbliebenen Exponaten stellen sie den einzigen erhaltenen Goldschatz Westfalens dar. Deswegen hat der Händler auch immer so betont, dass er einen *Goldschatz* hat.«

»Ich erinnere mich, davon gelesen zu haben. Die Dinger sind um die dreißigtausend Euro wert, nicht wahr?«, fragte Winter.

»Das ist der ideelle Wert. Geht man nach dem Goldpreis, wäre es wesentlich weniger.«

»Ein eher kleiner Schatz dann also«, versuchte sich Hackenholt an einem Witz. »Warum haben die Täter so lange mit dem Verkauf gewartet?«

»Das Museum hat die Münzsammler-Szene unmittelbar nach dem Diebstahl informiert. Und die Numismatiker sind untereinander gut vernetzt, da dürfte es den Dieben zu heikel gewesen sein, die Stücke zu verkaufen.«

»Warum haben sie die dann nicht eingeschmolzen?«

»Gold hat einen Schmelzpunkt von tausendvierundsechzig Grad Celsius. Das macht man nicht mal eben schnell am heimischen Herd.« Der verdeckte Ermittler grinste schief.

»Tja, das war aus unserer Sicht dann wirklich der berühmte Satz mit X«, gab Theo Winter zu. »Wenngleich das Museum in Münster das sicher ganz anders sieht. Freust du dich, dass wir deiner alten Heimat einen solchen Dienst erwiesen haben?«

»Nun ja, einen Tag Abwesenheit hätte ich jetzt nicht gerade in Kauf genommen, wenn ich das Ergebnis vorher gewusst hätte«, seufzte Hackenholt.

Erneut kamen sie erst im Lauf des Nachmittags los: Theo Winter musste die Kollegen ins Frankfurter Polizeipräsidium begleiten und Protokolle verfassen, bevor der Wiesbadener LKA-Beamte zufrieden war und die weitere Sachbearbeitung übernahm. Hackenholt überlegte, ob er nicht mit dem Zug nach Nürnberg zurückfahren sollte, verwarf den Gedanken jedoch.

»Zumindest brauchen wir heute nicht mehr in die Dienststelle zu gehen. Bis wir in Nürnberg sind, wird es sicherlich halb sieben«, brummte Winter.

»Ich wollte eigentlich schon noch hin und nach dem Rechten schauen«, entgegnete Hackenholt.

»Lass es gut sein, ich setz dich bei deiner Frau ab. Du hast heute dreimal mit Manfred telefoniert, und alles, was er dir sagen konnte, war, dass bei Frau Försters Observation nichts Auffälliges vorgefallen ist. Mach dir lieber einen schönen Abend mit Sophie. Wenn euch allerdings die Decke auf den Kopf zu fallen droht, dann könnten wir drei zusammen essen gehen«, grinste Theo.

»Lass uns das in den nächsten Tagen machen.«

»Ich wollte eigentlich morgen Mittag nach Hause fahren. Ich bin jetzt seit sieben Tagen bei euch. Nicht, dass es mir in Franken nicht gefallen würde, aber so allmählich möchte ich ganz gern mal wieder eine Nacht in meinem eigenen Bett schlafen. Davon abgesehen habe ich auch keinen unbegrenzten Wäschevorrat mitgebracht.«

»Tja, was soll ich sagen?«, schmunzelte Hackenholt. »Dann ist heute wohl doch genau der richtige Abend für ein gemeinsames Essen.«

Sophie überlegte nach Hackenholts Anruf eine Weile, wo sie für den Abend einen Tisch reservieren sollte. Sie waren mit Theo beim Bratwurstessen gewesen, Schäufele hatte sie selbst für ihn zubereitet, und bei Christine Mur hatte er einen gemütlichen Grillnachmittag verlebt. Eigentlich fehlte in der Sammlung noch der Aischgründer Karpfen, aber der Juli hatte nun mal kein R im Namen – und damit blieben den Karpfen noch knappe zwei Monate Schonzeit.

Somit war wohl der Moment gekommen, Theo Winter zu zeigen, dass die Franken nicht nur bäuerlich-bodenständiges Essen zu schätzen wussten, sondern auch eine gehobene Küche beheimateten. Schließlich fiel Sophie der Schindlerhof in Boxdorf mit seinem Restaurant unvergESSlich ein. Franken geht fremd, hieß dort das gastronomische Konzept. Es versprach Köstlichkeiten aus aller Welt, die gekonnt mit frischen Produkten aus der Region zu der hauseigenen *Affaire Culinaire* kombiniert wurden.

»Sag mal, Theo«, fragte Sophie, nachdem sie sich für Kalbsleber-Mangold-Saltimbocca auf weißem Zwiebelconfit, grüne Bohnen und Pecorino entschieden und ihre Bestellung an die herzliche Bedienung weitergegeben hatte, »wie lange stehst du eigentlich jeden Tag im Bad, um deinen Bart so hinzubekommen? Das muss doch der blanke Horror sein.«

»Lass einem Mann seine Geheimnisse«, lachte Winter, fügte dann aber doch sichtlich geschmeichelt hinzu: »Ich habe morgens nie länger gebraucht als meine Exfrau.«

»Verknautschst du dir den denn nachts beim Schlafen nicht immer?«

»Man schläft natürlich mit einer Bartbinde.«

»Wirklich?« Sophie sah ihn fassungslos an. »Hast du schon mal an einem Bartwettbewerb teilgenommen?«

»Klar. 2010 habe ich bei der Bart-EM in Leogang in Österreich den ersten Platz in der Kategorie Schnauzbart Dalí belegt. Allerdings war ich da noch ein wenig besser in Form. Seither sind mir ein paar Haare abgebrochen, sodass ich ihn extrem zurückschneiden musste. Aber zumindest habe ich es nicht so schwer wie zum Beispiel die Kollegen, die einen Schnauzbart Englisch tragen.«

»Wieso?«

»Bei einem englischen werden die Barthaare von der Oberlippenmitte nach außen gezogen. Meiner wächst nur an den Enden in die Länge, das Mittelstück halte ich sehr kurz. Das ist der Vorteil, denn unter der Nase wachsen die Haare langsamer als an den Enden; höchstens eins Komma zwei Zentimeter im Monat.«

»Sag jetzt nicht, dass du deine Bartlänge misst!«

»Natürlich. Einmal pro Woche.« Winter legte den Kopf schief. »Es ist quasi Tradition in meiner Familie. Sowohl mein Großvater als auch mein Urgroßvater hatten noch einen richtigen Kaiser-Wilhelm-Bart, wie ihn Wilhelm I. trug: Ein gezwirbelter Oberlippenbart, der in einen Backenbart überging, bei dem jedoch Kinn und Wangen vollständig ausrasiert wurden. Mein Vater hatte dann schon nur noch einen Zwirbelbart wie Kaiser Wilhelm II. Also lediglich einen Schnauzer, aber der war so voll und buschig und so lang gewachsen, dass er ihn in einen richtigen Kreis zwirbeln konnte. Von allen dreien gibt es übrigens Bilder, auf denen sie in einer Pickelhaube posieren. Sie sahen genauso aus, wie man sich einen königlich bayerischen Landgendarm vorstellt – auch wenn mein Vater natürlich keine Pickelhaube mehr getragen hat.«

»Waren alle deine Vorfahren Polizeibeamte?« Vor lauter Faszination hatte Sophie überhaupt nicht die Bedienung bemerkt, die in der Zwischenzeit die Vorspeise gebracht hatte. Doch nun stieg ihr der Duft der gebratenen Süßwassergarnelen auf ihrem Sommersalat in die Nase.

»Ja«, sagte Winter, während er zum Löffel griff, um seine Forellenschaumsuppe zu genießen. »Wenn ihr mal nach Ingolstadt kommt, dann macht einen Abstecher ins Bayerische Polizeimuseum, das ist im Turm Triva untergebracht. Dort findet ihr alle Highlights rund um die Bayerische Polizei in den vergangenen hundert Jahren: Angefangen von den Zeiten der bayerischen Revolution 1918 über die Olympiade 1972 in München bis hin zu Wackersdorf. Thematisch werden von der Polizeiausbildung im Dritten Reich bis zur Grenzsicherung im Kalten Krieg alle Bereiche abgedeckt.« Winter lächelte, bevor er wieder ernst wurde. »Das Museum ist wirklich sehr zu empfehlen – nicht nur, weil es dort einen wundervollen alten VW-Käfer und verschiedene andere Ausrüstungsgegenstände gibt. Es werden auch persönliche Dokumente sowie Fotos ausgestellt. Wenn ihr genau aufpasst, entdeckt ihr meinen Großvater darunter.«

Freitag

Um Punkt sieben klingelte Hackenholts Telefon im Büro.

»Hab ich's mir doch gedacht, dass du nicht zu den Langschläfern gehörst«, schallte es ihm aus dem Hörer entgegen. »Wie war's in Frankfurt? Hat euch der Hehler ein anständiges Angebot gemacht?« Walter Zögner lachte dröhnend.

»Er musste uns schweren Herzens vierzig Goldtaler überlassen.«

»Also Peanuts im Vergleich zu dem, was ihr euch von ihm erhofft habt.«

»Ganz genau. Und bei dir?«

»Tja, von meiner Seite gibt es leider auch nichts Erfreuliches zu berichten: Wir haben jemand gefunden, der Finn Schöllers Alibi bestätigt hat. Er hat uns doch gesagt, er war bei einem Kumpel und ließ sich dort zulaufen. Dabei müssen sie wohl ziemlichen Krach gemacht haben. Zumindest hat sich einer der Nachbarn gestört gefühlt und bei ihnen beschwert. Das war gegen Mitternacht. Er hat definitiv beide Männer in der Wohnung gesehen, und sie sollen nicht mehr in der Lage gewesen sein, Auto zu fahren.«

»Die Überwachungskameras haben immer nur einen Mann und eine Frau aufgezeichnet. Was ist, wenn dein Tatverdächtiger zwar bei dem Überfall dabei war, dann aber in Schweinfurt bei seinem Freund geblieben ist?«

»Dafür haben wir die Aussage vom Kumpel: Finn Schöller ist gegen zwanzig Uhr zu ihm gekommen. Laut Bauer Holzinger müsste er zu dem Zeitpunkt aber als Polizist verkleidet auf der Autobahn gewesen sein.«

»Und wenn der Kumpel lügt?«

»Warum sollte er? Er weiß, dass er sich strafbar macht, wenn er ihm ein falsches Alibi gibt. Außerdem haben wir den jungen Mann überprüft. Er ist nicht vorbestraft – und seine Fingerabdrücke stimmen nicht mit denen überein, die wir am Fahrzeug gefunden haben. Darüber hinaus haben wir die DNA-Auswertungen bekommen. Wir können keinerlei Spuren von Finn Schöller an Felix Kurz' Leiche nachweisen. Damit ist er aus dem Rennen, und wir fangen wieder bei null an.« Man konnte förmlich hören, wie Zögner resigniert mit den Schultern zuckte. »Vielleicht hat Kerstin mehr Glück. Sie ermittelt eisern in Richtung Osteuropäer, aber bislang hat sie nichts Brauchbares entdeckt. Ein paar Autodiebstähle, ein paar Trickbetrüger – das geht alles nicht in die Richtung, die wir suchen.«

»Warten wir es ab. Noch ist nicht aller Tage Abend.«

In der morgendlichen Lagebesprechung schilderten Hackenholt und Winter zusammengefasst die Ereignisse des gestrigen Tages. Als dann die Nürnberger Kollegen an der Reihe waren, die beiden ihrerseits auf den aktuellen Stand zu bringen, breitete sich Schweigen aus – bis Stellfeldt schließlich das Wort ergriff.

»Das Observationsteam hat keinerlei Auffälligkeiten entdeckt. Absolut nichts. Weder traf sich Frau Förster mit jemandem, noch hat sie ungewöhnliche Telefonate geführt. Wir haben alles abgehört und mitgelesen. Es gibt auch keine kompromittierenden E-Mails. Sie fuhr morgens in die Firma und abends wieder nach Hause. Der Einzige, mit dem sie sich unterhalten hat, war ihr Vater. Nicht einmal Fahrer sind in die Firma gekommen.«

»Hm. Das ist ernüchternd«, gab Hackenholt zu. »Aber wir stehen ja noch ganz am Anfang der Überwachung.«

»Erinnerst du dich: Ich habe sie in der Vernehmung gefragt, was sie am Freitag, dem 14. Juni um elf Uhr zweiunddreißig gemacht hat.«

»Ja, ich weiß sogar noch, dass ich dich gleich im Anschluss daran fragen wollte, warum du dich so sehr für diesen Zeitpunkt interessierst. Aber dann habe ich Zögner angerufen und es vergessen.« Hackenholt grinste entschuldigend.

»Zu der Uhrzeit wurde die Datei erstellt, die den gefälschten Versicherungsschein enthält. Etwa eine Stunde zuvor wurde das Grafikprogramm heruntergeladen und auf dem Rechner installiert. Wie soll Frau Förster das getan haben, wenn sie gar nicht in der Firma, sondern beim Arzt war?«

»Sie hat bisher sehr umsichtig agiert. Wahrscheinlich war sie an dem Morgen tatsächlich beim Arzt – aber nicht annähernd so lange, wie sie behauptet hat. Ihr Vater wird nun natürlich einen Teufel tun und zugeben, dass sie bereits um halb zehn in der Firma eingetrudelt ist.«

Stellfeldt schüttelte den Kopf. »Ich glaube nicht, dass die Frau ihren eigenen Mann hat umbringen lassen. Dazu hat sie gar nicht die nötigen Verbindungen. Wenn sie zusammen mit einem Geliebten ein Mordkomplott geschmiedet hätte, um Sascha Förster loszuwerden, dann würde ich sie als Täterin in Betracht ziehen. Aber so hat sie doch nur die eigene Firma ruiniert. Außerdem ist sich Norbert Beck sicher, mit einem Mann gesprochen zu haben.«

»Das hatten wir doch alles schon!« Winter klang genervt. »Den Anruf kann Frau Försters Komplize übernommen haben.«

»Auf alle Fäll mäimer nåchbrüfm wos der Doggder uns dåderzou sachd«, nuschelte Baumann. »Wenns wergli ern ganzn Vuurmiddooch doddn wår, konnsnern Versicherungsschein ned gfälschd hom.«*

»Und dann«, seufzte Hackenholt, »stehen wir wieder am Anfang.«

Wünnenberg schüttelte den Kopf. »Wenn wir ganz sicher wissen, dass Sabine Förster es nicht war, muss es die Azubine gewesen sein – sofern es stimmt, was uns Frau Förster über ihren Mann gesagt hat, nämlich dass er keine große Ahnung von Computern hatte. Dann müssten wir uns Giulietta Veccio genauer anschauen und hinterfragen, wo ihre Interessen bei der ganzen Sache liegen. Immerhin hat bislang nur sie behauptet, Sascha Förster habe nichts von dem bevorstehenden Transport gewusst.«

»Du vergisst die SMS, die er ihr geschrieben hat«, konterte Hackenholt. »Aber okay, fahren wir zu diesem Orthopäden.«

»Seid ersu goud un fård aufm Rüggweech bei Dibbold-Dransbodde vuurbei un bringd uns die agduelln Faddnbüchler aus alle Audo mid«, bat Baumann. »Vielleichd kennermer ja ersu nåchweisn, wou der Sascha Förschder den Vuurmiddooch gween is.«*

Sabine Försters Orthopäde arbeitete in einer Praxisgemeinschaft in der Äußeren Bayreuther Straße – direkt im Mercado. Nachdem sich weder Hackenholt noch Wünnenberg auskannten, fuhren sie im Parkhaus hinauf bis aufs Dachparkdeck, wo sie ein Hinweisschild zur entgegengesetzten Ecke des Gebäudes schickte.

Die junge Frau an der Rezeption war nicht eben erfreut über den Besuch der Kripobeamten, die ihr die Dienstausweise unter die Nase hielten, denn die Patienten stauten sich wie üblich in der Anmeldung.

»Sie sehen selbst: Ohne Termin ist nichts zu machen«, versuchte sie die Ermittler abzuwimmeln. Als ihr das nicht gelang, wollte sie sie in einem der Wartezimmer parken – doch auch darauf ließ sich Hackenholt nicht ein.

Endlich bemerkte der Arzt den Aufruhr in der Anmeldung und bat die Kriminaler in der Hoffnung, sie möglichst schnell wieder loszubekommen, in sein Zimmer. Als er hörte, worum es ging, atmete er erleichtert auf und holte sich Frau Försters virtuelle Krankenakte auf den Bildschirm.

»Ich habe der Patientin am 14. Juni um zwölf Uhr vierzehn ein Rezept ausgestellt und die Diagnose notiert«, gab der Orthopäde Auskunft.

Danach rief er seine gestresste Helferin zu sich, die mit Hilfe ihres Anmeldebuchs bestätigte, dass Sabine Förster an dem Tag angerufen hatte und als Notfall eingeschoben worden war. Sie hatte ab acht Uhr dreißig auf das kurze Gespräch mit dem Mediziner gewartet.

Bei der Firma Dippold-Transporte öffnete Fred Mayer die Tür; einer der Fahrer, mit dem Hackenholt vor einer knappen Woche gesprochen hatte.

»Was wollen Sie?«, fragte er nicht eben erfreut.

»Ist Herr Dippold da?«, stellte Hackenholt ungerührt eine Gegenfrage.

»Wo sollte er denn sonst sein? Das hier ist sein Lebenswerk. Sie bringen ihn noch um.«

Der alte Mann sah in der Tat alles andere als gesund aus. Er wirkte so ausgemergelt und eingefallen, als hätte er sich die vergangenen Tage ausschließlich von Zigaretten ernährt.

»Sie schon wieder?«, fragte er müde.

»Wir brauchen aus sämtlichen Fahrzeugen die aktuellen Fahrtenbücher.«

Ohne zu fragen, wozu das nötig sei, nickte Heinrich Dippold Fred Mayer zu. »Kannst du das erledigen?«

»Klar, Chef.«

»Außerdem hätten wir gerne gewusst, welche Personen am Freitag, dem 14. Juni im Lauf des Vormittags im Büro anwesend waren. Das war der Tag, an dem Ihre Tochter den Orthopäden aufsuchte, weil sie sich am Abend zuvor den Knöchel verletzt hat. Wo ist sie jetzt eigentlich?«

»Ich habe sie nach Hause gebracht«, brummte der Fahrer. »Sie ist ja nur noch ein nervliches Wrack – dank Ihnen.«

»Wir tun auch nur unsere Arbeit, Herr Mayer«, sagte Hackenholt höflich, aber sehr bestimmt. »War Ihr Schwiegersohn an jenem Freitagvormittag im Büro, Herr Dippold?«

»Natürlich war er das«, platzte Mayer heraus. »Er hat doch jede freie Sekunde genutzt, um hier herumzuscharwenzeln, während Sabine nicht da war.«

»Und woher wissen Sie das?«

»Weil ich an dem Tag um elf Uhr Feierabend gehabt hätte, aber seine Fahrten übernehmen musste, damit er Giulietta etwas am Computer zeigen konnte. Irgend so ein Programm, mit dem sie sich angeblich nicht auskannte.« Mayer schnaubte missbilligend. »Als ob es da eins gegeben hätte, so flink wie die Kleine war. Ausgesehen hat es jedenfalls genau andersherum.«

»Sie haben die beiden beobachtet?«

»Ja, ich wollte die Schlüssel für meinen Lastwagen abgeben.«

»Warum können Sie so sicher sein, dass das am 14. Juni war und nicht eine Woche früher?«

»Erstens steht es im Fahrtenbuch, zweitens in meinem Stundenzettel und drittens hatte an dem Tag meine Enkelin Geburtstag. Wir wollten in den Tiergarten, und ich habe mich furchtbar über Sascha geärgert, weil wir erst so spät losgekommen sind«, zählte Fred Mayer verdrossen auf.

In der Dienststelle ging Hackenholt in Winters winziges Zimmer, doch es war leer. Auf dem Rückweg in sein Büro hörte er jedoch

Murs lautes Lachen aus dem Geschäftszimmer dringen. Er sah nach und fand sie dort in Begleitung des LKA-Beamten.

»Da seid ihr ja endlich wieder«, rief sie fröhlich. »Fast hätte Theo noch ein Wochenende in unserem schönen Franken verbringen müssen. Er wollte nämlich nicht nach Hause fahren, ohne sich von dir verabschiedet zu haben.«

»Na, na, ich komme ja wieder«, wiegelte Winter rasch ab. »Zumindest, wenn sich bei euch nächste Woche etwas tut und ich in meiner Dienststelle nicht gebraucht werde. Ich bin mir sicher, Sophie weiß noch vieles, was man einem Bayer beibringen muss.« Dann wurde er ernst. »Wenn sich irgendetwas Neues ergibt, dann ruf mich sofort an. Ich habe heute Vormittag noch einmal mit sämtlichen Zeitungen und Zeitschriften gesprochen – sie behalten die Sache auf dem Radar und helfen damit, die Alarmbereitschaft der Sammler zu erhöhen.«

Hackenholt nickte, dann begleitete er den liebgewonnenen Kollegen zu seinem Auto hinunter in den Hof und wünschte ihm eine gute Heimfahrt.

»Giulietta Veccio wird in einer Stunde da sein«, sagte Wünnenberg, als Hackenholt zurück in sein Büro kam.

»Hast du sie vorgeladen?« Hackenholt war überrascht.

»Nein, sie hat von sich aus angerufen und gefragt, ob sie ihr Handy abholen kann. Da habe ich die Chance beim Schopf gepackt und sie informiert, dass wir noch einmal mit ihr sprechen müssen.«

»Hast du die Fahrtenbücher durchgeschaut?«

»Ja, jetzt haben wir es schwarz auf weiß: Sascha Förster war am 14. Juni ab zehn Uhr zwanzig in der Firma. Zumindest hat er das als Ende seiner letzten Fahrt an dem Tag eingetragen.« Wünnenberg hielt Hackenholt das fragliche Fahrtenbuch hin. »Außerdem habe ich darüber nachgedacht, warum er Giulietta die SMS geschrieben haben könnte.«

»Und?«

»Es könnte eine Vorsichtsmaßnahme gewesen sein, für den Fall, dass etwas schiefgeht.«

»Du glaubst, er wusste von dem Überfall?«

»Nein, natürlich nicht. Ich meine, falls das Museum im letzten Moment einen Rückzieher gemacht und sich bei der Firma beschwert hätte.«

»Das verstehe ich nicht.«

»Stell dir vor, der Transport wäre in letzter Minute geplatzt. Dann hätte das Staatsmuseum doch sicher Regressansprüche geltend gemacht, weil der Reichsapfel nicht wie vereinbart nach Wien zurückgebracht wurde. In der Firma wären alle auf Sascha Förster sauer gewesen, denn Schadenersatz hätte sich das Unternehmen nicht leisten können. Dadurch dass er aber alle Unterlagen mit Dippolds Namen unterschrieben hat und Giulietta diese Ich-weiß-von-nichts-SMS schickte, hat er versucht, seine Schäfchen ins Trockene zu bringen. Denn sei mal ehrlich: Glaubst du, der wäre noch lange bei der Firma geblieben?«

»Das ist alles hochspekulativ, Ralph.«

»Richtig, aber bei dieser verzwickten Sachlage gehen uns allmählich die Thesen aus. Wenn du eine bessere weißt, bin ich ganz Ohr.«

Hackenholt schwieg.

»Jemand hat den Volontär erstochen«, zählte Wünnenberg an einem Finger ab. »Jemand hat Sascha Förster und Thorsten Graef erschossen und den Reichsapfel geraubt.« Der Zeigefinger schoss in die Höhe. »Jemand hat sich darum bemüht, dass die Firma Dippold-Transporte eben jene Insignie zurückbringen sollte.« Der dritte Finger folgte. »Wir haben nicht mal den Hauch einer Vermutung, ob die beiden Mordfälle zusammenhängen, geschweige denn einen Tatverdächtigen. Und wir haben auch keine Ahnung, wer den Transport angeleiert hat, denn da widersprechen sich sämtliche Aussagen und Sachbeweise.« Wünnenberg machte eine Pause, aber da Hackenholt noch immer nichts sagte, fuhr er fort: »Wenn es niemand aus der Firma war, der die Transportdaten weitergegeben hat, kann es nur jemand aus dem Museum gewesen sein. Was sollen wir tun? Jeden einzeln befragen, ob er Geldsorgen hatte und deswegen für ein paar Tausender die Transportdaten und -route ausgeplaudert hat? Und was ist, falls es Felix Kurz war? Dann finden wir die Täter nie, weil wir ihn nicht mehr fragen können.«

»Vielleicht hast du recht. Unter Umständen müssen wir wirklich noch einmal gründlich in Felix Kurz' Leben stöbern. Zumindest hat er keine auffälligen Geldeingänge auf seinem Konto gehabt, bevor er umgebracht wurde.«

»Na ja, von einem Akademiker kann man schon erwarten, dass er keine zehntausend Euro unklarer Herkunft auf sein Gehaltskonto einzahlt, unmittelbar bevor der Goldschatz, für den er mitverantwortlich ist, geraubt wird. Aber wer sagt uns, dass bloß seine Scheck- und Kreditkarten geraubt wurden? Was ist, wenn sich in seinem Portemonnaie ein größerer Betrag befand? Wir wissen mittlerweile, dass die Täter nichts außer seinem Laptop, Handy und Geldbeutel mitgenommen haben; das Fahrrad hat ja dieser andere Held geklaut.«

Hackenholt schnitt eine Grimasse – Wünnenberg hatte nicht völlig unrecht.

Giulietta Veccio wirkte entspannt, als sie neben Wünnenberg den langen Flur des Kommissariats entlanglief. Sie gestikulierte und lachte, berührte ihn immer wieder am Arm, zwinkerte ihm zu. Hackenholt sah der jungen Frau mit einem Stirnrunzeln entgegen. Als sie bei ihm angekommen waren, bat er sie in eins der Vernehmungszimmer und bot ihr einen Stuhl an.

»Warum tragen Sie eigentlich keine Pistole am Gürtel? Damit würden Sie genauso lässig aussehen wie die Polizisten im Fernsehen«, versuchte sie nun auch mit ihm zu flirten. »Wobei, wenn ich es mir recht überlege: Sie sehen so schon verdammt cool aus.«

Hackenholt ging nicht auf ihre Schmeicheleien ein. »Frau Veccio, wir haben noch einmal Fragen an Sie. Die Sachlage hat sich allerdings zwischenzeitlich geändert. Sie werden bei uns nun als Beschuldigte geführt.«

Dem Gesicht der jungen Frau war anzusehen, wie wenig sie mit etwas Derartigem gerechnet hatte: Sie schien aus allen Wolken zu fallen. Hackenholt hatte sogar den Eindruck, sie stünde kurz davor, von ihrem Stuhl aufzuspringen und einen Fluchtversuch zu unternehmen.

»Polizeiarbeit müssen Sie sich folgendermaßen vorstellen: Am Anfang steht ein Verdacht – dem gehen wir nach. Wir tragen

Fakten zusammen, überprüfen Aussagen, suchen nach Indizien. Irgendwann haben wir so viel zusammengetragen, dass die Person, gegen die wir ermitteln, überführt ist. Dann geht das Ganze vor Gericht. So weit, so klar?«

Giulietta Veccio nickte.

»Das Gericht kann Strafen mildern oder verschärfen – je nachdem ob der Beschuldigte, in dem Fall also Sie, der Polizei bei der Aufklärung der Straftat geholfen hat oder nicht. Im Moment sind meine Kollegen und ich noch dabei, die Fakten zusammenzutragen. Sie können uns durch Ihre Einlassung helfen, Licht ins Dunkel zu bringen.«

Giulietta Veccio nagte an ihrer Unterlippe, während Hackenholt ihr erläuterte, dass die Dinge nicht so gewesen sein konnten, wie sie behauptet hatte: Zum einen hatten die Beamten mehrere Beweise gesammelt, dass Giulietta am Vormittag des 14. Juni nicht wie behauptet mit Frau Förster am Computer gesessen haben konnte, da diese zu dem Zeitpunkt beim Arzt gewesen war, zum anderen gab es Belege dafür, dass Sascha Förster ihren Platz im Büro eingenommen hatte.

»Es ist in Ihrem ureigenen Interesse, wenn Sie uns nun endlich die Wahrheit sagen. Haben Sie den Versicherungsschein gefälscht?« Hackenholt behielt Veccio genau im Auge.

Die junge Frau senkte den Kopf und spielte mit ihren Fingern an einem Knopf ihrer Bluse. Kaum hörbar murmelte sie: »Herr Förster wollte einen richtig geilen Gutschein für seine Frau machen. Ein Kumpel hatte ihm erzählt, mit einem Grafikprogramm würde das total einfach gehen. Da bin ich neugierig geworden und habe ihm über die Schulter geschaut.«

Konfrontiert mit der Aussage, es habe mehr so ausgesehen, als sei sie am Computer gesessen und Förster habe ihr lediglich zugesehen, änderte sie ihre Angaben dahingehend ab, der Juniorchef sei der Meinung gewesen, sie könne mehr lernen, wenn sie am Computer arbeitete und er ihr sagte, wie sie es machen sollte.

Nach einigem Hin und Her, in dessen Verlauf klar wurde, warum das ebenfalls nicht stimmen konnte, änderte sie ihre Angaben schließlich erneut: Sie habe zwar genauso wenig Ahnung von dem Grafikprogramm gehabt wie Förster, dennoch versuchte sie ihm zu helfen.

»Um was für einen Gutschein ging es dabei?«, fragte Hackenholt.

»Das weiß ich nicht mehr.«

»So, so.« Hackenholt lehnte sich in seinem Stuhl zurück und verschränkte die Arme. »Warum nur bin ich mir sicher, dass Sie das ganz und gar nicht vergessen haben?«

»Ich glaube …«, begann Veccio zögerlich, »Herr Förster wollte seiner Frau eine Wochenendreise in ein Wellnesshotel schenken.«

»Wohin sollte es denn gehen?«

»Keine Ahnung. Ich habe nicht –« Als Sie Hackenholts hochgezogene Augenbraue sah, senkte sie den Blick und begann erneut, auf der Unterlippe herumzukauen. »Der Gutschein war für ein Schmuckstück, das sich seine Frau selbst aussuchen sollte«, murmelte sie schließlich. »Das sollte aber nicht bekannt werden, weil doch das Geld in der Firma so knapp ist.«

»Und wieso haben die Beamten auf der Festplatte unter all den wiederhergestellten Dateien keinen einzigen Gutschein, dafür jedoch die gefälschte Versicherungspolice gefunden?«, wollte Hackenholt wissen.

Plötzlich schlug die junge Frau die Hände vors Gesicht. Unter Tränen gestand sie, seit jenem Freitag vor lauter Gewissensbissen kaum noch schlafen zu können. Sie hatte schreckliche Angst, sich strafbar gemacht zu haben. Aber was hätte sie, die Auszubildende, tun sollen, als der Juniorchef etwas Derartiges von ihr verlangte? Hätte sie sich geweigert, wäre sie ihren Job losgewesen, und das konnte sie sich nicht leisten.

Hackenholt bedachte sie mit einem Blick, in dem deutlich zu lesen war, wie wenig er ihr diese Geschichte abnahm. Giulietta Veccio wand sich wie ein Aal und passte ihre Einlassungen jeder neuerlichen Vorhaltung entsprechend an – von sich aus räumte sie nichts ein, geschweige denn legte sie ein Geständnis ab.

Nach zwei Stunden waren die beiden Kriminaler nicht nur absolut entnervt, sondern auch am Ende ihrer Fragen angekommen. Hackenholt war sich sicher, dass kaum etwas, das sie zu hören bekommen hatten, der Wahrheit entsprach.

Abrupt stand Hackenholt auf und ging zur Tür, um den Ausdruck des Vernehmungsprotokolls zu holen.

Frau Veccio unterschrieb. »Sind wir jetzt endlich fertig?«

Hackenholt verneinte und erklärte ihr, dass sie nun zum Erkennungsdienst ins Erdgeschoss gingen, wo man sie fotografieren und ihre Fingerabdrücke nehmen würde.

Wie vom Blitz getroffen, schnellte die junge Frau in die Höhe und rannte zur Tür, doch Wünnenberg war schneller und erwischte sie, noch bevor sie auf den Flur gelangte. Damit hatte sie das Fass zum Überlaufen gebracht. Ohne lange zu fackeln, legte Hackenholt ihr Handschellen an, dann brachte er sie mit seinem Kollegen ins Erdgeschoss.

Eine Dreiviertelstunde später waren die Fotos angefertigt und die Fingerabdrücke eingescannt. Die Kriminaler eskortierten Frau Veccio zurück in ihr Kommissariat im zweiten Stock. Wünnenberg und die Beschuldigte warteten im Vernehmungszimmer, Hackenholt ging in sein Büro, um mit Oberstaatsanwalt Dr. Holm zu telefonieren, der sich, obwohl es Freitagnachmittag war, zum Glück noch durch seine Aktenberge wühlte.

»Frank?« Christine Mur stand in der Tür.

Hackenholt hielt die Hand über die Sprechmuschel seines Telefons. »Komm rein, ich brauche noch zwei Minuten!«

Mur schüttelte heftig den Kopf.

»Bleiben Sie bitte einen Moment dran, Dr. Holm«, bat Hackenholt. »Was gibt es denn so Wichtiges?«

»Hast du Giulietta Veccio schon nach Hause gehen lassen?«

»Nein, sie sitzt drüben und wartet.«

»Gott sei Dank!« Mur klang erleichtert.

»Warum?« Hackenholt musterte sie mit gerunzelter Stirn.

»Telefonier schnell fertig, dann sage ich es dir.«

Hackenholt wandte sich wieder dem Hörer zu und besprach das weitere Vorgehen mit dem Oberstaatsanwalt. Danach legte er auf und drehte sich zu Mur. »Also?«

»Ich hoffe, du sitzt gut, denn das, was ich herausgefunden habe, wird dich umhauen.«

»Jetzt machst du mich aber neugierig.«

»Ich habe Giulietta Veccios Fingerabdrücke gerade durch unseren Computer laufen lassen.«

Wenn Mur das so sagte, konnte das eigentlich nur eins bedeuten. Hackenholt sah die Beamtin gespannt an.

»Die Kollegen in Unterfranken suchen sie.« Mur hielt kurz inne. »Frau Veccios Fingerabdrücke wurden im Inneren von Felix Kurz' Transporter gefunden.«

»Was?« Hackenholt sog scharf die Luft ein. »Das darf doch wohl nicht wahr sein. Hast du Zögner schon Bescheid gegeben?«

»Das ist dein Kumpel, da mische ich mich nicht ein.« Mur grinste. »Außerdem bin ich mir gar nicht so sicher, ob unsere Staatsanwaltschaft sie hergeben will.«

»Dr. Holm sieht keinen Grund, warum wir sie einkassieren sollten. Wenn sie wirklich etwas mit Felix Kurz' Tod zu tun hat, dann ist sie so gut wie auf dem Weg nach Schweinfurt.« Hackenholt rieb sich über das Kinn. »Das Beste wird sein, wenn ich Walter Zögner anrufe und ihm die Situation erkläre, und dann sollen das die Staatsanwaltschaften untereinander ausmachen.«

Mur sah auf die Uhr. »Beeil dich. Du weißt, dass die Damen und Herren Anklagevertreter am Freitagnachmittag nicht unbegrenzt erreichbar sind.«

Wieder griff Hackenholt nach dem Telefonhörer. Nun wählte er Zögners Nummer, allerdings erwischte er lediglich Kerstin, die ihm mitteilte, der Hauptkommissar sei vor einer Minute nach Hause gegangen. Als Hackenholt ihr sagte, er habe eine Tatverdächtige im Nebenraum sitzen, hörte er nur noch, wie die Ermittlerin den Hörer auf den Tisch knallte, ein Fenster aufriss und Zögners Namen brüllte. Eine halbe Minute später war sie wieder am Apparat und erklärte Hackenholt, ihr Chef habe noch unten im Hof gestanden und eine Zigarette geraucht.

Kurze Zeit später war Zögners atemlose Stimme im Hintergrund zu hören; er musste sich ziemlich beeilt haben.

Hackenholt setzte ihn rasch über die aktuelle Lage in Kenntnis und fragte, wie sie in der Sache vorgehen wollten. Konnte Zögner zur Vernehmung nach Nürnberg kommen? Oder wollte er die Beschuldigte abholen?

In Anbetracht des fortgeschrittenen Nachmittags und der Tatsache, dass Zögner zunächst seinen Jour-Staatsanwalt verständigen musste, sich der dann aber nicht in der Sache auskannte und außer den Fingerabdrücken überhaupt noch nichts klar war, beschloss er, mit seiner Kollegin nach Nürnberg zu kommen. Sie wollten gemeinsam Giulietta Veccio befragen und anschließend entscheiden, wie sie weiter vorgehen würden.

Während Hackenholt Wünnenberg anwies, rasch die Kaffeemaschine anzuwerfen – schließlich kannte er Zögners Kaffeedurst –, rief er noch einmal in der Fürther Straße an und schilderte Dr. Holm die geänderte Sachlage. Der entschied, sich ebenfalls zur Vernehmung ins Präsidium zu begeben.

So kam es, dass Giulietta Veccio in dem Vernehmungszimmer schließlich Zögner, Hackenholt, Dr. Holm und einer Schreibkraft gegenübersaß.

»Frau Veccio, im Rahmen eines routinemäßigen Datenabgleichs haben wir eine Übereinstimmung Ihrer Fingerabdrücke mit den an einem Tatort gesicherten festgestellt. Sie stehen daher im Verdacht, zusammen mit zwei Mittätern am 20. Juni auf Höhe des Autobahnrastplatzes Schildeck an der A7 als Polizeibeamtin verkleidet einen Transporter der Marke Mercedes Sprinter angehalten und den Fahrer, Herrn Felix Kurz, zum Umsteigen in einen dunklen BMW gezwungen zu haben. Daraufhin sind Sie mit dem wehrlosen Mann auf einen Parkplatz in Bad Bocklet gefahren, wo Sie ihn ausgeraubt und auf brutale Weise mit einem Messer malträtiert haben, bevor er erstochen wurde.« Dr. Holm sprach langsam und deutlich, damit jedes einzelne Wort der Beschuldigten ins Gedächtnis dringen konnte. »Darüber hinaus stehen Sie im Verdacht, in der Folgezeit mit Hilfe der dem Opfer entwendeten Scheck- und Kreditkarten mehrere unautorisierte Abhebungen getätigt zu haben. Möchten Sie zu diesen Anschuldigungen eine Aussage machen?«

»In einer Polizeiuniform? Ja klar, habe ich haufenweise zu Hause im Schrank hängen. Mensch, machen Sie sich nicht lächerlich! Es ist doch ganz offensichtlich, dass Sie mich mit einer anderen Frau verwechseln. Außerdem kenne ich überhaupt keinen Felix Kurz.«

»Ihre Fingerabdrücke stimmen mit denen am Tatort überein. Es handelt sich also definitiv nicht um eine Verwechslung!«, entgegnete Dr. Holm scharf. »Frau Veccio, wo waren Sie am 20. Juni?«

»Was war das denn für ein Tag?«

»Ein Donnerstag.«

»Da sehen Sie's: Ich kann es gar nicht gewesen sein, ich war nämlich wie immer in der Arbeit. Am Donnerstagnachmittag vertrete ich die Chefin. In der Zeit bin ich unabkömmlich.«

»Wie lange waren Sie an dem Tag in der Firma?«

»Mindestens bis neunzehn Uhr. Ich erinnere mich jetzt wieder: An dem Tag haben Herr Förster und ich die Fahrtenbücher überprüft. Das haben wir einmal im halben Jahr gemacht. Damit alles stimmt.«

Hackenholt verdrehte die Augen. Giulietta Veccio machte genau so weiter wie in ihrer ersten Vernehmung: Sie log, dass sich die Balken bogen.

»War außer Ihnen und Herrn Förster eine weitere Person anwesend?«, fragte er betont neutral.

Die junge Frau verneinte.

»Was ist mit Herrn Dippold?«

»Der war die ganze Woche krank. Deswegen ist Herr Förster bei mir geblieben: Er wollte nicht, dass ich so lange allein in der Arbeit bin. Man weiß nie, wer da alles vorbeikommt, hat er gemeint.« Plötzlich brach sie in Tränen aus. »Er war so aufmerksam und hat sich um mich gekümmert. Nicht wie seine Frau, die mich immer nur die Sachen hat machen lassen, auf die sie keine Lust hatte, und für die ich stets einspringen musste, wie sie es gerade wollte.«

»Was haben Sie am 21. Juni gemacht?«

»Da hatte ich frei. Zum Ausgleich – sonst hätte ich zu viele Überstunden angesammelt, und das wollte die Chefin nicht.«

»Das war sehr praktisch, nicht?«

»Warum?«

»Sie waren doch shoppen?«

»Nein. Wie kommen Sie darauf? Ich war zu Hause und habe meine Wohnung geputzt. Dazu bin ich die ganze Woche nicht gekommen, weil ich ständig in der Firma sein musste.«

»Waren Sie schon einmal im Adidas Outlet in Herzogenaurach?«, meldete sich nun erstmals Walter Zögner zu Wort.

»Ja, klar. Das ist toll, finden Sie nicht auch? Ich verfalle immer in einen absoluten Kaufrausch.«

»Wann waren Sie zuletzt dort?«

»Ach, das ist leider über zwei Monate her. Warum fragen Sie?«

In dem Stil ging es noch eine ganze Stunde lang. Giulietta Veccio parierte alle Fragen mit einer Chuzpe, die die drei Männer lange nicht mehr erlebt hatten. Plötzlich stand sie auf.

»Das hat doch alles keinen Sinn hier! Sie glauben mir ja doch nicht und drehen mir jedes Wort im Mund rum.«

»Setzen Sie sich wieder hin, Frau Veccio«, sagte Hackenholt mit großer Bestimmtheit.

»Ich habe keine Lust mehr. Ich will jetzt heim.«

»Wie ich Ihnen bereits mitgeteilt habe, sind Sie vorläufig festgenommen und gehen nirgendwohin!«, wies Dr. Holm sie scharf zurecht. »Für den Fall, dass es immer noch nicht bis zu Ihnen vorgedrungen ist: Sie sind Tatverdächtige in einem Tötungsdelikt. Sie werden die Nacht in der polizeilichen Haftanstalt verbringen, bevor man Sie morgen dem Ermittlungsrichter vorführt, der über den Haftantrag, den ich stelle, entscheiden wird.«

»Sie können mich nicht einfach so einsperren! Ich will mit meinem Vater sprechen!«

»Warum?«

»Meine Familie wird mich suchen.«

Hackenholt schüttelte den Kopf. »Wir werden Ihre Angehörigen benachrichtigen, selbst telefonieren Sie heute mit niemandem. Sind Sie einverstanden, wenn wir einen Ihrer Nachbarn bei der Wohnungsdurchsuchung als Zeugen hinzuziehen?«

»Außer mir hat dort niemand etwas zu suchen!«

»Heißt das, Sie verzichten ausdrücklich auf die Anwesenheit einer neutralen Person?«

»Ich will, dass mein Vater dabei ist.«

»Wir werden unser Möglichstes tun.«

»Ich glaube, wir hätten es uns sparen können, nach Nürnberg zu fahren«, fasste Zögner die Vernehmung zusammen, während Baumann und Stellfeldt die keifende und zeternde Frau abführten. »So wenig, wie sie uns verraten hat, haben wir vorher schon gewusst.«

Hackenholt nickte.

»Wir müssen überprüfen, ob jemand in ihrer Familie einen großen, dunklen BMW fährt.«

»Saskia kann das übernehmen. Wir sind nämlich noch lange nicht fertig.« Hackenholt straffte die Schultern und ging ins Geschäftszimmer, um den Schlüssel für einen Dienstwagen zu holen.

Die folgenden Stunden verbrachten die Ermittler in Neunkirchen am Sand, wo sie Giulietta Veccios Wohnung, das Kellerabteil und den Dachboden im Beisein des Vaters gründlich durchsuchten.

Zunächst protestierte Herr Veccio, echauffierte sich über das, was die Beamten seiner Tochter anhängen wollten. Doch nachdem Hackenholt ihm detailliert die dem Haftbefehl sowie der Durchsuchungsanordnung zugrunde liegenden Details erläutert hatte, wurde der Vater immer schweigsamer. Er verstand, dass es sich um keine Kleinigkeit handelte, derer seine Tochter beschuldigt wurde.

Eine Polizeiuniform fanden die Ermittler nicht, aber im Kleiderschrank hing eine Lederjacke der Marke Adidas, an der noch das Preisschild haftete. Hackenholt war sich sicher, dass es die Jacke war, die das Trio vor zwei Wochen im Outlet mit Felix Kurz' Kreditkarte bezahlt hatte.

Daneben fand er im fünf Meter langen und gut gefüllten Kleiderschrank der jungen Frau sehr viel andere Sportkleidung, die sie offenbar schon länger besaß. Je weiter er sich durch die Kleidungsstücke arbeitete, desto mehr drängte sich ihm die Frage auf, wie sich eine Auszubildende eine derart vielfältige Garderobe leisten konnte. Zwar fanden sich unter den Kleidern keine hochwertigen Designerstücke, doch der überwiegende Teil stammte von Esprit, Benetton oder Mexx – allesamt keine No-Name-Produkte der untersten Preiskategorie. Hackenholt suchte gezielt nach den Dingen, die die Frau auf den Bildern der Überwachungskameras getragen hatte: den Schal mit der auffälligen Hibiskusblüte sowie die Ray-Ban-Sonnenbrille.

Wünnenberg war es schließlich, der im Nachtkästchen eine Schublade voller Uhren und darunter eine voller Sonnenbrillen entdeckte. Was machte jemand mit achtunddreißig Uhren und vierundzwanzig Sonnenbrillen? Enttäuschenderweise war jedoch das auffällige Modell Jackie Ohh nicht darunter – wenngleich es drei andere Brillen der Marke Ray Ban gab.

Zögner wiederum stieß im Küchenschrank – versteckt in einer leeren Kaffeepad-Dose – auf zweiundzwanzig nagelneue Fünfzig-Euro-Scheine, die ihrem Aussehen nach frisch von der Bank kommen mussten. Tausendeinhundert Euro. Felix Kurz' nach wie vor vermisste Kreditkarte fand sich nicht.

Es war bereits halb zehn, als die Ermittler die Durchsuchung beendeten und die sichergestellten Gegenstände in Kartons verpackt zu ihrem Fahrzeug trugen.

Die Dienststelle im zweiten Stock lag verlassen da. Doch auf Hackenholts Schreibtisch wartete eine Notiz von Baumann: Giulietta Veccios Bruder fuhr einen roten Polo und sein Vater einen weißen Ford Transit; einen dunklen BMW besaß in der Familie niemand.

Sophie hatte sich den ganzen Tag nicht wohlgefühlt: Ein unaufhörliches Ziehen im Rücken gepaart mit der einen oder anderen Wehe, einer inneren Rastlosigkeit und einer unaufhörlich boxenden und um sich tretenden Ronja hielt sie den ganzen Tag auf Trab. Stets auf der Suche nach einer Position, in der sie beide ein wenig zur Ruhe kommen konnten, schlief sie um neun Uhr schließlich erschöpft beim Lesen ein.

Hackenholt lächelte, als er nach Hause kam und sie im Schlafzimmer erblickte. Zusammengerollt auf der Seite liegend, eine Hand schützend auf dem kugelrunden Bauch – die andere hielt noch immer den Roman, in dem sie geschmökert hatte –, verkörperte Sophie in diesem Augenblick für ihn das pure Glück. Leise ging er in die Küche und nahm sich ein Joghurt, bevor er sich im Badezimmer bettfertig machte.

Wie immer, wenn sie schon schlief und nur ihr Unterbewusstsein merkte, dass er sich neben sie ins Bett legte, gab Sophie ein paar zufriedene Brummlaute von sich und ließ ihn auf diese Art wissen, dass sie gerade ganz weit weggetreten war, sich aber über seine Rückkehr freute.

Samstag

Kurz nach Mitternacht wachte Sophie mit einem Stöhnen auf. Es war definitiv eine neuerliche Wehe, die sie geweckt hatte. Missmutig fragte sie sich, wie viele Senkwehen sie noch haben würde, bis Ronja ihre Poleposition erreicht hatte – wobei diese Wehe irgendwie anders, intensiver und schmerzhafter gewesen war. Sophie blieb noch einen Augenblick liegen, dann rappelte sie sich mühsam auf. Sie hasste ihr – den Umständen geschuldetes – Kommunionsbläschen, das alle zwei Stunden geleert werden wollte.

Noch auf dem Weg zur Toilette merkte sie, wie ihr etwas Warmes die Beine hinunterlief. Ihr erster Gedanke war, dass sie zu lange gewartet hatte und sich ihre Blase nun verselbstständigte. Allein der Gedanke war ihr schrecklich peinlich. Zum Glück schlummerte Hackenholt friedlich in seinem Bett. Im WC streifte sie ihre durchnässte Schlafanzughose ab und merkte, dass ihr das Wasser immer noch aus dem Körper lief.

Das Platzen der Fruchtblase hatte sich Sophie stets so vorgestellt, als würde man einen mit Wasser gefüllten Luftballon auf den Boden werfen, der sich sodann in alle Richtungen spritzend entleerte. Dass das Fruchtwasser als feines Rinnsal herauslaufen konnte, damit hatte sie nicht gerechnet.

Sie überlegte eine Weile, was sie tun sollte, beschloss jedoch, sich wieder hinzulegen.

Aus Rücksicht auf Hackenholt machte sie es sich im Wohnzimmer auf dem Sofa bequem, das sie mit zwei Lagen Handtüchern abdeckte. Eine der Hebammen im St.-Theresien-Krankenhaus hatte ihr gesagt, es sei erst an der Zeit, sich zu ihnen auf den Weg zu machen, wenn die Wehen regelmäßig alle zehn Minuten kamen und ungefähr eine Minute lang andauerten – oder wenn sie sich zu Hause nicht mehr wohlfühlte. Und davon konnte bislang keine Rede sein.

Zwei Stunden später sah die Sache allerdings anders aus. Die Wehen kamen nun im Abstand von deutlich weniger als einer

Viertelstunde, und sie waren so sehr in Sophies Bewusstsein gerückt, dass sie an nichts anderes mehr denken konnte, solange sie anhielten. Auch Ronja schien begriffen zu haben: Jetzt wird's ernst, denn sie verhielt sich auf einmal völlig friedlich.

Sophie ging zurück ins Schlafzimmer und weckte Hackenholt, um in die Klinik zu fahren.

Als Hackenholt um zehn Minuten nach neun verschwitzt und unrasiert im Kommissariat eintraf, hielten seine Kollegen gerade Kriegsrat, was sie tun sollten. Stellfeldt war am Morgen ziemlich verwundert gewesen, der Erste in der Dienststelle zu sein. Normalerweise war Hackenholt vor ihm da. Dann trudelten Baumann und Wünnenberg ein – doch noch immer war vom Hauptkommissar nichts zu sehen und zu hören. Und das, obwohl die Haftvorführung für Giulietta Veccio unaufhaltsam näher rückte und die Beamten noch einiges erledigen mussten.

»Was ist denn mit dir los?«, fragte Wünnenberg, während er Hackenholt intensiv musterte. »Hast du unter der Brücke geschlafen?«

Hackenholt sagte nichts, stattdessen bedachte er seine Kollegen mit einem leicht debil wirkenden Honigkuchenpferd-Grinsen.

»Allmächd!« Baumann war die Erste, der ein Zusammenhang mit Sophies Schwangerschaft dämmerte. »Sooch edzerd ned, dass des Waggerla scho då is.«*

»Doch. Ronja hat heute Morgen um sieben Uhr vierundfünfzig das Licht der Welt erblickt.« Mit sichtlichem Vaterstolz rasselte Hackenholt sämtliche Körperdaten seiner Tochter herunter. Natürlich ließ er sich auch darüber aus, wie hübsch sie aussehe und welch kräftiges Stimmchen sie habe. Er beendete seinen Bericht damit, dass es keine Komplikationen gegeben habe und es Sophie, Ronja und auch ihm selbst gut gehe, sie sich nun jedoch alle ein bisschen Schlaf verdient hätten.

»Soll das heißen, du willst gleich wieder gehen?« Wünnenberg sah ihn erstaunt an.

Hackenholt nickte. »Die Haftvorführung kannst genauso gut du übernehmen. Und Manfred. Dr. Holm wird ja ebenfalls anwesend sein.«

»Du könntest dich wenigstens noch kurz zu einer Besprechung zu uns setzen, meinst du nicht?«, brummte Wünnenberg. »Außerdem habe ich gerade frischen Kaffee gekocht – wenn wir schon nichts anderes zum Anstoßen haben, müssen wir das Ereignis eben mit Jemen Bani Matar begießen.«

»Quatsch!«, widersprach Stellfeldt und griff zum Telefon. »Christine hat doch seit Wochen für genau diesen Moment vorgesorgt.«

Als sich die Kollegin meldete, sagte er knapp in den Hörer: »Falls die Flasche Sekt, die du im Kühlschrank versteckt hast, zum Einsatz kommen soll, ist jetzt genau der richtige Zeitpunkt.« Damit legte er auf. Eine halbe Minute später hörten sie Murs rasche Schritte im Flur.

»Was sagst du da, Manfred? Woher weißt du –?« Hackenholts Anblick ließ sie abrupt innehalten. »Sophie hat Ronja zur Welt gebracht?«, fragte sie aufgeregt.

Hackenholt rasselte noch einmal sämtliche Daten herunter, während Mur ihn umarmte und auf die Wange küsste.

»Ich bin so froh, dass alles gut gegangen ist. Ich wünsche euch drei recht viel Glück.« Ihre Stimme klang ungewohnt tief, und sie hatte Tränen der Rührung in den Augen. Verlegen räusperte sie sich. »Das Häuschen bei mir gegenüber sucht übrigens immer noch einen neuen Besitzer.«

Dann drückte sie Stellfeldt die mitgebrachte Flasche Sekt in die Hand und wies ihn an, sie über dem Waschbecken zu öffnen, weil sie sich nicht sicher war, ob sie sie in der Eile nicht versehentlich etwas zu schwungvoll getragen hatte.

Nachdem die Beamten auf die neue Erdenbürgerin angestoßen hatten, war es fast an der Zeit, Giulietta Veccio in der Haftanstalt abzuholen und zum Ermittlungsrichter in die Bärenschanzstraße zu überstellen.

»Ich habe mir vorhin den Zeiterfassungsbogen der Firma Dippold-Transporte vorgenommen«, sagte Wünnenberg an Hackenholt gewandt. »Darin ist tatsächlich vermerkt, dass sie bis neunzehn Uhr im Büro gewesen sein soll.«

»Aber der Einzige, der das bezeugen kann, ist tot.«

»Das ist durchaus richtig, trotzdem steht es so in ihrem Zeiterfassungsbogen.«

»Dafür kann es hundert Gründe geben – ob wir die allerdings jemals erfahren werden, wage ich zu bezweifeln. Zumindest solange Frau Veccio sich nicht besinnt und anfängt, die Wahrheit zu sagen. Wir haben die Fingerabdrücke an tatrelevanten Stellen im Fahrzeug von Felix Kurz gefunden, für die sie uns noch keine plausible Erklärung gegeben hat. Außerdem muss sie erklären, woher sie das Geld hat, das wir in ihrer Kaffeedose gefunden haben. Und Christine wird sich die sichergestellten Klamotten vornehmen – auch wenn ich im Augenblick nicht daran glaube, dass wir da fündig werden. Ich gehe vielmehr davon aus, dass die Sachen entsorgt wurden. Spätestens nachdem der Geldautomat in Amberg Felix Kurz' Scheckkarte eingezogen hat.«

»Frangg?«, rief Baumann aus dem Nachbarzimmer. »Die Einsadzzendråln mäicherd mid dir blaudern.«*

Hackenholt ging zu ihr und nahm ihr den Hörer aus der Hand.

»Ich hoffe, du sitzt, denn das ist kein Scherz!«, sagte der Dienstgruppenleiter.

»Was ist passiert?« Hackenholt war auf alles gefasst.

»Zwei Kollegen der Fahndungskontrollgruppe von der Verkehrspolizeiinspektion Feucht haben gerade einen blauen Fiat Punto angehalten und kontrolliert. Es gab Verdachtsmoment, dass der Fahrer unter Drogeneinfluss stehen könnte. Ein zweiundzwanzigjähriger Sizilianer namens Luigi Di Natale. Drogen haben sie bei der Durchsuchung des Wagens zwar nicht gefunden, dafür aber eine geladene SIG P210 mit acht Patronen und Schalldämpfer unter dem Beifahrersitz. Auf der Rückbank stand außerdem eine Reisetasche. Und jetzt rate mal, was da drin ist!«

»Keine Ahnung.« Irritiert fragte sich Hackenholt, was der Beamte von ihm wollte.

»Wir haben ihn!«

»Wen?«

»Den Reichsapfel! Er lag in einen Pullover eingewickelt in der Reisetasche.«

»Was?«, fragte Hackenholt ungläubig. »Wo sind die Kollegen?«

»Auf der A9, circa vier Kilometer hinter dem Dreieck Nürnberg/Feucht.«

»Schick sofort Verstärkung hin. Ich würde meine Hand nicht dafür ins Feuer legen, dass der Täter allein unterwegs ist. Möglicherweise gibt es weitere Fahrzeuge.«

»Verstärkung ist schon unterwegs und wird gleich am Einsatzort sein. Das war auch mein erster Gedanke: Nicht dass einer der Mittäter anhält und die Jungs niederschießt, um seinen Komplizen zu befreien und den Reichsapfel wieder an sich zu nehmen. Die Frage ist jetzt: Was sollen wir tun? Fährst du ebenfalls auf die A9 raus? Oder sollen wir den Fiat einstweilen auf dem Pannenstreifen stehen lassen und nur den Täter und die Reichskleinodie reinbringen? Wenn ja: wohin? Direkt zu euch? Wie transportiert man denn den Reichsapfel vorschriftsmäßig, damit ihm nichts passiert?«

»Lasst ihn in den Pullover eingewickelt und schafft ihn mitsamt der Reisetasche zu uns. So ist er gut gepolstert. Wenn er es bis jetzt darin überstanden hat, wird er es auch noch bis hierher ohne Blessuren hinbekommen – über den weiteren Verbleib muss ich mich erst mit dem LKA verständigen. Den Täter sollen die Kollegen in einem zweiten Fahrzeug ebenfalls direkt zu uns bringen. Seinen Wagen lasst ihr, wo er ist. Ich schicke sofort Einsatzkräfte von der Spurensicherung und einen Abschlepper raus. Vielleicht kann jemand bei dem Fiat bleiben, bis sie dort sind. Aber die Sicherheit geht auf alle Fälle vor. Keiner darf allein arbeiten.«

Als Hackenholt aufblickte, standen sämtliche Ermittler mucksmäuschenstill im Halbkreis um ihn herum. Sie lauschten und versuchten aus Hackenholts Antworten herauszuhören, was passiert war.

»Zwei Kollegen haben bei einer Fahrzeugkontrolle den Reichsapfel gefunden. Der Fahrer wurde festgenommen und wird direkt hierhergebracht. Christine, kannst du dich um sein Auto kümmern? Es steht einige Kilometer hinter dem Dreieck Feucht auf dem Standstreifen. Lass es ins Präsidium schleppen und untersuche es auf Spuren.«

Mur nickte und war im Nu aus dem Zimmer verschwunden.

»Manfred und Saskia, so leid es mir tut, aber ihr müsst Giulietta Veccios Vorführung beim Ermittlungsrichter übernehmen. Und sagt auch Dr. Holm, was sich hier gerade tut.«

Baumann schnitt eine Grimasse. »Iech will den Epfl fei aa seeng!«*

»Keine Sorge, wir werden ihn wie einen Schatz hüten, bis wir wissen, was damit geschehen soll.« Dann wandte sich der Hauptkommissar an Wünnenberg. »Wir beide befragen den Fahrer, Luigi Di Natale. Mal sehen, ob er lediglich der Kurier ist oder etwas mit dem Raub zu tun hat.«

Nachdem alle Aufgaben verteilt waren, griff Hackenholt erneut zum Telefonhörer und wählte Theo Winters Handynummer. Der Kollege meldete sich erst nach dem zwölften Klingelzeichen, als Hackenholt schon glaubte, er werde überhaupt nicht mehr rangehen.

»Was gibt's denn so früh am Morgen?«, fragte er ziemlich verschlafen.

»Theo, es ist fast zehn Uhr!«, begrüßte Hackenholt ihn. Dann berichtete er die knappen Fakten, die ihm bislang bekannt waren. »Wie geht es weiter? Sämtliche Entscheidungen hinsichtlich der Insignie fallen in deinen Zuständigkeitsbereich.«

Am anderen Ende der Leitung herrschte absolute Stille.

»Theo? Bist du noch dran, oder bist du wieder eingeschlafen?«

»Du willst mich auf den Arm nehmen, nicht wahr?«

»Nein! Es ist mein absoluter Ernst. Natürlich weiß ich noch nicht, ob es sich um das Original oder eine Kopie handelt – aber ich fürchte, das kann *ich* auch nicht feststellen; dazu mangelt es mir an der nötigen Kenntnis. Ich kann ihn allenfalls mit dem Ausstellungsplakat vergleichen und sagen, ob er genauso aussieht. Was sollen wir also mit ihm machen, wenn er hier ist?«

»Das muss ich auch erst abklären«, murmelte Winter abwesend, dann räusperte er sich. »Ruf sofort das SEK zur Unterstützung. Egal, was mit dem Reichsapfel passieren soll, er muss adäquat bewacht werden, bis wir ihn an ein Museum übergeben. Der Transport dorthin muss natürlich ebenfalls hochprofessionell ablaufen. Aber darüber reden wir, wenn ich mehr weiß. Ich kümmere mich darum. Lass ihn einstweilen nicht aus den Augen und fass ihn auch nicht an. Am besten bleibt er sowieso in der Reisetasche.«

»Theo, das geht nicht. Wir müssen ihn auf Fingerabdrücke untersuchen. Und außerdem sollten wir doch schauen, ob es sich nicht um ein billiges Imitat handelt, bevor du Gott und die Welt verrückt machst.«

»Hm. Gut. Aber geht bloß vorsichtig mit ihm um! Es wäre nicht auszudenken, was passiert, wenn er beschädigt wird, solange er sich in unserem Besitz befindet. Ich melde mich, sobald ich mit den Verantwortlichen in Österreich gesprochen habe.«

Eine halbe Stunde später hörte Hackenholt Schritte auf dem Flur. Eine Gruppe von vier Beamten trat in sein Büro.

»Da wären wir!«, stellte einer der Feuchter Polizisten freudestrahlend fest und stellte die Reisetasche auf dem Schreibtisch ab. »So etwas findet man nicht alle Tage, nicht wahr?«

»Das kannst du laut sagen.« Hackenholt griff zum Telefonhörer und bestellte Mur zu sich.

Sie war es, die schließlich mit behandschuhten Fingern vorsichtig den Reißverschluss der Tasche aufzog und zwischen zwei Paar Jeans und mehreren T-Shirts die nach wie vor in den Pullover gewickelte Reichsinsignie herausholte, vorsichtig auf den Schreibtisch legte und behutsam auspackte.

Hackenholts Augen glitten von dem glänzenden Objekt auf seinem Schreibtisch zu dem Ausstellungsplakat des Museums an der Wand. Mur folgte seinem Blick.

»Soweit ich es erkennen kann, sieht der hier genauso aus wie der auf dem Foto«, stellte sie nach einer Weile fest.

»Das würde ich auch sagen. Auf alle Fälle ist es keine billige Fälschung.« Hackenholt nickte den Kollegen anerkennend zu. »Gute Arbeit!«

»Danke, danke. Wie geht es jetzt weiter?«, fragte der Beamte.

»Wir werden ihn auf Fingerabdrücke kontrollieren, und um alles andere kümmert sich unser Kontaktmann vom LKA. Für euch wäre die Sache damit erledigt. Ich brauche später natürlich noch euren Bericht.«

»Kannst du uns den Empfang quittieren?«

Hackenholt runzelte die Stirn. »Ihr habt doch gar kein Sicherstellungsprotokoll geschrieben, oder? Das tun wir jetzt, während wir die Tasche durchsuchen.«

»Wir wollen die Bestätigung ja auch nicht für die Akte haben, sondern um sie in unserem Zimmer an die Wand zu hängen«, grinste der Polizist.

Nun musste Hackenholt ebenfalls lachen. Was war schon dabei? Schnell setzte er sich an seinen Computer und tippte ein paar Zeilen, in denen er die ordnungsgemäße Übergabe eines circa einundzwanzig Zentimeter großen und möglicherweise aus dem zwölften, dreizehnten Jahrhundert stammenden Reichsapfels bestätigte, der zu den Insignien des Heiligen Römischen Reiches zählte. Nachdem er das Blatt ausgedruckt hatte, setzte er seinen Stempel darunter und unterschrieb.

»Geht das so in Ordnung?«

Der Fahnder strahlte. »Genau so habe ich es mir vorgestellt. Und falls ihr das Plakat mal nicht mehr braucht, seid so gut und schickt es zu uns in die Dienststelle.«

Die Feuchter Polizisten waren noch nicht richtig zur Tür hinaus, als zwei SEK-Beamte in Hackenholts Büro traten, von denen einer der Gruppenführer war.

»Die Einsatzzentrale sagte, wir bekommen die Anweisungen direkt von euch?« Der Mann musterte zunächst Hackenholt und dann den auf dem Schreibtisch liegenden Reichsapfel.

»Seid ihr allein?«

»Zwei Jungs warten unten, der Rest der Gruppe in der Dienststelle.«

»Gut. Auch wenn es in euren Ohren lächerlich klingen mag, möchte ich, dass ihr eure Kollegen heraufholt. Es geht um so etwas wie einen Objektschutzauftrag.« Hackenholt erläuterte, dass es die Aufgabe der Beamten sei, die auf seinem Schreibtisch liegende Reichskleinodie zu schützen.

Als hätte er derlei schon tausend Male zuvor gemacht, gab der Gruppenführer seinen Männern gleichmütig Anweisungen.

»Aber ich muss die Insignie doch auf Fingerabdrücke untersuchen!«, protestierte Mur.

»Es wäre mir lieber, wenn du das hier tun würdest, Christine. Ausnahmsweise. Denk dir einfach, es wäre ein Tresor, den wir nicht in dein Büro bringen können, ja?«

Mur seufzte und ging ihren Spurensicherungskoffer holen.

Hackenholts Telefon klingelte. Im Display leuchtete Winters Nummer auf. Er nahm ab, legte das Gespräch dann jedoch ins Nebenzimmer auf Stellfeldts Apparat, wo er mehr Ruhe hatte.

»Ist der Reichsapfel inzwischen bei euch angekommen?«

»Ja, und soweit ich es beurteilen kann, ist er unbeschädigt. Außerdem sieht er aus wie auf dem Ausstellungsplakat.«

»Wird er gut bewacht?«

»Ja, Theo. Mach dir keine Sorgen. Zwei SEK-Beamte weichen ihm nicht von der Seite und zwei weitere stehen vor der Tür. Christine ist gerade dabei, ihn auf Fingerabdrücke zu untersuchen. Hast du nachgefragt, was mit ihm geschehen soll? Kommt jemand vom Museum? Oder sollen wir ihn hinbringen?«

»Sobald Christine fertig ist, legt ihr die Insignie in einen fensterlosen Raum, der abgesperrt und von den Kollegen bewacht wird. Ich will nicht, dass sich das halbe Präsidium die Klinke in die Hand gibt und sich den Apfel anschaut.«

»Einverstanden. Ich glaube allerdings nicht, dass bislang jemand außer den unmittelbar beteiligten Beamten etwas davon weiß. Wie geht es dann weiter?«

»Der Leiter der Hofburg wird mit der zuständigen Ministerialrätin in einem Privatjet nach Nürnberg fliegen. Ich mache mich ebenfalls gleich auf den Weg, weil ich die Herrschaften vom Flughafen abhole und zu euch ins Präsidium begleite. Sollte es sich tatsächlich um die echte Insignie handeln, werden wir sie umgehend für den Transport verpacken und mit einer Polizeieskorte zum Flughafen bringen. Von dort fliegen wir nach Wien, wo es nach der sicheren Rückführung ins Schloss eine gemeinsame deutsch-österreichische Pressekonferenz geben wird. Du kommst natürlich mit und –«

»Nein, Theo. Das werde ich ganz sicher nicht tun. Zum einen habe ich überhaupt nichts dazu beigetragen, den Reichsapfel aufzustöbern – dieses Lob gebührt allein den zwei Kollegen von der

Fahndungskontrollgruppe in Feucht –, und zum anderen wurde heute Morgen um sieben Uhr vierundfünfzig meine Tochter geboren. Mich bekommt im Moment nichts und niemand aus Nürnberg weg. Es ist schon schlimm genug, dass ich mich hier um den ganzen Mist kümmern muss, obwohl ich viel lieber im Krankenhaus wäre.« Oder im Bett, ergänzte Hackenholt in Gedanken.

»Oh. Aber …«, stotterte Winter. »Meinen herzlichsten Glückwunsch. Na, wir sehen uns ja bald.«

»Frank?« Christine Mur stand in der Tür. »Ich bin so weit fertig. Ich gehe rasch rüber in mein Kommissariat und scanne die Fingerspuren ein, die ich von der Oberfläche des Reichsapfels abgenommen habe.«

»Ist etwas Brauchbares dabei?«

»Ja. Die meisten sind zwar von dem Pullover verwischt oder nur partiell vorhanden, aber ein paar Teilabdrücke dürften trotz allem groß genug sein, damit es für eine Bestimmung reicht.«

»Räum den Putzraum aus«, wandte sich Hackenholt an Wünnenberg. »Dann legen wir den Apfel auf den Boden und sperren die Tür ab. Anschließend sollen sich die Kollegen vom SEK davorsetzen und niemanden hineinlassen, bis Theo Winter und die Österreicher da sind.«

»Denkst du nicht, es ist ein bisschen unangemessen, den Reichsapfel auf den Boden zu legen? Sollten wir nicht einen Stuhl oder so nehm–«

»Nein, da könnte er herunterfallen. Deswegen räumst du vorher auch alles aus dem Zimmer: Ich will nicht, dass irgendetwas auf den Apfel drauffallen kann. Wir gehen kein Risiko ein.« Irritiert fragte sich Hackenholt, warum er auf einmal so übervorsichtig geworden war; wahrscheinlich hatte Winters Getue auf ihn abgefärbt.

Nachdem die Insignie des Heiligen Römischen Reiches in den Putzraum gebracht worden war, kam Wünnenberg zu Hackenholt ins Büro zurück.

»Was ist eigentlich mit dem Fahrer passiert? Diesem Luigi Di

Natale?«, fragte der Hauptkommissar gähnend. »Der müsste doch schon längst hier sein.«

»Er sitzt unten in der Haftanstalt. Die Kollegen wollten ihn nicht heraufbringen, solange sich der Reichsapfel bei uns befindet.«

»Fort Knox ist eine offene Schatulle im Gegensatz zu unserer Festung.« Hackenholt grinste. »Sollen wir dann mal zu dem Kerl runtergehen?«

»Hast du einen Dolmetscher verständigt?«

»Wieso?«

»Er spricht angeblich kein Wort Deutsch – zumindest haben das die Kollegen behauptet. Und nachdem es eine Haftsache ist, sind wir auf der sicheren Seite, wenn wir einen Muttersprachler hinzuziehen.«

Hackenholt holte sich die Dolmetscherliste auf den Bildschirm und rief den Erstbesten an. Der Mann versprach, sich sofort auf den Weg zu machen.

Während die beiden Beamten warteten, hörten sie plötzlich Baumanns empörte Stimme auf dem Flur: »Lou mi nei, iech ärwer då! Un des is der Oberschdådsanwald, der kummd aa mid.«*

Kurz darauf traten Baumann, Stellfeldt und Dr. Holm in Hackenholts Büro. Der Hauptkommissar gab eine knappe Zusammenfassung und hielt alle drei davon ab, in den Putzraum zu laufen, um sich den Reichsapfel aus unmittelbarer Nähe anzusehen.

Dr. Holm nickte die Übergabe an die Wiener ab. Keinesfalls wollte er die Verantwortung für eine Lagerung der Insignie in einer Asservatenkammer übernehmen. Wozu auch: Spuren, die deutsche Behörden an dem Apfel sichern konnten, hatte Christine Mur erhoben. Für die ordnungsgemäße Durchführung eines Gerichtsverfahrens war die Vorlage des Kunstobjekts in dem Fall nicht verhältnismäßig, sodass darauf verzichtet werden konnte. Daher tippte Hackenholt zum zweiten Mal an diesem Tag eine Quittung, welche die Übergabe des Reichsapfels bestätigte – diesmal aus den Händen der Nürnberger Kriminalpolizei an die Regierung von Österreich.

Währenddessen berichteten Baumann und Stellfeldt vom Verlauf der Haftvorführung. Erstere beschrieb anschaulich, wie Giulietta Veccio versucht hatte, dem Richter schöne Augen zu machen und sich wahlweise als die Unschuld vom Lande und das kleine Dummchen darstellte, dem ein bedauerliches Missgeschick passiert war. Wie schon am Vortag verweigerte sie zwar nicht die Aussage, erzählte aber so viel Blödsinn und Ungereimtheiten, dass ihr dies keine Pluspunkte einbrachte, sondern lediglich das eine oder andere Kopfschütteln hervorrief.

Stellfeldt gab immer wieder mal eine Kostprobe zum Besten: So antwortete Giulietta Veccio beispielsweise auf die Frage, wie sie es sich erklärte, dass ihre Fingerabdrücke auf dem Gürtel des Toten gefunden worden waren, Felix Kurz müsse ihn in einem Laden gekauft haben, in dem sie kurz zuvor ebenfalls gewesen sei und ihn anprobiert habe.

Plötzlich stürmte Christine Mur ins Zimmer. In der Hand hielt sie einige Ausdrucke, mit denen sie Hackenholt vor der Nase herumwedelte. Sie hatte zwischenzeitlich nicht nur die am Reichsapfel gesicherten Fingerabdrücke eingescannt, sondern auch Luigi Di Natale erkennungsdienstlich behandelt. Ein Abgleich der Spuren ergab, dass der junge Sizilianer sowohl den Reichsapfel angefasst als auch am Überfall auf Sascha Förster und Thorsten Graef teilgenommen hatte. Seine Abdrücke waren auf der Patronenhülse, die zu dem Projektil gehörte, mit dem Sascha Förster erschossen worden war.

»Haben Sie einen direkten Kontakt zu den Kollegen in Sizilien?« Dr. Holm schaute fragend in die Runde.

Hackenholt schüttelte bedauernd den Kopf. »Das können wir leider nicht auf dem kleinen Dienstweg erledigen.«

Er hatte gleich am Vormittag in ihrer internen Kartei nachgesehen, ob es einen Polizisten in Italien gab, der für sie herausfinden konnte, ob Luigi Di Natale zuvor schon negativ in Erscheinung getreten und den italienischen Behörden ein Begriff war.

Da es niemand gab, sandte Hackenholt stehenden Fußes ein offizielles Ersuchen an die Kollegen vom LKA, mit der Bitte um dringende Weiterleitung an die zuständigen Behörden. Dennoch konnte er froh sein, wenn er innerhalb eines Monats eine Antwort erhielt. Über das polizeiliche Auskunftssystem fand er immerhin heraus, dass Di Natale nicht mit einem internationalen Haftbefehl zur Fahndung ausgeschrieben war.

Als der Dolmetscher für die italienische Sprache eintraf, gingen die Ermittler hinunter in die Haftanstalt, um Luigi Di Natale zu vernehmen. Doch der Sizilianer machte lediglich ein einziges Mal den Mund auf.

»Non ho niente da dire.« Ich habe dazu nichts zu sagen!, war alles, was sie aus ihm herausbekamen. Weder machte er Angaben zur Person noch zur Sache. Auch einen Anwalt wollte er nicht sprechen, genauso wenig wie er verlangte, dass man die italienische Botschaft verständigte. Hackenholt beschloss trotzdem, eine Mitteilung an das Nürnberger Büro in der Gleisbühlstraße zu senden.

Während Wünnenberg den Dolmetscher zurück zur Pforte brachte, verabschiedete sich Dr. Holm ebenfalls und ging schnellen Schritts zu seinem im Hof geparkten Wagen. Offenbar hatte er es auf einmal eilig, nach Hause und in sein wohlverdientes Wochenende zu kommen.

Um fünfzehn Uhr traf schließlich Winter samt seiner österreichischen Entourage ein, die aus vier hochrangigen Polizeibeamten, dem Museumsleiter, seinem Assistenten und der Ministerialrätin des Wirtschaftsministeriums bestand, der die kustodische Betreuung der in die Hofburg integrierten Museen oblag. Unter großem Tamtam wurde der Reichsapfel aus der Abstellkammer geholt und in den leeren Besprechungsraum getragen, wo ihn die beiden Museumsmitarbeiter ausführlich begutachteten, um ihn sodann als das Original zu identifizieren und in einer mitgebrachten Werttransportbox für die Heimreise zu verpacken.

Die Ministerialrätin hielt eine wohlformulierte Lobesrede auf die hiesigen Beamten, die hervorragende Zusammenarbeit mit Herrn Kriminaldirektor Winter vom LKA und auf ihre eigenen famosen organisatorischen Geschicke. Die Herren Museumsdirektor und Landespolizeipräsident von Wien schlossen sich dem nacheinander und ebenfalls wortreich an.

Hackenholt wollte endlich wieder zu Sophie und Ronja ins Krankenhaus. Bevor noch jemand das Wort ergreifen konnte, bedankte er sich daher im Namen aller Anwesenden für das entgegengebrachte Vertrauen und bat die Ministerialrätin um eine Unterschrift auf der Übergabequittung.

Nachdem damit alle Höflichkeiten ausgetauscht waren, wurden Winter und die Österreicher in den Hof begleitet, wo sie samt SEK-Eskorte zum Flughafen aufbrachen.

Sophie musterte Hackenholt mit einem kritischen Blick, als er zu ihr in die Klinik kam.

»Sag jetzt nicht, dass du die ganze Zeit im Büro warst. Du wolltest doch nur mal schnell hin und nach dem Rechten sehen.«

Verlegen drehte sich Hackenholt zum Waschbecken und seifte seine Hände ein, bevor er einen Stuhl neben Sophies Bett schob und seinem Töchterchen zärtlich über den Kopf streichelte.

»Sie ist wunderschön. Habe ich das schon mal gesagt?«

»Nein, ich glaube nicht«, antwortete Sophie todernst. »Nur gefühlte drei Millionen Mal.« Sie grinste. »Komm, erzähl schon: Was war heute los?« Behutsam legte sie Ronja in Hackenholts Arme. »Schau ihn dir gut an und genieße die Minuten, die dein Papa für dich Zeit hat, Ronja. Wer weiß, was in einer halben Stunde passiert – dann muss er wahrscheinlich mal wieder die Welt retten.«

»Wir haben den Reichsapfel gefunden.«

»Siehst du, Ronja, dein Papa ist so was wie *Superman*.«

»Nicht ich. Kollegen von der Fahndungskontrollgruppe. Ich musste mich darum kümmern, dass er an die Wiener übergeben wird.«

»Verräter!«, murmelte Sophie leise und rümpfte die Nase, unterließ es allerdings, ihre Tochter darauf hinzuweisen, dass ihr Papa leider nur ein zugezogener und kein echter Franke war. »Und? Wer hat ihn gestohlen?«, fragte sie schließlich.

»Der Fall ist noch nicht aufgeklärt. Wir haben einen Sizilianer festgenommen, aber bislang verweigert er die Aussage. Wir können ihm allerdings die Beteiligung an dem Überfall auf das

Transportfahrzeug nachweisen. Mal sehen, was der morgige Tag bringt.«

»Der bringt einen langen Besuch im Krankenhaus und sonst nichts!«

»Natürlich, ich komme auch zweimal zu euch, wenn du möchtest, Schatz.« Hackenholt lächelte sie an, doch Sophie merkte, wie müde und erschöpft er war. Ihm fielen fast die Augen zu.

»Hast du heute überhaupt schon was gegessen?«

Er musste einen Augenblick lang nachdenken, dann schüttelte er den Kopf.

»Du kannst mein Abendessen haben. Die Schwester wird es bestimmt bald bringen.«

»Lass mal, ich nehme mir auf dem Heimweg irgendwo eine Pizza mit.«

Sonntag

Sein Handy weckte ihn unsanft. Mit einem Ruck fuhr Hackenholt hoch. Er musste sich erst orientieren, bis er merkte, dass er auf dem Sofa eingeschlafen war. Auf dem Tisch stand noch der leere Pizzakarton.

Gähnend griff er zum Telefon. Gewohnheitsmäßig glitt sein Blick zur Uhr. Es war kurz nach Mitternacht.

Nachdem er sich gemeldet hatte, vernahm er zu seiner Verwunderung die vertraute Stimme seiner Schwabacher Kollegin Lisbet Belzl.

»Wie ich gehört habe, bist du nicht nur wieder im Dienst, sondern hast auch gleich die Ermittlungen in zwei Raubüberfällen übernommen«, begrüßte sie ihn in ihrer gewohnt dröhnenden Art. »Daher ist es wohl am besten, wenn du zu uns kommst.«

»Warum? Was ist passiert?« Schlagartig war Hackenholt hellwach.

»Ich bin in Lauf. Vor der Pizzeria Avanti gab es eine Schießerei. Inhaber des Restaurants ist die Familie Veccio, eins der Opfer ihr Sohn Cesare. Der Kollege in der Einsatzzentrale meinte, ich soll dich unbedingt informieren, da du gestern die Schwester verhaftet hast.«

»Du hast gesagt, *eins* der Opfer ist der Bruder, heißt das, es gibt noch weitere?«

»Ja. Der zweite junge Mann heißt Domenico Bonucci und soll ein Freund von Cesare und Giulietta gewesen sein.«

»Ich mach mich sofort auf den Weg. Wo genau muss ich hin?«

Hackenholt schrieb sich die exakte Adresse des Restaurants auf, dann schlüpfte er in seine Schuhe und eilte los.

Die Pizzeria war weiträumig abgesperrt. Natürlich hatten sich trotz der späten Stunde einige Schaulustige und der mittlerweile obligatorische Pressefotograf hinter dem Trassierband versammelt.

»Ist das dein neuer Stil?«, fragte Belzl anstatt einer Begrüßung, während sie Hackenholts Bartstoppeln musterte. »Andere kaufen sich eine Brille, die das Gesicht dominiert, und du … na ja …« Sie zuckte mit den Schultern. »Wenn du meinst. Ich fand dich früher seriöser. Nimm dir da bloß kein Beispiel dran, Sepp.« Letzteres war an Belzls Kollege Josef Lehmeier gerichtet, der sich zu ihnen gesellte.

Betroffen glitten Hackenholts Finger über seine Wangen. Er hatte völlig vergessen, dass er schon den ganzen Tag nicht sonderlich salonfähig aussah.

»Das ist nur ein Versehen, Lisbet. Ich habe die letzte Nacht durchgemacht und wollte die heutige eigentlich in meinem Bett verbringen.« Dann wechselte er abrupt das Thema. »Also, was wissen wir?«

»Das Restaurant schließt um dreiundzwanzig Uhr dreißig.«

»Die Küche eine halbe Stunde vorher«, ergänzte Lehmeier.

»Cesare Veccio hat heute als Pizzabäcker ausgeholfen, weil einer vom Stammpersonal ausgefallen ist. Normalerweise kellnert er. Kurz nach elf war er mit Aufräumen und Putzen in der Küche fertig. Zu der Zeit hat sein Kumpel Domenico Bonucci schon im Gastraum auf ihn gewartet. Die beiden hatten es eilig wegzukommen. Kaum waren sie draußen, fielen Schüsse. Der Vater und ein Kellner rannten hinterher, aber da war schon alles vorbei. Sie haben nur noch beobachtet, wie ein Wagen mit quietschenden Reifen davongerast ist.«

»Und die Opfer?«

»Waren auf der Stelle tot.«

»Es gibt keine berühmten letzten Worte«, warf Lehmeier ein.

»Herr Veccio hat versucht, seinen Sohn zu reanimieren, aber es hatte keinen Zweck. Der Notarzt konnte nur noch den Tod feststellen. Die zwei jungen Männer wurden von mehreren Kugeln richtiggehend durchlöchert.«

»Ich will, dass von beiden schnellstmöglich Fingerabdrücke genommen werden.«

»Warum?« Belzl musterte Hackenholt mit hochgezogenen Augenbrauen.

»Die Tochter steht im Verdacht, bei dem Überfall auf den Volontär aus dem Staatsmuseum mitgemacht zu haben. Heute, nein, gestern Vormittag haben Kollegen von der Fahndungskontrollgruppe einen Sizilianer auf der Autobahn angehalten. Bei der Durchsuchung haben sie den Reichsapfel gefunden – das bleibt aber unter uns, das wurde nämlich noch nicht an die Öffentlichkeit gegeben! Der Fahrer war nachweislich an dem Überfall auf das Transportfahrzeug mit der Reichskleinodie beteiligt. Außerdem haben wir unter dem Beifahrersitz vermutlich eine der Tatwaffen gefunden. Das muss natürlich von den Ballistikern bestätigt werden.« Je mehr Hackenholt erzählte, desto größer wurden Belzls Augen.

»Heißt das, wir müssen den Scherbenhaufen aufräumen, den die Italiener untereinander angerichtet haben?«

»Sieht ganz danach aus. Ich möchte jetzt gern mit dem Vater sprechen.«

»Nimm den Sepp mit, den kennen die Eltern schon. Sie warten im Restaurant.«

Hackenholt nickte und sparte es sich, Belzl darauf hinzuweisen, dass er selbst den Vater bereits getroffen hatte.

»Ich kümmere mich derweil darum, dass jemand von der Spurensicherung ins Leichenschauhaus fährt und die Fingerabdrücke der Toten nimmt.« Sie hielt einen Moment inne. »Denkst du, das kann jemand vom Dauerdienst machen? Dann muss ich keinen von meinen Leuten abziehen.«

»Das sollte kein Problem sein.«

Die Eltern saßen dicht beisammen auf einer Eckbank am vordersten Tisch. Frau Veccio hielt ein zusammengeknülltes Taschentuch in der Hand und weinte. Als der Vater Hackenholt erblickte, sprang er auf.

»Sie schon wieder? Was haben Sie nur über unsere Familie gebracht?«

»Ich bin lediglich der Überbringer der schlechten Nachrichten, Herr Veccio. Angerichtet hat das alles ein anderer. Können wir uns setzen? Ich habe einige Fragen an Sie.«

»Möchten Sie Kaffee?«, fragte die Mutter und wischte sich die Tränen aus den Augen. Zu viele Jahre war sie hinter dem Tresen gestanden, als dass es ihr nicht in Fleisch und Blut übergegangen war, Gästen etwas anzubieten.

Josef Lehmeier lehnte dankend ab, weil er sonst nicht schlafen könne. Hackenholt setzte ebenfalls zu einem Kopfschütteln an, überlegte es sich dann jedoch anders. In den kommenden Stunden würde er sowieso kaum Schlaf bekommen. »Wenn es nicht zu viele Umstände macht und Sie ebenfalls einen trinken?«

Frau Veccio erhob sich. Während sie an der großen edelstahlglänzenden Espressomaschine hantierte, schwiegen die Männer. Erst nachdem sie mit zitternden Händen drei Tassen auf den Tisch gestellt und sich wieder neben ihren Mann gesetzt hatte, ergriff dieser das Wort.

»Was geht hier vor, Herr Kommissar? Erst verhaften Sie unsere Tochter und durchsuchen ihre Wohnung, weil sie an dem Mord eines Museumsmitarbeiters beteiligt gewesen sein soll. Und vierundzwanzig Stunden später wird unser Sohn direkt vor unserem Restaurant erschossen.«

»Daran ist bestimmt Domenico schuld!«, sagte Frau Veccio heftig. »Ich habe schon immer gesagt, dass er kein guter Umgang für Cesare ist.«

»Könnten Sie mir ein paar Informationen zu dem Freund Ihres Sohnes geben?«

»Er hat geglaubt, er wäre etwas Besseres, weil seine Eltern aus Sizilien stammen und er dort geboren wurde«, schnaubte die Mutter. »Dabei konnte er nicht einmal anständig Italienisch. Alles, was sie ihm beigebracht haben, waren ein paar Brocken Sizilianisch.«

»Woher kannte Ihr Sohn Domenico Bonucci?«

»Sie waren zusammen in der Schule. Immer in einer Klasse – sie haben sogar gemeinsam ein Schuljahr wiederholt. Das ist nur passiert, weil Cesare sich von Domenico hat beeinflussen lassen. Wären sie nicht nebeneinandergesessen, hätte Cesare nicht so schlechte Noten geschrieben.«

»Hat Ihr Sohn bei Ihnen gelebt?«

Der Vater schüttelte den Kopf. »Er hatte seine eigene Wohnung wie Giulietta.«

»Ebenfalls in Speikern?«

»Nein, hier in Lauf, zwei Straßen von unserem Haus entfernt.«

»Wir müssen uns dort umsehen.«

»Diesmal komme ich nicht mit.«

»Kein Problem. Kennen Sie einen Luigi Di Natale?«

Frau Veccios Kopf schoss in die Höhe. »Ist das nicht einer von den zwei, die bei Domenico zu Besuch waren?«, fragte sie ihren Mann misstrauisch.

»Ja.«

»Können Sie Herrn Di Natale beschreiben?«

»Einen Meter fünfundsiebzig groß, mag gutes Essen, hat ein rundes Gesicht und hier so einen kleinen Bart.« Herr Veccio deutete auf eine Stelle unterhalb der Unterlippe. »Er hat kurze schwarze Haare und beim Reden macht er immer große Gesten mit den Händen.«

Hackenholt nickte. Soweit es sich nach der Beschreibung beurteilen ließ, handelte es sich um den Kerl, den sie am Vormittag verhaftet hatten. »Besitzt er ein Auto?«

»Einen blauen Fiat Punto.«

»Kennen Sie jemand, der einen dunklen BMW fährt?«

»Ja, Domenico. Warum?«

»Nur so.« Hackenholt mochte den Eltern nicht sagen, dass der das Tatfahrzeug bei dem Überfall auf den jungen Volontär gewesen war. »Wie heißt der andere Mann, mit dem Luigi Di Natale hier war?«

»Santino Di Canio. Die beiden waren immer zusammen in Deutschland, wenn sie Domenico besucht haben.«

»Sie waren schon öfter hier?«

»Immer, wenn es ihnen in Italien zu heiß geworden ist«, zischte Frau Veccio.

Ihr Mann sah sie streng an.

»Stimmt doch«, verteidigte sie sich. »Zumindest Santino hat im Gefängnis gesessen: Er hat sogar damit angegeben, dass seine Mutter seinen Namen nicht wirklich passend ausgewählt hat.«

»Beschreiben Sie bitte Herrn Di Canio.«

»Er ist groß. Größer als Luigi und viel dünner. Außerdem hat er sehr stark gelockte Haare. Wie ein Engelchen eben – deshalb hat ihn seine Mutter so genannt. Damals hatte er noch keine Tätowierungen.«

»Sind die beiden zusammen abgereist?«

Frau Veccio sah ihren Mann fragend an. Der zuckte mit den Schultern. »Sie sind schließlich auch gemeinsam hergefahren.«

»Wissen Sie, ob Herr Bonucci noch bei seinen Eltern gewohnt hat?«

»Er … hatte … im selben Haus eine Wohnung, in der auch … Cesare … gewohnt hat.« Es fiel der Mutter schwer, die Vergangenheitsform zu verwenden. Plötzlich standen ihr wieder Tränen in den Augen.

»Gibt es Neuigkeiten aus Nürnberg?«, fragte Hackenholt an Belzl gewandt.

»Ich weiß nur, dass sich Kollegen vom Dauerdienst drum kümmern.«

»Wurden die Eltern von Domenico Bonucci benachrichtigt?«

»Eine Streife ist vor Ort, um sie vom Tod ihres Sohnes zu unterrichten. Ich wollte jetzt dann selbst hinfahren und mit ihnen sprechen. Hast du bei der Befragung der Veccios etwas Relevantes erfahren?«

»Möglicherweise.« In knappen Zügen umriss er, was die Eltern ihm erzählt hatten.

»Damit ist es also naheliegend, dass zwischen dem Überfall auf den Volontär bei Bad Brückenau, dem Raub des Reichsapfels in Nürnberg und der Schießerei hier ein Zusammenhang besteht«, schlussfolgerte Belzl.

Hackenholt bejahte.

»Dann übernimm du ab sofort die Leitung der Ermittlungen hier. Du hast mehr Überblick über die Geschehnisse. Ich arbeite dir zu. Wäre es nicht auch sinnvoll, wenn du deine Kollegen herbeorderst? Sie wissen besser, wonach wir Domenico Bonuccis Angehörige fragen müssen.«

»Bist du dir sicher, dass es dich nicht stört, wenn wir in deinem Gebiet wildern?«

Belzl machte eine wegwerfende Geste.

»Dann wäre es mir am liebsten, wenn du dich um die Fahndung nach Santino Di Canio kümmerst. Ich informiere unterdessen Manfred, Ralph und Saski–«

Sie wurden von Belzls klingelndem Handy unterbrochen. Ein

paar Augenblicke lang hörte sie aufmerksam zu, dann bedankte sie sich und beendete das Gespräch.

»Die Kollegen vom Dauerdienst haben die Fingerabdrücke von Cesare Veccio und Domenico Bonucci gesichert und durch unser System laufen lassen.« Belzl machte eine kleine Kunstpause. »Die beiden waren an dem Überfall in Schweinfurt beteiligt.«

»Hast du jemanden von der Spurensicherung frei?«

Belzl schüttelte den Kopf. »Die sind hier mit Sicherheit noch eine ganze Weile beschäftigt.«

»Dann rufe ich Christine Mur und ihre Leute dazu, okay? Ich brauche Kollegen, die mich in Bonuccis Wohnung begleiten. Angeblich haben Di Natale und Di Canio bei ihm gewohnt. Falls Letzterer bei dem Überfall auf Förster und Graef dabei war, können wir es vielleicht über Vergleichsspuren aus der Wohnung feststellen.«

»Gut, und ich gehe zu Bonuccis Eltern. Schickst du mir Manfred? Ich warte vor dem Haus auf ihn.«

Hackenholt fuhr mit Lehmeier zu dem Mehrfamilienhaus, in dem Cesare Veccio und Domenico Bonucci gelebt hatten. Sobald seine Nürnberger Kollegen eingetroffen waren, setzte er sie so schnell es ging über die derzeitige Lage ins Bild.

Hackenholt und Mur begannen in Bonuccis Wohnung, wo sich die Beamtin zunächst ins Badezimmer zurückzog. Wenn die Sizilianer hier gewohnt hatten, mussten sie den Raum benutzt haben, sodass sehr gute Chancen bestanden, Haare, Speichel oder Fingerabdrücke zu sichern. Lehmeier und Wünnenberg nahmen sich unterdessen Cesare Veccios Wohnung vor, während Baumann die Kellerabteile durchsuchte.

In einem Kästchen neben der Tür fand Hackenholt einen Schlüssel, auf dessen Anhänger »Garage« stand. Er nahm ihn vom Haken und lief hinunter in den Hof.

Nachdem er das Schloss entriegelt hatte, öffnete er schwungvoll das Metalltor. Noch während es nach oben glitt, sah er, dass die Garage leer war. Enttäuscht ging er zurück zu seinem Dienstwagen und holte eine Taschenlampe, mit der er den Raum ausleuchtete.

Mitten auf dem Betonboden entdeckte er einen großen, unförmigen Fleck. Als er ihn sich genauer besah, stellte er fest, dass es sich um Farbe handeln musste. Er ging weiter. An der rückwärtigen Wand hingen vier Winterreifen. Darunter war ein Regal, auf dem mehrere Ölkannen, ein Benzinkanister und eine Klappbox standen. Sie enthielt Autoshampoo, Lackpolituren, Lappen und eine alte Decke, die ebenfalls voller roter Farbpartikel war. Sollten die Täter den Werttransportbehälter hier geöffnet und mit der Decke die Rauchsicherung abgedeckt haben?

Im Schein der Taschenlampe sah Hackenholt außerdem zwei Paar Nummernschilder. Beide waren aus Lauf, der TÜV beim einen noch anderthalb Jahre gültig, beim anderen nur noch wenige Monate.

Der Hauptkommissar holte sein Handy aus der Tasche und veranlasste eine Halterabfrage. Wie sich herausstellte, gehörte ein Kennzeichen zu einem dunkelgrün-metallicfarbenen 5er BMW, der auf Domenico Bonucci zugelassen war. Das andere war vor zwei Wochen gestohlen gemeldet worden. Ohne zu zögern rief Hackenholt Stellfeldt an. Er bat Bonuccis Eltern um Auskunft, ob sie etwas über den Verbleib des BMW wussten. Die Antwort ließ nicht lange auf sich warten: Laut des Vaters hatte Domenico den Wagen an seinen Cousin Santino Di Canio verliehen.

Als Nächstes fragte Hackenholt noch einmal in der Einsatzzentrale nach, ob in den letzten Tagen weitere Kennzeichendiebstähle angezeigt worden waren. Wie sich herausstellte, hatten sich am Vortag zwei Personen bei der PI Lauf gemeldet, deren Schilder über Nacht verschwunden waren. Die Fahrzeuge waren nicht beschädigt, die Täter hatten es eindeutig nur auf die Kennzeichen abgesehen, die sie aus ihren Halterungen brachen; beide waren nicht verschraubt gewesen. Besonders auffällig dabei war, dass die Fahrzeuge keine hundert Meter voneinander getrennt in zwei Querstraßen parkten.

Da sich Santino Di Canio höchstwahrscheinlich mit Bonuccis BMW und den gestohlenen Kennzeichen auf der Flucht befand, bat Hackenholt den Kollegen in der Einsatzzentrale, den Fahndungsaufruf um diese Details zu ergänzen.

Als er ins Haus zurückging, kamen ihm Mur und Baumann im Treppenhaus entgegen.

»Iech maan allerweil, iech hädd wos Wichdigs gfundn, obber iech hobb ned drinner umernandergruschn wolln, eh si däi Grisdine däi Sägg ned oogschaud hodd.«*

Hackenholt folgte den Beamtinnen in den Keller, wo Baumann zwei Müllsäcke gefunden hatte. Der eine war noch verknotet, den anderen hatte sie geöffnet, um ihn auf seinen Inhalt zu kontrollieren. Dabei war sie unter anderem auf einen altrosafarbenen Benetton-Schal mit einer großen eingewobenen Hibiskusblüte und eine große, auffällige Ray-Ban-Sonnenbrille gestoßen. Da das Licht im Keller schwach war, entschied Mur, die beiden Säcke zum Durchsuchen mit nach oben zu nehmen.

In der Wohnung verpackten Murs Mitarbeiter mit größter Vorsicht den Inhalt der Müllsäcke Stück für Stück in Asservatenbeutel. Neben dem Schal und der Sonnenbrille kamen der Kapuzenpulli mit dem kleinen Esprit-Logo zum Vorschein sowie andere Kleidungsstücke und Schuhe. An fast allen konnte man mit bloßem Auge Blutflecken erkennen.

Der zweite Sack enthielt vier kurzärmelige Polizeihemden – allerdings ohne Schulterstücke –, zwei dunkelkhakifarbene Jeans, sowie zwei Cargohosen, die durchaus als Polizeihosen durchgingen, sowie vier Warnwesten mit dem Aufdruck POLIZEI und vier Dienstmützen. Was fehlte, waren die Fahrzeugkelle und das Magnetblaulicht.

Mit Ausnahme der Kollegen von der Spurensicherung, die immer noch am Tatort beziehungsweise in den Wohnungen beschäftigt waren, trafen sich alle an den Ermittlungen beteiligten Beamten gegen fünf Uhr morgens in einem Besprechungsraum der PI Lauf.

Herzzerreißende Szenen hatten sich laut Belzls und Stellfeldts Bericht im Wohnzimmer der Familie Bonucci abgespielt. Für die Eltern brach eine Welt zusammen, als sie vom Tod ihres einzigen Sohnes erfuhren. Etwas Sachdienliches hinsichtlich der beiden Sizilianer sagten sie nicht aus. In ihren Augen waren Di Canio und Di Natale zwei brave Jungs, die ihren Eltern viel Freude machten.

Danach informierte Baumann über ihren Fund im Keller, und Hackenholt berichtete von dem verschwundenen BMW. Die Fahndung nach Santino Di Canio hatte bislang keine Früchte getragen. Da seit der Schießerei vor der Pizzeria mittlerweile fast sechs Stunden vergangen waren, konnte sich der Sizilianer zwischenzeitlich schon in Österreich, der Schweiz oder sogar in Italien befinden.

Sobald Mur die in der Wohnung gesicherten Fingerabdrücke und DNA-Spuren ausgewertet hätte, durch die sich die Indizienkette hoffentlich erhärten ließ, wollte Hackenholt beim Ermittlungsrichter einen internationalen Haftbefehl beantragen.

Als die Türglocke läutete, hatte Hackenholt das Gefühl, er wäre gerade erst weggedämmert. Wie ihm ein Blick auf die Uhr allerdings zeigte, hatte er dreieinhalb Stunden geschlafen; es war halb zehn. Erneut ertönte das lang gezogene Schrillen der Klingel. Gähnend schälte er sich aus dem Bett und öffnete. Es war der DHL-Bote mit einer Expresszustellung für Sophie. Hackenholt war überrascht: Dass seine Frau hin und wieder ein paar Dinge im Internet orderte, wusste er. Bislang hatte sie jedoch noch nie eine Sonntagslieferung beauftragt.

Erst nachdem er den Empfang quittiert und die Tür wieder geschlossen hatte, schaute er sich das Paket etwas genauer an: Der Absender war ein Theobald Winter aus München. Hackenholt musste lachen. Das war wirklich aufmerksam von dem Kollegen. Kurz war er versucht, das Paket zu öffnen und nachzusehen, was es enthielt, aber dann beschloss er, das sollte Sophie und Ronja vorbehalten bleiben.

Sophie lag in ihrem kleinen Einzelzimmer und schlief, als Hackenholt zwei Stunden später die Tür öffnete. Von Ronja war weit und breit nichts zu sehen. Leise ging er wieder hinaus und lief zum Stationszimmer.

»Ihre Frau hatte eine anstrengende Nacht«, empfing ihn eine der Krankenschwestern. »Sie holt gerade ein bisschen Schlaf nach.«

Hackenholt konnte sich nur mit Mühe die Antwort verkneifen, dass es ihm nicht besser ergangen war.

»Ihr Töchterchen hat uns gezeigt, was lautstärkenmäßig in ihr steckt. Sie werden sich noch wundern.« Die Schwester grinste. »Im Moment schläft sie. Wenn Sie Glück haben, dauert der Zustand noch zwei, drei Stunden an.«

Die Frau schläft, das Kind schläft, Hackenholt fragte sich, warum er nicht dasselbe tat. Dennoch fuhr er nicht nach Hause, sondern entschied, einen Spaziergang zu machen.

Auf dem Weg zum Ausgang überlegte er es sich jedoch noch einmal anders. Am Kiosk kaufte er Kaffee und Zeitung und setzte sich damit auf eine sonnenbeschienene Bank auf dem kleinen Vorplatz beim Haupteingang.

Die Sonntagszeitung enthielt nichts darüber, dass der Reichsapfel gefunden und nach Wien zurückgebracht worden war. Offenbar hatten alle beteiligten Polizeidienststellen dichtgehalten.

Nachdem Hackenholt die wenigen Artikel gelesen hatte, die ihn interessierten, rief er Theo Winter an. Der Kollege klang auch heute verschlafen, als er sich endlich meldete.

»Werden deine frühmorgendlichen Anrufe jetzt zur Regel?«, begrüßte er Hackenholt brummig.

»Du musst gerade was sagen – lässt mich am Sonntag vom Paketdienst wecken. Danke schön übrigens. Die Überraschung ist dir gelungen. Ich werde Ronja und Sophie das Paket nachher gleich bringen.«

»Ach, das ist nur eine Kleinigkeit«, wiegelte Winter bescheiden ab.

»Bei euch ist gestern alles glattgegangen?«

»Ja«, der Kollege klang erstaunt. »Ich habe doch angerufen und Bescheid gegeben. Hat man dir das nicht ausgerichtet?«

»Theo, bei uns geht es im Augenblick so rund, dass uns schier alles über den Kopf zu wachsen droht. Bestimmt findet sich irgendwo auf meinem Schreibtisch ein entsprechender Zettel.«

»Alles ist ganz wunderbar gelaufen. Wir haben den Reichsapfel gut nach Hause gebracht. Das Museum hat ihn gründlich untersucht. Wie durch ein Wunder hat er die ganze Odyssee unbeschadet überstanden. Er wird nun wieder in der Schatzkammer verwahrt, und später im Rahmen einer Pressekonferenz der Öffentlichkeit präsentiert.«

»Wurde eigentlich die Leitung vom Nürnberger Staatsmuseum informiert?«

»Das hat die Frau Ministerialrätin übernommen. Offenbar war dieser Dr. Drosthoff nicht gerade erfreut, dass man ihn nicht zuvor unterrichtet hat. Aber das sollten wir uns nicht weiter zu Herzen nehmen«, sagte Winter leichthin.

»Sag mal, Theo, du hast nicht zufällig Kontakt zu einem Kollegen in Italien? Insbesondere in Sizilien?«

»Doch, natürlich. In meinem Job ist man bestens vernetzt. Warum? Was brauchst du?«

»Auskünfte – und das möglichst *pronto*.« Hackenholt berichtete von den Geschehnissen der vergangenen Nacht. Winter versprach, den Chef der Questura von Caltanissetta zu kontaktieren, den er von einigen Tagungen her kannte. Hackenholt wäre ein einfacher Commissario lieber gewesen, aber das war nicht der Augenblick, um wählerisch zu sein.

Kurz vor zwölf machte sich der Hauptkommissar erneut auf den Weg zu Sophies Zimmer. Diesmal war nicht nur sie wach, sondern auch Ronja. Der kleine Wurm lag in ihrem Arm und nuckelte zufrieden an der Brust. Hackenholt wusch sich die Hände, dann begrüßte er Sophie mit einem Kuss und streichelte Ronja übers Gesicht.

»Wir haben uns einen ganz schönen Schreihals zugelegt.«

»Ich habe schon gehört. Aber schau, ich habe euch etwas mitgebracht.« Er hielt Winters Paket in die Luft. »Der Expressbote hat mich vorhin aus dem Bett geklingelt.«

»Sag jetzt nicht, dass du zum Langschläfer mutierst, sobald ich aus dem Haus bin.«

»Soll ich mal nachschauen, was Theo geschickt hat?«, fragte er anstelle einer Antwort.

Sophie musterte ihn. Den Tonfall kannte sie. »Hast du heute Nacht gearbeitet?«

Hackenholt nickte nach kurzem Zögern. »Im Moment überschlagen sich die Ereignisse.«

»Ich dachte, ihr habt den Reichsapfel gefunden und den Wienern in den Rachen geworfen?«

»Schon, aber in dem Zusammenhang gab es heute Nacht noch zwei Tote.«

»Ich glaube, das will ich im Augenblick gar nicht wissen. Mach lieber das Paket auf, ich bin neugierig, und Ronja schläft beim Trinken sowieso ständig ein. Das dauert noch Ewigkeiten, bis wir fertig sind.«

Als hätte er nur darauf gewartet, zückte Hackenholt sein Taschenmesser und kappte das Klebeband, bevor er den Karton auf Sophies Bett legte und den Deckel hochhob. Zum Vorschein kamen ein blau-weiß-geringelter Strampler mit kurzen Ärmeln, ein roter langärmliger, ein pinkfarbenes T-Shirt sowie ein hellgraues Langarmshirt. Allen war eins gemein: Sie trugen den Schriftzug *Spatzl* auf der Brust. Außerdem hatte Winter noch eine Dose Schweinsbratengewürz »Ludwigs Leibspeis« und eine Dose Käsegewürz – »Obadzd is!« – dazulegen lassen.

»Na, es hätte schlimmer kommen können«, grinste Sophie. »Er hätte Ronja auch Kleider mit *I ♥ München* schenken können.«

»Das hätte er sich nicht getraut! Er weiß, dass München nur eine ICE-Stunde von hier entfernt ist und er nicht am Ende der Welt wohnt, wo er vor dir in Sicherheit wäre.«

Montag

Als Hackenholt am Morgen ins Büro kam, fand er als Erstes den Zettel, auf den jemand Theo Winters Nachricht gekritzelt hatte. Daneben lag ein weiterer von Manfred Stellfeldt, der ihm mitteilte, er werde direkt zum Westfriedhof fahren, um zusammen mit Lisbet Belzl den beiden Obduktionen beizuwohnen. Dr. Puellen hatte gestern angerufen, und man verständigte sich darauf, bereits um sieben Uhr zu beginnen.

Aus der Einsatzzentrale erfuhr Hackenholt, dass es bezüglich der Fahndung nach Santino Di Canio keine Neuigkeiten gab. Niemand hatte den BMW mit dem gestohlenen Kennzeichen oder gar seinen Fahrer gesehen.

Christine Mur kam zur Lagebesprechung und teilte die bisherigen Ergebnisse der in Domenico Bonuccis Wohnung erhobenen Fingerspuren mit: Sie hatte unter anderem Abdrücke gefunden, die ihrer Meinung nach Santino Di Canio gehörten. Zum einen waren sie an diversen Orten in der Wohnung, daneben aber auch am abmontierten echten Nummernschild des BMW, in Luigi Di Natales beschlagnahmten Fiat und, das war das Entscheidende, am Reichsapfel.

Hinsichtlich der unzähligen ins Labor geschickten DNA-Spurenträger hatte sie natürlich noch keine Rückmeldung erhalten. So konnte sie nicht mit Sicherheit sagen, dass die Blutanhaftungen auf der Kleidung in den Müllsäcken tatsächlich von Felix Kurz stammten und wer welche Stücke getragen hatte. In circa zwei bis drei Tagen würden diese Ergebnisse wohl vorliegen.

Gerade als Wünnenberg und Hackenholt zum Frauengefängnis in die Mannertstraße aufbrechen wollten, läutete das Telefon des Hauptkommissars.

»Können Sie mir mal sagen, was Sie sich dabei gedacht haben?«, polterte Dr. Drosthoffs Stimme durch die Leitung. »Sie können doch nicht einfach den Reichsapfel an die Österreicher übergeben, ohne mich zuvor zu fragen. Das ist eine Unverschämtheit sondergleichen. So geht das nicht. Wie stehe ich denn jetzt da? Ich konnte nicht einmal bei der Pressekonferenz anwesend sein, dabei wäre das von äußerster Wichtigkeit gewesen. Das wird ein Nachspiel haben. Ich werde mich über Sie beschweren!«

»Tun Sie das, Herr Dr. Drosthoff. Soll ich Sie mit dem Präsidialbüro verbinden, oder haben Sie die Durchwahl unseres Herrn Polizeipräsidenten? Zuvor sollten Sie sich jedoch überlegen, ob Herr Kriminaldirektor Winter nicht die für alle Beteiligten beste Lösung ausgehandelt hat, indem er dafür sorgte, dass die Eigentümer des Reichsapfels durch die rasche Übergabe bestmöglich besänftigt wurden. Denn sollte es Nachfragen geben, wie es zu der Panne mit Dippold-Transporte kommen konnte, würde zweifellos Ihr unverantwortliches Handeln ans Licht kommen.«

»Was sagen Sie da?«, brauste Dr. Drosthoff auf.

»Soweit ich feststellen konnte, haben Sie als Verantwortlicher die neu ausgewählten Transportfirmen nicht überprüft. Außerdem gibt es Zeugenaussagen, die belegen, dass Sie Unterlagen offen auf Ihrem Schreibtisch herumliegen ließen, die Verschlusssache waren. Aber wie gesagt, ich will Sie nicht davon abhalten, sich zu beschweren.«

Als Antwort wurde der Hörer am anderen Ende der Leitung krachend aufgelegt.

Auch Hackenholts zweiter Anlauf, das Büro zu verlassen, scheiterte, denn sein Telefon klingelte erneut. Wünnenberg verdrehte die Augen.

»Kannst du es nicht einfach läuten lassen?«

Nach einem Blick aufs Display ging Hackenholt dann aber doch ran, denn es war eine Münchner Nummer.

»Hast du was zum Schreiben?«, fragte Theo Winter, bevor er eine lange Telefonnummer mit italienischer Länderkennung diktierte. »Der Chef der Questura von Caltanissetta heißt Dottor Paolo Grassia. Ich habe soeben mit ihm telefoniert, er erwartet deinen Anruf. Melde dich bitte umgehend bei ihm, denn in einer halben Stunde ist er laufend in Konferenzen.«

»Kann er Deutsch?«

»Nein, aber er spricht sehr gut Englisch.«

»Ich werde mein Möglichstes geben.« Hackenholt hielt kurz inne. »Theo, da ist noch etwas: Wir müssen möglicherweise eine Stellungnahme wegen der Übergabe des Reichsapfels an die Österreicher schreiben. Dr. Drosthoff hat gerade angerufen und verkündet, dass er sich beschweren wird.«

»Das soll er tun.« Mit einem Mal klang Winter richtiggehend gut gelaunt. »Er wird schon sehen, was dabei herauskommt.«

Nachdem sich der Kollege vom LKA verabschiedet hatte, wählte Hackenholt sofort die Nummer des Questore. Dottor Grassia hatte eine sehr tiefe, volle Stimme. Sicher war an ihm ein ausgezeichneter Sänger verloren gegangen. Was Hackenholt jedoch noch viel mehr beeindruckte, war die freundliche Gelassenheit, mit welcher der Italiener seinem Anliegen begegnete. Er versprach, alle verfügbaren Informationen über Luigi Di Natale und Santino Di Canio anzufordern und nach Deutschland zu senden. Darüber hinaus wollte er mit dem zuständigen Kollegen sprechen und dafür sorgen, dass dieser ein paar Beamte zur Überwachung von Di Canios Wohnung abstellte.

Eine halbe Stunde später als vereinbart trafen Hackenholt und Wünnenberg schließlich in der Frauenanstalt ein, in der auch die U-Haft für Frauen untergebracht war. Nach dem üblichen Prozedere an der Pforte warteten die Beamten in einem der Besucherräume auf die Gefangene, die kurze Zeit später von einer Vollzugsbeamtin hereingeführt wurde.

Giulietta Veccio wirkte blass und übernächtigt.

»Stimmt es, dass mein Bruder erschossen wurde?«, fragte sie, noch bevor sie sich setzte.

Hackenholt nickte.

»Dann war es die alte Hexe!«, unternahm sie einen lahmen Versuch, Sabine Förster zu belasten. »Sie hat sich an mir gerächt und mir meinen Bruder genommen, weil mir ihr Mann ständig hinterhergelaufen ist.«

»Ach, Blödsinn! Frau Veccio, das Spiel ist aus. Frau Förster ist ein Opfer Ihrer Intrigen, und das werden wir vor Gericht auch nachweisen. Ich hatte wirklich gehofft, der Tod Ihres Bruders hätte Sie zur Vernunft gebracht. Das ist doch Wahnsinn, was passiert ist. Wir wissen inzwischen, wem der dunkle BMW gehört hat, der bei dem Überfall auf Felix Kurz verwendet wurde. Genauso wie wir wissen, von wem die anderen Fingerabdrücke im Transporter und an der Leiche stammen. Sie haben sich ja so dilettantisch verhalten und nicht einmal Handschuhe angezogen.«

Giulietta Veccio wandte den Blick ab.

Hackenholt wechselte die Taktik. »Ihr Bruder und Domenico Bonucci wurden unmittelbar nach dem Verlassen der Pizzeria Ihrer Eltern mit mehreren Schüssen niedergestreckt. Sie hatten keine Chance. Es wurden fünfzehn Patronenhülsen gefunden. Das heißt, der Täter hat sein ganzes Magazin leergeschossen.«

Tränen liefen über das Gesicht der jungen Frau.

»Und das, nachdem wir rund zwölf Stunden zuvor Luigi Di Natale auf dem Rückweg nach Italien verhaftet und ihm den Reichsapfel abgenommen haben«, machte Hackenholt weiter. »Es ist nur eine Frage der Zeit, bis wir Santino Di Canio festsetzen. Sie sehen also, wir sind nicht ganz so blöd, wie Sie uns bislang eingeschätzt haben. Falls Sie hier je wieder rauskommen wollen, ist es an der Zeit, ein Geständnis abzulegen und Reue zu zeigen.«

In Ermangelung eines Taschentuchs fuhr sich Giulietta Veccio mit dem Handrücken über die Nase und zog den Rotz geräuschvoll hoch.

»Wie ist es dazu gekommen, dass die Firma Dippold-Transporte sich für den Transport des Reichsapfels beworben hat?«

Demonstrativ drehte sie den Kopf zum Fenster. Ihre Unterlippe zitterte.

»Wenn der Richter die besondere Schwere der Schuld feststellt, kommen Sie keinen Tag früher raus. Fünfundzwanzig Jahre sind eine lange Zeit, Frau Veccio. Dann sind Sie fast fünfzig.«

»Ich habe Sascha vor gut zwei Jahren kennengelernt, als er alle zwei, drei Wochen mit einem Freund zu uns in die Pizzeria kam«, begann sie schließlich widerwillig. »Wir haben viel miteinander gelacht und Spaß gehabt, und irgendwann hat er mich zum Eisessen eingeladen. Meine Eltern sahen es nicht sonderlich gern, weil er so viel älter war als ich. Also habe ich es ihnen irgendwann nicht mehr erzählt.

Als es in unserem Restaurant wegen der Krise nicht mehr

so gut lief und mein Vater Geldsorgen hatte, schlug Sascha mir vor, bei ihm in der Firma zu arbeiten. Ich sollte den Bürojob richtig gut lernen, damit wir zusammen etwas Eigenes aufziehen könnten.«

»Wussten Sie, dass Herr Förster verheiratet war?«

»Ja, aber er und seine Frau hatten sich schon lange auseinandergelebt. Er ließ sich nur nicht scheiden, weil er sonst seinen Job verloren hätte – und die Putzfrau, die für ihn gekocht und seine Wäsche gemacht hat.« Giulietta Veccios Stimme klang abfällig. »Wir wollten warten, bis ich mit meiner Ausbildung fertig bin. Aber irgendwie hat es mir in der Firma nur Spaß gemacht, wenn er da war. Die restliche Zeit mit seiner Frau habe ich kaum aushalten können. Er wusste das und hat versprochen, sich etwas einfallen zu lassen. Zuerst hat er versucht, seinen Schwiegervater zu überreden, das Büro ein bisschen freundlicher zu gestalten. Er wollte bunt tünchen und neue Möbel kaufen, aber der Alte hat überhaupt nicht auf ihn gehört. Er hat ihm sogar gedroht, dass er rausfliegt, wenn er nicht endlich die Finger von mir lässt. Irgendeiner der Fahrer muss etwas spitzgekriegt und dem Chef gesteckt haben.«

Hackenholt wagte nicht, die junge Frau zu unterbrechen. Jetzt, wo sie endlich ins Erzählen gekommen war, musste er sie reden lassen. Seine Fragen konnte er später stellen.

»Eines Tages kam Sascha kurz vor Feierabend in die Firma und hat mir gesagt, er hätte einen richtig fetten Fisch an der Angel. Wenn er den Auftrag bekäme, könnte sich der Alte nicht mehr weigern, dann müsste er auf ihn hören und in die Firma investieren. Er ist dann auch gleich hinter ins Büro. Ich habe durch die offene Tür zugehört.

Sascha hat ihm vorgeschlagen, in den Bereich Werttransporte zu expandieren. Dort wären die Gewinnspannen viel größer. Aber der Alte wollte nichts davon hören. Er hat behauptet, die Firma hätte kein Geld für solchen Schnickschnack und neue Autos würden sich nicht rentieren. Dabei sitzt der alte Sack nur so auf seinem Geld und will nichts herausrücken. Das wusste jeder in der Firma.

Uns ließ er zum Hungerlohn schuften, und selbst hat er alles einkassiert. Und als es dann nicht mehr so gut lief, hat er die Leute dazu gebracht zu gehen, anstatt von seinem Geld, das eigentlich der Firma gehört, wieder etwas dazuzuschustern, damit wir modernisieren konnten.

Sascha war jedenfalls stinksauer, nachdem er mit ihm gesprochen hatte. Er war sogar so weit, zu kündigen und sich woanders eine Anstellung zu suchen, nur um nicht mehr seinen Schikanen ausgesetzt zu sein.«

»Wie ist Herr Förster konkret an den Auftrag für den Werttransport gekommen?«, versuchte Hackenholt sie behutsam auf das eigentliche Thema zurückzuführen.

»Das habe ich ihn gefragt, als wir uns das nächste Mal bei mir trafen. Ich wollte wissen, um welchen Auftrag es ging, und warum wir ihn nicht ohne den Alten durchziehen konnten.

Daraufhin hat mir Sascha anvertraut, dass er einen ehemaligen Klassenkameraden getroffen hatte, der sich mit einer Sicherheitsfirma selbstständig gemacht hat. Der hat ihm von seiner Arbeit erzählt – davon, dass er bald eins von den Ausstellungsstücken aus dem Museum zurück nach Wien transportieren würde und wie viel er damit auf einen Schlag verdient.

Stundenlang haben Sascha und ich überlegt, wie wir es allein hinbekommen könnten. Post und Telefonate konnte ich abfangen, weil ich ja den ganzen Tag im Büro saß. Seine Frau war sich nämlich zu fein für solch niederen Arbeiten.

Also hat Sascha am darauffolgenden Donnerstag, als seine Tussi mal wieder beim Sport war, beim Museum angerufen und gefragt, wie man sich um einen der Transporte bewirbt. Er wurde zweimal weiterverbunden, und der Letzte, mit dem er gesprochen hat, sagte, er soll aussagefähige Unterlagen an den anderen Typ schicken, mit dem er zuvor schon geredet hatte.«

Norbert Beck musste versucht haben, Dr. Drosthoff die Arbeit zuzuschieben, und der hatte sie an Beck zurückgegeben, dachte Hackenholt.

»Wir haben ein Anschreiben aufgesetzt und ausgedruckt. Sascha nahm einen Stapel Briefe, die der Alte an dem Tag noch unterschreiben musste, ging nach hinten und legte sie ihm vor. Dabei hat er immer nur das oberste Blatt ein Stück hochgehoben und auf die Stelle gedeutet, wo er unterzeichnen sollte. Und der Alte war so blöd und hat das getan – wir konnten es beide nicht fassen. Die Referenzen haben wir uns ausgedacht und mit verschiedenen Namen selbst unterschrieben.« Sie warf Hackenholt einen Beifall heischenden Blick zu.

»Und dann?«, fragte er betont sachlich.

»Danach haben wir ewig nichts vom Museum gehört und dachten, der Auftrag wäre flöten gegangen, aber eines Morgens lag plötzlich der Vertrag in der Post. Einfach so. Ich hatte gar nicht mehr damit gerechnet und konnte ihn im letzten Moment vor der Chefin verstecken. Am nächsten Tag, als sie wieder beim Sport war, hat Sascha dem Alten noch einmal einen Stapel Briefe zum Unterschreiben gebracht – diesmal legten wir die letzte Seite vom Vertrag dazu. Ich habe nämlich ganz vorsichtig die Heftklammern aufgebogen und sie abgemacht. Der komplette Vertrag wäre aufgefallen, weil er viel zu dick war. Und der Alte hat so eine krakelige Unterschrift, die kann man einfach nicht nachmachen. Ich habe es immer wieder versucht, wenn mir langweilig war.«

»Und der Versicherungsschein?«

»Wir haben einfach einen alten eingescannt und Datum, Betreff und Versicherungssumme geändert. War ein Kinderspiel. Am längsten hat das Herunterladen und Installieren von dem Programm gedauert.« Giulietta grinste bei der Erinnerung selbstzufrieden.

Hackenholt hoffte, der Richter würde ein psychiatrisches Gutachten über die Gefangene in Auftrag geben. Ihre emotionale Sprunghaftigkeit irritierte ihn zutiefst.

»An dem Abend waren wir bei uns in der Pizzeria und haben ordentlich gefeiert. Saschas Frau war wegen ihres Knöchels unpässlich, also konnte er auch mal außertourlich mit mir ausgehen.«

»Und bei der Gelegenheit haben Sie alles brühwarm Ihrer Familie erzählt?«, fragte Hackenholt ungläubig.

»Natürlich nicht. Mein Bruder hat an dem Abend gekellnert und mitbekommen, dass wir in richtig guter Stimmung waren. Er bohrte so lange nach, bis wir ihm verraten haben, dass wir in zwei Wochen den Reichsapfel von Nürnberg nach Wien fahren würden. Das müssen Sie sich mal vorstellen: den Reichsapfel! Wir hatten da echt das total große Los gezogen. Wir hätten auch die Socken zugeteilt bekommen können.

Cesare war total beeindruckt und hat gefragt, was wir mit dem Geld machen wollten. Er wusste, dass es weder Sascha noch mir in der Firma gefiel. Aber Sascha hat vorgerechnet, warum es trotz allem immer noch viel zu wenig war, um sich selbstständig zu machen.

Cesare meinte, es gebe sicher irgendeinen reichen Sammler, der für den Reichsapfel richtig viel springen lassen würde. Sascha hat gelacht und geantwortet, er hätte leider keine Verbindungen in die richtigen Kreise. Dabei hat er so gezwinkert, wie er es immer tat, wenn er Witze über Italiener und die Mafia gemacht hat. Das hat Cesare offenbar als Aufforderung verstanden.«

»Ihr Bruder hatte Verbindungen zur Mafia?«

»Er hat mit Domenico gesprochen. Der stammt aus Sizilien und hat sich immer damit gebrüstet, dass seine Familie dort zu den richtig Einflussreichen gehört. Deswegen hat er seinen Cousin Santino angerufen. Der war schon mal hier, als er untertauchen musste, weil die italienische Polizei ihn gesucht hat«, fügte sie wie selbstverständlich hinzu. »Santino war sofort damit einverstanden, zusammen mit Luigi nach Deutschland zu kommen und den Überfall zu machen, als Domenico ihm erklärt hat, was Sascha und ich transportieren würden. Für jeden von uns sollten mindestens hunderttausend Euro rausspringen.

Wir haben uns also schnellstmöglich wieder getroffen, weil so viel vorzubereiten war und wir besprechen mussten, wie das Ganze ablaufen sollte. An dem Abend meinte Sascha plötzlich, ich dürfte nicht mitmachen, es wäre zu gefährlich. Außerdem könne das Museum rumzicken, wenn eine Frau als Sicherheitsmann arbeitete. Und für die Polizeiermittlungen wäre es auch nicht gut.«

»Sind Sie dabei auf die Idee gekommen, dass Herr Förster Ihnen die SMS schreibt und Sie so tun, als wüsste er nichts von dem Transport?«

Die junge Frau nickte. »War doch ein guter Plan, oder? Sie haben es nicht gecheckt.«

Hackenholt reagierte nicht.

»Jedenfalls habe ich mich breitschlagen lassen, im Büro zu bleiben. Dafür sollte Thorsten Graef mitfahren. Der war der Faulste von den Fahrern und hatte schon angekündigt, sich was Neues zu suchen. Aber damit brauchten wir natürlich eine andere Strategie. Wenn Sascha und ich gefahren wären, hätten wir einfach gesagt, wir hätten an einer roten Ampel gestanden und wären überfallen worden. Mit Thorsten konnten wir das nicht machen – der hätte gesehen, wer ihn überfällt und es der Polizei erzählt.«

»Ich dachte, Santino Di Canio und Luigi Di Natale sollten den Überfall übernehmen? Dann wäre es doch egal gewesen, ob Herr Graef sie sieht oder nicht.«

Giulietta Veccio schüttelte den Kopf. »Santino sollte zwar Luigi mitbringen, aber er wollte auch, dass Cesare und Domenico mitmachen. Er meinte, für so große Sachen braucht man viele Leute – auch für das Fluchtauto und so. Und wenn sie sich Masken übergezogen und den Audi wirklich an einer roten Ampel überfallen hätten, wäre das Risiko viel zu groß gewesen, dass es jemand sieht und die Polizei ruft.

Cesare kam schließlich auf eine Idee: Wir könnten so tun, als ob wir Polizisten wären. Er hat von dem Raubüberfall auf den Goldtransporter in Baden-Württemberg erzählt, bei dem dieser Rapper zwei Millionen Euro erbeutet haben soll. Davon war er total fasziniert. Und nachdem es bei dem geklappt hat, haben wir beschlossen, wir machen das auch so. Das ist nämlich viel unauffälliger und niemand schöpft Verdacht.«

»Polizeiuniformen wachsen allerdings nicht auf Bäumen«, sagte Hackenholt.

»Das nicht, aber man kann sie im Internet bestellen.«

»Nur gegen Vorlage eines gültigen Polizeiausweises.«

»Das war kein Problem, Cesare besaß einen.« Als sie Hackenholts fragenden Blick sah, erklärte sie: »Vor einem Jahr oder so ließ ein Gast seinen Geldbeutel bei uns liegen. Cesare hat ihn gefunden und wollte nachschauen, wem er gehört. Dabei hat er den Dienstausweis entdeckt. Also behielt er den Geldbeutel. Der Mann kam auch nie zurück, um zu fragen, ob er ihn bei uns verloren hat.«

Hackenholt bedeutete ihr fortzufahren.

»Cesare hat also die Klamotten für Domenico, Santino, Luigi und sich bestellt, und die sind ganz fix zwei Tage später geliefert worden. Wir hatten ziemlich viel Spaß beim Anprobieren.« Giulietta Veccio grinste bei der Erinnerung, dann wurde sie aber plötzlich wieder ernst und ihre Stimme leiser. »Am Tag des Transports ging von Anfang an alles schief. Als ich in die Firma kam, war Sascha total aus dem Häuschen, weil der Audi nicht angesprungen ist. Fred Mayer muss am Vortag das Licht angelassen haben, und die Starthilfekabel lagen auch nicht da, wo sie sein sollten.

Deshalb hat Sascha panisch den Alten aus dem Bett geklingelt, und der hat sich dann in aller Ruhe fertig gemacht und ist irgendwann in der Firma erschienen. Als Sascha und Thorsten endlich loskamen, hatten sie fast eine halbe Stunde Verspätung. Wir hatten fürchterlich Schiss, dass damit alles gelaufen war. Aber allem Anschein nach gab es keine Probleme, Cesare hat erzählt, nach zwanzig Minuten sind sie wieder aus dem Museum herausgekommen und Richtung Plärrer losgefahren.«

»Wo waren Ihr Bruder und seine Freunde zu dem Zeitpunkt?«

»Sie haben in einer Seitenstraße beim Museum gewartet und sind Sascha und Thorsten von dort aus gefolgt. Wie vorher abgesprochen, haben sie den Audi kurz vor der Ausfahrt Zollhaus überholt und angehalten. Sascha und Thorsten mussten aussteigen und ihre Ausweise sowie die Fahrzeugpapiere vorzeigen.

Und dabei ist wieder etwas passiert: Cesare fiel Saschas Führerschein aus der Hand, und ein Windstoß hat ihn auf die Fahrbahn geweht. Als er sich danach bücken wollte, hat Sascha ›Cesare, pass auf!‹ gerufen, weil ein Lastwagen gekommen ist, der ihn überfahren hätte. Thorsten hat das aber mitbekommen und gefragt, woher er die Polizisten kennt.«

Und das war sein Todesurteil, dachte Hackenholt.

»Santino hat daraufhin die Strategie geändert: Eigentlich sollten er und Cesare bei Sascha mitfahren, während sie Thorsten zu Luigi in den Fond von Domenicos Auto setzen wollten. Aber nun hat Santino Thorsten gefesselt und sich neben ihn im Audi auf den Rücksitz gesetzt, während Luigi auf der Beifahrerseite eingestiegen ist. Domenico und Cesare mussten im BMW folgen.

Im Wald ist die Situation dann eskaliert. Eigentlich war ausgemacht gewesen, dass sie Thorsten eins auf den Kopf geben, damit er bewusstlos wird. Sascha sollte nur so tun und warten, bis Thorsten wieder zu sich kommt. Dann erst durfte er versuchen, Hilfe zu holen und die Polizei zu alarmieren.

Aber weil Sascha Cesares Namen gesagt hat, wusste Thorsten, dass etwas nicht stimmt und sein Chef zumindest einen der Täter kannte. Deswegen hat Santino Thorsten im Wald aussteigen lassen und auf ihn geschossen. Das hat Sascha total aus der Fassung gebracht. Er fing zu schreien an, und dann hat Luigi ihn erschossen.« Zum zweiten Mal während der Vernehmung liefen ihr Tränen über das Gesicht.

»Woher wissen Sie das alles? Sie waren doch nicht dabei.«

»Cesare hat es mir erzählt, sobald ich nach Hause gekommen bin. Und ich habe Luigi natürlich zur Rede gestellt.« In einer wütenden Geste wischte sie sich mit dem Handrücken über die tropfende Nase. »Er hätte Sascha nicht umbringen dürfen. Das war völlig unnötig. Sascha hätte nie im Leben etwas gesagt. Außerdem hätten wir Thorsten alles in die Schuhe schieben können.«

Als sie nicht weiterredete, fragte Hackenholt: »Was ist danach passiert?«

»Nichts.« Sie zuckte mit den Schultern. »Santino und Luigi taten das, was sie gesagt haben, was man nach jedem Überfall machen muss: sich unauffällig verhalten. Die meiste Zeit waren sie bei Domenico in der Wohnung und haben irgendwelche Actionshooter am Computer gespielt oder DVDs angeschaut. Nach ein paar Tagen hatte Domenico die Idee, eine falsche Fährte für die Polizei zu legen. Ich glaube, er kam darauf, weil er es in einem Film gesehen hat.«

»Sie hatten also nicht von vornherein geplant, die Transportbox an einem Ort abzustellen, der suggerieren sollte, dass der Reichsapfel eingeschmolzen wurde?«

»Nein. Domenico hat ein bisschen recherchiert und die Schmiede gefunden. Er hat ganz spontan dort angerufen und gefragt, ob er sie für einen Tag mieten kann, weil er sich ein Schwert schmieden will. Er hat das wirklich schon mal gemacht.

Der Schmied war sofort einverstanden, und Domenico ist am nächsten Tag mit Luigis Punto hingefahren. Zur Sicherheit haben sie andere Kennzeichen verwendet. Domenico hat gewartet, bis der Schmied ihn allein ließ, dann hat er schnell den Behälter abgestellt und ist wieder heimgefahren. Den Reichsapfel haben die Jungs in einen Pulli gewickelt und versteckt. Wieso Luigi und Santino vorgestern nach Italien zurückgefahren sind, weiß ich nicht. Eigentlich hätten sie noch mindestens ein oder zwei Wochen hierbleiben sollen.«

»Wer hat den Sicherheitstransportbehälter geöffnet?«

»Santino ist damit in die Garage gegangen. Er meinte, man könnte die Box nicht aufmachen, ohne dass die Rauchsicherung explodiert. Deshalb hat er eine alte Decke darübergelegt, um möglichst wenig abzubekommen. Es war aber trotzdem eine Riesensauerei. Er konnte ein paar Tage nicht aus dem Haus gehen, weil sich die Farbe nicht abwaschen ließ.«

»Wer kam auf die Idee, dass sich Domenico Bonucci dem Schmied gegenüber als Viktor Kern ausgeben sollte?«

»Ich.« Giulietta Veccio wirkte fast stolz, als sie das sagte. »Viktor war in meiner Klasse und hat immer versucht, mich anzumachen. Als ihm das nicht geglückt ist, hat er mich bei den Lehrern angeschwärzt. Außerdem hat er so eine ähnliche Statur wie Domenico – bloß hat der natürlich kein solches Pickelgesicht wie Viktor.«

Du hast Viktor Kern auch schon eine ganze Weile nicht mehr gesehen, dachte Hackenholt, denn der junge Mann hatte keinen einzigen Pickel im Gesicht gehabt, und die Statur stimmte nicht annähernd überein.

»Dann kommen wir mal zu dem anderen Tatkomplex: Warum musste Felix Kurz sterben?«

Giulietta Veccio schnitt eine Grimasse. »An dem Abend, an dem wir die Uniformen bekommen haben, trafen wir uns alle in der Pizzeria: Sascha, Domenico, Cesare und ich. Natürlich haben wir dabei viel herumgealbert und auch über den Auftrag von dem Reichsapfel gesprochen. Plötzlich stand ein junger Kerl an unserem Tisch und sagte, wir sollten gefälligst die Klappe halten, weil der Transport geheim wäre.«

Hackenholt runzelte die Stirn.

»Sascha hat geistesgegenwärtig reagiert: Er hat den Typ eingeladen, sich zu uns zu setzen, und mich als seine Frau vorgestellt. Aus Cesare und Domenico wurden die Fahrer, die bei dem Transport dabei wären. Ich habe das alles erst gar nicht gecheckt, weil der Kerl Sascha immer mit ›Herr Dippold‹ angeredet hat. Im Nachhinein hat Sascha mir erzählt, dass er einmal persönlich im Museum war, um sich und die Firma vorzustellen, aber er ist nur bis zu diesem Felix Kurz gekommen.«

Und hier schließt sich der Kreis, dachte Hackenholt. Wäre Kurz an dem Abend nicht im Restaurant gewesen, wäre er noch am Leben.

»Jedenfalls haben wir Felix ordentlich was zu trinken gegeben, und Sascha hat versucht, ihn auszuhorchen. Dabei hat er uns erzählt, er würde am nächsten Tag seine Sachen zu seiner Tante nach Hause fahren, weil er zu einer Grabungsstätte nach Südamerika aufbrechen wollte. Für Sascha war klar, dass er keine Gefahr für uns darstellt, und wir haben ihn gehen lassen.

Aber ganz früh am Morgen hat Domenico bei mir angerufen. Offenbar hatte er mit Santino gesprochen und der meinte, Felix Kurz könne zu einem Problem werden, und wir müssten ihn ausschalten. Das fand ich ziemlich übertrieben, aber Domenico hat mich so lange belabert, bis ich ihm versprach, mit Sascha zu reden.«

Hackenholt musterte die Frau eingehend. Hatte sie das wirklich gedacht, oder war es eine reine Schutzbehauptung?

»Kurze Zeit später rief mich Cesare an. Auch er wollte plötzlich, dass wir etwas wegen Felix Kurz unternehmen. Denn selbst wenn er irgendwo bei einer Ausgrabung in Südamerika wäre, würde er von dem Diebstahl des Reichsapfels erfahren und sich an unsere Unterhaltung erinnern. Cesare fand auch, es wäre eine wunderbare Gelegenheit, die Uniformen und das Blaulicht zu testen. Er hat schon die ganze Zeit darauf gebrannt, beides mal auszuprobieren.

Wir haben ausgemacht, dass Cesare und Domenico sich vor Felix' Haustür postieren und ihm hinterherfahren. Ich sollte versuchen, Sascha zu erreichen, damit er zu ihnen kommt, denn zu dritt wäre es einfacher als nur zu zweit. Aber Sascha wollte nicht: Er hat gesagt, er bringt keinen um. Er hat sich auch nicht von mir überreden lassen, als ich ihm erklärt habe, wir müssten ja nicht bis zum Äußersten gehen. Vielleicht würde eine ordentliche Abreibung genügen.«

Mit einem Mal hatte Hackenholt wieder Szenen seiner eigenen Entführung vor Augen. Am liebsten hätte er die junge Frau angeschrien. Wer gab ihnen das Recht, einem anderen Menschen solches Leid anzutun? Er musste sich zwingen, nach außen hin ruhig zu bleiben. Es fiel ihm schwer, sich auf das, was sie sagte, zu konzentrieren.

»Ich konnte nicht weg, der Alte war krank, und die Chefin war auch mehr unterwegs als im Büro. Erst nachdem sie mittags wie immer gegangen war, habe ich es geschafft, Sascha zu überreden, für mich den Bürodienst zu übernehmen. Seine Fahrten habe ich Lucky Omotoso aufs Auge gedrückt.

Zum Glück waren Cesare und Domenico noch immer auf ihrem Posten vor dem Haus, als ich bei ihnen ankam. Hätten wir gewusst, dass sich der Typ den ganzen Nachmittag Zeit lässt, hätte ich mich nicht so zu beeilen brauchen. Er ist erst in die Gänge gekommen, nachdem ich schon lange Feierabend hatte.« Sie klang empört. So, als hätte Kurz ihr kostbare Stunden ihrer Lebenszeit gestohlen. »Na ja, jedenfalls sind wir ihm hinterhergefahren, bis Domenico meinte, wir wären weit genug von zu Hause weg. Daraufhin hat Cesare das Fenster aufgemacht und das Blaulicht aufs Dach gesetzt – wie in einem Hollywoodfilm. Dann haben wir unsere Mützen angezogen, und Cesare hat die Kelle aus dem Fenster gehalten.

Wir haben uns wie echte Polizisten gefühlt. Felix hielt uns auch dafür, denn er hat anstandslos angehalten und uns nicht einmal erkannt, nachdem wir ausgestiegen waren. Domenico und Cesare taten so, als wollten sie seine Fahrzeugpapiere und die Ladung kontrollieren. Sie sagten ihm, wir müssten ihn eingehender überprüfen und ihn deswegen mit zu uns in die Dienststelle nehmen.«

Dass Giulietta darüber immer noch lachen konnte, machte Hackenholt erneut wütend.

»Er hat uns alles geglaubt und wurde nicht einmal misstrauisch, als Domenico und Cesare ihm die Hände mit einem Kabelbinder auf dem Rücken gefesselt haben. Er ließ alles ganz brav mit sich machen und stieg zu ihnen ins Auto. Ich habe den Transporter hinterhergefahren. Erst auf dem Parkplatz, wo wir seinen Wagen abgestellt haben, merkte er, dass irgendwas nicht stimmt. Als er aussteigen sollte, hat er sich in den BMW verkeilt. Wir haben ihn fast nicht herausbekommen, aber Domenico wollte nicht, dass seinen Ledersitzen etwas passiert.«

Hackenholt fühlte, wie Wünnenberg ihm die Hand auf die Schulter legte. Erst jetzt sah er es: In seiner Wut hatte er den Stift auseinandergebrochen, mit dem er sich hin und wieder Notizen machte.

»Es war ein ziemliches Gerangel, bis wir ihn in seinem Transporter hatten. Dauernd hat er ausgekeilt und versucht, uns zu treten. Irgendwann reichte es Domenico. Er war stinksauer und hat sein Einhandmesser gezückt, das er immer dabeihat. Ich dachte, er würde ihn ein bisschen an den Armen ritzen oder ihm das Ohrläppchen abschneiden. Er hat mal erzählt, dass die das in Sizilien so machen. Und dann hat der Typ plötzlich nur noch geröchelt, einen Schwall Blut gespuckt und sich nicht mehr gerührt. Mir ist richtig schlecht geworden. Zum Glück musste ich nicht kotzen.« Sie schüttelte sich bei der Erinnerung. »Wir haben dann jedenfalls seine Matratze über ihn gelegt, damit man ihn nicht gleich sieht, wenn man die Tür aufmacht, und sind abgehauen.«

»Aber vorher haben Sie ihm noch seinen Laptop, das Handy und die Brieftasche mit Bargeld und Bankkarten gestohlen. Wer hat ihn nach den Geheimzahlen gefragt?«, fragte Wünnenberg.

»Domenico. Er meinte, es würde mehr nach einem Raubüberfall aussehen, wenn wir Wertgegenstände mitnehmen. Aber da gab es ja fast nichts. Also haben wir sein Geld geklaut und sein Konto geplündert.«

»Was ist mit dem Laptop passiert?«

»Domenico hat ihn an irgendjemand verscherbelt.«

»Er hat schließlich auch einige Ausgaben gehabt, nicht wahr?« Hackenholts Stimme troff nur so vor Sarkasmus.

»Wollen wir noch zu Di Natale?«, fragte Wünnenberg, als die Beamten wieder vor dem Tor des Frauengefängnisses standen.

»Ohne Dolmetscher macht das nicht viel Sinn, meinst du nicht?«, entgegnete Hackenholt. »Nein, lass uns zur Dienststelle zurückfahren. Das, was wir gerade gehört haben, genügt, um beim Ermittlungsrichter einen Haftbefehl gegen Santino Di Canio zu beantragen. Den Besuch bei Di Natale überlasse ich dir und Manfred. Dann habt ihr morgen auch etwas Schönes zu tun, während ich Sophie und Ronja vom Krankenhaus abhole.«

Epilog

Noch am selben Tag erwirkte Hackenholt beim Ermittlungsrichter einen internationalen Haftbefehl gegen Santino Di Canio.

Bei einem weiteren Telefonat mit Dottor Paolo Grassia, dem Questore in Caltanissetta, bat Hackenholt um Amtshilfe. Der Kollege versprach, sein Möglichstes zu tun.

Eine Woche später wurde Di Canio nach einem Besuch bei seiner *nonna* von mehreren Polizeibeamten festgenommen und drei Monate später nach Deutschland ausgeliefert.

Luigi Di Natale schwieg zunächst beharrlich – obwohl ihn die Ermittler mit Giuliettas Geständnis konfrontierten. Erst als sich unmittelbar vor dem Prozess abzeichnete, dass Santino Di Canio ihm die Hauptschuld anzulasten versuchte, sagte er aus, Di Canio habe ihn für den Überfall angeworben und nicht umgekehrt. Zwar beschuldigten sich Di Natale und Di Canio in dem Punkt gegenseitig, und Domenico Bonucci konnte nichts mehr sagen, aber die Beamten glaubten Di Natales Version, da Bonucci und Di Canio Cousins gewesen waren.

Durch Di Natales Angaben konnten die Beamten nachweisen, dass Di Canio Thorsten Graef erschossen hatte. Ein ballistisches Gutachten wiederum belegte: Thorsten Graef, Cesare Veccio und Domenico Bonucci waren mit derselben Waffe getötet worden.

Nachdem die bei Di Canios Festnahme sichergestellte Beretta an einen Ballistiker übergeben worden war, konnte der überzeugend darlegen, dass dies die Tatwaffe war.

Für Hackenholt stand fest: Von den beiden Sizilianern war Di Canio nicht nur der Rücksichtslosere und Brutalere, sondern auch die treibende Kraft. Er hatte Felix Kurz' Beseitigung angeordnet, Thorsten Graef erschossen und schließlich seine Mittäter Cesare Veccio und Domenico Bonucci getötet. Für den Mord an Letzteren nannte er nie ein Motiv.

Die Ermittler entwickelten daher zwei Theorien: Entweder mussten die jungen Männer aus Rache sterben, weil Di Canio glaubte, Giulietta Veccio hätte in Haft gepetzt und dadurch Di Natales Festnahme auf der Autobahn verschuldet. Oder er wollte die junge Frau zum Schweigen bringen, indem er ihren Bruder tötete – Domenico Bonucci wäre dabei ein Kollateralschaden gewesen. Vielleicht hatte er versucht, seinen Freund Cesare vor den Kugeln seines Cousins zu schützen.

Als Hackenholt eines Tages zum Polizeipräsidenten gerufen wurde, glaubte er zunächst, er würde sich nun aufgrund der von Dr. Drosthoff eingelegten offiziellen Beschwerde persönlich wegen der Übergabe des Reichsapfels an die Wiener rechtfertigen müssen. Stattdessen überreichte ihm der Präsident ein Belobigungsschreiben des Herrn Innenministers für sein umsichtiges Agieren und das enorme Fingerspitzengefühl, das er bei den hochkomplizierten Ermittlungen an den Tag gelegt hatte.

Bei einem Telefonat mit Theo Winter stellte sich heraus, dass dieser die Eingabe an das Ministerium gemacht hatte. »Schau, Frank, ich bin zufrieden. Mir hätten die Lorbeeren nichts mehr genutzt, ich bin ja schon Kriminaldirektor. Aber du hast Frau und Kind zu versorgen – vielleicht hilft es dir bei einer anstehenden Beförderung. Ich habe nämlich gehört, dass dein Chef sich vor seiner Pensionierung noch einmal verändern möchte und die Leitung deines Kommissariats neu vergeben werden muss.«

Anmerkung

»Im Januar des Jahres 1946 bewegte sich ein seltsamer Heereszug von Nürnberg nach Wien. Geführt von Panzerspähwagen und kriegsmäßig gesichert rollten schwere amerikanische Tanks über die Landstraßen Bayerns und Österreichs, als wäre nicht schon vor Monaten die bedingungslose Kapitulation des Hitlerregimes erfolgt, oder als gelte es, einen Schatz von äußerster Kostbarkeit mit allen nur denkbaren Sicherungen an seinen Bestimmungsort zu bringen.« (aus: Die Zeit, 24.06.1954, http://www.zeit.de/1954/25/reichskleinodien-ausgestellt)

Wie dieses Zitat zeigt, sah der letztmalige Transport der Reichskleinodien von Nürnberg nach Wien ganz anders aus, als ich ihn dargestellt habe – eine Firma Dippold-Transporte hätte nicht die geringste Chance gehabt.

Was ich damit sagen möchte: Die Geschichte entspringt allein meiner Phantasie; genau wie das Nürnberger Staatsmuseum. Niemals würden die Reichskleinodien die Wiener Hofburg verlassen. Aber das ist ja das Schöne an der künstlerischen Freiheit: Man darf das Unmögliche passieren lassen.

Danksagung

Wie immer gebührt mein Dank all denjenigen, die mit ihren ganz persönlichen Hilfestellungen zum Gelingen dieses Buchs beigetragen haben.

Ohne die engagierte Unterstützung durch das PP Mittelfranken und LKA München wäre mir ein Einblick in die Materie Kunstraub verwehrt geblieben. Vielen lieben Dank für all die Zeit, die Sie mir auch diesmal geschenkt haben. Jeder einzelne Kontakt ist für mich etwas ganz Besonderes.

Vielleicht sollte an dieser Stelle jedoch noch einmal ganz ausdrücklich darauf hingewiesen werden, dass in keiner Dienststelle stundenlange Weißwurstbrotzeiten abgehalten werden.

Ulli Dräger und Ortwin Polz danke ich ganz herzlich dafür, dass sie mir ihre Kunstschmiede als Kulisse zur Verfügung gestellt haben. Natürlich lassen sie keine Fremden unbeaufsichtigt in ihrer Werkstatt arbeiten; dafür kann man bei ihnen Schmiedekurse besuchen. (www.kunstschmiede-polz.de)

Thomas Rosskopf gebührt mein Dank für seine famosen Spottergeschichten, durch die ich auf die Idee gekommen bin, wer den Reichsapfel wie außer Landes geschmuggelt haben könnte.

Meiner »Facebook-Gemeinde« danke ich für all die prompte Unterstützung, wenn ich mal wieder einen passenden Namen, eine schöne Location, ein leckeres Restaurant oder einfach etwas zum Lachen benötigt habe.

Gunter Hackel danke ich erneut aufs Herzlichste für seine großartigen Übersetzungen Deutsch-Fränggisch! Ohne ihn würde Saskia Baumann verstummen.

Ein Dankeschön geht an Franz Grau, der sich an die Geschichte mit dem Ziborium erinnert hat.

Vielen Dank an den Schindlerhof, der mir seine Speisekarte zur Verfügung gestellt hat.

Ralph Wünnenbergs Kaffee stammt diesmal aus der Nürnberger Rösttrommel – für diejenigen, die ihn vielleicht mal probieren möchten.

Ronja Hackenholts Kleidung habe ich im Museumsshop des

Münchner Stadtmuseums gefunden. (http://www.servusheimat.com)

Ein weiterer Dank gebührt meinem Verlag und all seinen fleißigen Bienchen, die wieder einmal aus einem Manuskript ein Buch gezaubert haben, und Frau Czinczoll, die den Text lektoriert hat.

Das letzte und zugleich größte Dankeschön sage ich allen Leserinnen und Lesern, die mir im letzten Jahr gemailt haben, dass Hackenholt bitte ganz schnell wieder in den Dienst zurückkehren möge. Sie waren sehr inspirierend!

Anhang – Übersetzung der Passagen im fränkischen Dialekt

Seite 54 »Mein Gott! Der Frank«, (…). »Manfred, komm schnell!« (…).

Seite 55 »Wieso hast du mir nicht gesagt, dass der Frank schon aus Bad Bocklet zurück ist? Bloß weil ich am Samstag keine Zeit gehabt habe, mitzukommen, werde ich hier übergangen. Das ist total gemein!«

Seite 55 »Du siehst: Während deiner Abwesenheit haben sich hier echte Dramen abgespielt.«

Seite 56 »Lass mal«, (…). »Sie ist heute nicht mehr im Haus. Sie hat einen Termin beim Tierarzt wegen ihrem Kater. Dem gehen die Haare aus.«

Seite 56 »Um genau zu sein, habe *ich* mit den Kollegen gesprochen, während Manfred sich die Ausstellung Reichskleinodien angeschaut hat«, (…).

Seite 56 »Der Hausmeister hat Felix die Nummer von einem Maler gegeben, der wohl auch hin und wieder nach Feierabend einen Auftrag übernimmt.«

Seite 57 »Heute Morgen habe ich gleich dort angerufen und nachgefragt, aber die wussten natürlich auch nicht, wer sich alles auf die Anzeige hin gemeldet hat. Felix muss allerdings jemanden gefunden haben, denn er hat zwei Tage später darum gebeten, die Anzeige wieder zu streichen, der Job wäre vergeben.«

Seite 66 »Den Bienenstich habe ich gemacht«, (…).

Seite 83 »Im Grunde genommen wissen wir nichts – rein gar nichts.«

Seite 84 »Da habt ihr im Vergleich zu uns das große Los gezogen.«

Seite 84 »Und nachdem sie uns das gesagt hat, hat sie nur noch geweint. Ist ja klar, dass sie sich Vorwürfe macht.«

Seite 85 »Was genau das war, hat er angeblich nicht erfahren. Zumindest hat seine Frau behauptet, er wüsste es nicht. Aber spätestens im Museum wird es ihm ja wohl aufgegangen sein.«

Seite 87 »Das klingt aber auch nicht so ganz rund. Denn dann müsste der erste Täter ja vom Rücksitz ausgestiegen sein, sich auf den Beifahrersitz gesetzt und Förster erschossen haben. Dafür gibt es aber keinen Grund.«

Seite 93 »Guter Gott«, (…). »Ich glaub, ich spinn.«

Seite 98 »Na, bravo! Und wie sollen wir dann jetzt Ihrer Meinung nach vorgehen?«, (…).

Seite 102 »Wir haben leider nur solche Dinge wie *Möchtegern-Dalí* und *Provinzkurator* aufgeschnappt.«

Seite 102 »Übrigens habe ich inzwischen die Handydaten von Sascha Förster und Thorsten Graef erhalten. Wir können die Strecke rekonstruieren, die sie –«

Seite 102 »… die die beiden Opfer genommen haben.«

Seite 103 »Das Vernehmungszimmerchen ganz am Ende des Flurs.«

Seite 104 »Da wird sich Sophie aber bestimmt freuen, wenn du ihr einen Bayern ins Haus schleppst!«

Seite 119 »Ja, ich«, (…). »Er ist immer noch im Koma. So, wie ich es verstanden habe, gehen die Ärzte inzwischen davon aus, dass er sich nicht mehr erholen wird. Es sind nur noch äußerst schwache Gehirnströme messbar.«

Seite 120 »Hoppla. Das habe ich gestern in dem Chaos dann wohl völlig vergessen, dir zu sagen. Graef waren die Hände mit Handschellen auf den Rücken gefesselt.«

Seite 120 »Ich bin noch am Recherchieren. Das ist gar nicht so einfach, sie zuzuordnen. Deutsche Handschellen sind es jedenfalls nicht.«

Seite 121 »Noch mehr Papierkram, den wir durchschauen müssen?«, (…).

Seite 122 »Könnte Felix Kurz etwas damit zu tun gehabt haben?«

Seite 123 »Ich glaube nicht, dass es davon noch eine Steigerung gibt.«

Seite 133 »Ich sollte doch bei sämtlichen Dienststellen hier im Großraum nachfragen, ob sie am Donnerstag Fahrzeugkontrollen auf der A73 zwischen Königshof und Zollhaus durchgeführt haben«, (...).

Seite 133 »Nein. Die Streifenkollegen, die am Donnerstag Frühdienst hatten, fangen bekanntlich erst morgen wieder mit Spätdienst an. Die konnte ich also nicht erreichen – und von den Tagesdienstlern ist heute natürlich auch keiner da. Deshalb habe ich an jede Dienststelle ein Fax geschickt und sie gebeten, das intern abzuklären und uns dann zeitnah Bescheid zu sagen.«

Seite 133 »Zumindest so ungefähr.«

Seite 134 »Ich habe alle angeschrieben, Polizei, Zoll, Nürnberg, Fürth, Schwabach, Feucht, und so weiter.«

Seite 134 »Ich habe außerdem die Handydaten der beiden Tatorte überprüft: Es gibt keine Übereinstimmung.«

Seite 134 »Aber das muss ja nichts heißen: Wenn die Täter beide Male umgehend die Handys ihrer Opfer ausgeschaltet haben, ist es sehr gut möglich, dass ihre eigenen ebenfalls ausgeschaltet waren oder sie gar keine bei sich hatten. Auch die Täter können dazugelernt haben.«

Seite 135 »Es gibt aber einen Silberstreifen am Horizont: Wir haben Norbert Beck aufgestöbert.«

Seite 136 »Frank! Auch wir haben nur ein Paar Augen, Ohren und Hände und können nicht mehr als arbeiten.«

Seite 148 »Deswegen sind wir auch so spät dran: Der Herr hat mir nämlich nicht beim Kartoffelschälen helfen können, weil er dauernd telefonieren musste.«

Seite 150 »Ist dieses Wochenende irgendwas Besonderes in Nürnberg geboten?«, (...). »Was ist denn los? Was habt ihr denn auf einmal?«

Seite 151 »Trinkfest scheint Theo ja zu sein«, (…).

Seite 151 »Vielleicht schläft er seinen Rausch aus«, (…). »Er hat gestern ganz ordentlich gebechert, was ich so mitbekommen habe.«

Seite 159 »Ich habe inzwischen von sämtlichen Dienststellen eine Rückmeldung bekommen, die ich wegen einer möglichen Fahrzeugkontrolle auf der A73 am Donnerstagmorgen angeschrieben habe.«

Seite 159 »Nichts. Am Donnerstagmorgen hat zwischen Königshof und Zollhaus niemand einen dunkelblauen Audi A6 kontrolliert.«

Seite 175 »Das verstehe ich jetzt nicht.«

Seite 176 »Und so ganz nebenbei haben sie uns auch noch ganz schön auf Trab gehalten, indem sie uns kreuz und quer durch die Gegend geschickt haben. Gar nicht so blöd, die Jungs, wenn es stimmt, was du vermutest«, (…).

Seite 177 »Schwarze Schafe gibt es überall«, (…).

Seite 179 »Ich glaube, wir haben da etwas gefunden!«

Seite 179 »Die Versicherungspolice.«

Seite 179 »Wenn man es ganz genau nimmt, hast du nicht völlig unrecht. Es ist allerdings nicht irgendeine Kopie – wir haben hier auf der Festplatte das Original.«

Seite 188 »Das ist nicht gesagt! Warum soll denn der Mann, den die Schweinfurter festgenommen haben, nichts mit unserem Fall zu tun haben?«

Seite 189 »Ich habe gehört, dass dieser Finn Schöller keine Angaben zur Sache gemacht hat. Und ich habe gehört, dass seine DNA noch nicht ausgewertet wurde. Und ich habe gehört, dass beim Überfall in Schweinfurt drei und bei uns vier Täter am Werk gewesen sein sollen.«

Seite 189 »Ja und? Soll sie deswegen ihren Mann umgebracht haben? Den hat sie doch geliebt – sonst wäre sie ja wohl nicht eifersüchtig gewesen. Wenn, dann hätte sie wohl eher die kleine Italienerin umgebracht!«

Seite 190 »Andererseits wissen wir, dass Frau Förster den Überfall nicht selbst gemacht haben kann. Zum einen war sie zu dem Zeitpunkt in der Firma, zum anderen hätten sie sowohl ihr Mann als auch Thorsten Graef erkannt. Sie muss also Komplizen gehabt haben. Warum sollte nicht einer von denen im Museum angerufen haben?«

Seite 199 »Oh Gott!«

Seite 216 »Wir müssen auf alle Fälle nachprüfen, was der Arzt uns dazu sagt«, (...). »Wenn sie wirklich den gesamten Vormittag über dort war, kann sie den Versicherungsschein nicht gefälscht haben.«

Seite 216 »Seid so gut und fahrt auf dem Rückweg bei Dippold-Transporte vorbei und bringt uns die aktuellen Fahrtenbücher aus sämtlichen Autos mit«, (...). »Vielleicht können wir so nachweisen, wo der Sascha Förster an jenem Vormittag war.«

Seite 233 »Oh Gott!« (...). »Sag jetzt nicht, dass das Baby schon da ist.«

Seite 235 »Frank?«, (...). »Die Einsatzzentrale will dich sprechen.«

Seite 237 »Ich will den Apfel aber auch sehen!«

Seite 242 »Lasst mich durch, ich arbeite hier! Und das ist der Oberstaatsanwalt, der kommt auch mit.«

Seite 255 »Ich glaube, ich habe etwas Wichtiges gefunden, aber ich wollte nicht darin herumwühlen, bevor sich Christine die Säcke nicht angeschaut hat.«

Stefanie Mohr
GLASSCHERBENVIERTEL
Broschur, 256 Seiten
ISBN 978-3-89705-999-3

»Kantige Typen, markante Figuren, überraschende Handlungsstränge und tiefe Einblicke in das Privatleben des Kriminalhauptkommissars Frank Hackenholt, der überraschend Vater wird, machen diesen flott geschriebenen Krimi farbig und lebendig und zu einem Edelstein für alle Krimiliebhaber.« Roth-Hilpolsteiner Volkszeitung